학생부종합전형을 위한

고교생필 독
소 설 선 ❷

학생부종합
전형을 위한
고교생 필 독
소 설 선 ②

제1강 문제적 개인

3부·내면의 성찰

4부·풍속과 세태

서교출판사

생각의 힘,
어떻게 키울 것인가?

4차 산업혁명의 시대를 앞두고 미래 인재 양성을 위한 독서의 중요성이 나날이 커져가고 있습니다. 넘쳐나는 지식 속에서 정보를 가려내고 활용하는 능력이 더욱 중요해졌기 때문입니다. 이에 따라 우리 교육도 기존의 익숙한 프레임에서 벗어나 창의력과 사고력을 배양하는 방향으로 변화하고 있습니다. 2017년부터 대폭 변경된 입시 전형에서는 수능 위주의 정시가 26%로 축소되고, 학생부종합전형으로 선발하는 수시가 대폭 확대되었습니다. 학교가 창의성과 사고력 향상을 위해서 학생들의 독서 역량을 길러주고 발표와 토론 위주의 수업을 진행해야 하는 시대가 온 것입니다.

이에 집필진 선생님들은 새로운 시대를 이끌어갈 학생들이 생각의 힘을 키우는 것이 중요하다고 판단했습니다. 학생들은 이제 고루한 문제제기에 국한되어 있던 기존의 학습 방식에서 벗어나 시대적,

사회적, 역사적, 그리고 문학의 개별적 본래성에 관한 질문을 던질 줄 알아야 합니다. 서울 소재 주요 대학에서 50% 이상의 학생을 선발하는 '학생부종합전형'에서 입학사정관이 관심을 갖는 것 또한 마찬가지입니다. 우리 시대를 대표하는 좋은 작품을 읽고 얼마나 깊이 있는 사색과 토론, 그리고 글쓰기를 해 보았느냐 하는 것입니다. 암기 위주의 지식보다 그것을 살아 있는 체험으로 만들어 보았느냐를 평가하는 것입니다.

더 이상 독서는 입시와 무관한, 부차적인 활동이 아닙니다. 학생부종합전형에서 가장 중요한 것 중 하나가 바로 독서이기 때문입니다. 책 한 권을 읽더라도, 보다 주체적으로 사고하고 의문을 품는 습관을 들여야 합니다. 자기 의견을 만들어가는 과정을 보여주지 못한다면 무의미한 독서가 되고 맙니다. 입학사정관이나 면접관은 집요하게 그것의 문제의식에 대해 파고들며 학생의 해석 능력과 상상력, 그리고 비판정신을 평가할 것입니다.

이렇게 중요한 독서를 소설로부터 시작하는 것은 지극히 당연한 일입니다. 소설은 학생들에게 욕망을 대리 충족시키는 동시에 해석의 보물 창고로서의 역할을 합니다. 당대 세계관과 길항하며 새로운 윤리를 만들어 내는 작가 정신을 만날 수 있고, 감각적 어휘 사이에 숨어 있는 또 다른 진리의 빛을 발견할 수도 있습니다. 아름답고 완전한 문장의 묘미를 일깨워주기도 하지요. 그러나 무엇보다 체험적인 이해를 통해서 문학의 본질과 현재성, 형식적·내용적 차원에서의 성과를 생각할 수 있도록 합니다. 그래서 마침내 학생 스스로 해석 능력을 갖추고 새로운 세계관을 정립할 수 있도록 하는 것입니다. 대학은 이러한 학생의 세계관이 형성되는 과정을 보면서 몹시 만족할 것입니다.

　이러한 신념을 바탕으로, 이 책은 기존의 교과서 소설에서 더 나아가 지금 시대에 유효한 문제작을 선별하였습니다. 그리고 간략한 작가 소개와 작품 소개를 거쳐 (1) 작품의 줄거리나 상황과 인물에 대해 파악하고, 그것으로부터 확장되는 (2) 작품의 구조와 작가의 의도를 파악하도록 구성했습니다. 그리고 마지막으로 (3) 학생들이 스스로 한 편의 글을 완성할 수 있도록 했습니다. 학생 여러분들은 이 과정을 통해 (1) 의식 확장, (2) 주제 심화, (3) 소논문 직전의 글쓰기까지 실력을 키울 수 있을 것입니다. 마지막으로 소설의 (4) 상징적 의미를 밝히는 작업을 거쳐, 마침내 (5) 독서 후 기록으로 연결되는 5단계를 학습하면 누구보다 충실한 독서를 했다고 말할 수 있을 것입니다. 이 소설 선집은 이렇게 누구든지 자신만의 사유와 논리로 한 편의 비평문을 완성할 수 있도록 이끌어 줄 것입니다. 더 나아가 인문학적 소양을 바탕으로 새롭게 자기 세계를 만드는 일도 얼마든지 가능할 것이라 믿습니다.

　다가올 4차 산업혁명의 시대가 원하는 것은 창의·융합형 인재입니다. 그리고 정확하고 매력 있는 문장을 쓰는 자가 그 시대의 담론을 주도합니다. 암기와 이해의 시대에서 해석과 적용의 시대로 바뀌었으니, 학생들도 스스로 생각할 줄 아는 힘을 키우는 것이 핵심입니다. 이 책과 함께 학생들이 문학작품의 본질을 찾고, 그것으로부터 확산되는 세계에 대한 새로운 질문과 통찰을 얻을 수 있기를 바랍니다. 바로 이러한 사고력과 창의력을 배양하는 것이 열린 교육의 핵심이며 학생부종합전형이 추구하는 인재상일 것입니다. 새 시대에 맞는 새로운 교육 프레임이 절실한 이때에, 이 책이 여러분들에게 좋은 길잡이가 되어 줄 것입니다. 이 책 한 권으로 내신, 논술, 대입 면접, 에세이 등 모든 영역에서 괄목할 만한 성과를 거둘 수 있을 것임을 확신합니다.

학생, 학부모 여러분과 선생님들의 3자 소통을 위해 모두 함께 의견을 공유하고 질문하며, 답변할 수 있는 온라인 카페를 개설했습니다. (http//cafe.naver.com/seokyobooks) 커뮤니티를 통한 원활한 토론은 여러분의 실력 상승 효과를 극대화시켜 줄 것입니다.

2017년 10월
기획위원 김인호 김지혜 김진수 변지연

고교생 필독 소설선 ②

차 례

일러두기

1 본 『학생부종합전형을 위한 고교생 필독 소설선』은 주제별로 총 4 강 12부 6권으로 분류 기획되었습니다. 주제별 각 권을 밝히자면 다음 과 같습니다.

제1강 문제적 개인	1권	1부 – 기억의 서사
		2부 – 성장과 통증
	2권	3부 – 내면의 성찰
		4부 – 풍속과 세태
제2강 타락한 사회	3권	1부 – 정치적 이념의 억압
		2부 – 경제적 불평등의 그늘
	4권	3부 – 사회적 차별과 소외
		4부 – 여성과 생태(환경 문제)
제3강 자연과 문명	5권	1부 – 인간과 자연(삶과 진실)
		2부 – 과학과 기술
제4강 자유와 예술	6권	1부 – 윤리와 자유
		2부 – 예술과 아름다움

2 각 권 내용 구성은 다음과 같은 순서로 되어 있습니다.

- ▶ 작가 소개
- ▶ 작품 소개
- ▶ 작품
- ▶ 종합적 핵심정리　　(1) 가만가만, 생각의 움 틔우기
　　　　　　　　　　　(2) 톡톡! 생각의 가지 뻗기
　　　　　　　　　　　(3) 파릇파릇! 생각의 숲 가꾸기

3 이 책에서 기획위원들이 가장 중요하게 다룬 부분이 「종합적 핵심 정리」입니다. 실제 학생들이 작품을 읽고 내용을 파악하고, 의미를 생각하고, 그와 관련된 글짓기를 직접 해보는 순서로 짜여 있습니다.

(1) 가만가만, 생각의 움 틔우기 – 작품의 줄거리나 상황과 인물에 대해 파악
(2) 톡톡! 생각의 가지 뻗기 – 작품의 구조와 작가의 의도 파악
(3) 파릇파릇! 생각의 숲 가꾸기 – 종합적으로 생각하고 글쓰기

각 항마다 몇 개씩의 문제 질문이 있고, 점차 다음으로 넘어갈수록 체계적으로 깊어진다고 할 수 있습니다. 답안은 없습니다. 문제의 질문에 따라 예시가 있기도 하고 없기도 합니다. 그렇다고 답이 없는 것은 아닙니다. 정답도 중요하지만 그보다 중요한 것은 학생들의 판단과 상상력입니다. 무한한 상상– 기획위원들은 그 부분을 더욱 중요하게 생각했습니다.

3부… 내면의 성찰

날개

이상(서울, 1910년 8월 20일~1937년 4월 17일)

본명 '김해경'. 어렸을 적부터 예술적 자질이 남달랐던 그는 미술에도 출중한 재능을 보여 경성고등공업학교 건축과를 우수한 성적으로 졸업했습니다. 이후 총독부 건축과 기수로 일하다가 1931년 『조선과 건축』에 「이상한 가역 반응」을 발표하면서 등단했습니다. 「오감도」, 「거울」과 같은 초현실주의적이고 실험적인 시와 「지주회시」, 「봉별기」, 「종생기」와 같이 의식 세계의 심층을 탐구하는 단편소설을 발표하였고, 1937년 2월 불온사상 혐의로 일본 경찰에 체포된 뒤 폐결핵으로 병사하였습니다.

✒ 작품소개

이상은 '이상한 천재'입니다. 그의 시와 소설은 80여 년이 지난 지금까지 새롭게 해석되고 있을 정도로 복잡한 심연과 다양한 측면을 지니고 있습니다. 중·고등학교를 다니면서 이상의 작품에 충격을 받지 않은 사람이 없다고 할 정도로 그의 시와 소설은 독자에게 미친 영향이 큽니다. 그로인해 시인이나 소설가가 된 문인들도 적지 않습니다.

「날개」는 "박제가 되어 버린 천재를 아시오?"라는 1인칭 독백으로 시작됩니다. 철저하게 고립된 자아가 자신의 처지를 인식하면서 해방으로 나아가는 장면입니다. 여기서 독자들은 '나'가 곧 작가가 아닐까 추측하지만, 「날개」가 완전히 작가의 자전적 이야기라고 단정하는 것은 곤란합니다. 33번지에서 아내의 매춘을 목격하면서 '복잡한 의식의 흐름'을 보이고 있는 '나'는, 골방 속에 틀어박혀 하루하루를 보내는 무기력한 인물입니다. 이런 남편이 자신의 매춘 행위에 걸림돌이 된다고 생각한다면, 아내는 그를 "볕 안 드는 방(골방)"에 가두어 둘 생각을 하기도 할 것입니다. 그래서 아내는 '나'에게 아스피린을 주는 척하며 수면제 아달린을 먹입니다. 그 사이 '나'는 5차례에 걸친 외출을 통해 자신의 처지에 대해 생각합니다. 그리고 마지막 외출에서 마침내 미쓰코시(三越) 백화점 옥상으로 향합니다. 그 위에서 '나'는 날개가 돋기를 간절히 염원합니다.

이 마지막 장면은 소설 서두의 아포리즘과 긴밀하게 연결되어 새로운 의미를 구축합니다. 즉, '나'는 미쓰코시 백화점 옥상에서 "날개야 돋아라. 날자, 날자꾸나, 한 번만 더 날아보자꾸나."라고 절규한 뒤 자살을 하는 것이 아니라 비로소 '박제된 천재'를 인식한 것입니다. 이렇게 자신의 처지를 완전히 인식한 뒤에야 드디어 도약과 해방을 맞이합니다. 그리고 곧 자신의 미망에서 벗어나 '굿바이'라고 말합니다. 이 소설은 결국, 골방에 틀어박혀 벌레처럼 살던 주인공이 도시와 현대문명의 꽃인 미쓰코시 백화점에 올라가 탈출구를 찾는 이야기로 볼 수 있습니다.

날개

이상

　　'박제가 되어 버린 천재'를 아시오? 나는 유쾌하오. 이런 때 연애까지가 유쾌하오.

　육신이 흐느적흐느적하도록 피로했을 때만 정신이 은화(銀貨)처럼 맑소. 니코틴이 내 횟배* 앓는 뱃속으로 스미면 머릿속에 으레 백지가 준비되는 법이오. 그 위에다 나는 위트와 패러독스*를 바둑 포석처럼 늘어놓소. 가증할 상식의 병이오.

　나는 또 여인과 생활을 설계하오. 연애 기법에마저 서먹서먹해진 지성의 극치를 흘깃 좀 들여다본 일이 있는, 말하자면 일종의 정신분일자 말이오. 이런 여인의 반—그것은 온갖 것의 반이오.—만을 영수*하는 생활

● **횟배** 회충으로 인한 배앓이.
● **패러독스** 겉으로 보기에는 모순되고 부조리하지만, 표면적 진술을 떠나 자세히 생각해 보면 근거가 확실하든지, 깊은 진실을 담고 있는 표현을 뜻한다.
● **영수(領收)** 돈이나 물품 따위를 받아들이다.

을 설계한다는 말이오. 그런 생활 속에 한 발만 들여놓고 흡사 두 개의
태양처럼 마주 쳐다보면서 낄낄거리는 것이오. 나는 아마 어지간히 인생
의 제행*이 싱거워서 견딜 수가 없게끔 되고 그만둔 모양이오. 굿바이.

　굿바이. 그대는 이따금 그대가 제일 싫어하는 음식을 탐식하는 아이
러니를 실천해 보는 것도 좋을 것 같소. 위트와 패러독스와…….
　그대 자신을 위조하는 것도 할 만한 일이오. 그대의 작품은 한 번도 본
일이 없는 기성품에 의하여 차라리 경편*하고 고매하리다.
　19세기는 될 수 있거든 봉쇄하여 버리오. 도스토옙스키 정신이란 자
칫하면 낭비인 것 같소. 위고를 불란서의 빵 한 조각이라고는 누가 그
랬는지 지언*인 듯싶소. 그러나 인생 혹은 그 모형에 있어서 '디테일'
때문에 속는다거나 해서야 되겠소? 화를 보지 마오. 부디 그대께 고하
는 것이니…….
　(테이프가 끊어지면 피가 나오. 생채기도 머지않아 완치될 줄 믿소. 굿바이.)

　감정은 어떤 '포즈'. (그 '포즈'의 원소[元素]만을 지적하는 것이 아닌지 나
도 모르겠소.) 그 포즈가 부동자세에까지 고도화할 때 감정은 딱 공급을
정지합네다.

　나는 내 비범한 발육을 회고하여 세상을 보는 안목을 규정하였소.

　여왕봉*과 미망인─세상의 하고많은 여인이 본질적으로 이미 미망인이

• **제행** 행해지는 모든 것.
• **경편** 손쉽고 편리함.
• **지언** 지극히 당연한 말.
• **여왕봉** 여왕벌.

아닌 이가 있으리까? 아니! 여인의 전부가 그 일상에 있어서 개개 '미망
인'이라는 내 논리가 뜻밖에도 여성에 대한 모험이 되오? 굿바이.

그 33번지라는 것이 구조가 흡사 유곽이라는 느낌이 없지 않다.

한 번지에 18가구가 죽 어깨를 맞대고 늘어서서 창호가 똑같고 아궁
이 모양이 똑같다. 게다가 각 가구에 사는 사람들이 송이송이 꽃과 같이
젊다. 해가 들지 않는다. 해가 드는 것을 그들이 모른 체하는 까닭이다.
턱살 밑에다 철줄을 매고 얼룩진 이부자리를 널어 말린다는 핑계로 미
닫이에 해가 드는 것을 막아 버린다. 침침한 방 안에서 낮잠들을 잔다.
그들은 밤에는 잠을 자지 않나? 알 수 없다. 나는 밤이나 낮이나 잠만
자느라고 그런 것을 알 길이 없다. 33번지 18가구의 낮은 참 조용하다.

조용한 것은 낮뿐이다. 어둑어둑하면 그들은 이부자리를 걷어 들인
다. 전등불이 켜진 뒤의 18가구는 낮보다 훨씬 화려하다. 저물도록 미
닫이 여닫는 소리가 잦다. 바빠진다. 여러 가지 냄새가 나기 시작한다.
비웃˙ 굽는 내, 탕고도오랑˙ 내, 뜨물내, 비눗내······.

그러나 이런 것들보다도 그들의 문패가 제일로 고개를 끄덕이게 하
는 것이다.

이 18가구를 대표하는 대문이라는 것이 일각˙이 져서 외따로 떨어지
기는 했으나 있다. 그러나 그것은 한 번도 닫힌 일이 없는 한길이나 마
찬가지 대문인 것이다. 온갖 장사치들은 하루 가운데 어느 시간에라도
이 대문을 통하여 드나들 수 있는 것이다. 이네들은 문간에서 두부를 사
는 것이 아니라, 미닫이만 열고 방에서 두부를 사는 것이다. 이렇게 생
긴 33번지 대문에 그들 18가구의 문패를 몰아다 붙이는 것은 의미가 없

• 비웃 '청어'(靑魚)를 식료품으로 이르는 말.
• 탕고도오랑 일제 시대에 많이 쓰던 화장품 이름.
• 일각 구석.

다. 그들은 어느 사이엔가 각 미닫이 위 백인당(百忍堂)이니 길상당(吉祥堂)이니 써 붙인 한 곁에다 문패를 붙이는 풍속을 가져 버렸다.

내 방 미닫이 위 한 곁에 칼표 딱지˙를 넷에다 낸 것만 한 내―아니! 내 아내의 명함이 붙어 있는 것도 이 풍속을 좇은 것이 아닐 수 없다.

나는 그러나 그들의 아무와도 놀지 않는다. 놀지 않을 뿐만 아니라 인사도 않는다. 나는 내 아내와 인사하는 외에 누구와도 인사하고 싶지 않았다.

내 아내 외의 다른 사람과 인사를 하거나 놀거나 하는 것은 내 아내 낯을 보아 좋지 않은 일인 것만 같이 생각이 되었기 때문이다. 나는 이만큼까지 내 아내를 소중히 생각한 것이다. 내가 이렇게까지 내 아내를 소중히 생각한 까닭은 이 33번지 18가구 속에서 내 아내가 내 아내의 명함처럼 제일 작고 제일 아름다운 것을 안 까닭이다. 18가구에 각기 별러˙든 송이송이 꽃들 가운데서도 내 아내는 특히 아름다운 한 떨기의 꽃으로 이 함석지붕 밑 볕 안 드는 지역에서 어디까지든지 찬란하였다. 따라서 그런 한 떨기 꽃을 지키고―아니 그 꽃에 매어달려 사는 나라는 존재가 도무지 형언할 수 없는 거북살스러운 존재가 아닐 수 없었던 것은 물론이다.

나는 어디까지든지 내 방이―집이 아니다. 집은 없다―마음에 들었다. 방 안의 기온은 내 체온을 위하여 쾌적하였고, 방 안의 침침한 정도가 또한 내 안력˙을 위하여 쾌적하였다. 나는 내 방 이상의 서늘한 방도, 또 따뜻한 방도 희망하지 않았다. 이 이상으로 밝거나 이 이상으로 아

• **칼표 딱지** '칼표'는 당시의 담배 이름. '칼표 딱지'는 이 담배갑의 넓은 면을 가리킨다.
• **벼르다** 일정한 비례에 맞추어서 여러 몫으로 나누다.
• **안력** 시력.

늑한 방을 원하지 않았다. 내 방은 나 하나를 위하여 요만한 정도를 꾸준히 지키는 것 같아 늘 내 방에 감사하였고, 나는 또 이런 방을 위하여 이 세상에 태어난 것만 같아서 즐거웠다.

그러나 이것은 행복이라든가 불행이라든가 하는 것을 계산하는 것은 아니었다. 말하자면 나는 내가 행복되다고도 생각할 필요가 없었고, 그렇다고 불행하다고도 생각할 필요가 없었다. 그냥 그날그날을 그저 까닭 없이 편둥편둥 게으르고만 있으면 만사는 그만이었던 것이다.

내 몸과 마음에 옷처럼 잘 맞는 방 속에서 뒹굴면서, 축 쳐져 있는 것은 행복이니 불행이니 하는 그런 세속적인 계산을 떠난, 가장 편리하고 안일한, 말하자면 절대적인 상태인 것이다. 나는 이런 상태가 좋았다.

이 절대적인 내 방은 대문간에서 세어서 똑 일곱째 칸이다. 러키세븐의 뜻이 없지 않다. 나는 이 일곱이라는 숫자를 훈장처럼 사랑하였다. 이런 이 방이 가운데 장지°로 말미암아 두 칸으로 나뉘어 있었다는 그것이 내 운명의 상징이었던 것을 누가 알랴?

아랫방은 그래도 해가 든다. 아침결에 책보만 한 해가 들었다가 오후에 손수건만 해지면서 나가 버린다. 해가 영영 들지 않는 윗방이 즉 내 방인 것은 말할 것도 없다. 이렇게 볕 드는 방이 아내 해°이오, 볕 안 드는 방이 내 해이오 하고 아내와 나 둘 중에 누가 정했는지 나는 기억하지 못한다.

그러나 나에게는 불평이 없다. 아내가 외출만 하면 나는 얼른 아랫방으로 와서 그 동쪽으로 난 들창을 열어 놓고, 열어 놓으면 들이비치는 볕살이 아내의 화장대를 비쳐 가지각색 병들이 아롱이지면서 찬란하게 빛나고, 이렇게 빛나는 것을 보는 것은 다시없는 내 오락이다. 나는 쪼꼬만

• 장지 방과 방 사이, 또는 방과 마루 사이에 칸을 막아 끼우는 문.
• 해 것.

돋보기를 꺼내 가지고 아내만이 사용하는 지리가미*를 꺼내 가지고 그을려 가면서 불장난을 하고 논다. 평행 광선을 굴절시켜서 한 초점에 모아 가지고 고 초점이 따근따근해지다가 마지막에는 종이를 그을리기 시작하고 가느다란 연기를 내면서 드디어 구멍을 뚫어 놓는 데까지 이르는 고 얼마 안 되는 동안의 초조한 맛이 죽고 싶을 만치 내게는 재미있었다.

이 장난이 싫증이 나면 나는 또 아내의 손잡이 거울을 가지고 여러 가지로 논다. 거울이란 제 얼굴을 비칠 때만 실용품이다. 그 외의 경우에는 도무지 장난감인 것이다.

이 장난도 곧 싫증이 난다. 나의 유희심은 육체적인 데서 정신적인 데로 비약한다. 나는 거울을 내던지고 아내의 화장대 앞으로 가까이 가서 나란히 늘어 놓인 고 가지각색의 화장품 병들을 들여다본다. 고것들은 세상의 무엇보다도 매력적이다. 나는 그 중의 하나만을 골라서 가만히 마개를 빼고 병 구멍을 내 코에 가져다 대고 숨죽이듯이 가벼운 호흡을 하여 본다. 이국적인 센슈얼한 향기가 폐로 스며들면 나는 저절로 스르르 감기는 내 눈을 느낀다. 확실히 아내의 체취의 파편이다.

나는 도로 병마개를 막고 생각해 본다. 아내의 어느 부분에서 요 냄새가 났던가를……. 그러나 그것은 분명치 않다. 왜? 아내의 체취는 요기 늘어섰는 가지각색 향기의 합계일 것이니까.

아내의 방은 늘 화려하였다. 내 방이 벽에 못 한 개 꽂히지 않은 소박한 것인 반대로, 아내 방에는 천장 밑으로 쫙 돌려 못이 박히고, 못마다 화려한 아내의 치마와 저고리가 걸렸다. 여러 가지 무늬가 보기 좋다. 나는 그 여러 조각의 치마에서 늘 아내의 동체*와, 그 동체가 될

• 지리가미 휴지.
• 동체 사람이나 동물의 몸에서, 목·팔·다리·날개·꼬리 따위를 제외한 가운데 부분.

수 있는 여러 가지 포즈를 연상하고 연상하면서 내 마음은 늘 점잖지 못하다.

그렇건만 나에게는 옷이 없었다. 아내는 내게 옷을 주지 않았다. 입고 있는 코르덴 양복 한 벌이 내 자리옷이었고 통상복과 나들이옷을 겸한 것이었다. 그리고 하이넥의 스웨터가 한 조각 사철을 통한 내 내의다. 그것들은 하나같이 다 빛이 검다. 그것은 내 짐작 같아서는 즉 빨래를 될 수 있는 데까지 하지 않아도 보기 싫지 않게 하기 위한 것이 아닌가 한다. 나는 허리와 두 가랑이 세 군데 다 고무 밴드가 끼어 있는 부드러 운 사루마타*를 입고 그리고 아무 소리 없이 잘 놀았다.

어느덧 손수건만 해졌던 볕이 나갔는데 아내는 외출에서 돌아오지 않 는다. 나는 요만 일에도 좀 피곤하였고, 또 아내가 돌아오기 전에 내 방 으로 가 있어야 될 것을 생각하고 그만 내 방으로 건너간다. 내 방은 침 침하다. 나는 이불을 뒤집어쓰고 낮잠을 잔다. 한 번도 걷은 일이 없는 내 이부자리는 내 몸뚱이의 일부분처럼 내게는 참 반갑다. 잠은 잘 오는 적도 있다. 그러나 또 전신이 까칫까칫하면서 영 잠이 오지 않는 적도 있다. 그런 때는 아무 제목으로나 제목을 하나 골라서 연구하였다. 나는 내 좀 축축한 이불 속에서 참 여러 가지 발명도 하였고 논문도 많이 썼 다. 시도 많이 지었다. 그러나 그것들은 내가 잠이 드는 것과 동시에 내 방에 담겨서 철철 넘치는 그 흐늑흐늑한 공기에다 비누처럼 풀어져서 온 데간데가 없고, 한잠 자고 깬 나는 속이 무명 헝겊이나 메밀껍질로 띵띵 찬 한 덩어리 베개와도 같은 한 벌 신경이었을 뿐이고 뿐이고 하였다.

그러기에 나는 빈대가 무엇보다도 싫었다. 그러나 내 방에서는 겨울 에도 몇 마리의 빈대가 끊이지 않고 나왔다. 내게 근심이 있었다면 오직

* **사루마타** 팬티보다 좀 긴 속옷의 일본말.

이 빈대를 미워하는 근심일 것이다. 나는 빈대에게 물려서 가려운 자리를 피가 나도록 긁었다. 쓰라리다. 그것은 그윽한 쾌감에 틀림없었다. 나는 혼곤히 잠이 든다.

　나는 그러나 그런 이불 속의 사색 생활에서도 적극적인 것을 궁리하는 법이 없다. 내게는 그럴 필요가 대체 없었다. 만일 내가 그런 좀 적극적인 것을 궁리해 내었을 경우에 나는 반드시 내 아내와 의논하여야 할 것이고 그러면 반드시 나는 아내에게 꾸지람을 들을 것이고―나는 꾸지람이 무서웠다느니 보다는 성가셨다. 내가 제법 한 사람의 사회인의 자격으로 일을 해 보는 것도, 아내에게 사설 듣는 것도 나는 가장 게으른 동물처럼 게으른 것이 좋았다. 될 수만 있으면 이 무의미한 인간의 탈을 벗어 버리고도 싶었다.

　나에게는 인간 사회가 스스러웠다.* 생활이 스스러웠다. 모두가 서먹서먹할 뿐이었다.

　아내는 하루에 두 번 세수를 한다. 나는 하루 한 번도 세수를 하지 않는다. 나는 밤중 세 시나 네 시쯤 해서 변소에 갔다. 달이 밝은 밤에는 한참씩 마당에 우두커니 섰다가 들어오곤 한다. 그러니까 나는 이 18가구의 아무와도 얼굴이 마주치는 일이 거의 없다. 그러면서도 나는 이 18가구의 젊은 여인네 얼굴들을 거반 다 기억하고 있었다. 그들은 하나같이 내 아내만 못하였다.

　열한 시쯤 해서 하는 아내의 첫 번 세수는 좀 간단하다. 그러나 저녁 일곱 시쯤 해서 하는 두 번째 세수는 손이 많이 간다. 아내는 낮에보다도 밤에 더 좋고 깨끗한 옷을 입는다. 그리고 낮에도 외출하고 밤에도 외출하였다.

● 스스럽다 수줍고 부끄러운 느낌이 있다.

아내에게 직업이 있었던가? 나는 아내의 직업이 무엇인지 알 수 없다. 만일 아내에게 직업이 없었다면, 같이 직업이 없는 나처럼 외출할 필요가 생기지 않을 것인데—아내는 외출한다. 외출할 뿐만 아니라 내객이 많다. 아내에게 내객이 많은 날은 나는 온종일 내 방에서 이불을 쓰고 누워 있어야만 된다. 불장난도 못 한다. 화장품 냄새도 못 맡는다. 그런 날은 나는 의식적으로 우울해하였다. 그러면 아내는 나에게 돈을 준다. 오십 전짜리 은화다. 나는 그것이 좋았다. 그러나 그것을 무엇에 써야 옳을지 몰라서 늘 머리맡에 던져두고 두고 한 것이 어느 결에 모여서 꽤 많아졌다. 어느 날 이것을 본 아내는 금고처럼 생긴 벙어리*를 사다 준다.

나는 한 푼씩 한 푼씩 그 속에 넣고 열쇠는 아내가 가져갔다. 그 후에도 나는 더러 은화를 그 벙어리에 넣은 것을 기억한다. 그리고 나는 게을렀다. 얼마 후 아내의 머리쪽*에 보지 못하던 누깔잠*이 하나 여드름처럼 돋았던 것은 바로 그 금고형 벙어리의 무게가 가벼워졌다는 증거일까. 그러나 나는 드디어 머리맡에 놓았던 그 벙어리에 손을 대지 않고 말았다. 내 게으름은 그런 것에 내 주의를 환기시키기도 싫었다.

아내에게 내객이 있는 날은 이불 속으로 암만 깊이 들어가도 비 오는 날만큼 잠이 잘 오지는 않았다. 나는 그런 때 나에게 왜 늘 돈이 있나, 왜 돈이 많은가를 연구했다.

내객들은 장지 저쪽에 내가 있는 것은 모르나 보다. 내 아내와 나도 좀 하기 어려운 농을 아주 서슴지 않고 쉽게 해 내던지는 것이다. 그러나 내 아내의 내객 가운데 서너 사람의 내객들은 늘 비교적 점잖았다고 볼 수 있는 것이 자정이 좀 지나면 으레 돌아들 갔다.

• 벙어리 푼돈을 모으는 데 쓰는 조그마한 저금통.
• 머리쪽 결혼한 여자가 뒤통수에 땋아서 틀어 올려 비녀를 꽂은 머리털.
• 누깔잠 비녀의 일종으로, 눈깔비녀라고도 함.

그들 가운데에는 퍽 교양이 얕은 자도 있는 듯싶었는데 그런 자는 보통 음식을 사다 먹고 논다. 그래서 보충을 하고 대체로 무사하였다.

나는 우선 아내의 직업이 무엇인가를 연구하기에 착수하였으나 좁은 시야와 부족한 지식으로는 이것을 알아내기 힘이 든다. 나는 끝끝내 내 아내의 직업이 무엇인가를 모르고 말려나 보다.

아내는 늘 진솔 버선˙만 신었다. 아내는 밥도 지었다. 아내가 밥을 짓는 것을 나는 한 번도 구경한 일은 없으나 언제든지 끼니때면 내 방으로 내 조석밥을 날라다주는 것이다. 우리 집에는 나와 내 아내 외의 다른 사람은 아무도 없다. 이 밥은 분명 아내가 손수 지었음에 틀림없다.

그러나 아내는 한 번도 나를 자기 방으로 부른 일은 없다. 나는 늘 윗방에서나 혼자서 밥을 먹고 잠을 잤다.

밥은 너무 맛이 없었다. 반찬이 너무 엉성하였다. 나는 닭이나 강아지처럼 말없이 주는 모이를 넙적넙적 받아먹기는 했으나 내심 야속하게 생각한 적도 더러 없지 않다.

나는 안색이 여지없이 창백해 가면서 말라 들어갔다. 나날이 눈에 보이듯이 기운이 줄어들었다. 영양 부족으로 하여 몸뚱이 곳곳의 뼈가 불쑥불쑥 내어밀었다. 하룻밤 사이에도 수십 차를 돌쳐 눕지 않고는 여기저기가 배겨서 나는 배겨낼 수가 없었다.

그렇기 때문에 나는 내 이불 속에서 아내가 늘 흔히 쓸 수 있는 저 돈의 출처를 탐색해 내는 일변˙ 장지 틈으로 새어나오는 아랫방의 음성은 무엇일까를 간단히 연구하였다. 나는 잠이 잘 안 왔다.

깨달았다. 아내가 쓰는 그, 돈은 내게는 다만 실없는 사람들로밖에 보

• **진솔 버선** 한 번도 빨지 않은 새 버선.
• **일변** 한편.

이지 않는 까닭 모를 내객들이 놓고 가는 것이 틀림없으리라는 것을 깨달았다.

그러나 왜 그들 내객은 돈을 놓고 가나, 왜 내 아내는 그 돈을 받아야 되나 하는 예의 관념이 내게는 도무지 알 수 없는 것이었다.

그것은 그저 예의에 지나지 않는 것일까. 그렇지 않으면 혹 무슨 대가일까, 보수일까. 내 아내가 그들의 눈에는 동정을 받아야만 할 한 가엾은 인물로 보였던가.

이런 것들을 생각하노라면 으레 내 머리는 그냥 혼란하여 버리고 버리고 하였다. 잠들기 전에 획득했다는 결론이 오직 불쾌하다는 것뿐이었으면서도 나는 그런 것을 아내에게 물어보거나 한 일이 참 한 번도 없다. 그것은 대체 귀찮기도 하려니와 한잠 자고 일어나면 나는 사뭇 딴 사람처럼 이것도 저것도 다 깨끗이 잊어버리고 그만두는 까닭이다.

내객들이 돌아가고, 혹 외출에서 돌아오고 하면 아내는 경편한 것으로 옷을 바꾸어 입고 내 방으로 나를 찾아온다. 그리고 이불을 들치고 내 귀에는 영 생동생동한 몇 마디 말로 나를 위로하려 든다. 나는 조소도 고소˙도 홍소˙도 아닌 웃음을 얼굴에 띠고 아내의 아름다운 얼굴을 쳐다본다. 아내는 방그레 웃는다. 그러나 그 얼굴에 떠도는 일말의 애수를 나는 놓치지 않는다.

아내는 능히 내가 배고파하는 것을 눈치 챌 것이다. 그러나 아랫방에서 먹고 남은 음식을 나에게 주려 들지는 않는다. 그것은 어디까지든지 나를 존경하는 마음일 것임에 틀림없다. 나는 배가 고프면서도 적이 마음이 든든한 것을 좋아했다. 아내가 무엇이라고 지껄이고 갔는지 귀에 남아 있을 리가 없다. 다만 내 머리맡에 아내가 놓고 간 은화가 전등불

• **고소** 쓴 웃음.
• **홍소** 입을 벌리고 크게 웃음.

에 흐릿하게 빛나고 있을 뿐이다.

고 금고형 벙어리 속에 고 은화가 얼마만큼이나 모였을까? 나는 그러
나 그것을 쳐들어 보지 않았다. 그저 아무런 의욕도 기원도 없이 그 단
춧구멍처럼 생긴 틈바구니로 은화를 떨어뜨려 둘 뿐이었다.

왜 아내의 내객들이 아내에게 돈을 놓고 가나 하는 것이 풀 수 없는
의문인 것같이 왜 아내는 나에게 돈을 놓고 가나 하는 것도 역시 나에게
는 똑같이 풀 수 없는 의문이었다.

내 비록 아내가 내게 돈을 놓고 가는 것이 싫지 않았다 하더라도 그것
은 다만 고것이 내 손가락 닿는 순간에서부터 고 벙어리 주둥이에서 자
취를 감추기까지의 하잘것없는 짧은 촉각이 좋았달 뿐이지 그 이상 아
무 기쁨도 없다.

어느 날 나는 고 벙어리를 변소에 갖다 넣어 버렸다. 그때 벙어리 속에
는 몇 푼이나 되는지 모르겠으나 고 은화들이 꽤 들어 있었다.

나는 내가 지구 위에 살며 내가 이렇게 살고 있는 지구가 질풍신뢰*의
속력으로 광대무변*의 공간을 달리고 있다는 것을 생각했을 때 참 허망
하였다. 나는 이렇게 부지런한 지구 위에서는 현기증도 날 것 같고 해서
한시바삐 내려 버리고 싶었다.

이불 속에서 이런 생각을 하고 난 뒤에는 나는 고 은화를 고 벙어리에
넣고 넣고 하는 것조차가 귀찮아졌다. 나는 아내가 손수 벙어리를 사용
하였으면 하고 희망하였다.

벙어리도 돈도 사실은 아내에게만 필요한 것이지 내게는 애초부터 의
미가 전연 없는 것이었으니까 될 수만 있으면 그 벙어리를 아내는 아내

• **질풍신뢰** 바르고 기찬 기세.
• **광대무변** 넓고 커서 끝이 없음.

방으로 가져갔으면 하고 기다렸다. 그러나 아내는 가져가지 않는다. 나는 내가 아내 방으로 가져다 둘까 하고 생각하여 보았으나 그 즈음에는 아내의 내객이 워낙 많아서 내가 아내 방에 가 볼 기회가 도무지 없었다. 그래서 나는 하는 수 없이 변소에 갖다 집어넣어 버리고 만 것이다.

나는 서글픈 마음으로 아내의 꾸지람을 기다렸다. 그러나 아내는 끝내 아무 말도 나에게 묻지도 하지도 않았다. 않았을 뿐 아니라 여전히 돈은 돈대로 내 머리맡에 놓고 가지 않나! 내 머리맡에는 어느덧 은화가 꽤 많이 모였다.

내객이 아내에게 돈을 놓고 가는 것이나 아내가 내게 돈을 놓고 가는 것이나 일종의 쾌감—그 외의 다른 아무런 이유도 없는 것이 아닐까 하는 것을 나는 또 이불 속에서 연구하기 시작하였다. 쾌감이라면 어떤 종류의 쾌감일까를 계속하여 연구하였다. 그러나 그것은 이불 속의 연구로는 알 길이 없었다. 쾌감 쾌감, 하고 나는 뜻밖에도 이 문제에 대해서만 흥미를 느꼈다.

아내는 물론 나를 늘 감금하여 두다시피 하여 왔다. 내게 불평이 있을 리 없다. 그런 중에도 나는 그 쾌감이라는 것의 유무를 체험하고 싶었다.

나는 아내의 밤 외출 틈을 타서 밖으로 나왔다. 나는 거리에서 잊어버리지 않고 가지고 나온 은화를 지폐로 바꾼다. 오 원이나 된다. 그것을 주머니에 넣고 나는 목적지를 잃어버리기 위하여 얼마든지 거리를 쏘다녔다. 오래간만에 보는 거리는 거의 경이에 가까울 만큼 내 신경을 흥분시키지 않고는 마지않았다. 나는 금시에 피곤하여 버렸다. 그러나 나는 참았다. 그리고 밤이 이슥하도록 까닭을 잊어버린 채 이 거리 저 거리로 지향 없이 헤매었다. 돈은 물론 한 푼도 쓰지 않았다. 돈을 쓸 아무 엄두도 나서지 않았다. 나는 벌써 돈을 쓰는 기능을 완전히 상실한 것 같았다.

나는 과연 피로를 이 이상 견디기가 어려웠다. 나는 가까스로 내 집을 찾았다. 나는 내 방을 가려면 아내 방을 통과하지 않으면 안 될 것을 알고, 아내에게 내객이 있나 없나를 걱정하면서 미닫이 앞에서 좀 거북살스럽게 기침을 한 번 했더니, 이것은 참 또 너무도 암상스럽게 미닫이가 열리면서 아내의 얼굴과 그 등 뒤에 낯선 남자의 얼굴이 이쪽을 내다보는 것이다. 나는 별안간 내어 쏟아지는 불빛에 눈이 부셔서 좀 머뭇머뭇했다.

나는 아내의 눈초리를 못 본 것은 아니다. 그러나 나는 모른 체하는 수밖에 없었다. 왜? 나는 어쨌든 아내의 방을 통과하지 아니하면 안 되니까…….

나는 이불을 뒤집어썼다. 무엇보다도 다리가 아파서 견딜 수가 없었다.

이불 속에서는 가슴이 울렁거리면서 암만해도 까무러칠 것만 같았다. 걸을 때는 몰랐더니 숨이 차다. 등에 식은땀이 쭉 내밴다. 나는 외출한 것을 후회하였다. 이런 피로를 잊고 어서 잠이 들었으면 좋겠다. 한잠 잘 자고 싶었다.

얼마 동안이나 비스듬히 엎드려 있었더니 차츰차츰 뚝딱거리는 가슴 동기˙가 가라앉는다. 그만해도 위선 살 것 같았다. 나는 몸을 들쳐 반듯이 천장을 향하여 눕고 쭉 다리를 뻗었다.

그러나 나는 또다시 가슴의 동기를 피할 수 없게 되었다. 아랫방에서 아내와 그 남자의 내 귀에도 들리지 않을 만치 옅은 목소리로 소곤거리는 기척이 장지 틈으로 전하여 왔던 것이다. 청각을 더 예민하게 하기 위하여 나는 눈을 떴다. 그리고 숨을 죽였다. 그러나 그때는 벌써 아내

• 동기 가슴 부분이 뛰는 증세.

와 남자는 앉았던 자리를 툭툭 털고 일어섰고 일어서면서 옷과 모자 쓰는 기척이 나는 듯하더니 이어 미닫이가 열리고 구두 뒤축 소리가 나고 그리고 뜰에 내려서는 소리가 쿵 하고 나면서 뒤를 따르는 아내의 고무신 소리가 두어 발자국 찍찍 나고 사뿐사뿐 나나 하는 사이에 두 사람의 발소리가 대문 쪽으로 사라졌다.

나는 아내의 이런 태도를 본 일이 없다. 아내는 어떤 사람과도 결코 소곤거리는 법이 없다. 나는 윗방에서 이불을 쓰고 누웠는 동안에도 혹 술이 취해서 혀가 잘 돌아가지 않는 내객들의 담화는 더러 놓치는 수가 있어도 아내의 높지도 낮지도 않은 말소리는 일찍이 한마디도 놓쳐 본 일이 없다. 더러 내 귀에 거슬리는 소리가 있어도 나는 그것이 태연한 목소리로 내 귀에 들렸다는 이유로 충분히 안심이 되었다.

그렇던 아내의 이런 태도는 필시 그 속에 여간하지 않은 사정이 있는 듯싶어 생각이 되고 내 마음은 좀 서운했으나 그보다도 나는 좀 너무 피로해서 오늘만은 이불 속에서 아무것도 연구하지 않기로 굳게 결심하고 잠을 기다렸다. 낮잠은 좀처럼 오지 않았다. 대문간에 나간 아내도 좀처럼 들어오지 않았다. 그러는 동안에 흐지부지 나는 잠이 들어 버렸다. 꿈이 얼쑹덜쑹 종을 잡을 수 없는 거리의 풍경을 여전히 헤맸다.

나는 몹시 흔들렸다. 내객을 보내고 들어온 아내가 잠든 나를 잡아 흔드는 것이다. 나는 눈을 번쩍 뜨고 아내의 얼굴을 쳐다보았다. 아내의 얼굴에는 웃음이 없다. 나는 좀 눈을 비비고 아내의 얼굴을 자세히 보았다. 노기가 눈초리에 떠서 얇은 입술이 바르르 떨린다. 좀처럼 이 노기가 풀리기는 어려울 것 같았다. 나는 그대로 눈을 감아 버렸다. 벼락이 내리기를 기다린 것이다. 그러나 째근 하는 숨소리가 나면서 부스스 아내의 치맛자락 소리가 나고 장지가 여닫히며 아내는 아내 방으로 돌아갔다. 나는 다시 몸을 돌쳐 이불을 뒤집어쓰고는 개구리처럼 엎드리고,

엎드려서 배가 고픈 가운데에도 오늘 밤의 외출을 또 한 번 후회하였다.

　나는 이불 속에서 아내에게 사죄하였다. 그것은 네 오해라고…….
　나는 사실 밤이 퍽이나 이슥한 줄만 알았던 것이다. 그것이 네 말마따나 자정 전인 줄은 나는 정말이지 꿈에도 몰랐다. 나는 너무 피곤하였다. 오래간만에 나는 너무 많이 걸은 것이 잘못이다. 내 잘못이라면 잘못은 그것밖에는 없다. 외출은 왜 하였더냐고?
　나는 그 머리맡에 저절로 모인 5원 돈을 아무에게라도 좋으니 주어 보고 싶었던 것이다. 그뿐이다. 그러나 그것도 내 잘못이라면 나는 그렇게 알겠다. 나는 후회하고 있지 않나?
　내가 그 5원 돈을 써 버릴 수가 있었던들 나는 자정 안에 집에 돌아올 수 없었을 것이다. 그러나 거리는 너무 복잡하였고 사람은 너무도 들끓었다. 나는 어느 사람을 붙들고 그 5원 돈을 내어 주어야 할지 갈피를 잡을 수가 없었다. 그러는 동안에 나는 여지없이 피곤해 버리고 말았던 것이다.
　나는 무엇보다도 좀 쉬고 싶었다. 눕고 싶었다. 그래서 나는 하는 수 없이 집으로 돌아온 것이다. 내 짐작 같아서는 밤이 어지간히 늦은 줄만 알았는데, 그것이 불행히도 자정 전이었다는 것은 참 안된 일이다. 미안한 일이다. 나는 얼마든지 사죄하여도 좋다. 그러나 종시 아내의 오해를 풀지 못하였다 하면 내가 이렇게까지 사죄하는 보람은 그럼 어디 있나? 한심하였다.
　한 시간 동안을 나는 이렇게 초조하게 굴지 않으면 안 되었다. 나는 이불을 홱 젖혀 버리고 일어나서 장지를 열고 아내 방으로 비칠비칠 달려갔던 것이다. 내게는 거의 의식이라는 것이 없었다.
　나는 아내 이불 위에 엎드러지면서 바지 포켓 속에서 그 돈 5원을 꺼내 아내 손에 쥐어 준 것을 간신히 기억할 뿐이다.

이튿날 잠이 깨었을 때 나는 내 아내 방 아내 이불 속에 있었다. 이것이 이 33번지에서 살기 시작한 이래 내가 아내 방에서 잔 맨 처음이었다.

해가 들창에 훨씬 높았는데 아내는 이미 외출하고 벌써 내 곁에 있지는 않다. 아니! 아내는 엊저녁 내가 의식을 잃은 동안에 외출한 것인지도 모른다. 그러나 나는 그런 것을 조사하고 싶지 않았다. 다만 전신이 찌뿌드드한 것이 손가락 하나 꼼짝할 힘조차 없었다. 책보보다 좀 작은 면적의 별이 눈이 부시다. 그 속에서 수없이 먼지가 흡사 미생물처럼 난무한다. 코가 콱 막히는 것 같다. 나는 다시 눈을 감고 이불을 푹 뒤집어쓰고 낮잠을 자기에 착수하였다. 그러나 코를 스치는 아내의 체취는 꽤 도발적이었다. 나는 몸을 여러 번 여러 번 비비꼬면서 아내의 화장대에 늘어선 고 가지각색 화장품 병들의 마개를 뽑았을 때 풍기는 냄새를 더듬느라고 좀처럼 잠은 들지 않는 것을 나는 어찌하는 수도 없었다.

견디다 못하여 나는 그만 이불을 걷어차고 벌떡 일어나서 내 방으로 갔다. 내 방에는 다 식어빠진 내 끼니가 가지런히 놓여 있는 것이다. 아내는 내 모이를 여기다 두고 나간 것이다. 나는 위선 배가 고팠다. 한 숟갈을 입에 떠 넣었을 때 그 촉감은 참 너무도 냉회와 같이 써늘하였다. 나는 숟갈을 놓고 내 이불 속으로 들어갔다. 하룻밤을 비웠던 내 이부자리는 여전히 반갑게 나를 맞아 준다. 나는 내 이불을 뒤집어쓰고 이번에는 참 늘어지게 한잠 잤다. 잘—

내가 잠을 깬 것은 전등이 켜진 뒤다. 그러나 아내는 아직도 돌아오지 않았나 보다. 아니! 돌아왔다 또 나갔는지도 알 수 없다. 그러나 그런 것을 삼고(三考) 하여 무엇하나?

• 삼고(三考) 여러 번 생각함.

정신이 한결 난다. 나는 지난밤 일을 생각해 보았다. 그 돈 5원을 아내 손에 쥐어 주고 넘어졌을 때에 느낄 수 있었던 쾌감을 나는 무엇이라고 설명할 수가 없었다. 그러니 내객들이 내 아내에게 돈 놓고 가는 심리며 내 아내가 내게 돈 놓고 가는 심리의 비밀을 나는 알아낸 것 같아서 여간 즐거운 것이 아니다. 나는 속으로 빙그레 웃어 보았다. 이런 것을 모르고 오늘까지 지내온 나 자신이 어떻게 우스꽝스럽게 보이는지 몰랐다. 나는 어깨춤이 났다.

따라서 나는 또 오늘 밤에도 외출하고 싶었다. 그러나 돈이 없다. 나는 또 엊저녁에 그 돈 5원을 한꺼번에 아내에게 주어 버린 것을 후회하였다. 또 고 벙어리를 변소에 갖다 처넣어 버린 것도 후회하였다. 나는 실없이 실망하면서 습관처럼 그 돈 5원이 들어 있던 내 바지 포켓에 손을 넣어 한번 휘둘러보았다. 뜻밖에도 내 손에 쥐어지는 것이 있었다. 2원밖에 없다. 그러나 많아야 맛은 아니다. 얼마간이고 있으면 된다. 나는 그만한 것이 여간 고마운 것이 아니었다.

나는 기운을 얻었다. 나는 그 단벌 다 떨어진 코르덴 양복을 걸치고 배고픈 것도 주제 사나운 것도 다 잊어버리고 활갯짓을 하면서 또 거리로 나섰다. 나서면서 나는 제발 시간이 화살 닫듯 해서 자정이 어서 획 지나 버렸으면 하고 조바심을 태웠다. 아내에게 돈을 주고 아내 방에서 자 보는 것은 어디까지든지 좋았지만 만일 잘못해서 자정 전에 집에 들어갔다가 아내의 눈총을 맞는 것은 그것은 여간 무서운 일이 아니었다.

나는 저물도록 길가 시계를 들여다보고 들여다보고 하면서 또 지향 없이 거리를 방황하였다. 그러나 이날은 좀처럼 피곤하지는 않았다. 다만 시간이 좀 너무 더디게 가는 것만 같아서 안타까웠다.

경성역(京城驛) 시계가 확실히 자정을 지난 것을 본 뒤에 나는 집을 향하였다. 그날은 그 일각대문에서 아내와 아내의 남자가 이야기하고 섰는 것을 만났다. 나는 모른 체하고 두 사람 곁을 지나서 내 방으로 들어갔다. 뒤이어 아내도 들어왔다. 와서는 이 밤중에 평생 안 하던 쓰레질*을 하는 것이었다. 조금 있다가 아내가 눕는 기척을 엿듣자마자 나는 또 장지를 열고 아내 방으로 가서 그 돈 2원을 아내 손에 덥석 쥐어 주고 그리고—하여간 그 2원을 오늘 밤에도 쓰지 않고 도로 가져온 것이 참 이상하다는 듯이 아내는 내 얼굴을 몇 번이고 엿보고—아내는 드디어 아무 말도 없이 나를 자기 방에 재워 주었다. 나는 이 기쁨을 세상의 무엇과도 바꾸고 싶지는 않았다. 나는 편히 잘 잤다.

이튿날도 내가 잠이 깨었을 때는 아내는 보이지 않았다. 나는 또 내 방으로 가서 피곤한 몸이 낮잠을 잤다.

내가 아내에게 흔들려 깨었을 때는 역시 불이 들어온 뒤였다. 아내는 자기 방으로 나를 오라는 것이다. 이런 일은 또 처음이다. 아내는 끊임없이 얼굴에 미소를 띠고 내 팔을 이끄는 것이다. 나는 이런 아내의 태도 이면에 엔간치 않은 음모가 숨어 있지나 않은가 하고 적이 불안을 느끼지 않을 수 없었다.

나는 아내의 하자는 대로 아내의 방으로 끌려갔다. 아내 방에는 저녁 밥상이 조촐하게 차려져 있는 것이다. 생각하여 보면 나는 이틀을 굶었다. 나는 지금 배고픈 것까지도 긴가민가 잊어버리고 어름어름하던 차다.

나는 생각하였다. 이 최후의 만찬을 먹고 나자마자 벼락이 내려도 나는 차라리 후회하지 않을 것을. 사실 나는 인간 세상이 너무나 심심해서 못 견디겠던 차다. 모든 일이 성가시고 귀찮았으나 그러나 불의의 재난이라는 것은 즐겁다.

* **쓰레질** 비로 쓸어서 집 안을 깨끗이 하는 일.

나는 마음을 턱 놓고 조용히 아내와 마주 이 해괴한 저녁밥을 먹었다.

우리 부부는 이야기하는 법이 없었다. 밥을 먹은 뒤에도 나는 말이 없이 부스스 일어나서 내 방으로 건너가 버렸다. 아내는 나를 붙잡지 않았다. 나는 벽에 기대어 앉아서 담배를 한 대 피워 물고 그리고 벼락이 떨어질 테거든 어서 떨어져라 하고 기다렸다.

5분! 10분!

그러나 벼락은 내리지 않았다. 긴장이 차츰 늘어지기 시작한다. 나는 어느덧 오늘 밤에도 외출할 것을 생각하고 있었다. 돈이 있었으면 하고 생각하고 있었다.

그러나 돈은 확실히 없다. 오늘은 외출하여도 나중에 올 무슨 기쁨이 있나. 내 앞이 그저 아뜩하였다. 나는 화가 나서 이불을 뒤집어쓰고 이리 뒹굴 저리 뒹굴 굴렀다. 금시 먹은 밥이 목으로 자꾸 치밀어 올라온다. 메스꺼웠다.

하늘에서 얼마라도 좋으니 왜 지폐가 소낙비처럼 퍼붓지 않나. 그것이 그저 한없이 야속하고 슬펐다.

나는 이렇게밖에 돈을 구하는 아무런 방법도 알지는 못했다. 나는 이불 속에서 좀 울었나 보다. 돈이 왜 없냐면서……. 그랬더니 아내가 또 내 방에를 왔다. 나는 깜짝 놀라 아마 이제서야 벼락이 내리려나 보다 하고 숨을 죽이고 두꺼비 모양으로 엎드려 있었다. 그러나 떨어진 입을 새어나오는 아내의 말소리는 참 부드러웠다. 정다웠다. 아내는 내가 왜 우는지를 안다는 것이다. 돈이 없어서 그러는 게 아니냔다. 나는 실없이 깜짝 놀랐다. 어떻게 사람의 속을 환하게 들여다보는가 해서 나는 한편으로 슬그머니 겁도 안 나는 것은 아니었으나 저렇게 말하는 것을 보면 아마 내게 돈을 줄 생각이 있나 보다, 만일 그렇다면 오죽이나 좋은 일일까. 나는 이불 속에 뚤뚤 말린 채 고개도 들지 않고 아내의 다음 거동을 기다리고 있으니까 '옛소' 하고 내 머리맡에 내려뜨리는 것은 그 가뿐한 음향으로 보아 지폐에 틀림없었다. 그리고 내 귀에다 대고 오늘일랑 어제보다도 늦게 돌아와도 좋다고 속삭이는 것이다.

그것은 어렵지 않다. 위선 그 돈이 무엇보다도 고맙고 반가웠다.

어쨌든 나섰다. 나는 좀 야맹증이다. 그래서 될 수 있는 대로 밝은 거리로 돌아다니기로 했다. 그러고는 경성역 일이등 대합실 한곁 티룸˙에를 들렀다. 그것은 내게는 큰 발견이었다. 거기는 위선 아무도 아는 사람이 안 온다. 설사 왔다가도 곧 돌아가니까 좋다. 나는 날마다 여기 와서 시간을 보내리라 속으로 생각하여 두었다. 제일 여기 시계가 어느 시계보다도 정확하리라는 것이 좋았다. 섣불리 서투른 시계를 보고 그것을 믿고 시간 전에 집에 돌아갔다가 큰 코를 다쳐서는 안 된다.

나는 한 박스에 아무것도 없는 것과 마주 앉아서 잘 끓은 커피를 마셨다. 총총한 가운데 여객들은 그래도 한 잔 커피가 즐거운가 보다. 얼른얼른 마시고 무얼 좀 생각하는 것같이 담벼락도 좀 쳐다보고 하다가 곧 나가 버린다. 서글프다. 그러나 내게는 이 서글픈 분위기가 거리의 티룸들의 그 거추장스러운 분위기보다는 절실하고 마음에 들었다. 이따금 들리는 날카로운 혹은 우렁찬 기적 소리가 모차르트보다도 더 가깝다.

나는 메뉴에 적힌 몇 가지 안 되는 음식 이름을 치읽고˙ 내리읽고 여러 번 읽었다. 그것들은 아물아물하는 것이 어딘가 내 어렸을 때 동무들 이름과 비슷한 데가 있었다.

거기서 얼마나 내가 오래 앉았는지 정신이 오락가락하는 중에 객이 슬며시 뜸해지면서 이 구석 저 구석 걷어치우기 시작하는 것을 보면 아마 닫는 시간이 된 모양이다. 열한 시가 좀 지났구나, 여기도 결코 내

• 티룸 다방.
• 치읽다 밑에서 위쪽으로 책을 읽다.

안주의 곳은 아니구나, 어디 가서 자정을 넘길까? 두루 걱정을 하면서 나는 밖으로 나섰다. 비가 온다. 빗발이 제법 굵은 것이 우비도 우산도 없는 나를 고생을 시킬 작정이다. 그렇다고 이런 괴이한 풍모를 차리고 이 홀에서 어물어물하는 수도 없고, 에이 비를 맞으면 맞았지 하고 나는 그냥 나서 버렸다.

대단히 선선해서 견딜 수가 없다. 코르덴 옷이 젖기 시작하더니 나중에는 속속들이 스며들면서 치근거린다. 비를 맞아 가면서라도 견딜 수 있는 데까지 거리를 돌아다녀서 시간을 보내려 하였으나, 인제는 선선해서 이 이상은 더 견딜 수가 없다. 오한이 자꾸 일어나면서 이가 딱딱 맞부딪는다. 나는 걸음을 재치면서° 생각하였다. 오늘 같은 궂은 날도 아내에게 내객이 있을라구? 없겠지, 하는 생각이 드는 것이다. 집으로 가야겠다. 아내에게 불행히 내객이 있거든 내 사정을 하리라. 사정을 하면 이렇게 비가 오는 것을 눈으로 보고 알아주겠지.

부리나케 와 보니까 그러나 아내에게는 내객이 있었다. 나는 너무 춥고 척척해서 얼떨김에 노크하는 것을 잊었다. 그래서 나는 보면 아내가 덜 좋아할 것을 그만 보았다. 나는 감발자국° 같은 발자국을 내면서 덤벙덤벙 아내 방을 디디고 그리고 내 방으로 가서 쭉 빠진 옷을 활활 벗어 버리고 이불을 뒤썼다. 덜덜덜덜 떨린다. 오한이 점점 더 심해 들어온다. 여전 땅이 꺼져 들어가는 것만 같았다. 나는 그만 의식을 잃어버리고 말았다.

이튿날 내가 눈을 떴을 때 아내는 내 머리맡에 앉아서 제법 근심스러운 얼굴이다. 나는 감기가 들었다. 여전히 으스스 춥고 또 골치가 아프고 입에 군침이 도는 것이 씁쓸하면서 다리 팔이 척 늘어져서 노곤하다.

• **재치다** 빨리 몰아치거나 재촉하다.
• **감발자국** 버선이나 양말 대신 발에 감는 좁고 긴 무명 헝겊.

아내는 내 머리를 쓱 짚어 보더니 약을 먹어야지 한다. 아내 손이 이마에 선뜩한˙ 것을 보면 신열이 어지간한 모양인데 약을 먹는다면 해열제를 먹어야지 하고 속생각을 하자니까 아내는 따뜻한 물에 하얀 정제약 네 개를 준다. 이것을 먹고 한잠 푹 자고 나면 괜찮다는 것이다. 나는 널름 받아먹었다. 쌉싸름한 것이 짐작 같아서는 아마 아스피린인가 싶다. 나는 다시 이불을 쓰고 단번에 그냥 죽은 것처럼 잠이 들어 버렸다.

나는 콧물을 훌쩍훌쩍하면서 여러 날을 앓았다. 앓는 동안에 끊이지 않고 그 정제약을 먹었다.

그러는 동안에 감기도 나았다. 그러나 입맛은 여전히 소태처럼 썼다.

나는 차츰 또 외출하고 싶은 생각이 났다. 그러나 아내는 나더러 외출하지 말라고 이르는 것이다. 이 약을 날마다 먹고 그리고 가만히 누워 있으라는 것이다. 공연히 외출을 하다가 이렇게 감기가 들어서 저를 고생시키는 게 아니냐다. 그도 그렇다. 그럼 외출을 하지 않겠다고 맹세하고 그 약을 연복˙하여 몸을 좀 보해 보리라고 나는 생각하였다.

나는 날마다 이불을 뒤집어쓰고 밤이나 낮이나 잤다. 유난스럽게 밤이나 낮이나 졸려서 견딜 수가 없는 것이다. 나는 이렇게 잠이 자꾸만 오는 것은 내가 몸이 훨씬 튼튼해진 증거라고 굳게 믿었다.

나는 아마 한 달이나 이렇게 지냈나 보다. 내 머리와 수염이 좀 너무 자라서 훗훗해서˙ 견딜 수가 없어서 내 거울을 좀 보리라고 아내가 외출한 틈을 타서 나는 아내 방으로 가서 아내의 화장대 앞에 앉아 보았다. 상당하다. 수염과 머리가 참 산란하였다. 오늘은 이발을 좀 하리라고 생각하고 겸사겸사 고 화장품 병들 마개를 뽑고 이것저것 맡아 보았다. 한동안 잊어버렸던 향기 가운데서는 몸이 배배 꼬일 것 같은 체취

• **선뜩하다** 갑자기 서늘한 느낌이 있다.
• **연복** 일정 기간 연속해서 약을 복용함.
• **훗훗하다** 약간 갑갑할 정도로 훈훈하게 덥다.

가 전해 나왔다. 나는 아내의 이름을 속으로만 한 번 불러 보았다. "연심이" 하고……. 오래간만에 돋보기 장난도 하였다. 거울 장난도 하였다. 창에 든 볕이 여간 따뜻한 것이 아니었다. 생각하면 5월이 아니냐.

나는 커다랗게 기지개를 한 번 켜 보고 아내 베개를 내려 베고 벌떡 자빠져서는 이렇게도 편안하고 즐거운 세월을 하느님께 흠씬 자랑하여 주고 싶었다. 나는 참 세상의 아무것과도 교섭을 가지지 않는다. 하느님도 아마 나를 칭찬할 수도 처벌할 수도 없는 것 같다.

그러나 다음 순간 실로 세상에도 이상스러운 것이 눈에 띄었다. 그것은 최면약 아달린 갑이었다. 나는 그것을 아내의 화장대 밑에서 발견하고 그것이 흡사 아스피린처럼 생겼다고 느꼈다. 나는 그것을 열어 보았다. 똑 네 개가 비었다.

나는 오늘 아침에 네 개의 아스피린을 먹은 것을 기억하고 있었다. 나는 잤다. 어제도 그제도 그끄제도— 나는 졸려서 견딜 수가 없었다. 나는 감기가 다 나았는데도— 아내는 내게 아스피린을 주었다. 내가 잠이 든 동안에 이웃에 불이 난 일이 있다. 그때에도 나는 자느라고 몰랐다. 이렇게 나는 잤다. 나는 아스피린으로 알고 그럼 한 달 동안을 두고 아달린을 먹어 온 것이다. 이것은 좀 너무 심하다.

별안간 아뜩하더니 하마터면 나는 까무러칠 뻔하였다. 나는 그 아달린을 주머니에 넣고 집을 나섰다. 그리고 산을 찾아 올라갔다. 인간 세상의 아무것도 보기가 싫었던 것이다. 걸으면서 나는 아무쪼록 아내에 관계되는 일은 일체 생각하지 않도록 노력하였다. 길에서 까무러치기 쉬우니까. 나는 어디라도 양지가 바른 자리를 하나 골라 자리를 잡아 가지고 서서히 아내에 관하여서 연구할 작정이었다. 나는 길가의 돌창, 핀 구경도 못 한 진개나리꽃, 종달새, 돌멩이도 새끼를 까는 이야기, 이런 것만 생각하였다. 다행히 길가에서 나는 졸도하지 않았다.

거기는 벤치가 있었다. 나는 거기 정좌하고 그리고 그 아스피린과 아달린에 관하여 연구하였다. 그러나 머리가 도무지 혼란하여 생각이 체계를 이루지 않는다. 단 5분이 못 가서 나는 그만 귀찮은 생각이 번쩍 들면서 심술이 났다. 나는 주머니에서 가지고 온 아달린을 꺼내 남은 여섯 개를 한꺼번에 질경질경 씹어 먹어 버렸다. 맛이 익살맞다. 그리고 나서 나는 그 벤치 위에 가로 기다랗게 누웠다. 무슨 생각으로 내가 그 따위 짓을 했나? 알 수가 없다. 그저 그러고 싶었다. 나는 게서 그냥 잠이 들었다. 잠결에도 바위틈으로 흐르는 물소리가 졸졸 하고 귀에 언제까지나 아렴풋이 들려왔다.

내가 잠을 깨었을 때는 날이 환히 밝은 뒤다. 나는 거기서 일주야*를 잔 것이다. 풍경이 그냥 노—랗게 보인다. 그 속에서도 나는 번개처럼 아스피린과 아달린이 생각났다.

아스피린, 아달린, 아스피린, 아달린, 맑스,* 말사스,* 마도로스,* 아스피린, 아달린.

아내는 한 달 동안 아달린을 아스피린이라고 속이고 내게 먹였다. 그것은 아내 방에서 이 아달린 갑이 발견된 것으로 미루어 증거가 너무나 확실하다.

무슨 목적으로 아내는 나를 밤이나 낮이나 재웠어야 됐나?

나를 밤이나 낮이나 재워 놓고, 그리고 아내는 내가 자는 동안에 무슨 짓을 했나?

나를 조금씩 조금씩 죽이려던 것일까?

그러나 또 생각하여 보면 내가 한 달을 두고 먹어 온 것이 아스피린

---

* **일주야** 만 하루, 24시간.
* **맑스** 독일의 철학자 카를 마르크스를 가리킴. 과학적 사회주의의 창시자로, 「자본론」을 썼다.
* **말사스** 영국의 경제학자 맬서스를 가리킴. 마르크스와는 대립되는 사상을 폈다.
* **마도로스** 외항선의 선원을 뜻하는 네덜란드 말.

이었는지도 모른다. 아내는 무슨 근심되는 일이 있어서 밤이면 잠이 잘 오지 않아서 정작 아내가 아달린을 사용한 것이나 아닌지? 그렇다면 나는 참 미안하다. 나는 아내에게 이렇게 큰 의혹을 가졌다는 것이 참 안 됐다.

나는 그래서 부리나케 거기서 내려왔다. 아랫도리가 홰홰 내어 저리면서 어찔어찔한 것을 나는 겨우 집을 향하여 걸었다. 8시 가까이였다.

나는 내 잘못된 생각을 죄다 일러바치고 아내에게 사죄하려는 것이다. 나는 너무 급해서 그만 또 말을 잊어버렸다.

그랬더니 이건 참 큰일 났다. 나는 내 눈으로 절대로 보아서 안 될 것을 그만 딱 보아 버리고 만 것이다. 나는 얼떨결에 그만 냉큼 미닫이를 닫고 그리고 현기증이 나는 것을 진정시키느라고 잠깐 고개를 숙이고 눈을 감고 기둥을 짚고 섰자니까, 1초 여유도 없이 홱 미닫이가 다시 열리더니 매무새를 풀어헤친 아내가 불쑥 내밀면서 내 멱살을 잡는 것이다. 나는 그만 어지러워서 게서 나둥그러졌다. 그랬더니 아내는 넘어진 내 위에 덮치면서 내 살을 함부로 물어뜯는 것이다. 아파 죽겠다. 나는 사실 반항할 의사도 힘도 없어서 그냥 넙적 엎드려 있으면서 어떻게 되나 보고 있자니까, 뒤이어 남자가 나오는 것 같더니 아내를 한 아름에 덥석 안아 가지고 방으로 들어가는 것이다. 아내는 아무 말 없이 다소곳이 그렇게 안겨 들어가는 것이 내 눈에 여간 미운 것이 아니다. 밉다.

아내는 너 밤새워 가면서 도둑질하러 다니느냐, 계집질하러 다니느냐고 발악이다. 이것은 참 너무 억울하다. 나는 어안이 벙벙하여 도무지 입이 떨어지지를 않았다.

너는 그야말로 나를 살해하려던 것이 아니냐고 소리를 한 번 꽥 질러 보고도 싶었으나, 그런 긴가민가한 소리를 섣불리 입 밖에 내었다가는 무슨 화를 볼는지 알 수 있나? 차라리 억울하지만 잠자코 있는 것이 위선 상책인 듯싶이 생각이 들길래 나는 이것은 또 무슨 생각으로 그랬는지 모르지만 툭툭 털고 일어나서 내 바지 포켓 속에 남은 돈 몇 원 몇십 전을 가만히 꺼내서는 몰래 미닫이를 열고 살며시 문지방 밑에다 놓고 나서는 나는 그냥 줄달음박질을 쳐서 나와 버렸다.

여러 번 자동차에 치일 뻔하면서 나는 그대로 경성역을 찾아갔다. 빈 자리와 마주앉아서 이 쓰디쓴 입맛을 거두기 위하여 무엇으로나 입가심을 하고 싶었다.

커피? 좋다. 그러나 경성역 홀에 한 걸음 들여 놓았을 때 나는 내 주머니에는 돈이 한 푼도 없는 것을, 그것을 깜박 잊었던 것을 깨달았다. 또 아뜩하였다. 나는 어디선가 그저 맥없이 머뭇머뭇하면서 어쩔 줄을 모를 뿐이었다. 얼빠진 사람처럼 그저 이리 갔다 저리 갔다 하면서…….

나는 어디로 어디로 들입다 쏘다녔는지 하나도 모른다. 다만 몇 시간 후에 내가 미쓰코시˙ 옥상에 있는 것을 깨달았을 때는 거의 대낮이었다.

나는 거기 아무 데나 주저앉아서 내 자라 온 스물여섯 해를 회고하여 보았다. 몽롱한 기억 속에서는 이렇다는 아무 제목도 불거져 나오지 않았다.

나는 또 나 자신에게 물어보았다. 너는 인생에 무슨 욕심이 있느냐고, 그러나 있다고도 없다고도 그런 대답은 하기가 싫었다. 나는 거의 나 자신의 존재를 인식하기조차도 어려웠다.

허리를 굽혀서 나는 그저 금붕어를 들여다보고 있었다. 금붕어는 참 잘들도 생겼다. 작은 놈은 작은 놈대로 큰 놈은 큰 놈대로 다 싱싱하니 보기 좋았다. 내리비치는 5월 햇살에 금붕어들은 그릇 바탕에 그림자를 내려뜨렸다. 지느러미는 하늘하늘 손수건을 흔드는 흉내를 낸다. 나는 이 지느러미 수효를 헤어 보기도 하면서 굽힌 허리를 좀처럼 펴지 않았다. 등어리가 따뜻하다.

• 미쓰코시 일제 시대에 있었던 백화점으로, 지금의 명동 신세계백화점 건물.

나는 또 회탁(灰濁)●의 거리를 내려다보았다. 거기서는 피곤한 생활이 똑 금붕어 지느러미처럼 흐늑흐늑 허비적거렸다. 눈에 보이지 않는 끈적끈적한 줄에 엉켜서 헤어나지들을 못한다. 나는 피로와 공복 때문에 무너져 들어가는 몸뚱이를 끌고 그 회탁의 거리 속으로 섞여 가지 않는 수도 없다 생각하였다.

나서서 나는 또 문득 생각하여 보았다. 이 발길이 지금 어디로 향하여 가는 것인가를……

그때 내 눈앞에는 아내의 모가지가 벼락처럼 내려 떨어졌다. 아스피린과 아달린.

우리들은 서로 오해하고 있느니라. 설마 아내가 아스피린 대신에 아달린의 정량을 나에게 먹여 왔을까? 나는 그것을 믿을 수가 없다. 아내가 대체 그럴 까닭이 없을 것이니. 그러면 나는 날밤을 새우면서 도둑질을 계집질을 하였나? 정말이지 아니다.

우리 부부는 숙명적으로 발이 맞지 않는 절름발이인 것이다. 나나 아내나 제 거동에 로직(logic)●을 붙일 필요는 없다. 변해(辯解)● 할 필요도 없다. 사실은 사실대로 오해는 오해대로 그저 끝없이 발을 절뚝거리면서 세상을 걸어가면 되는 것이다. 그렇지 않을까?

그러나 나는 이 발길이 아내에게로 돌아가야 옳은가 이것만은 분간하기가 좀 어려웠다. 가야 하나? 그럼 어디로 가나?

이때 뚜우 하고 사이렌이 울렸다. 사람들은 모두 네 활개를 펴고 닭처럼 푸드덕거리는 것 같고 온갖 유리와 강철과 대리석과 지폐와 잉크가 부글부글 끓고 수선을 떨고 하는 것 같은 찰나, 그야말로 현란을 극한● 정오다.

● 회탁(灰濁) 탁한 잿빛.
● 로직(logic) 머릿속으로 생각하는 논리.
● 변해(辯解) 말로 풀어 자세히 밝힘.
● 극하다 더할 수 없는 정도에 이르다.

나는 불현듯 겨드랑이가 가렵다. 아하, 그것은 내 인공의 날개가 돋았던 자국이다. 오늘은 없는 이 날개. 머릿속에서는 희망과 야심이 말소된 페이지가 딕셔너리 넘어가듯 번뜩였다.

　나는 걷던 걸음을 멈추고 그리고 일어나 어디 한 번 이렇게 외쳐 보고 싶었다.

　날개야 다시 돋아라.

　날자, 날자, 날자. 한 번만 더 날자꾸나.

　한 번만 더 날아 보자꾸나.

가만가만, 생각의 움 틔우기

1 소설의 배경인 33번지의 구조에 대해서 설명해 보세요. 그곳에서 살아가는 '나'와 아내가 하는 일은 무엇인가요?

2 소설 속에는 주인공 '나'가 언뜻 조금 모자란 사람처럼 보이지만 사실 잠재된 천재임을 보여주는 요소들이 널려 있습니다. 그것을 찾아보고 아달린과 아스피린, 맬서스와 마르크스를 고민하는 주인공의 잠재의식에 내포된 것이 무엇인지 말해 보세요.

3 이 소설의 시대적 배경은 이제 막 자본주의가 도래할 때입니다. 돈의 의미를 알아가는 '나'의 행위에는 어떤 것들이 있을까요? 그런 '나'가 경성역과 미쓰코시 백화점을 통해 얻고자 하는 것은 무엇일까요?

1 소설에서 '나'는 5차례의 외출을 시도합니다. 그 내용은 각기 어떻게 달라지는지, 그리고 그 외출을 통해 얻게 되는 것은 무엇인지 설명해 보세요.

2 '나'와 아내의 '절름발이 부부관계' 속에서, 억압-저항-해방에 이르는 '나'의 행위는 무엇인가요?

파릇파릇! 생각의 숲 가꾸기

1 골방의 어둠에서 해방으로 나아가는, '나'의 의식의 변화 과정을
서술해 보세요.

> Tip+
>
> - 서두에서 '굿바이'를 말하는, 1930년대 지식인이 지닌 복잡한 내면 심리는 무엇일까요?
>
> - 33번지의 '안방/골방'이 자본주의의 꽃인 도시의 어둠/밝음, 혹은 자아의 '의식/무의식'이라고 할 때, '나'가 취하는 행위들의 의미를 설명해 보세요.
>
> - '나'는 경성역과 미쓰코시 백화점으로 5차례의 외출을 합니다. 이 외출을 통해 변화되는 것이 무엇인지 정리해 보세요.
>
> - 서두에서 '나'는 자기 자신을 '박제된 천재'로 인식합니다. 그렇다면, 미쓰코시 백화점에서의 절규와 '날개'가 지닌 상징적 의미는 무엇인가요?
>
> - 「날개」가 '나비'가 되기 위해 준비하는 '누에고치의 삶'을 보여준 소설이라고 해석할 때, 그 과정을 억압에서 저항, 그리고 해방으로 해석할 수 있는 이유는 무엇인가요?
>
> - 주인공 '나'가 주체를 형성해 가는 과정을 통해, 여러분은 자신의 주체 형성에 어떤 영향을 받을 수 있었는지 말해 보세요.

1930년대 우리나라 사회는 일본 제국주의에 의해 강제된 근대화(서구화)를 경험하고 있는 중이었다. 즉, 서구식 자본주의화의 과정에 있었던 것이다. 이를 배경으로 한 이상의 《날개》에 등장하는 '경성역'과 '미쓰꼬시 백화점'은 도시화, 산업화의 상징으로 볼 수 있으며, 주인공은 식민지와 자본주의 현실 앞에 무기력한 지식인의 모습을 상징한다.

또한 '숙명적으로 어울리지 않는 절름발이' 부부 관계를 통해서도 당대 현실이 잘 드러나 있다. 아내는 '나'를 사육하고 지배하는 존재로서, 주인공은 인격적으로나 경제적으로 자립하지 못한 채 아내에게 기생해서 살아간다. 아내의 방과 나의 방은 철저하게 격리되어 있으며 주인공은 자정 전에 집에 들어갈 수도 없다. 정오의 사이렌이 울리면 집에서 쫓겨 나와야만 한다. 이러한 주인공의 처지는 이들 부부 관계의 비대칭성을 단적으로 보여주고 있다. 그러나 역설적으로, 이 정오의 사이렌 소리는 억압으로부터의 해방을 마련해주는 신호로 보이기도 한다. 그래서 주인공이 비상을 꿈꾸며 날아오르는 것은, 스스로를 '박제된 천재'로 인식하고 식민지-자본주의적 현실과 전도된 부부 관계로부터 탈출한다는 상징적 의미로 해석 할 수 있다. 그러므로 이 작품은 주인공이 자신의 골방을 탈출하여 한낮의 광장을 가로질러, 마침내 '날개'를 달고 비상을 이루기까지의 확장적-상승적 이미지로 전개된다고 볼 수 있다.

작가는 주인공의 내면적 혼돈과 방황을 '의식의 흐름'에 따라 서술함으로써 이러한 과정을 매우 효과적으로 전달하고 있다. 자율적이고 독립된 주체로서 살아갈 수 없는 왜곡된 현실 속에서 주인공의 내면은 의식과 무의식의 심각한 분열을 경험하는 것처럼 보인다. 주인공의 몽롱한 의식 상태에 대한 서술이나 '날개'에 대한 환각 장면이 등장하는 것도 바로 이러한 정신적 균열 상태를 보여주는 것이다. 이런 방식의 서술은 특정한 시간이나 공간, 혹은 주제나 내용에 구애 받지 않고 자유롭게 유동하는 내면 풍경을 드러내기 적합하다. 이 작품이 한국 모더니즘 문학에서 차지하고 있는 위상에는 바로 이러한 현대적 서술 기법의 활용이 일조하는 바가 클 것이다.

유예

오상원(평안북도 선천, 1930년 11월 5일~1985년 12월 3일)

신의주에서 유년기를 보내다가 월남했습니다. 1955년 『한국일보』 신춘문예에 단편소설 「유예(猶豫)」가 당선되어 등단했으며, 주요 작품은 1950년대 후반에 발표된 「유예」(1955), 「증인」(1956), 「모반」(1957), 「백지의 기록」(1957), 「파편」(1959) 등입니다. 한국전쟁 전후의 시대적 상황을 집중적으로 형상화한 대표적인 전후 작가 중 한 사람으로 프랑스 실존주의 사상과 행동주의적 휴머니즘 사조의 영향을 받은 것으로 보입니다. 실제로 그의 작품들에는 극한의 상황 속에서도 굴하지 않고 이에 집요하게 대결하고자 하는 의지와 적극적인 행동 양상을 드러내는 주인공들이 많습니다.

작품소개

1950년대의 한국문학은 당연히도 6.25 전쟁이 남긴 처참한 현실과 정신적 상처로부터 자유로울 수 없었습니다. 전쟁은 그야말로 모든 것들을 망가뜨립니다. 오직 적을 이기고 땅을 빼앗아야 한다는 일념 하나로, 생명이니 이성이니 윤리니 따질 틈 없이 무차별적인 파괴와 살상을 저지르며 인간이기를 스스로 포기하는 것이 바로 전쟁이니까요. 따라서 전쟁의 와중에, 혹은 전후에 소설을 쓴다는 것은 필연적으로 지금껏 인간이 추구해온 가치 전반에 대한 근원적 성찰과 반성을 요구하는 일이 아닐 수 없습니다. 이처럼 전쟁의 비극성을 고발하고 인간 존재에 대한 근원적 성찰을 보여주는 1950년대의 문학을 우리는 '전후문학'이라고 지칭합니다. 오상원의 「유예」(1955)도 바로 이 지점에 위치하는 작품이지요.

이 소설의 주인공은 적에게 체포되어 곧 총살을 당할 처지에 놓인, 즉 한 시간 뒤면 여지없이 죽음을 맞이해야 하는 군인입니다. 소설의 제목이 말해 주듯, 그의 삶은 한 시간의 '유예'를 얻고 있는 셈이지요. 생각만 해도 끔찍한 이 유예의 시간 속에서 그는 과연 어떤 생각을 할까요? 만일 여러분이라면 어떤 심정일까요? 작가는 바로 이 절박한 순간에 전개되는 주인공의 의식의 흐름에 서술의 초점을 맞추고 있습니다. 그가 적에게 붙잡힌 과정에 대한 회상과 곧 다가올 일들에 대한 예측 그리고 죽음을 앞두고 떠오르는 이런저런 철학적 상념들을 따라가다 보면, 죽음이라는 극한 상황에 직면한 자의 불안과 공포, 그럼에도 불구하고 죽음에 당당히 맞서는 인간의 실존적 의지와 결단을 엿볼 수 있게 되는 겁니다.

자, 여러분도 저 오상원의 인물이 되어 함께 이 순간을, 이 유예된 시간의 실존적 고뇌를 상상적으로나마 경험해 보는 것은 어떨까요? 언제든 그런 순간으로부터 자유롭지 못한 것이 인간의 삶일 테니까요.

12

유예

오상원

  몸을 웅크리고 가마니 속에 쓰러져 있었다. 한 시간 후면 모든 것은 끝나는 것이다. 손과 발이 돌덩어리처럼 차다. 허옇게 흙벽마다 서리가 앉은 깊은 움 속, 서너 길 높이에 통나무로 막은 문 틈 사이로 차가이 하늘이 엿보인다. 퀴퀴한 냄새가 코를 찌른다. 냄새로 짐작하여 그리 오래된 것 같지는 않다. 누가 며칠 전까지 있었던 모양이 군, 그놈이나 매한가지지, 하고 사닥다리를 내려서자마자 조그만 구멍으로 다시 끌어 올리며 서로 주고받던 그자들의 대화가 아직도 귀에 익다. 그놈이라고 불린 사람이 바로 총살 직전에 내가 목격하고 필사적으로 놈들의 사수(射手)를 향하여 방아쇠를 당겼던 그 사람이었을까……. 만일 그 사람이 아니었다면 또 어떤 사람이었을까…… 몸이 떨린다. 뼛속까지 얼음이 박힌 것 같다.

  소속 사단은? 학벌은? 고향은? 군인에 나온 동기는? 공산주의를 어떻게 생각하시오? 미국에 대한 감정은? 그럼…… 동무의 말은 하나도 이치에 닿지 않소.

동무는 아직도 계급의식이 그대로 남아 있소. 출신 계급을 탓하지는 않소. 오해하지 마시오. 그 근성이 나쁘다는 것뿐이오. 다시 한 번 생각할 여유를 주겠소. 한 시간 후, 동무의 답변이 모든 것을 결정지을 거요.

몽롱한 의식 속에 갓 지나간 대화가 오고 간다. 한 시간 후면 모든 것은 끝나는 것이다. 사박사박 걸음을 옮길 때마다 발밑에 부서지던 눈, 그리고 따발총구를 등 뒤에 느끼며 앞장서 가는 인민군 병사를 따라 무너진 초가집 뒷담을 끼고 이 움 속 감방으로 오던 자신이 마음속에 삼삼히 아른거린다. 한 시간 후면 나는 그들에게 끌려 예정대로의 둑길을 걸어가고 있을 것이다. 몇 마디 주고받은 다음, 대장은 말할 테지. 좋소. 뒤를 돌아다보지 말고 똑바로 걸어가시오. 발자국마다 사박사박 눈 부서지는 소리가 날 것이다. 아니, 어쩌면 놈들은 내 옷에 탐이 나서 홀랑 빨가벗겨서 걷게 할지도 모른다(찢어지기는 하였지만 아직 색깔이 제 빛인 미[美] 전투복이니까……). 나는 빨가벗은 채 추위에 살이 빨가니 얼어서 흰 둑길을 걸어간다. 수 발의 총성, 나는 그대로 털썩 눈 위에 쓰러진다. 이윽고 붉은 피가 하이얀 눈을 호젓이 물들여간다. 그 순간 모든 것은 끝나는 것이다. 놈들은 멋쩍게 총을 다시 거꾸로 둘러메고 본대로 돌아들 간다. 발의 눈을 털고 추위에 손을 비벼가며 방 안으로 들어들 갈 테지. 몇 분 후면 그들은 화롯불에 손을 녹이며 아무 일도 없었던 듯 담배들을 말아 피우고 기지개를 할 것이다.

누가 죽었건 지나가고 나면 아무것도 아니다. 그들에겐 모두가 평범한 일들이다. 나만이 피를 흘리며 흰 눈을 움켜쥔 채 신음하다 영원히 묵살되어 묻혀갈 뿐이다. 전 근육이 경련을 일으킨다. 추위 탓인가…… 퀴퀴한 냄새가 또 코에 스민다. 나만이 아니라 전에도 꼭같이 이렇게 반복된 것이다.

싸우다 끝내는 죽는 것, 그것뿐이다. 그 이외는 아무것도 없다. 무엇을 위한다는 것, 그것도 아니다. 인간이 태어난 본연의 그대로 싸우다 죽는 것, 그것뿐이라고 생각하였다.

북으로 북으로 쏜살같이 진격은 계속되었다. 수차의 전투가 일어났다. 그가 인솔한 수색대는 적의 배후 깊숙이 파고들어 갔다. 자주 본대와의 연락이 끊어지기 시작하였다.

초조한 소대원의 얼굴은 무전사에게로만 쏠렸다. 후퇴다! 이미 길은 모두 적에 의하여 차단되었다. 적의 어느 면을 뚫고 남하할 것인가? 자주 소전투가 벌어졌다. 한 명 두 명 쓰러지기 시작하였다. 될 수 있는 한 적과의 근접을 피하면서 산으로 타고 올랐다. 기아와 피로. 점점 낮오되고 줄어가는 소대원. 첩첩이 쌓인 눈과 추위, 그리고 알 수 없는 방향을 더듬으며 온갖 자연의 악조건과 싸우지 않으면 안 되었다. 연이어 계속되는 눈보라 속에 무릎까지 덮이는 눈 속을 헤매다 방향을 잃은 그들은 악전고투 끝에 산 밑을 더듬어 내려와서 가까운 그 어느 마을로 파고들어 갔다. 텅 빈 마을 집집마다 스산히 흩어진 채 눈 속에 호젓이 파묻혀 있다. 적이 들어온 흔적도, 지나간 흔적도 없다. 됐다. 소대원들은 뿔뿔이 헤쳐져서 먹을 것을 샅샅이 뒤졌다. 아무것도 없다. 겨우 얼어빠진 감자 한 자루뿐, 이빨에 서벅서벅 얼음이 마주치는 감자 알맹이를 씹었다. 모두 기운에 지쳐 쓰러졌다. 일시에 피곤과 허기가 연덩어리˙ 처럼 내린다. 발가락마다 얼음이 박혔다. 눈보라는 더욱 세차게 몰아치고 밤이 다가왔다. 산속의 밤은 급히 내린다. 선임 하사만이 피로를 씹어가며 문설주에 기대어 앉아 있었다.

밖은 휘몰아치는 눈보라뿐, 선임 하사도 잠시 눈을 붙였다. 마치 기습

• 연덩어리 '납덩이'의 북한어.

이라도 있을 듯한 밤이다.

그러나 아무 일 없이 아침이 왔다.

또 눈과 기아와 추위와의 싸움이 계속되었다. 한 사람, 두 사람이 자연과의 싸움에 쓰러지기 시작하였다. 소대장님, 하고 마지막 한마디를 외치고 눈 속에 머리를 박고 쓰러지는 부하들을 볼 때마다 그는 그 곁에 무릎을 꿇고 그 싸늘한 마지막 시선을 지켰다. 포켓을 찾아 소지품을 더듬는 그의 손은 항시 죽어 간 부하의 시체보다도 더 차가웠다. 소대장님…… 우러러 쳐다보는 마지막 부하의 그 눈빛, 적막을 더듬어가며 죽음을 재는 그 눈은 얼음장보다도 더 차가운 그 무엇이 있었다.

"소대장님…… 북한 출신입니다. 홀몸입니다. 남한에는……누구도 없습니다. 이것이 이북 제 고향 주소입니다."

구겨진 기슭마다 닳아져서 떨어졌다. 그것을 받아들던 그의 손, 부하의 손을 꼭 쥐어주었다. 그 이상 더 무엇을 할 수 있었으랴…….

인제 남은 것은 그를 포함하여 여섯 명뿐.

눈 속에 쓰러져 넘어진 그들을 그대로 남겨놓은 채 그들은 다시 눈 속을 헤쳤다. 그의 머릿속에 점점 불안이 다가왔다. 이윽고 ××지점까지 왔을 때다. 산줄기는 급격히 부드러워져 이윽고 쑥 평지로 빠졌다. 대로(大路)다. 지형(地形)과 적정(敵情)을 탐지하러 내려갔던 선임 하사가 급히 달려왔다.

노상에는 무수히 말굽 자리와 마차의 수레바퀴 그리고 발자국 자리가 있다는 것이다. 선임 하사의 손에는 말똥이 하나 쥐어져 있다. 능히 그것은 손힘으로 부스러뜨릴 수 있다. 그들이 지나간 것이 그리 오래되지 않았다는 증거다. 밤을 기다릴 수밖에 없다. 그리하여 어둠을 이용하여 도로를 횡단하고 다시 앞에 바라보이는 산줄기를 타고 오를 수밖에는 없다.

밤이 왔다. 행동을 개시하였다. 그들은 될 수 있는 한 낮은 지대를 선택하고 대로에 연한° 개천 둑을 이용하였다. 무난히 대로를 횡단하였다. 논두렁에 내려서자 재빠르게 엄폐물°을 이용해 가며 걸음을 다그었다.° 인제 앞산 밑까지는 불과 이백 미터밖에 안 된다. 그들은 약간의 안도감을 느끼고 걸음을 늦추었다. 그때다. 돌연 일발의 총성과 더불어 한마디 비명을 남기고 누가 쓰러졌다. 모두 콱 눈 속에 엎드렸다.

일순간이 지났다. 도대체 총알은 어디서부터 날아온 것인가? 그 방향을 종잡을 수가 없다. 그가 적정°을 살피려 고개를 드는 순간 또 총알이 날아왔다. 측면에서부터다. 모두 응전 자세를 취하기 위하여 대로 쪽으로 각도를 돌렸다.

그러나 절대적으로 불리하다. 놈들은 우리의 위치를 알고 있지만 우리는 적 쪽의 위치를 잡을 수가 없다. 그렇다고 이대로 언제껏 있을 수도 없다. 아무리 밤이라 할지라도 흰 눈 위다. 그들은 산기슭까지 필사적으로 포복을 단행하였다. 동시에 총알은 비 오듯 집중된다. 비명과 더불어 소대장님, 하고 외치는 소리, 그는 눈을 꽉 감았다. 땀이 비 오듯 흐른다. 그는 눈을 꽉 감은 채 포복을 계속하였다. 의식이 다자꾸° 흐린다. 산기슭 흰 눈 속에 덮인 관목 숲이 눈앞에서 뿌여니 흩어진다. 총성은 약간 잦아졌다. 산기슭으로 타고 오르는 순간 선임 하사가 쓰러졌다. 그는 선임 하사를 부축하고 끌며 산속으로 산속으로 들어갔다.

얼마나 산속 깊이 들어왔는지도 모른다. 정신을 잃고 쓰러져서 누웠을 때는 이미 새벽이 가까워서였다.

- **연하다** 잇닿아 있다. 또는 잇대어 있다.
- **엄폐물** 야전에서, 적의 사격이나 관측으로부터 아군을 보호하는 데에 쓰이는 장애물.
- **다그었다** 어떤 일을 서두르다.
- **적정** 전투 상황이나 대치 상태에 있는 적의 특별한 동향이나 실태.
- **다자꾸** '다짜고짜'의 북한말.

몹시 춥다. 몸을 약간 꿈틀거려본다. 전 근육이 추위에 마비되어 감각을 잃은 것만 같다. 인제 모든 것이 끝나는 것이다. 퀴퀴한 냄새가 코를 찌른다. 어렴풋이 눈 속에 부서지는 구두 발자국 소리가 들려온다. 점점 가까워진다. 시간이 된 모양이다. 몸을 일으키려고 움직거려본다. 잠시 몽롱한 시각이 흐른다. 발자국 소리가 섬섬 멀어지기 시작하였다. 아무것도 아니다. 아무것도 아닌 것이다. 몹시 춥다. 왜 오다가 다시 돌아가는 것일까…… 몽롱하게 정신이 흩어진다.

전공과목은? 왜 동무는 법과를 선택했었소? 어렸을 때부터 벌써 동무는 출신 계급적인 인습 관념에 젖어 있었소. 그것을 버리시오.

나는 동무와 같은 인물을 아끼고 싶소. 나는 동무를 어느 때라도 맞아들일 마음의 준비를 가지고 있소. 문지방으로 스미어오는 가는 실바람에 스칠 때마다 화롯불이 붉게 번지어갔다.

나는 동무를 훌륭한 청년으로 보고 있소. 자, 담배를 태우시오.

꾸부러진 부젓가락으로 재 위를 헤칠 때마다 더욱 붉게 불꽃이 번진다.

그렇다면 동무처럼 불쌍한 청년은 또 이 세상에 없을 거요. 나는 심히 유감스럽소. 동무의 그 태도가 참으로 유감이오.(인제 모든 것은 끝나는 것이다.) 왜 동무는 그렇게 내 얼굴을 차갑게 치어다보고만 있소? 한마디 대답도 없이 입을 다문 채…… 알겠소. 나는 동무가 지키고 있는 그 침묵으로 동무가 말하고 있는 그 모든 것을 이해할 수 있소. 유감이오.

주고받던 대화, 조그만 방 안, 깨어진 질화로가 어렴풋이 머릿속을 스친다. 그는 무겁게 몸을 뒤틀었다. 희미하게 또 과거가 이어온다.

그들이 정신을 잃고 쓰러졌을 때는 이미 새벽이 가까워서였다. 산속의 새벽은 아름답다. 눈 속에 덮인 산속의 새벽은 더욱 그렇다. 나뭇가지마다 소복이 쌓인 눈이 햇빛에 반짝인다. 해가 적이 높아졌을 때 그는 겨우 몸을 일으켰다. 선임 하사는 피에 붉게 젖은 한쪽 다리를 꽉 움켜쥔 채 의식을 잃고 쓰러져 있다. 검붉은 피가 오른편 어깻죽지와 등에 짙게 얼룩져 있다. 그는 급히 선임 하사를 부축하여 일으켰다.

조용히 눈을 뜬다. 그리고 소대장을 보자 쓸쓸히 입가에 웃음을 지었다. 그 순간 그는 선임 하사를 꼭 끌어안고 뺨을 비벼대었다. 단둘뿐! 이제는 단 둘이 남았을 뿐이었다.

"소대장님, 인제는 제 차례가 된 모양입니다."

그는 조용히 선임 하사의 얼굴을 지켰다. 슬픈 빛이라고는 조금도 없다. 오랜 군대 생활에 이겨 온 굳은 의지가 엿보일 뿐이다.

선임 하사, 그는 이차 대전 시 일본군에 소집되어 남양전투에 종군하다 북지(北支)로 이동, 일본의 항복과 더불어 포로 생활 이 개월을 거치고 팔로군(八路軍),˙ 국부군,˙ 시조(時潮)가 변전(變轉)되는 대로 이역(異域)을 표류하다 고국으로 돌아와 다시 군문으로 들어선 것이었다. 군대 생활이 무엇보다도 재미있다는 그, 전투가 자기 생활 속에서 제일 신이 나는 순간이라는 그였다.

"사람은 서로 죽이게끔 마련이오. 역사란 인간이 인간을 학살해 온 기록이니까요. 그렇게 생각지 않으시오? 난 전투가 제일 재미있소. 전투가 일어나면 호흡이 벅차고 내가 겨눈 총구에 적의 심장이 아른거릴 때마다 나는 희열을 느낍니다. 그 순간 역사가 조각되고 있는 것같이 느껴지거든요. 사람이란 별 게 아니라 곧 싸우는 것을 의미하고, 싸우다 쓰러지는 것을 의미하는 겝니다."

이것이 지금껏 살아온 태도였다. 이것뿐이다. 인제 그는 총에 맞았다. 자기 차례가 된 것을 알 뿐이다. 어렴풋이 희미한 기억을 타고 선임 하사의 음성이 떠오른다. 그는 몸을 조금 일으키려고 꿈지럭거리다가 그

˙ 팔로군(八路軍) 항일 전쟁 때에 화베이(華北)에서 활약한 중국 공산당의 주력군.

˙ 국부군 중화민국 국민 정부의 군대.

대로 털썩 쓰러졌다. 바른편 팔 위에 경련이 일어난다. 혓바닥을 꾹 깨물고 고통의 일순을 넘겼다. 인제 모든 것은 끝나는 것이다. 선임 하사의 생각이 이어온다.

"소대장님, 제 위치는 결정되었습니다. 안심하십시오."

분명히 밀을 끝낸 신임 하사는 햇볕이 조용히 깃드는 양지쪽으로 기어가서 늙은 떡갈나무에 등을 기대고 앉았다.

햇볕을 받아가며 조용히 내리감은 눈. 비애도, 슬픔도, 고독도, 그 어느 하나도 없다. 다만 눈 속에 덮인 산속의 적막, 이것이 그의 얼굴 위에 내릴 뿐이다. 의식을 잃은 듯 몸이 점점 비스듬히 허물어지다가 털썩 쓰러졌다. 그는 급히 다가서서 선임 하사를 일으키려 하였다. 그 순간 눈을 가늘게 떴다. 입가에 미소가 가벼이 흐른다. 햇볕이 따스히 그 입가의 미소를 지킨다.

"이대로……."

눈을 감았다. 잠시 가는 숨결이 중단되며 이어갔다.

무릎까지 파묻히는 눈 속을 헤치며 남쪽으로 남쪽으로 걸었다. 몇 번이고 의식을 잃고 그대로 쓰러졌다. 때로는 눈보라와 종일 싸워야 했고 알 길 없는 방향을 더듬으며 헤매어야 했다. 발이 얼어 감각이 없다. 불안, 절망이 그를 엄습하기 시작하였다. 내가 잡은 이 방향이 정확한 것인가? 나의 지금 이 위치는? 상의할 아무도 없다. 나 하나뿐. 그렇다고 이대로 서 있을 수도 없다. 그는 한 걸음 한 걸음 눈 속을 헤치며 걸었다. 어디까지 이렇게 걸어야 하는 것인가? 언제껏 이렇게 걸어야 하는 것인가? 밤이면 눈 속에 묻혀서 잤다. 해가 뜨면 또 걸어야 한다. 계곡, 비탈, 눈이 쌓인 관목 숲, 깎아 세운 듯 강파르게* 솟은 산마루. 그는 몇 번이고 굴러 떨어졌다. 무릎이 깨어지고 옷이 찢어졌다. 피로와

• 강파르다 산이나 길이 몹시 비탈지다.

기아. 밤이면 추위와 더불어 고독이 엄습한다. 악몽, 다시 뒤덮이는 악몽. 신음 끝에 눈을 뜨면 적막과 어둠뿐. 자주 흩어지는 의식은 적막 속에 영원히 파묻혀만 간다. 나는 이대로 영원히 눈 속에 묻혀 사라져버리는 것이 아닌가? 그러나 밤은 지새고 또 새벽은 온다. 그는 일어났다. 눈 속을 또 헤쳐야 한다. 산세는 더욱 험악하여만 가고 비탈은 더욱 모질다. 그는 서너 길이나 되는 비탈길에서 감각을 잃은 발길의 헷갈림으로 굴러떨어졌다. 잠시 의식을 잃었다가 다시 본정신이 돌기 시작하였을 때 그는 어떤 강한 충격으로 입술을 꽉 깨물었다. 전신이 쿡쿡 쑤신다. 그는 기다시피 하여 일어섰다. 부르쥔 주먹이 푸들푸들 떨고 있다. 세 길……네 길……까마득하다. 그러나 올라가야만 한다. 그는 입을 악물고 기어오르기 시작하였다. 정신이 다자꾸 흐린다. 하늘이 빙그르르 돈다. 그는 눈을 꽉 감고 나무뿌리를 움켜쥔 채 잠시 정신을 가다듬는다. 또 기어오른다. 나무뿌리가 흔들릴 때마다 눈 덩어리와 흙덩어리가 부서져 내린다. 악전 끝에 그는 비탈에 도달하였다. 도달하던 순간, 그는 의식을 잃고 그대로 쓰러졌다.

밤이 온다. 또 새벽이 온다. 그는 모든 것을 잊었다. 한 발자국, 눈을 헤치며 발걸음을 옮기는 것, 이것이 그에게 남은 전부였다. 총을 둘러 멜 기운도 없어 허리에다 붙들어 매었다. 그는 자꾸 흩어지는 의식을 가다듬어가며 발을 옮겼다.

한 주일째 되던 저녁, 어슴푸레하게 저녁이 깃들 무렵 그는 이 험한 준령을 정복하고야 말았다.

다음날, 해가 어언간(於焉間) 높아졌을 무렵에 그는 눈을 떴다. 그는 순간 놀라지 않을 수 없었다. 바로 눈앞 C자 형으로 산줄기가 돌아 나간 그 움푹 파인 복판에 집들이 점점이 산재하여 있는 것이 아닌가! 이

• 어언간(於焉間) 느끼지 못하는 사이에.

것을 모르고 눈 속에서 밤을 보냈다니…… 소복이 집들이 돌려 앉은 마을! 가슴이 뭉클하고 눈물이 핑 돌았다. 그는 눈물을 머금으며 마을로 내려갔다. 마을 어귀에 다다랐다. 집 문들이 제멋대로 열어젖혀진 채 황량하다. 눈이 마을 하나 가득히 쌓인 채 발자국 하나 없다. 돼지우리, 소 헛간, 아! 사람들이 사는 곳! 그는 방 안으로 들어갔다. 열어젖힌 장롱…… 방바닥 하나 가득히 먼지 속에 흩어진 물건들…… 옷! 찢어진 낡은 옷들! 그는 그 옷들을 주워서 꽉 움켜쥐었다. 사람 냄새…… 땟국에 젖은 사람 냄새…… 방 안을 둘러본다. 너무도 황량하다. 사람이 사는 곳이 이렇게 황량해질 수는 없는 것만 같이 느껴진다. 아무리 몇 번이고 보아 온 그것이었다 할지라도…….

그 순간 그는 이상한 발자국 소리를 듣고 한쪽 벽으로 몸을 피했다. 흙이 부서진 벽 구멍으로 밖의 동정을 살폈다. 아무 일도 없는 것 같다. 스산한 내 정신의 탓인가? 그러나 다음 순간 그는 확실히 사람들의 음성을 들은 것 같았다. 기대와 긴장이 동시에 서린다. 그는 담 구멍을 통하여 사방을 유심히 살폈다. 약 오십 미터쯤 떨어진 맞은편 초가집 뒤 언덕길을 타고 한 떼가 몰려가고 있다. 그들은 얼마 안 가 걸음을 멈췄다.

멀리서 보기에도 확실히 군인임엔 틀림없다. 미군 전투 복장도 끼여 있는 듯하다. 벌써 아군 선내에 들어와 있는 것인가? 그러면……? 그는 숨죽여 이 광경을 지키고 있다. 그러나 좀 수상쩍은 데가 있다. 누비옷을 입은 군인의 그 누비옷의 형식이 문제다. 그는 좀 더 자세히 이 정체를 파악하기 위하여 맞은편 초가집으로 옮겨가지 않으면 안 되었다. 그는 담벽을 따라 교묘히 소 헛간과 짚 낟가리 등 엄폐물을 이용하여, 그 집 뒷마당까지 갈 수 있었다. 뒷 담장에 몸을 숨기고 무너진 담 구멍으로 그들의 일거일동을 지켰다. 눈앞의 그림자처럼 아른거린다. 그들이 주고받는 말소리가 간간이 들려온다.

동무…… 총살, 이 두 마디가 그의 머릿속에 못 박혔다. 눈앞이 아찔하다. 그는 더욱 정신을 가다듬고 그들의 일거일동을 살폈다. 머리가 텁수룩하고, 야윈 얼굴에 내의 바람의 한 청년이 양손을 등 뒤로 묶인 채 맨발로 서 있는 것이 눈에 띄었다.

"동무는 우리 인민의 처사에 대하여 이의가 있소?"

그 위엄으로 보아 대장인가 싶다.

"생명체와 도구와는 다른 것이오. 내 이상 더 무엇을 말하고 싶겠소? 나는 포로가 되었을 때 비로소 내가 확실히 호흡하고 있는 인간이라는 것을 알았을 뿐이오. 나는 기쁘오. 내가 한 개의 기계나, 도구가 아니었다는 것, 하나의 생명체인 인간으로서 살아 있었다는 것, 그리고 인간으로서 죽어간다는 것, 이것이 한없이 기쁠 뿐입니다."

명확하고 차가운 음성이었다.

"좋소."

경멸적인 조소가 입술에 어렸다.

"이 둑길을 따라 똑바로 걸어가시오. 남쪽으로 내닿는 길이오. 그처럼 가고 싶어 하던 길이니 유감은 없을 거요."

피해자는 돌아섰다. 한 발자국, 한 발자국 걷기 시작하였다. 뒤에서 두 놈이 총을 재었다.

바야흐로 불길을 뿜으려는 총구를 등 뒤에 받으며, 주저 없이 정확한 걸음걸이로 피해자는 눈길을 맨발로 헤쳐가고 있다. 인제 몇 발의 총성과 더불어 그는 무참히 쓰러지고 말 것이다. 곧 바로 정면에 눈 준 채 조금도 흩어질 줄 모르는 그의 침착한 걸음걸이……

눈앞이 빙빙 돈다. 그는 마치 저 언덕길을 걸어가고 있는 것이 자기인 것만 같았다. 순간 그는 총을 꽉 움켜쥐었다. 내일을 위해 오늘의 싸움을 피한다는 것은 비겁한 수단이다. 지금 저 눈길을 걸어가고 있는 피해

자는 그가 아니라 나 자신이다. 내가 지금 피살당하러 가고 있는 것이다. 쏴야 한다. 그는 사수를 겨누었다. 숨죽이는 순간 이미 그의 두 총구에서는 빗발같이 총알이 쏟아져 나갔다. 쓰러진다. 분명히 두 놈이 쓰러졌다. 그는 다음다음 연달아 쏘았다. 일순간이 지나자 응수가 왔다. 이마에서 줄곧 땀이 흐른다. 눈앞이 돈다. 선신의 근육이 개머리판의 신동에 따라 약동한다. 의식이 자주 흐린다. 그는 푹 고개를 묻고 쓰러졌다. 위기일발, 다시 겨눈다. 또 어깨 위에 급격한 진동이 지나간다. 다자꾸 흩어지는 의식, 놈들의 사격이 뚝 그쳤다. 적은 전후 좌우방으로 흩어져서 육박하여 오고 있다. 의식을 잃은 난사. 그는 벌떡 일어섰다.

그 순간 푹 쓰러졌다. 의식이 깜박 사라진다. 갓 지나간 격렬한 총성의 여음이 귓가에서 감돈다. 몸 어느 한 구석이 쿡쿡 찌르고, 끈적끈적한 액체가 흘러내리고 있는 것 같다. 소리가 난다. 무엇이 다가오고 있다. 머리를 쾅 하고 내리친다. 그 순간 의식을 잃었다.

바른편 팔 위에 격통이 일어난다. 그 간신히 왼편 손으로 바른편 팔을 엎쓸어* 더듬었다. 손끝에 오는 감촉이 끈적끈적하다. 손을 떼었다.

눈앞으로 가져갔다. 그 손끝과 손가락 사이에는 피, 검붉은 피가 함뿍 젖어 있다. 어디선가 두런두런 말소리가 들린다. 담배 연기가 자욱하다. 먼지와 거미줄이 뽀야니 늘어붙은 찢어진 천장 구멍으로 사라져 간다. 방 안이다. 방 안에 눕혀져 있는 것이다. 이따금 흰 눈을 밟고 지나가는 발자국 소리가 희미한 의식 속에 떠오른다. 점점 멀어져가는 발자국 소리를 따라서 그의 의식도 희미해진다.

그 후 몇 번이고 심문이 지나갔다. 모든 것은 결정되었다.

인제 모든 것은 끝나는 것이다. 얼음장처럼 밑이 차다. 아무 생각도 없다. 전신의 근육이 감각을 잃은 채 이따금 경련을 일으킨다. 발자국

• 엎쓸다 '휩쓸다'의 경상남도 방언.

소리가 난다. 말소리도. 시간이 되었다 보다. 문이 삐거덕거리며 열리고 급기야 어둠을 헤치고 흘러들어오는 광선을 타고 사닥다리가 내려올 것이다. 숨죽인 채 기다린다. 일순간이 지났다. 조용하다. 아무런 동정도 없다. 어쩐 일인가……? 몽롱한 의식의 착오 탓인가. 확실히 구둣발 소리다. 점점 가까워 오는……정확한……그는 몸을 일으키려 애썼다. 고개를 들었다. 맑은 광선이 눈부시게 흘러들어온다. 사닥다리다.

"뭐 하고 있어! 빨리 나와!"

착각이 아니었다. 그들은 벌써부터 빨리 나오라고 고함을 지르며 독촉하고 있었다. 한단 정신을 가다듬고 감각을 잃은 무릎을 힘껏 고여 짚으며 기어올랐다. 입구에 다다르자 억센 손아귀가 뒷덜미를 움켜쥐고 끌어당겼다. 몸이 밖으로 나가는 순간 눈 속에서 그대로 머리를 박고 쓰러졌다. 찬 눈이 얼굴 위에 스치자 정신이 돌아왔다. 일어서야만 한다. 그리고 정확히 걸음을 옮겨야 한다. 모든 것은 인제 끝나는 것이다. 끝나는 그 순간까지 정확히 나를 끝맺어야 한다.

그는 눈을 다섯 손가락으로 꽉 움켜쥐고 떨리는 다리를 바로 잡아가며 일어섰다. 그리고 한 걸음 한 걸음 정확히 걸음을 옮겼다. 눈은 의지적인 신념으로 차가이 빛나고 있었다.

본부에서 몇 마디 주고받은 다음, 준비 완료 보고와 집행 명령이 뒤이어 떨어졌다.

눈이 함빡 쌓인 흰 둑길이다. 오! 이 둑길…… 몇 사람이나 이 둑길을 걸었을 거냐. 훤칠히 트인 벌판 너머로 마주선 언덕, 흰 눈이다. 가슴이 탁 트이는 것 같다. 똑바로 걸어가시오. 남쪽으로 내닿은 길이오. 그처럼 가고 싶어 하던 길이니 유감은 없을 거요. 걸음마다 흰 눈 위에 발자국이 따른다. 한 걸음, 두 걸음 정확히 걸어야 한다. 사수(射手) 준비! 총탄 재는 소리가 바람처럼 차갑다. 눈앞엔 흰 눈뿐, 아무것도 없다. 인제 모든 것은 끝난다. 끝나는 그 순간까지 정확히 끝을 맺어야 한다. 끝나는 일초 일각까지 나를, 자기를 잊어서는 안 된다.

걸음걸이는 그의 의지처럼 또한 정확했다. 아무리 한 걸음, 한 걸음 다가가는 걸음걸이가 죽음에 접근하여 가는 마지막 길일지라도 결코 허튼, 불안한, 절망적인 것일 수는 없었다. 흰 눈, 그 속을 걷고 있다. 흰 칠히 트인 벌판 너머로, 마주선 언덕, 흰 눈이다. 연발하는 총성. 마치 외부 세계의 잡음만 같다. 아니 아무것도 아닌 것이다. 그는 흰 속을 그대로 한 걸음 한 걸음 정확히 걸어가고 있었다. 눈 속에 부서지는 발자국 소리가 어렴풋이 들려온다. 두런두런 이야기 소리가 난다. 누가 뒤통수를 잡아 일으키는 것 같다. 뒤허리에 충격을 느꼈다. 아니, 아무것도 아니다. 아무것도 아닌 것이다.

흰 눈이 회색빛으로 흩어지다가 점점 어두워간다. 모든 것은 끝난 것이다. 놈들은 멋쩍게 총을 다시 거꾸로 둘러메고 본부로 돌아들 테지. 눈을 털고 추위에 손을 비벼가며 방 안으로 들어들 갈 것이다. 몇 분 후면 화롯불에 손을 녹이며 아무 일도 없었던 듯 담배들을 말아 피우고 기지개를 할 것이다. 누가 죽었건 지나가고 나면 아무것도 아니다. 모두 평범한 일인 것이다. 의식이 점점 그로부터 어두워갔다. 흰 눈 위다. 햇볕이 따스히 눈 위에 부서진다.

1 이 소설의 주인공은 현재 어떤 상황에 처해 있나요?

2 이 소설에서 나타난 서술 시점의 변화 방식에 관해 설명한 후, 작가가 이러한 서술 전략을 선택할 수밖에 없는 이유가 무엇이었을지 생각해 보세요.

3 주인공은 포로로 붙잡힌 후 무사히 살아날 수 있는 기회도 있었습니다. 그러나 결국 그가 죽음을 맞게 된 직접적인 이유는 무엇일까요? 본문에서 그 근거를 찾아 이를 바탕으로 서술하세요.

1 주인공은 밤중의 어둠과 추위 속에서 오랜 시간 눈밭을 헤매다가 날이 새자 문득 사람 사는 마을을 발견하게 됩니다. 이때 주인공은 어떤 심성이었을까요? 다음에 제시된 그의 독백을 참조하여 적어 보세요.

> 소복이 집들이 둘러앉은 마을! 가슴이 뭉클하고 눈물이 핑 돌았다. (중략) 돼지우리, 소 헛간, 아! 사람들이 사는 곳! 열어젖힌 장롱…… 방바닥 하나 가득히 먼지 속에 흩어진 물건들…… 옷! 찢어진 낡은 옷들!…… 아 사람의 냄새! 땟국에 젖은 사람 냄새! 방 안을 둘러본다. 너무도 황량하다. 사람 사는 곳이 그렇게 황량해질 수는 없는 것 같다.

2 오랜 군대 생활과 전투를 경험한 '선임 하사'는 다음과 같은 신념을 피력합니다. 이에 대한 여러분의 입장(동의하는지, 그렇지 않은지)을 밝히고, 그 이유를 간단히 설명해 보세요.

> "사람은 서로 죽이게끔 마련이오. 역사란 인간이 인간을 학살해 온 기록이니까요. 그렇게 생각지 않으시오? 난 전투가 제일 재미있소. 전투가 일어나면 호흡이 벅차고 내가 겨눈 총구에 적의 심장이 아른거릴 때마다 나는 희열을 느낍니다. 나는 그 순간 역사가 조각되고 있는 것같이 느껴지거든요. 사람이란 별 게 아니라 곧 싸우는 것을 의미하고, 싸우다 쓰러지는 것을 의미합니다."

1 이 소설의 서술 방식은 주제에 어떤 영향을 미치고 있나요?

2 주인공의 입장과 대응방식에 대해 평가하는 글을 써 보세요.

1.

　이 소설은 처음에는 1인칭 시점의 내적 독백 형식으로 서술을 시작하고 있다. 이는 곧 처형될 처지에 놓인 인간의 절박한 상황과 그의 심리를 부각하는 데 가장 자연스럽고도 효과적인 방식이라 할 수 있다. 당사자가 직접 체험한 내용을 당사자의 입으로 직접 전하는 방식만큼 독자에게 생생하게 느껴지는 것은 없을 것이기 때문이다. 그러나 이 소설의 주인공이 어떤 이유로, 어떤 과정을 거쳐 현재의 처지에 놓이게 되었는가를 밝히기 위해서는 제 삼자의 객관적 시각과 설명이 필요하다. 곧 죽을 목숨인 주인공에게 이에 대한 장황한 회상이나 설명을 하도록 요구할 수는 없는 노릇이기 때문이다. 뿐만 아니라 그의 의식이 흐릿해지는 상황이나 의식이 완전히 끊기면서 죽음을 맞는 상황을 묘사하는 데에도 제 3자의 시각이 불가피하다. 이러한 이유에서 이 소설은 초반부를 제외한 대부분의 서술에서 3인칭 전지적 작가 시점을 취하고 있다. 눈여겨 볼 점은 3인칭 시점의 서술이 진행되는 도중에도 종종 1인칭 서술이 나타나고 있는 점인데, 이는 인물의 절박한 내면 상황을 부각하기 위한 의도적 장치라 할 수 있다.

　말하자면 이 소설은 1인칭 시점과 3인칭 시점의 혼용을 통해 인물의 심리와 객관적 정황이라는 두 마리 토끼를 동시에 겨냥하고 있는 셈이다. 이러한 서술 방식이 궁극적으로는 전쟁과 죽음이라는 극한의 상황에 처한 인간의 실존적 고뇌와 결단을 그려 내는 데 효과적으로 기여하고 있음은 말할 나위도 없다.

2.

이 소설의 주인공은 6·25 전쟁 중 국군 소대장 즉 남측 군인의 신분으로 북측 공산군과 맞서 싸우다가 그들의 포로가 되어 마침내 죽음을 맞는 인물로 등장한다. 그런데 그가 죽기 직전의 1시간이라는 유예의 시간은 곧 그가 살아날 기회를 얻을 수도 있는 시간이기도 했다. 하지만 그는 상대측의 제안, 즉 '계급의식'과 '나쁜 근성'을 버리고 투항한다면 살려주고 싶다는 인민군의 회유에도 굴하지 않고 결연히 죽음을 선택하기로 작정한다.

여기서 한 가지 따져볼 점은, 인민군이 그에게 부여해 준 마지막 '유예'의 시간이자 '선택'의 기로에 선 그가 어떤 선택을 할 것인지를 고민하는 모습이나 과정은 사실상 전혀 나타나 있지 않다는 점이다. 그는 최인훈의 「광장」의 주인공 '이명준'과 같이 사회 체제나 이념 등에 관해 나름의 객관적 분석을 행하거나 신념을 밝히거나 고민의 과정을 드러내는 대신, 이미 정해진 하나의 입장, 즉 "생명체를 도구로 보"는 북쪽의 사회주의에 대한 반감과 "하나의 생명체인 인간"으로서 살아 있게 한 남쪽의 이념을 옹호하는 입장을 바탕으로 과감히 죽음을 수용하는 실존적 의지만을 드러내고 있다. 요컨대, '남쪽'을 택해야 할 이유, 그리하여 '죽음'을 택할 수밖에 없는 이유가 좀 더 상세한 분석이나 설득력 있는 근거를 통해 제시되지 않는 한, 오상원의 주인공은 주관적 편향성을 가진 단순한 인물로 비판받을 여지가 없지 않은 것이다.

똥도사 가는 길

조성기(경상남도 고성, 1951년 3월 30일~　)

서울대 법대를 졸업하고 1971년 『동아일보』 신춘문예에 「만화경」이 당선되어 등단했습니다. 그러나 출세를 위한 고시공부, 문학과 종교라는 세 갈래의 갈림길에서 오랜 기간 갈등하다가, 1985년 장편소설 「라하트 하헤렙」을 발표하면서 본격적으로 창작활동을 시작했습니다. 1991년 「우리 시대의 소설가」로 이상문학상을 수상하였고, 인간 본연의 모습을 찾아 초월과 세속 사이에서 방황하며 구원을 찾는 소설을 주로 썼습니다. 소설집으로 『굴원의 노래』, 『통도사 가는 길』, 『안티고네의 밤』이 있고, 장편소설로 「라하트 하헤렙」과 「너에게 닿고 싶다」 등이 있습니다.

「통도사 가는 길」은 작가 조성기가 화자로 등장하는 에세이 형태의 소설입니다. 그는 여행을 떠나며 자신의 내면을 들여다봅니다. 그것은 통도사가 '통도사(通道寺)'인 줄 알았다가 '통도사(通度寺)'라는 것을 알아가는 과정이기도 합니다. 이 소실은 밑실수 같은 언어석 체험을 봉해서 내면에 억압되어 있던 무의식의 실체를 밝혀나가는 구조입니다. 표면적으로는 여정이라는 서사의 축을 따라 진행되지만, 사실상 '나'의 의식의 흐름이 깨달음을 향해 나아가는 중심축이 됩니다.

잃어버렸거나 놓쳐버린 것을 찾아주는 역할을 한다는 점에서 이 소설은 구도(求道)의 소설로 볼 수 있습니다. 화자인 '나'는 사랑하는 이에게 절교를 통보받은 후, 『초사』(굴원)와 『반야심경』 2권을 챙겨 여행을 떠납니다. '반야심경'은 마음이 완전히 비워진 상태인 '무[無]'의 경지를, '초사'는 임에게 도달하지 못해 강물에 뛰어들어 죽음을 택한 굴원의 심정을 의미합니다. 떠나오는 내내 '나'는 '그녀'에게 전화를 하고 싶은 충동에 시달립니다. 그러다 마침내 표면적 목적지인 통도사의 초입에서 공중전화 박스를 발견하지만 끝내 전화를 걸지 못합니다. 그리고 통도사로 들어가게 된 '나'는 대웅전에서 어머니의 환영과 마주합니다. 그 모습은 대전으로 압송당하는 아버지를 떠나보내고, 삼랑진역 플랫폼에 홀로 서 있던 어머니의 모습이었습니다. '나'는 통도사에 이르러서야 비로소 자신이 잘못 알고 있던 통도사의 의미를 새롭게 깨닫게 되는, 인식의 전환을 이루게 됩니다.

여행이란 일상의 짐을 내려놓기 위해서, 혹은 어떤 문제를 해결하기 위한 목적으로 떠나는 것입니다. 주인공 '나' 역시 '그녀'와의 관계에서 막힌 길을 뚫기 위해 길을 떠납니다. 이별의 상황을 바꿔 보고자 노력하지만 결국 그녀와 나 사이에 만들어진 '빈 공간'의 의미를 새롭게 깨달을 뿐입니다. 통도사 대웅전 좌대에 비어 있는 공간처럼, 그것은 바깥과 안의 경계가 없는, 거대한 문 자체였던 것입니다. 주인공은 언덕 위 '법당 안 푸른 기운' 속에서 법열*을 느끼며 '통도(通度)'의 의미를 깨닫게 됩니다. 그로 인해 '나'는 '에고'로부터 해방된 존재로 거듭납니다.

---

* **법열** 깊은 이치를 깨달았을 때 느끼는 아주 큰 기쁨.

13

통도사 가는 길

조성기

나는 왜 통도를 '通道'로 알았을까

배낭 하나를 어깨에 메고 훌쩍 여행길에 올랐습니다. 실직자도 아니면서 언제나 마음만 먹으면 여행을 할 수 있다는 것도 여간 큰 특권이 아닙니다. 내 친구 변호사는 자기도 자유직이라면서, 하루 동안 임의로 사무실에 나가지 않고 「우리는 제네바로 간다」[•]식으로 술집 아가씨를 고향으로 데려다주고 온 이야기를 진지하게 한 적이 있었는데, 그 친구도 하루 이상은 그런 시간을 내기가 어려울 것입니다.

사실, 내가 판사나 변호사가 되지 않고 목사가 되지 않고 작가가 된 것은, 이 여행의 자유를 위함이라 하여도 과언이 아닙니다. 어디 여행의 자유뿐이겠습니까.

나는 배낭 속에 세면도구들과 함께 굴원(屈原)[•]의 시집이라 할 수 있는

• 「우리는 제네바로 간다」 송영수 감독의 영화로, 베트남 전쟁 참전 용사인 주인공이 밑바닥 인생을 사는 여자와 이별한 뒤 마음속 이상향인 세네바를 향해 떠난다는 내용이다. 영화 원제목은 「우리는 지금 제네바로 간다」.
• 굴원(屈原) 중국 전국시대의 정치가이자 애국 시인.

『초사(楚辭)』 제1권과 제2권을 넣고 떠났습니다. 명지대학교 출판부에서 나온 책으로, 송정희 교수가 번역을 하였더군요. 일전에 태종출판사에서 하정옥 교수 번역으로 내놓은 굴원 시집은 이미 다 읽었는데, 이번에 또 『초사』를 가지고 간 것은 번역의 차이로 인한 묘미를 느껴보려 한 것이지요. 그리고 이번 시집이 더 많은 분량의 시를 담고 있는 것으로, 아마 굴원이 지었다고 하는 시는 다 실은 모양입니다.

왜 하필 굴원의 시집을 들고 갔느냐구요. 요즈음 내가 굴원의 생애를 소설화하는 작업을 하고 있기 때문이기도 하지만, 무엇보다 내 마음의 상태 때문이라고 해야 되겠지요.

나는 오후에 강남고속버스 터미널 매표소로 가서 사천육백 원에 대구행 승차권을 한 장 끊었습니다. 고속버스를 혼자 탈 때마다 경험하는 일이지만 나의 옆자리에 누가 앉을 것인가, 적잖이 신경이 쓰이게 됩니다.

언젠가 한번 내가 아는 청년이 이발용 면도칼로 할복자살을 기도했다는 소식을 듣고 그 청년의 누나와 함께 고속버스를 타고 급히 청주로 내려간 적이 있었습니다. 병원 병실에서, 다행히 목숨을 건진 그 청년을 만나 몇 마디 위로의 말을 건네고 나는 혼자 다시 고속버스를 타고 서울로 올라왔습니다.

차창 너머로는 저녁놀이 갖가지 색깔로 변모해가며 먹빛으로 잦아들고 있었습니다. 나는 그 청년이 자살을 기도한 이유에 대해 내 나름대로 추리를 해보면서 인생과 죽음의 의미들을 되씹어보곤 하였습니다. 나의 평범한 일상에 자살 기도라는 사건을 안고 뛰어들어 내 마음을 무겁게 만든 그 청년이 얄미워지기도 하였습니다. 얄미운 감정이 생긴 것은 그가 죽지 않고 살아났기 때문일 것입니다. 실패한 자살 기도는 종종 주위 사람으로 하여금 우롱당한 기분을 느끼게 하기도 하니까요.

• 『초사(楚辭)』 중국의 시가를 모아놓은 문집.

이런저런 생각들로 나는 내 옆 좌석에 앉은 사람에 대하여 신경을 쓸 겨를이 없었습니다. 그 사람은 서른쯤 되어 보이는 여자였습니다. 그 여자도 나에게 말을 걸지 않았고 나도 한마디 건네지 않았습니다. 차체의 진동으로 인하여 약간씩이나마 어깨가 서로 닿을 법도 한데, 창가에 앉은 내가 워낙 차창 쪽으로 몸을 틀고 있었기 때문인지 그런 감촉조차 전혀 느끼지 못했습니다. 그 여자와 나는 완전한 타인으로 그렇게 청주에서 서울까지 올라왔습니다.

그런데 강남터미널에 버스가 도착하여 승객들이 막 일어설 무렵이었습니다. 그 여자가 내 쪽으로 고개를 돌리며 처음이자 마지막으로 나에게 말을 하였습니다.

"감사합니다."

그러고는 조용히 일어서서 승강구로 다가가는 승객들 사이에 끼어들었습니다. 나는 잠시 얼떨떨해 있다가 가방을 챙겨 들고 몇 사람 건너 그 여자의 뒤편에서 천천히 승강구로 향해 갔습니다. 말총 모양으로 단아하게 묶은 그 여자의 뒷머리채를 훔쳐보면서, 그 여자가 왜 나에게 감사하다고 인사를 했는지 그 이유가 궁금해 견딜 수 없었습니다. 그러나 나는 버스에서 내리는 그 여자를 뒤따라가서 말을 걸거나 하지는 않았습니다.

감사합니다.

그 여자의 처음이자 마지막 말이 그 이후에도 간혹 내 귓가에서 맴돌곤 하였습니다. 도대체 그 여자가 나에게 감사할 이유가 어디에 있단 말인가. 그 이유를 헤아린다는 것은 청년이 자살을 기도한 까닭을 추리해 보는 것보다 더 어려운 듯싶었습니다.

이번에는 내 옆좌석에 아무도 앉지 않았습니다. 평일이라 그런지 좌석들이 제법 많이 비어 있었습니다. 서울에서부터 좌석이 빈다면 대구까지 그대로 비어 있게 된다는 것을 알고 있는 나는, 내 옆자리를 흘끗 흘끗 비껴보면서 묘한 감정에 젖어들었습니다. 나는 대구까지 비어 있는 자리와 동행해야 하는 것입니다. 비어 있는 자리.

문득 『반야심경』의 구절들이 하얀 나비 떼들처럼 나의 뇌리에서 퍼덕이며 날아올랐습니다. 그 이백육십 자밖에 되지 않는 『반야심경』을 아예 외어버린다고 작정하고 한번 쭉 머릿속에 집어넣은 적이 있는데, 매일 독송을 하지 않으니 자연히 기억이 희미해져 단편적인 문구들만 앞뒤 순서가 뒤바뀐 채 간혹 의식의 표면으로 불현듯 떠올라 오곤 하는 것이었습니다. 그러나 맨 앞부분과 맨 뒷부분은 제법 순서대로 외고 있지요.

관자재보살 행심반야바라밀다시 조견오온개공 도일체고액 사리자 색불이공 공불이색…… 아제아제 바라아제 바라승아제 모지사바하. 『반야심경』의 주제는 알다시피 모든 것이 없다는 것 아닙니까. 물질도 없고 감각도 없고 의식도 없고 의지도 없고 지식도 없고, 눈과 귀와 코와 혀도 없고 몸과 마음도 없고, 형태와 소리와 냄새와 맛과 감촉과 법도 없고, 눈으로 보는 영역에서 의식의 영역에 이르기까지 모든 것이 없다는 것이지요. 무명˙도 없고 늙음과 죽음도 없고 괴로움도 없고, 괴로움을 없애는 길도 없고 지혜도 없고 무언가 얻을 것도 없다 이거지요. 얻을 것이 없으니 마음에 걸림이 없고, 걸림이 없으므로 일체의 두려움이 없어 헛된 망상에서 벗어나 완전한 열반에 이르게 된다는 말이지요.

없을 무(無) 자가 스무 번 이상이나 반복되고 있는 『반야심경』을 매일 마음 써서 독송한다면, '있다'라는 환상에서 깨어나게 되는 날이 오고야 말겠지요. 말하자면 공(空)의 한복판으로 들어가는 것이지요.

• **무명(無明)** 불교에서 말하는 모든 고통의 근본 원인. 잘못된 의견이나 집착 때문에 진리를 깨닫지 못하는 마음의 상태를 말함.

어느 날 새벽 세 시경에 일어나 아득한 적막 속에서 『반야심경』을 다시 읽어 본 적이 있는데, 그 순간에는 그야말로 한 구절 한 구절이 가슴에 파고들어 침침한 두 눈이 밝아지는 기분이었습니다. '없다'는 말이 무슨 말인지 이해가 될 것도 같았습니다. 이런 순간이 좀 더 지속된다면 현장법사와 같이 득도의 경지에 이르는 것이 아닌가 여겨지기도 하였습니다. 하지만 『반야심경』은 도가 없으니 득도할 것도 없다고 말하고 있지요.

내 옆에 비어 있는 자리를 보고 그 빈자리와 대구까지 동행해야 한다는 사실을 인식하면서 『반야심경』의 구절들을 떠올린 것은, 그리 부자연스러운 일은 아니었지요. 무엇보다 그 옆자리에 그녀가 없다는 것을 절감하고 있었으니까요. 그리고 내가 여행의 목적지로 삼고 있는 곳으로 인하여 더욱 그런 연상 작용들이 일어났겠지요.

대구로 가는 길에 차창 너머 산야를 바라보니, 벌써 진달래가 피어 있는 산기슭도 눈에 띄었습니다. 고속도로변에 심어놓은 개나리들도 노란색을 뒤집어쓰기 시작하더군요. 연둣빛으로 물이 오르는 나무와 풀 들. 온 천지에 거대한 생명의 윤회가 일어나고 있었습니다. 그런데 그녀와 나의 봄은 이토록 허전한 겨울이 되고 말았습니다.

그날 저녁 그녀는 나와 함께 좌석버스를 타고 가면서 봄을 몹시 싫어하는 이유를 말했습니다. 봄이 되면 맨 먼저 학창 시절의 최루탄 가스가 생각난다고 하였습니다. 그 부연 연기 속에서 전경들에게 떼밀려 교정 화단의 붉은 철쭉꽃 더미를 끌어안고 쓰러지며 머리가 거꾸로 처박히곤 했다고 하였습니다. 머리가 터져 흐르는 피, 선홍빛 철쭉, 깨어진 이마 뼈 대신에 플라스틱 인조 뼈를 끼워 넣은 학우들.

그리고 그녀는 왜 봄에 역사상 유명한 혁명들이 일어나는지 아느냐고 하면서 봄의 심리학을 펼치기 시작했습니다. 그때 나는 이번 봄에 그녀와 나의 관계에도 혁명이 일어나리라는 것을 예감하며 두려움에 젖었습니다. 그 혁명은 밝은 혁명이 아니라 어두운 혁명일 것이기 때문이었습니다.

예감했던 대로 긴 겨울이 지나자 어두운 혁명은 일어났고, 나는 이렇게 홀로 여행길에 올랐습니다.

대구 터미널에 내리니 벌써 어스름이 길거리에 깔리고 있었습니다. 나는 근처 식당에서 간단히 저녁 식사를 한 뒤 빨리 자리를 정해 쉬고 싶은 생각에 적당한 여관을 찾아보았습니다. 거기 터미널 근방에는 여관촌이 형성되어 저마다 무슨무슨 장 여관이니 모텔이니 하며 네온사인들을 밝히고 있었지만, 소음에 민감한 내가 선뜻 들어갈 만한 여관은 잘 나타나지 않았습니다. 도로변에 위치하지 않고, 안쪽으로 들어와 있어야 하고 스탠드나 가라오케 같은 것이 주위에 없어야 하는 등, 몇 가지 조건들을 구비한 여관을 찾기 위해 나는 여관촌 골목길을 오르락내리락하였습니다. 얼마 후 제법 조용할 것 같은 여관을 발견하고는 그곳 현관으로 들어섰습니다. 지은 지 몇 달도 되지 않은 듯 바닥의 검은 타일이 번들거렸습니다.

"방 있습니까?"

내가 현관 맞은편의 접객실을 향해 인기척을 내자

"네, 이층으로 올라가세요."

아가씨의 목소리가 접객실 창구에서 새어 나왔습니다. 그러나 다음 순간,

"아니, 혼자잖아."

두런거리는 소리가 들리더니 어떤 아주머니의 목소리가 튀어나왔습니다.

"혼자 숙박하시게요?"

"네."

"방이 없어요."

"방금 방이 있다고 했잖아요?"

내가 의아해하면서 어깨에 멘 가방을 추스르자,

"아저씨, 열시 이후에 오세요."

아가씨가 목소리를 낮추어 재빠르게 속삭이다시피 일러주었습니다. 아가씨의 어조로 보아, 지금 방이 있긴 있는데 혼자 온 손님에게는 내어주기가 곤란하다는 투였습니다. 나는 손목시계를 내려다보았습니다. 시곗바늘은 여덟 시 십 분경을 가리키고 있었습니다. 열 시 이후에 그 여관에서 방을 얻기 위해서는 두 시간 정도를 길거리에서 배회하며 보내야만 했습니다. 이 시대는 여관에 혼자 들어가 숙박하는 것이 송구스러운 일이 되고 말았습니다.

나는 몸의 피로를 진하게 느끼고 있었으므로 열 시 이후를 기다리고 싶지가 않았습니다. 그래서 그 여관보다는 장사가 덜 될 것 같은 허름한 여관을 목표로 천천히 다가가 조금 쑥스러워하며 현관으로 들어섰습니다. 과연 그곳은 혼자 오는 손님을 외면하지 않았습니다.

넓은 온돌방에 가방을 내려놓고 세면실에서 몸을 씻은 후 자리에 누우니 참으로 편안해졌습니다. 모든 현실적인 의무에서 떠나, 가정까지도 떠나 이렇게 객지의 조용한 방에 혼자 누워보는 맛이야말로 여행의 진수가 아니고 무엇이겠습니까.

지난번 일본 속의 한국 문화 탐방을 위해 일본 여행을 하였을 때 마침 나와 한방을 써야 할 짝이 등록까지 해놓고 오지 않는 바람에 일주일 내내 객실을 혼자 사용하는 혜택을 누릴 수 있었는데, 그 태평양의 밤바다 물결 소리가 들리는 아타미 해변 객실에서 혼자 있는 행복에 겨워 나도 모르게 좀 감상적인 눈물을 흘리기도 하였지요. 혼자 있기를 이렇게 좋아하는 사람이 결혼을 하고 아이들까지 낳았으니 알다가도 모를 일입니다. 아내에게는 미안한 말이지만, 나는 집에서도 내 방에서 혼자 잠을 자야만 숙면을 취할 수 있습니다. 내가 어떤 단체에 소속되는 것을 가급적 피하는 이유도 여기에 있겠지요. 내 인생에 몇 가지 가능성 늘이 있지만 작가로 살기로 고집하는 것도, 혼자 있고 싶은 욕망 때문에 그러할 것입니다. 한동안 단칸 전세방 생활을 하다가 나 혼자 잘 수 있는 내 방을 가지게 되었을 때의 그 행복감이라니. 나는 어떤 때는 내가 죽어 무덤들이 즐비한 공원묘지 같은 데 묻히면 얼마나 불편할까 염려를 하기도 합니다.

그렇게 여관방에서 혼자 누워 있는 즐거움을 만끽하고 있는데 이게 어떻게 된 일입니까.

"아흐 아흐 아아 아악."

윗방에서인지 옆방에서인지 아랫방에서인지 도저히 가늠할 수 없는 방향에서 여자의 신음 소리가 계속 들려왔습니다. 그 소리는 무슨 가락처럼 낮게 잦아졌다가 높아지고 높아졌다가 잦아지고 하다가, 드디어는 째지는 단말마•와 같은 부르짖음으로 급상승하였습니다. 그 여자는 오르가슴에 오르는 행운을 오늘 밤 쟁취하였음이 틀림없습니다. 왜 여자들은 오르가슴에 오를 때 소리를 내질러야 하는 걸까요.「양철북」영화에 보면 여자가 너무도 세게 소리를 지르는 바람에 여관방 창문이 박살 나는 희한한 장면이 나오지요. 마땅히「참을 수 없는 존재의 가벼움」이라고 제목을 붙였어야 할「프라하의 봄」영화에서도 얼마나 여주인공이 세게 소리를 지르는지. 현대에 남아 있는 몇 가지 안 되는 원시의 소리들 중 하나가 바로 저 오르가슴을 선포하는 여자의 소리이지요. 진정 꾸밈없는 싱싱한 생명의 소리. 그리고 죽음의 소리. 나는 극에 달한 여

• 단말마(斷末摩) 숨이 끊어질 때의 모진 고통.

자의 그 교성 속에서 생명과 죽음이 맹렬히 만나는 것을 체험하곤 하지요. 하지만 일생 동안 그런 소리 한 번 힘차게 내지르지 못하고 늙어가는 여자들도 있긴 있지요.

나는 다른 소음들에는 신경이 날카로운 편이지만 여성의 교성에는 비교적 너그러운 편이지요. 그런데 하나의 교성이 잦아들고 나면 다른 방향에서 교성이 일어나고 하여, 이러다가는 오늘 밤 잠을 설치고 말겠구나, 걱정이 되기도 했지요.

그러다가 지극히 자연스럽게 그녀의 몸에 대해 생각하기 시작했지요. 그녀를 안을 수 있는 기회를 어렵게 마련하긴 하였지만 그녀는 나를 위해 스웨터 하나 벗어주지 않았지요. 나는 그녀의 윗도리 한 장 벗길 수 없는 나 자신에 대해 깊은 절망감만 느꼈지요. 그녀를 안았지만 그녀를 안았다는 그 사실로 인하여 당황하기만 한 나의 모습을 상상할 수 있겠지요. 그때 나는 우리가 입고 있는 옷이 자존심 그 자체라는 것을 알게 되었지요.

그래서 그녀의 몸을 생각한다지만 자꾸만 그녀가 입었던 옷들이 함께 뒤엉켜들어 머릿속이 어지러워지기만 하였지요. 내가 그녀의 몸을 이런 식으로나마 종종 생각한다는 것을 그녀가 안다면 그녀는 얼마나 나를 경멸할까요. 그러나 내 생각을 내가 제어할 수 없는 것을 어떻게 합니까. 제어하려고 하면 할수록 더 심술을 부리는걸요. 여자의 교성이 여기저기서 계속 건너오는 이런 상황에서는 더욱 그렇지요.

그때 애써 떠올린 『반야심경』의 구절은 이러했지요. 무색성향미촉법(無色聲香味觸法). * 특히 나는 '무촉(無觸)'에 주의하였지요. 촉감이 없다. 감촉이 없다. 감촉 내지는 촉감이란 원래 없는 것이다. 그러므

---

* 무색성향미촉법(無色聲香味觸法) '보이는 것도, 들리는 것도, 냄새나는 것도, 맛 나는 것도, 만져지는 것도, 법도 없다'는 뜻.

로 감촉했다고 느끼는 것은 허상일 뿐이다. 어떤 감촉으로 인한 미련 역시 미망일 뿐이다. 흔히 사랑이라는 것도 서로를 감촉하려는 허무한 욕망에 다름 아니다.

이렇게 생각을 전개시키다가 가스통 바슐라르의 『불의 정신분석학』에서 읽은 어느 장면으로 연결되었지요. 두 나뭇가지가 마찰하여 불이 일어나자마자 그 불은 두 나뭇가지를 태워버리지요. 마지막에는 그 뜨거웠던 불도, 애타게 서로를 감촉하며 마찰했던 나뭇가지들도 없어지고 말지요. 서로를 감촉하지 않았던들, 그리하여 불이 일어나지 않았던들, 두 나뭇가지는 그대로 하나의 개체들로 남아 있었을 텐데 말입니다.

그런 식으로 '무촉'을 화두로 삼고 있는 내 귓가에서 어느새 여자들의 교성은 밤에 우는 도둑고양이 울음소리들로 변해 갔습니다. 내 방의 창문 밑 여기저기서 도둑고양이들이 울고 있었습니다. 우우우 이이잉 아 앙아앙 이이잉······

아침에 일어나 어제 저녁 식사를 한 식당에서 조반을 먹고 터미널에서 그리 떨어지지 않은 동대구역으로 가, 천사백 원을 주고 삼랑진까지 가는 통일호 기차표를 샀습니다.

한 시간 정도 기차를 타고 가니 삼랑진에 도착하였습니다. 경부선 열차를 타고 수없이 거쳐 지나간 삼랑진역이지만, 정작 내려서 역사(驛舍)의 마당을 밟아보기는 이번이 처음이었습니다. 삼랑진역 건물은 몇십 년 전이나 지금이나 별 차이가 없는 듯이 여겨지는 전형적인 시골 역사였습니다.

나는 역 앞에 대기하고 있는 택시 운전사에게 다가가, 양산 가는 버스를 타려고 하니, 시외버스 정류장으로 데려가 달라고 하였습니다. 그러자 택시 운전사는 고개를 저으며,

"여서는 양산 가는 차 없습더."

퉁명스런 목소리로 대답했습니다.

"그러면 어떻게 갑니까?"

"다시 기차 타고요. 물금까지 가서 그서 양산 가는 버스 타야 되는 깁니더."

"물금요?"

나는 생전 처음 들어보는 지명이라 다시금 확인을 해보아야만 하였습니다.

"물금 가는 완행열차가 곧 들어 올낀데 퍼떡 가서 기차표 끊으소. 그 기차 하루에 몇 번밖에 안 오는 기차라요."

나는 얼른 다시 역사 안으로 들어가 매표소에서 물금 가는 비둘기호 기차표를 백육십 원 주고 한 장 끊었습니다. 서울 전철 일 구간 요금보다 싼 기찻삯이었지요. 기차 통학 경험이 없는 나로서는 이렇게 싼 기차표를 사 본 기억이 없지요.

십 분쯤 지난 후 개찰이 시작되었으므로 나는 역사를 도로 통과하여 툭 트인 플랫폼에 서게 되었습니다. 삼랑진을 둘러싸고 있는 주변 산들이 한눈에 들어왔습니다. 높은 산은 눈에 띄지 않고, 다 고만고만한 산들이 자잘한 나무와 풀들을 조용히 이고 순박한 촌부의 모습처럼 거기이마들을 맞대고 있었습니다. 저쪽 여러 줄기의 선로 너머 낡은 담벼락 옆에는 시커멓게 마른 담쟁이덩굴이 뒤덮인 사일로˚ 같은 구조물이 서 있었는데, 이상하게도 그것이 자꾸만 내 눈길을 끌었습니다. 썩어 들어가는 양철 지붕을 그대로 이고 있는 그것은 어떻게 보면 버려진 망루와도 같이 여겨졌습니다. 이전에는 물건을 보관하는 창고용으로 쓰인 듯하였으나 지금은 전혀 사용되지 않고 있음이 분명하였습니다. 그곳은 어쩌면 들쥐들이나 뱀들이 모여 살고 있는지도 모릅니다. 그것을 뒤덮

˚ 사일로(silo) 농사지을 때 사용하는 저장 탑. 사료 등을 저장해 두는 둥근 탑 모양의 저장고.

고 있는 마른 담쟁이덩굴은 정녕 죽어 있을 것이었습니다. 아니, 어느 날 느닷없이 푸릇푸릇 살아날지도 모를 일입니다.

나는 왠지 그 구조물이 오십 년도 더 넘게 거기 세워져 있었을 거라고 추측했습니다. 그러다가 문득 나는 플랫폼 어느 자리에 붙박인 듯 서버리고 말았습니다.

"아."

나도 모르게 가만히 탄성을 발하였습니다. 나는 삼십 년 전, 좀 더 정확하게 말하면 이십구 년 전, 어머니가 서 있던 자리에 서 있는 것이었습니다. 그렇습니다. 어머니는 이십구 년 전 그날 부산에서 삼랑진까지 갔다 왔습니다.

그 초겨울날 새벽, 어머니와 나는 부산진역으로 나가 희부연 안개 속에서 수갑에 손목이 채워져 있는 아버지를 보았습니다. 두 사람씩 조를 이루어 각각 한 손에 수갑이 채워져 있는 그 열댓 명의 죄수들은 경남 지역에서 교원노조를 주동했던 교사들로 서대문형무소로 이송되려 하고 있었습니다. 호송을 맡은 형사들은 가족들이 일정한 지점까지 기차에 동승하는 것을 허락해주었습니다. 그 시절만 해도 형사들에게 이런 인간미와 여유가 있었던 모양입니다. 그것은 형사들에게 교사에 대한 존경심들이 남아 있었기 때문이기도 할 것입니다. 그때에 비해 민주화가 무척 진전된 것처럼 떠벌리는 지금의 상황에서는, 도저히 상상할 수 없는 친절한 배려인 셈이지요.

나는 학교 수업을 받기 위해 집으로 다시 돌아오고 어머니는 삼랑진까지 아버지를 따라갔습니다. 아버지와 어머니가 다정히 함께 기차여행을 한 것은 아마 그때가 처음이자 마지막일 것입니다. 아버지와 어머니가 삼랑진까지 가는 동안 무슨 이야기들을 주로 나누었겠습니까. 보나마나 중학 입시를 코앞에 둔 나에 관한 이야기들 아니었겠습니까.

어머니는 기차가 삼랑진역에 닿자 플랫폼으로 내려서서 멀어지는 아버지의 모습을 언제까지고 바라보며 손을 흔들다가 끝내 옷소매로 눈물을 훔쳤을 것입니다. 그러다가 문득 선로들 너머 저쪽의 창고 같은 구조물을 바라보았을 것입니다. 담쟁이덩굴이 막 기어오르기 시작하는 그 구조물을 보면서, 어머니는 틀림없이 형무소의 감방을 떠올렸을 것입니다.

전국 이십만의 교사들 중에서 교원노조 간부 천오백여 명을 용공분자* 로 몰아 대량 검속* 하고, 그중에서 또 골수분자 오십사 명을 전국에서 추려 군사재판에 회부하기 위해 서대문형무소로 이송하는 그 가운데 아버지가 끼어 있었으니, 감옥살이는 각오해야만 할 판이었습니다.

그때 형무소로 향하는 남편을 전송하러 삼랑진까지 왔다가 황량한 플랫폼에 내던져진 듯 서 있게 된 어머니의 나이는 갓 서른을 넘기고 있었습니다. 아버지의 나이는 어머니보다 꼭 십 년 위이므로 그 무렵 아버지는 마흔을 넘어서고 있었지요. 바로 지금의 내 나이입니다.

나이 마흔으로 넘어서니 벌써 인생 후반기를 바라보며 여러 가지 착잡한 사념들이 오가는데, 아버지는 그 나이에 시대의 한복판에서 머리띠 두르고 치열하게 싸우다 전봉준처럼 서울로 압송되고 있었습니다.

이제 삼십 년이 지나 어머니가 아버지를 전송했던 그 자리에 내가 억겁* 인연처럼 서 있게 되었습니다. 세속적으로 이야기하면, 어머니의 인생은 여기 삼랑진 플랫폼에서부터 무너지기 시작했습니다. 지금 내 나이보다 열 살이나 어린 어머니가 이 자리에 외롭게 서서 시대와 인생에 대하여 느꼈을 두려움과 불안과 무게. 나는 여기에 와서야 비로소 어머니의 어깨를 짓누른 그 인생의 짐들을 환히 보는 듯하였습니다. 그

• 용공분자(容共分子) 공산주의의 주장을 받아들이거나 그 정책에 동조하는 사람.
• 검속(檢束) 공공의 안전을 위협하거나 죄를 지을 가능성이 있는 사람을 잠시 잡아 가둠.
• 억겁(億劫) 무한하게 오랜 시간.

래서 내가 태어나서 사십 년 만에 처음으로 어머니를 진정 만나는 기분이었습니다.

햇빛은 나의 인식처럼 부드럽고 환했습니다. 저기 햇빛 너머로 기차가 달려왔습니다. 광주에서 부산진으로 가는 비둘기호였습니다.

물금으로 가는 철로변은 그야말로 그윽한 봄기운이 감돌고 있었습니다. 오른편으로 맑고 푸른 낙동강이 흐르고 왼편으로는 싱싱한 대나무밭, 진달래, 보얀 복사꽃, 개나리, 매화꽃 들이 지나가고 있었습니다. 물이 오르고 있는 부드러운 수양버들, 봉오리를 펼칠 채비를 차리고 있는 목련들도 보였습니다. 산자락 양지에 무심히 자리 잡고 있는 초가집 몇 채는 산에서 자생하는 큰 버섯처럼 보이기도 하였습니다.

완행열차의 엉성한 객석에 끼어 앉은 단거리 시골 승객들은 들판의 햇살에 그을린 얼굴로 생활고를 언뜻언뜻 내비치기도 하였지만, 건강한 웃음을 잃지 않으며 연신 농담을 주고받았습니다. 자연스럽게 우러나는 해학들. 도시인들보다 그들이 웃을 수 있는 여유를 더욱 지닌 듯이 여겨졌습니다. 봄이 되어 얼었던 마음들이 녹으면서 새싹처럼 웃음들이 비어져 나오는지도 모르겠습니다.

나는 배낭 속에만 넣어두고 아직 꺼내지도 않은 굴원의 시집을 읽어볼까 하다가, 온통 시로 변해 있는 자연을 읽기로 하고는 차창 너머의 풍경에서 눈을 떼지 않았습니다. 이렇게 좋은 봄을 싫어한다는 그녀의 마음을 그 시간에는 잘 이해할 수가 없었습니다. 어쩌면 그녀는 봄을 시기하는지도 모릅니다. 그녀만큼 같은 대상에 대하여 좋아하는 감정과 싫어하는 감정이 한데 뒤섞여 있는 여자는 일찍이 만나본 적이 없습니다. 그녀에게서는 싫어한다는 말이 좋아한다는 말과 동의어를 이루고 있는 경우가 무척 많아, 그녀의 목소리는 그냥 귀로 들어서는 혼돈을 일으키기 십상이었습니다. 언제부터인가 나는 그녀의 목소리는, 들지 않고 보아야겠다고 마음먹었을 정도입니다. 또한 그것이 그녀의 기묘한 매력이기도 하였지요.

그런데 지금 나는 그녀의 목소리를 영영 보지 못할 지경에 처하고 말았습니다. 이제는 혼돈이 일어나도 좋으니 그녀의 목소리를 듣기만이라도 했으면 하고 아쉬워하는 것입니다. 내가 방금, 소리를 보는 관음(觀音)의 단계에 대해 이야기하였다는 것을 아시겠지요. 사실 내가 그녀를 관음하려고 부단히 노력하지 않았던들 벌써, 그녀와 나의 사이는 깨어지고 말았을 것입니다. 그나마 지난겨울까지 이어져 온 것도 관음의 덕택인 셈이지요. 그러나 나의 관음이라는 것도 한계에 달했는지, 흐트러져 버린 그녀와 나의 관계를 어떻게 수습할 길이 없군요.

나의 결정적인 실수, 아니 실패는 그녀의 목소리를 진정 관음했어야 할 시점에 그만 청음(聽音)을 해버린 것이었지요. 평소에는 관음을 잘하다가 왜 그때는 청음을 해버렸는지.

"나를 안고 싶으세요? 그럼 안아주세요."

그녀가 나를 빤히 쳐다보며 또렷한 음성으로 말했을 때, 나는 그만 관음하는 것을 까먹고 덜컥 청음을 해버린 것이지요.

물금역에 내려 역사를 빠져나오면서 흘끗 역사 지붕 쪽을 올려다보았습니다. 거기 한자와 함께 역명 표지가 붙어 있더군요. 물금(勿禁). 말물. 금할 금. 참으로 희한한 한자의 결합이었습니다. 원래 물금이라는 것은 순 토박이말인데 한자어를 어색하게 차용해왔다는 느낌을 지울 수가 없었지요. 금하지 않는다. 무엇을 금하지 않는다는 말인가. 금하지 않는 대상마저 없으니 좀 과장해서 말하면, 마치 무한한 자유의 공간 속으로 갑자기 내던져진 기분이었지요. 자유의 현기증, 자유로부터의 도피, 뭐 이런 말들을 사용한 학자가 있기도 하지만 그 순간 나는 약간 어찔해졌지요.

아무것도 금하지 않는 물금의 세계로 나는 한 걸음 한 걸음 두리번거리며 걸어 들어갔지요. 사람들의 표정이 정말 물금의 상태에 있는 듯했지요. 우리가 인간관계에서 궁극적으로 바라는 것도 바로 이 물금의 상태가 아닐까요. 금지하고 있던 것을 하나씩 하나씩 풀어서 허락해주는 단계로 나아가는 것 말입니다. 특히 사랑하는 남녀의 관계는 더욱 그렇지요. 처음에는 손을 잡는 것을 금지하다가 허락해주고, 입맞춤을 금지하다가 그것도 일정 기간이 지난 후 허락해주고, 이런 식으로 나아가다 보면 정신과 육체의 완전한 합일에 이르는 것이지요. 그런데 윤리와 도덕, 기존 질서라는 것이 있어 여간 복잡하지가 않아요. 거기다가 종교적인 기준까지 합세하면 훨씬 착종(錯綜)*을 이루게 되지요.

그녀 역시 나에 대해 물금의 상태에 있는 듯하다가 어느새 기존의 윤리 뒤편으로 숨고, 어떤 때는 종교 뒤편으로까지 숨으며 금지 팻말을 높이 치켜들곤 하였지요. 그래서 꼭 장독대를 사이에 두고 숨바꼭질을 하는 듯했지요. 여자는 어릴 적부터 고무줄뛰기를 하며 고무 금을 사이에 두고 이쪽으로 팔짝 건너왔다, 저쪽으로 폴짝 건너갔다 하는 연습을 되풀이하기 때문인지 어른이 되어서도 금을 잘 건너오고 잘 건너가고 하는 모양이지요. 그런데 남자들은 어릴 적부터 여자아이들이 가지고 노는 고무줄을 주머니칼로 끊어먹기를 잘하지요. 아예 금을 없애버리는 데 익숙한 편이지요.

물금은 고즈넉하기 그지없는 평화로운 시골 마을이었지요. 거기 자전거포 옆 공지에는 서커스 천막 같은 것이 쳐져 있기도 했지요. 그곳으로 들어가 보니, 마침 백금녀*가 나와서 무슨 약 선전을 하고 있더군요. 사회자는, 백오십 킬로그램의 거구 인기 코미디언 어쩌구 하며 백금녀

• **착종(錯綜)** 이것저것이 뒤섞여 엉클어짐. 또는 이것저것을 섞어 모음.
• **백금녀** 1960~70년대에 활동했던 여성 코미디언. 본명은 김정분.

를 소개하였지만, 내가 보기에는 백금녀 같지가 않았어요. 남자가 백금 녀로 분장을 한 것도 같고 덩치 큰 여자가 백금녀 흉내를 내는 것 같기도 했어요. 그러나 사람들은 전혀 그런 것에 개의치 않고 백금녀의 만담에 웃음보를 터뜨리고 있었지요. 그런데 한참 구경을 하다가 주위를 살피니 온통 여자들, 그러니까 아주머니 아가씨 할머니 들뿐 아니겠어요. 당황한 얼굴로 왼쪽 건너편을 바라보니 글쎄 남자들은 모두 그쪽에 모여 있더군요. 천막을 가로지르는 버팀목에 분명히 '남자석' '여자석'이라는 표지가 따로 붙어 있는 것을 그제야 발견하였지요. 약장수가 약선전을 하는 천막인데도 남자석과 여자석을 엄격히 구별해놓다니. 그런데 물금 사람들은 한 사람도 어김없이 그 구분을 지키고 있었지요. 부부가 같이 천막에 들어왔다가도 남자석, 여자석으로 따로 떨어져 앉더군요. 내가 아무 생각 없이 여자석 복판으로 들어가 깔개 위에 털썩 앉았을 때 주위 사람들이 얼마나 눈살을 찌푸렸을까.

나는 슬그머니 일어나 남자석으로 옮기면서 사람들의 표정을 훔쳐보았지요. 그러나 그 사람들은 나의 실수를 눈치 채지도 못한 듯하였지요. 자기들은 엄격히 기준을 지키면서도 기준을 어기는 자에 대해서는 관대하고 무관심하다는 것인지. 나는 묘한 물금의 역설을 느꼈지요. 그녀의 모순도 바로 이 물금의 역설과 통하는 바 있지요.

물금 버스 정류장에서 백칠십 원의 찻삯을 내고 양산으로 가는 버스를 탔지요. 버스가 띄엄띄엄 다녀서 그런지 시골길을 달리는 버스인데도 얼마 있지 않아 사람들이 꽉 찼습니다. 어떤 아주머니는 왕골로 만든 돗자리를 삼만이천 원에 샀다면서 주위 사람들에게 돗자리 자랑을 한참 하더군요. 오른편 양산천 둑 위에는 '양산천을 보호하자'는 플래카드가 길게 걸려 있었지요. 이곳 양산천도 근방에 있는 동양시멘트 공장 등으로 인하여 공해 몸살을 앓고 있는 모양이지요. 양산교를 지나니 곧

장 버스 종점에 닿았습니다.

　드디어 나는 양산에 도착하였습니다. 이제 금방이라도 내가 목적지로 삼고 온 통도사로 달려갈 듯이 거리를 둘러보았습니다. 그런데 양산이 깊은 산중에 자리 잡고 있을 거라고 예상했던 것과는 달리, 탁 트인 시 기지기 나를 얼떨떨하게 하였습니다. 할 수 없이 지나가는 행인에게 통도사로 가는 길을 물었습니다.

　"언양으로 가는 버스를 또 타야 합니더."

　나는 언양행 버스에 올라타 양산천을 따라 한참을 또 달려가야만 했습니다. 이제는 확실히 통도사 입구에 내리게 될 것입니다. 나는 어릴 적부터 경남에 있는 유명한 세 절의 이름을 어른들에게서 자주 들으며 자랐습니다. 그런데 그 절 이름들은 한결같이 그 절이 위치해 있는 지명과 한덩어리가 되어 불리었습니다. 동래 범어사, 합천 해인사, 양산 통도사, 그 절 이름들과 지명은 아무리 의식적으로 따로 떼어 생각하려 해도 떼려야 뗄 수가 없었지요. 합천, 하면 머릿속에서 그대로 해인사가 떠올랐지요. 합천은 해인사만을 위해 존재하는 것 같았고, 해인사는 합천만을 위해 존재하는 것 같았지요. 동래 범어사, 양산 통도사도 말할 필요가 없었지요.

　그 세 절은 나에게 절의 삼위일체처럼 여겨졌지요. 세상에 다른 절들은 존재하지 않는 것처럼 말입니다. 그리고 어른들로부터 그 절들에 관한 이야기를 자주 듣다 보니, 그 절들은 어른들만이 갈 수 있는 절인 양 생각되더군요. 그래서 그런지 중학교 때까지 부산에 살고 그 이후에도 수시로 경남 지역을 드나들었으면서도 정작 합천 해인사, 동래 범어사를 찾아가 본 것은 나이 서른다섯이 훨씬 넘어서였지요. 이제 양산 통도사는 마흔이 넘어서 찾아가 보게 되는군요.

　통도사는 그 이름이 주는 어감 때문인지 세 절 중에서도 가장 큼직한 절일 거라고 생각하고 있었지요. 통도, 얼마나 크고 깊은 울림으로 들리는 말입니까.

나는 종종 이런 꿈을 꾸기도 하였지요. 나는 힘들여 언덕을 올라갑니다. 그 언덕만 넘으면 또 다른 세계로 나아가게 됩니다. 그런데 언덕배기로 올라와 보니 엄청나게 큰 문이 가로막고 있는 것이 아닙니까. 그문은 거무튀튀한 굵은 나무들로 짜 맞추어진 것으로 차라리 거대한 벽이라고 할 만합니다. 사실 벽이라고 해도 되는 것이, 어디서 어디까지가 문짝에 해당하는지 도통 가늠을 할 길이 없거든요. 비록 문짝 부분을 확인했다 하더라도 워낙 커서 온몸을 다 사용해 밀어도 끄떡하지 않을 것입니다. 나는 그 문, 아니 벽 앞에서 난감하지 않을 수가 없었습니다. 그런데 희한하게도 그 문 앞에 서 있으면 어느새 마음이 편안해져 오는데, 그것은 그 문 자체가 하나의 세계요 길처럼 여겨졌기 때문입니다. 그 문은 꿈속에서 종종 경상도와 전라도의 경계인 하동 근방에 서 있는 것 같기도 했고, 이승과 저승의 경계에 세워져 있는 듯도 했고, 남한과 북한의 경계인 휴전선 일대에 서 있는 것 같기도 하였습니다. 하여튼 내 의식 속에서 부각되는 갈등과 관련하여 그 문이 서 있는 경계가 그때그때 정해지는 듯싶었습니다.

이번에도 사실 여행길에 오르기 전에 그 문을 꿈속에서 보았습니다. 그 문은 그녀가 누워 있는 방과 내가 누워 있는 방의 경계에 세워져 있는 듯이 여겨졌습니다. 꿈속에서는, 집 같은 것은 보이지 않고 집들을 다 삼킨 듯한 거대한 문만이 서 있었습니다.

그 문이 꿈속에서 나타날 적마다 나는 두근거리는 가슴으로 까마득히 높은 문을 올려다보았습니다. 그러면 말입니다. 어김없이 문 꼭대기에 '통도사'라는 세 글자가 하얀색으로 적혀 있는 것이 아니겠습니까. 통도, 통—도. 꿈 전체가 '통도'라는 기이한 울림으로 가득 메워지는 것을 느끼며 나는 전율하게 마련이지요.

그런 꿈을 여러 번 꾸었으면서도 나는 통도사를 선뜻 찾아 나서지 못하였습니다. 어쩌면 그런 꿈을 꾸고 있기 때문에 찾아가는 것을 꺼렸는지도 모릅니다. 왜 이런 꿈을 종종 꾸는 것인가. 나 자신을 분석해보아도 그 이유를 잘 헤아릴 수가 없었습니다. 어릴 적 통도시 이름을 들으면서 그 '통도'라는 울림에 깊은 인상을 받았던 것이 아닌가. 삶에서 길이 자주자주 막히는 것을 경험하면서 길을 뚫어나가고 싶은 무의식적인 소원이 통도라는 말과 관련된 것이 아닌가. 대강 이 정도밖에 생각해 볼 수가 없었습니다.

그녀와 나의 사이에 막힌 길을 뚫는다는 것은 거의 불가능하다고 여겨져 몹시 낙담한 가운데 있을 때 나는 또 그 꿈을 꾸었고, 꿈에 이끌리듯 한 번도 가보지 못한 통도사를 이제야 찾아 나선 것이었습니다. 임금에게로 나아가는 길을 찾지 못해 애태우는 굴원의 시집을 들고.

신진 마을, 삼감 마을 들을 지나 통도사 입구에 내리니 오후 세 시경이었습니다. 안내판을 보니 거기서 통도사까지는 2.9킬로미터였습니다. 꽤 걸어가야 할 거리였으므로 택시를 타고 갈까 어쩔까 하면서 그곳 상점들 앞을 서성거리다가, 길 한 모퉁이에 세워져 있는 장거리 공중전화 박스를 발견하였습니다. 갑자기 내 심장이 두근거리는 것을 느꼈습니다.

나는 서울에서 여러 교통편을 통하여 여기까지 오는 동안, 사실은 그녀에게 전화를 걸고 싶은 충동에 내내 시달리며 왔습니다. 고속버스가 금강휴게소 같은 데 잠시 정차한 때에도 공중전화 박스 근방에서 배회하다가 터덜터덜 버스로 돌아오곤 하였습니다. 그녀를 만나지 못한 두 달간 얼마나 그녀에게 전화를 걸고 싶었던지. 그러나 내 전화를 받는 그녀가 어떤 반응을 보일지 너무도 잘 알고 있었으므로 나는 감히 전화번

호판을 누를 수가 없었습니다. 그녀와의 만남이 비교적 자연스럽게 이어지던 기간에도 나는 그녀에게 전화를 걸려면 군대에서 사격 연습을 할 때처럼 일단 호흡을 정지해야만 하였습니다. 그녀의 목소리를 전화기를 통하여 듣기까지 왜 그렇게 온몸이 긴장되는지.

그런데 그녀가 나를 향하여 절교를 선포한 이 마당에 전화를 건다는 것은 보통 어려운 일이 아닙니다. 그렇지 않아도 그녀와 통화를 하게 되면 할 말들은 제대로 생각나지 않고 후회스럽게도 엉뚱한 헛소리들만 내 입에서 새어나오기 일쑤인데, 싸늘한 침묵으로 대할 그녀의 반응 앞에 내가 어떤 말들을 할 수 있을지 겁이 나기까지 하는 것입니다. 나의 전화가 그녀로 하여금 절교의 결심을 더욱 굳히게 할지도 모를 일입니다. 그래서 그녀와의 관계를 다시 회복하기 위해서는 일정 기간 내가 전화를 걸고 싶은 마음을 자제하고 그녀의 생각들이 차분히 정리되기를 기다려야 할 것이라고 나 자신에게 타이르고 있으나, 그러면 그럴수록 그녀에게 전화를 하고 싶은 충동이 불쑥불쑥 일어나는 것은 어찌 된 일입니까.

통도사 입구 마을의 한 모퉁이에 홀로 우뚝 서 있는 장거리 공중전화 박스. 나는 어느새 그 전화박스 속으로 들어가 전화를 걸고 있는 자신을 상상합니다. 이 시간쯤이면 그녀 혼자 집에 있을 가능성이 많으므로 십중팔구 그녀가 전화를 받을 것입니다. 내 목소리를 확인한 그녀는 갑자기 실어증에 걸린 사람처럼 깊은 침묵 속으로 빠져들 것입니다. 그녀가 한번 침묵하면 그 침묵의 흡인력이 얼마나 대단한지 나의 머릿속에 어지러이 떠돌던 언어들까지 모조리 빨아들이고 마는 법이므로, 나 역시 아무 말도 하지 못할 것입니다. 이전에도 그녀와 나는 그렇게 전화기를 사이에 두고 긴 침묵으로 대치한 적이 종종 있었는데, 그러면 나는 그 위압적인 침묵에 압도당하여 그만 두 손을 번쩍 들고 속히 항복을 해버리고 싶기만 하였습니다.

이번에도 그 침묵에 질려버리고 말 것이 뻔한데 내가 어떻게 그녀에게 전화를 걸 수 있겠습니까? 하지만 나는 그 깊은 침묵의 밑바닥에서 헤어 나와 꼭 한마디 말이나마 그녀에게 전해주고 싶었습니다. 여기는 통도사 입구라고.

나는 심호흡을 해가며 전화박스로 한 걸음 한 걸음 다가갔습니다. 그때 나는 알게 되었습니다. 그녀에게 전화를 걸기 위해 여기까지 먼 길을 달려 내려왔다는 사실을 말입니다. 그녀가 있는 곳에서 되도록 멀리 떨어지면 떨어질수록 그녀에게 전화를 걸 수 있는 용기가 생길 것이고, 먼 데서 걸려온 나의 전화를 그녀가 매정하게 대하지만은 않으리라는(물론 얼마 동안의 침묵은 각오해야 되겠지만) 소박한 생각들을, 내가 하고 있었음에 틀림없습니다. 방금 내가 나의 생각들을 '소박한 생각'이라고 표현하였는데 그녀가 들으면 아마 코웃음을 칠 것입니다. 교활하기 짝이 없는 생각들을 소박한 생각이라고 둘러대었다고 말입니다. 멀리 떨어져 와서 전화를 거는 나의 '교활한' 의도마저 꿰뚫어볼 그녀이기에, 나는 결국 전화박스로 다가가던 걸음을 멈추고 말았습니다.

그녀에게 전화를 거는 일을 끝내 포기하자, 나는 한나절의 여독까지 겹쳐 그만 온몸의 맥이 탁 풀리는 느낌이었습니다. 이런 상태로 통도사까지 걸어 들어간다는 것은 무리라고 여겨져 포니*택시를 탔습니다. 택시는 새로 닦아놓은 신작로를 시원하게 달려 나갔습니다. 오른쪽으로 보니 양편에 아름드리 노송들이 우거진 또 하나의 길이 개천을 사이에 두고 신작로와 나란히 뻗어 있었습니다.

"저쪽 길은 사람들이 도보로 통도사까지 가는 길인 모양이지요?"

내가 어림짐작을 하자 택시 운전사가 흘끗 그쪽 길을 한번 쳐다보더

---

* 포니 1970년대에 생산되었던 국산 자동차.

니 대답하였습니다.

"그렇습더. 원래는 이쪽 길이 없었는데 얼마 전에 차량으로 오는 손님을 위해 통도사에서 자동차 전용 도로를 새로 닦았습죠. 중들도 자가용을 손수 운전해서 타고 다니는 세상이니."

"통도사가 돈이 많은 모양이죠?"

"아무렴요. 입장료에다 시줏돈까지 합치면 어마어마할 검더."

나는 오늘만큼은 절간의 축재° 같은 것을 성토하고 싶지가 않았으므로 이 정도에서 입을 다물고 말았습니다.

택시에서 내려 절의 경내로 다가가는 내 마음은 흥분되기 시작했습니다. 과연 내가 꿈속에서 보곤 했던 그 거대한 거무스레한 문이 내 눈앞에 나타날 것인가.

그러나 어디에도 그러한 문은 보이지 않았습니다. 절의 첫 문인 일주문°을 지나고 둘째 문인 천황문을 지나고 셋째 문인 불이문을 지나 탁 트인 경내로 들어섰지만, 내가 보기를 기대했던 문은 눈에 띄지 않았습니다. 그렇다고 실망을 하거나 하지는 않았습니다. 꿈속의 그 문을 어디에선가 발견할 것만 같은 예감이 자꾸만 나를 경내 깊숙이 끌어들였습니다. 나는 여러 법당들과 석탑들, 샛노란 산수유꽃이 정갈하게 피어 있는 정원들을 둘러보며 점점 대웅전 쪽으로 다가갔습니다. 신라 선덕여왕 때 자장율사에 의해 창건되어 몇 차례의 화재와 중건 중수°를 거듭한 유서 깊은 절의 경내답게 고풍스러운 분위기가 가득 배어 있었습니다. 천년 세월의 길이와 백 년도 채 되지 않는 우리 인생의 짧은 연한° 들을 무의식적으로 비교하고 있었는지, 싸리비에 말끔하게 쓸린 절간 흙 마당

• 축재(蓄財) 재물을 모아 쌓음.
• 일주문(一柱門) 절 같은 데서 기둥을 한 줄로 배치한 문.
• 중수(重修) 건축물 따위의 낡고 헌 것을 손질하며 고침.
• 연한(年限) 정해지거나 경과한 햇수.

이 문득 허무의 광장같이 여겨지기도 하였습니다. 천 년 세월이 지난 후 그녀로 향한 나의 감정들은 저 마당의 한 터럭 흙먼지로나 남을 수 있을지. 그렇지만 지금 나의 내면을 짓누르는 그녀의 무게가 저기 오층석탑의 무게만큼이나 되는 것을 어찌합니까.

대웅전으로 들어가기 전에 안내판을 읽어보고 한 바퀴 건물 선체를 둘러보았습니다. 임진왜란 때 완전히 소실되었던 건물을 인조 22년에 중건하였다 하니 삼백오십 년 가까이 되는 법당인 셈이었습니다. 그런데 보통 절의 대웅전과는 달리 동서남북 각각에 다른 이름의 현판들이 걸려 있습니다. 동쪽 면에는 대웅전, 서쪽 면에는 대방광전, 남쪽은 금강계단, 북쪽은 적멸보궁, 이런 식으로 어떤 문으로 들어가느냐에 따라 그 건물의 용도가 달라지는 듯이 이름들이 다르게 붙어 있었습니다. 동쪽을 제외한 다른 쪽 문들은 잠겨 있거나 접근이 불가능하여 나는 대웅전이라는 현판이 걸려 있는 동문으로 해서 조심스럽게 법당으로 들어갔습니다. 아, 그곳은 희한하게도 온통 푸르스름한 세계였습니다. 그렇게 황홀할 정도로 아름답게 바래가는 단청은 일찍이 본 적이 없습니다. 붉은색이 먼저 퇴색되어 염염해지고˙ 푸른색마저 희미해지고 있는 그 단청은, 모든 사라져가는 것들의 아름다움을 그윽하게 대변하고 있었습니다. 그리고 법당 안은, 불단을 향해 열심히 절하고 있는 고동색 바지 차림의 한 아가씨밖에 없어 고요하기 그지없었습니다. 나는 발끝으로 왼편으로 돌아 아가씨와 몇 걸음 떨어진 자리에 잠시 서 있다가 그만 주저앉듯이 반가부좌˙ 자세로 내려앉고 말았습니다.

그것은 허공이었습니다. 허공으로 인한 충격이 나를 내려앉게 만들었습니다. 나는 전혀 예상치도 못했던 광경에 넋을 잃어버렸습니다.

• 염염(苒苒)하다 나아가는 꼴이 느릿느릿하다. 부드럽고 약하다.
• 반가부좌(半跏趺坐) 한쪽 다리를 구부려 다른 쪽 다리의 허벅다리 위에 올려놓고 앉는 자세.

불단은 텅 비어 있었습니다. 붉고 푸른 연화문*으로 정교하게 장식된 삼 층 불단은 그 너머 허공으로 통해 있었습니다. 그 허공은 막연한 형태로가 아니라 가로누운 긴 직사각형으로 반듯한 형태를 취하고 있었습니다. 어떻게 보면 단아한 허공이었습니다.

부처는 그 허공으로 사라지고 없었습니다. 색불이공 공불이색 색즉시공 공즉시색…… 이 『반야심경』의 구절대로라면 부처도 없어야 마땅합니다. 나는 얼어붙은 듯 그대로 앉은 채 부처가 사라진 그 『반야심경』의 세계를 언제까지나 바라보고 있었습니다. 머리끝에서부터 서서히 전율이 일어나더니 온몸 구석구석으로 퍼져나갔습니다. 이런 것을 두고 법열이라 하는지 모르지만, 설령 법열이라 하더라도 그것은 심리적이고 감정적인 법열에 불과할 것입니다. 그런데 법열이라는 것이 심리적이고 감정적인 요소까지를 포함하는 거라면 나도 법열의 언저리에 앉아 있는 셈이었습니다. 허공을 향해 끝없이 절하고 있는 아가씨, 허공을 하염없이 바라보고 있는 나. 불가사의한 상징의 힘.

한순간, 오층 석탑의 무게로 나를 내리누르고 있던 그녀의 존재가, 시선이 머물고 있는 허공 속으로 빨려 들어가는 것을 느꼈습니다. 그러자 나마저도 허공 속으로 빨려 들어갔습니다. 그녀도 없고 나도 없었습니다. 다만 텅 빈 삼랑진역 플랫폼에 어머니만 홀로 서 있었습니다. 허공 속에서도 법당 뒤편 금강계단의 석종부도* 꼭대기가 마치 선덕여왕의 한쪽 유방처럼 봉긋이 떠 있었습니다. 그 유방의 젖을 먹고 자라는 듯 금강계단 너머로는 신선한 녹색의 숲이 우거져 있었습니다. 나는 그 석종부도 속에 모셔져 있다는 싯다르타의 사리마저 허공으로 사라져버렸기를 바랍니다.

* 연화문(蓮花紋) 연꽃 모양의 무늬.
* 석종부도(石鐘浮屠) 이름난 중의 사리를 넣어 두기 위한 부도 중에서 종 모양으로 생긴 것을 말함.

얼마나 지났을까. 허공도 법당 천장처럼 푸르스름한 단청에 덮이기 시작하였습니다. 이제 저 이내*가 지나가면 어스름이 오고, 어스름이 지나가면 어둠이 곧 뒤따라올 것입니다.

통도사를 나와 노송이 우거진 도보 길로 들어서니 날이 어둑어둑해졌습니다. 통도사에서 멀어질수록 절 뒤편 영취산이 점점 높아지고 우람하게 보였습니다. 무풍교에 이르렀을 무렵 다시 한 번 영취산을 뒤돌아보았는데, 아, 거기 내가 꿈속에서 보았던 거대한 문이 서 있었습니다. 그 거무스레한 문 꼭대기를 까마득히 올려다보니, 통도사라는 하얀 세 글자가 여전히 걸려 있었습니다.

그러나 이제 통도는 '通道'가 아니라 '通度'라는 사실을 나는 알고 있었습니다.

『세계의 문학』 56호(1990년 여름) ; 『통도사 가는 길』(민음사 2005)

---

* 이내 해 질 무렵 멀리 보이는 푸르스름하고 흐릿한 기운.

1 '나'는 여행을 떠나면서 배낭 속에 『초사』(굴원)와 『반야심경』을 챙겨
넣습니다. 이 두 권의 책들은 각각 어떤 의미를 지니고 있나요?

2 '나'의 여정을 시간 순으로 나열하고, 그에 따른 심리적 변화를 정리
해 보세요. 통도사의 '거대한 문'을 만나기 전에 많은 경계들이 무너
지는데, 그것을 통해 '나'가 허물어뜨리고자 하는 것은 무엇인가요?

3 어머니가 산랑진역에서 아버지를 떠나보낸 뒤 바라본 '빈 공간'과 '그
녀'가 떠난 뒤 남게 된 빈 공간, 그리고 불당 안 '빈 공간'은 각각 어떻
게 다른지 설명해 보세요.

톡톡! 생각의 가지 뻗기

1 '그녀'와 '나'는 육체적인 연인의 관계라기보다는 정신적 불륜의 관계입니다. '나'에게 있어 '그녀'는 욕망의 대리자이기도 하지만 어머니와 같이 떨쳐낼 수 없는 관세이기도 합니다. 이러한 관계가 '나'를 방황하게 하는 이유는 무엇인가요?

2 '그녀'에게 말을 건넬 방법을 찾아 길을 떠나는 여행에서 '나'의 목적지는 통도(通道)에서 통도(通度)로 바뀝니다. 이것이 의미하는 바는 무엇인가요? 이로 미루어보아, 여행을 떠나는 목적은 무엇이라고 할 수 있을까요?

 **파릇파릇! 생각의 숲 가꾸기**

이 소설을 읽고 다음 물음에 답하면서 한 편의 글을 완성해 보세요.

1 여행을 떠나는 데에는 많은 이유가 있습니다. 여행자가 특정 책을 가지고 여행을 떠날 때, 그것은 어떤 의미가 있는지 생각해 보세요.

2 '나'는 삼랑진 역에서 어머니가 보았던 '빈 공간'을 만나고 물금(勿禁)에 대한 해석으로 자신의 여행에 의미를 부여하는데, 그것들은 주인공의 여행에 어떤 영향을 미치고 있나요?

3 여행을 떠나는 길, 버스에 홀로 앉은 '나'는 빈자리에서 이별한 '그녀'를 떠올립니다. 이때 '나'가 여행을 떠나는 목적은 무엇이었나요?

4 '나'는 자신의 무의식을 지배하는 트라우마를 극복하기 위해 애쓰다가 꿈속 '거대한 문' 위에 적힌 '통도사'라는 이름을 발견합니다. 그것을 통해 무엇을 해결하는지 설명해 보세요.

5 '나'는 통도사의 텅 빈 불단에서 '그녀'와 어머니의 환영을 만나게 되지만, 그들은 곧 허공으로 사라집니다. 이 경험을 통해 '나'가 깨닫게 된 것은 무엇인가요?

오래된 일기

이승우(전라남도 장흥, 1959년 2월 21일~　)

서울신학대학과 연세대학교 연합신학대학원에서 신학을 전공했습니다. 1981년에 『한국
문학』에 중편 「에리직톤의 초상」으로 소설가가 됩니다. 『미궁에 대한 추측』(1993), 『목
련공원』(1998), 『나는 아주 오래 살 것이다』(2002), 『오래된 일기』(2008) 등의 소설집
과, 「생의 이면」(1992), 「식물들의 사생활」(2000), 「그곳이 어디든」(2007), 「지상의 노
래」(2012), 「사랑의 생애」(2017) 등 장편소설을 발표했습니다. 한국 소설로는 흔치 않은
관념적, 종교적 색채와 유려한 문체로 인간 실존과 내면의 근원적 문제를 개성 있게 형상
화하여 특히 프랑스 문단과 언론으로부터 높은 찬사를 받고 있습니다.

작품소개

「오래된 일기」는 비교적 최근에 발표된 단편소설이지만, 작가 특유의 문제의식과 문학적 특징이 오롯이 살아 있는 작품입니다. 무엇보다도 이 소설에는 까닭 모를 죄의식으로 고통받는 주인공의 모습이 그려져 있습니다. 자신은 아무런 짓도 한 게 없지만, 아버지의 죽음과 하는 일마다 잘 풀리지 않는 사촌형의 꼬인 인생이 왠지 자기 탓일 것 같다는 이상한 죄책감과 부채감을 그는 느끼는 거지요. 이런 죄책감과 부채감으로 괴로울 때 그는 무엇을 할까요? 만일 여러분이라면 어떤 일을 하겠습니까?

이승우의 주인공은 소설을 씁니다. 자신에게 어떤 일이 있었는지, 주변의 타인들이 어떤 슬픔과 고통을 당하고 있는지를 이야기로 꾸며내어 글을 쓰는 거지요. 이렇게 쓰는 소설이란 일종의 일기나 편지 같은 것이라 할 수 있을 겁니다. 그는 우리에게 이렇게 묻는 듯합니다. 남들 이야기인 것 같고, 꾸며낸 이야기인 것 같지만, 사실은 자신의 잘못을 고백하고 자신의 죄의식을 털어내는 행위야말로 일기 쓰기, 소설 쓰기가 아니겠느냐고요.

눈치 빠른 독자들이라면 지금쯤 작가의 종교적 사색이 어떻게 절묘한 원리로 그의 문학으로 연결되고 확장되었는지를 감지했을 듯합니다. 우리가 굳이 기독교인이 아니더라도, "이 세상 어떤 것도 나와 무관하지 않은 것은 없다."는 생각, "눈에 보이는 것만이 전부는 아니다."라는 생각, 그리고 우리가 글을 쓰고 그림을 그리고 영화를 보는 모든 행위가 근본적으로 우리 자신을 성찰하고 고백하는 일이라는 생각으로부터 자유로울 사람은 아무도 없을 테니까요.

그러니 여러분은 빨리 이승우가 아주 오래전부터 써 온 '일기'를 읽어보고 싶겠지요? 하지만 이쯤에서 한마디 덧붙여 두고 싶군요. 여러분은 다른 사람의 일기를 읽는 것이라 믿겠지만, 그것은 곧 자신이 쓰는 일기일 수도 있다는 사실을 말이에요.

14

오래된 일기

이승우

1

규의 몸이 병원에서 손쓰기 어려운 지경이 되어 있다는 소식을 전한 사람은 그의 아내였다. 얼마나 오랫동안 연락을 하지 않고 지냈는지 준영이 엄마예요, 하는 그녀의 목소리를 나는 얼른 알아듣지 못했다. 목소리도 목소리지만, 준영이라는 이름을 듣고서도 곧바로 규를 떠올리지 못한 것은, 그 책임이 전적으로 내게 있는 것이 아니라고 해도, 얼마간 무안한 일이었다. 나는 어쩔 수 없이 부끄러움을 느꼈다. 그녀는 풀죽은 목소리로, 병원에 한번 와달라고 말했다. 얼마나 더 버틸지 모르는 상황이니 일 생기기 전에 얼굴이라도 보러 오라는 것이었다. "무슨 말이에요?" 영문을 몰라 반문하는 나에게 그녀는 의외로 차분하게 규의 상태를 설명했다. 소화가 잘 안 되고 배가 더부룩한 증상이 한동안 계속되어서 병원을 찾아갔는데, 의사가 자기는 할 일이 없다고 했다는 것이다. 간에 생긴 암이 혈액까지 퍼진 상태라고 했다. 너무 늦게 왔다는 것. 이 지경이 되도록 어떻게 병원에 찾아올 생각을 하지 않았는지, 아무리 말기가 될 때까지 증세가 잘 나타나지 않는 병이라고 해도 그렇지, 그 무신경을 도무지 이해할 수 없다고 했다. 이 정도면 몸이 그동안 여러차례 신호를 보냈을 거라는 게 의사의 생각이었다. 진통제 처방 말고는 병원에서 해줄 게 없다고 하니 공기 좋은 산골마을에 들어가서 요양이나 하려고 했는데, 그것도 마음대로 되지 않았다고 그녀는 말했다. 퇴원을 하루 앞둔 날, 갑자기 장기가 파열되어서 피가 쏟아져나오는 바람에 급히 수술을 하고 중환자실로 옮겼다고 했다. 며칠만에 의식이 돌아오긴 했지만, 언제 어떻게 될지 알 수 없는 상황이라는 것이었다. "한 달이나 더 살지, 그것도 보장할 수 없다고 하네요." 실감이 나지 않아서인지 아니면 벌써 체념을 해서인지 그녀의 목소리는 담담하다 못해 침착하기까지 했다.

그녀는 아무렇지 않은 것처럼 말했지만, 그 순간 내 가슴속에서는 소용돌이가 일어났다. 기억은 평평하지가 않다. 기억 속에는 우뚝 솟은 산맥도 있고, 깊게 파인 협곡도 있다. 소용돌이는 움푹 파인 지점을 중심으로 휘돈다. 나에게 그 지점은 죄의식이 도사리고 있는 자리이다. 실수를 하거나 잘못을 저지른 뒤 벌을 받을 것이 두려워서 마음을 졸인 경험이야 누구에게나 있을 것이다. 그 두려움의 도가 좀 지나친 경우가 있을 수 있는데, 이를테면 종교적 영향이든 뭐든 규범이나 도덕에 대한 훈육이 남달리 엄한 집안 분위기에서 자라는 어린아이를 상정해볼 수 있다. 사실이 어땠는지 모르지만, 유년기의 나는 잘못이나 실수 그리고 그에 따라 가해질 징벌에 대해 극도로 예민했다는 기억이 있다. 벌에 대한 공포가 유난했던 것인데, 그때는 그 두려움으로 미리 벌을 받고 있다는 걸 이해하지 못했다. 징벌에 대한 그와 같은 과도한 공포와 염려는 벌을 내릴 대상이 없어져버렸으면 좋겠다는 염원으로 쉽게 모습을 바꾸곤 했다. 나에게 벌을 줄 권리가 있는 것으로 간주되는 사람이 사라져준다면 나는 벌을 받지 않아도 될 것이다. 그가 없어진다면, 내가 그와 같은 실수나 잘못을 저질렀다는 사실을 아무도 알지 못할 것이다. 나는 자백이나 변명을 하지 않아도 되고, 그로 인한 어떤 비난도 받지 않을 것이다. 그런 상상을 하면 가슴이 뜨거워지고 맥박이 빠르게 뛰었다.

숙제를 하지 않은 날 아침, 나는 담임선생님이 아파서 학교에 나오지 못하거나 갑작스럽게 전근을 가는 상상을 했다. 학교 앞 가게에서 구슬 몇 개를 훔친 적이 있는데, 같은 반 친구와 우연히 눈이 마주쳤을 때도 마찬가지 상상을 했다. 그가 '우리 반 반장은 도둑놈이래요' 하고 떠들고 다니는 장면이 머릿속에서 반복적으로 영사되는 바람에 미칠 것 같았다. 어쩐 일인지 그는 그런 소문을 퍼뜨리지는 않았다. 그런데도 불안은 사라지지 않았다. 오히려 언제 도둑놈 소리를 듣게 될지 모른다고 생각하니까 마음이 더 불안하고 무서웠다. 나는 그 친구가 없어져버렸으면 좋겠다고 간절하게 바라기 시작했다. 아프든 죽든(세상에! 어떻게 그럴 수 있단 말인가, 하고 탄식하는 목소리가 들리는 듯하다. 그러나 특별히 내 머릿속에만 악마가 살고 있었다고 생각하고 싶지는 않다. 사실 꼭 악마에게 떠넘길 일도 아니다. 나는 어린아이들이 순진하다는 믿음은 어른들이 내놓고 속아주는 미신이라고 생각한다. 아니, 순진하다고 해도 달라지는 것은 없다. 순진함은 때로, 그것이 악인 줄 모르고, 왜냐하면 순진하니까, 악마를 연기하곤 한다. 악마가 순진함의 외양을 가지고 있든, 순진함이 악마의 내용을 가지고 있든 무슨 차이란 말인가!) 어떻게든 사라져 버리라고 주문을 외기도 했다. 물론 내 바람과 주문은 이루어지지 않았다. 그러나 한 번도 이루어지지 않은 건 아니었다.

어느 여름날 나는 얼음과자를 사먹기 위해 아버지의 지갑에서 천원짜리 한 장을 훔쳤다. 처음에는 아버지가 눈치채지 못할 거라는 생각이 압도적이었다. 천원짜리가 한 장만 있었다면 몰라도 다섯 장이나 있었다. 다섯 장 가운데 한 장 없어진 걸 어떻게 안단 말인가. 아버지가 그렇게 꼼꼼한 사람은 아니지 않은가. 돈을 빼내고, 얼음과자를 사기 위해 달려가고, 마침내 그 달콤하고 차가운 얼음과자를 입에 넣고 빨 때까지 나의 범죄가 들통나지 않을 거라는 확신으로 충만해 있었나. 그 난단한 확신의 원천은 욕망이었다. 달콤하고 시원한 얼음과자를 입에 넣고 빨아먹고 싶은 너무 큰 욕망이 염려와 불안을 잠재웠다. 그러나 얼음과자의 부피가 줄어들고 숨어 있던 막대가 드러나면서 염려와 불안은 서서히 깨어났다. 그렇게 단단하던 확신은 어느 순간 얼음과자 녹듯 녹아흘렀다. 아버지가 천원짜리 한 장 없어진 걸 눈치채지 못할 리가 없다는 쪽으로 생각이 급격히 기울었다. 안도의 구실이 되어주었던 다섯 장이라는 지폐의 숫자도 다르게 해석되었다. 천원짜리가 고작 다섯 장밖에 없었지 않은가. 다섯 장 가운데 한 장 없어진 걸 어떻게 모른단 말인가. 아버지가 그렇게 주의력이 없는 사람은 아니지 않은가. 얼음이 녹아 손등으로 흐르고 얼음 속에 숨어 있던 동그란 막대가 거의 다 드러날 즈음 얼음과자는 내 입 안에서 다만 얼얼할 뿐 더이상 아무 맛도 내지 않았다. 잊고 있었던 두려움이 서서히 몰려왔다. 막대를 빨고 있는 내 모습을 본 친척 누나가 돈이 어디서 나서 그걸 사먹느냐고 물었을 때 내 얼굴은 하얗게 질렸다. 누나는 고자질을 할 것이다. 아버지가 지갑의 돈이 없어진 사실을 알게 되는 건 시간문제일 뿐이다. 손에 들고 있는 얼음과자의 막대가 몽둥이처럼 여겨져서 나는 얼른 길바닥에 버렸다.

그러자 이내 학교 선생님과 같은 반 친구에게 품었던 것과 같은 바람이 자연스럽게 되살아났다. 아버지가 집에 돌아오지 않으면 좋겠다. 아버지가 사라져버렸으면 좋겠다. 그 바람은 거의 무의식적인 것이었다. 나는 내가 무얼 원하는지도 분명하게 알지 못했다. 그저 종아리와 엉덩이에 떨어질 몽둥이의 공포로부터 벗어나고 싶을 뿐이었다.

그런데 믿을 수 없는 일이 일어났다. 한 번도 이루어지지 않았던 마음속의 바람이 하필이면 그때 이루어졌다. 아버지는 돌아오지 않았다. 아니, 돌아오긴 했다. 그러나 아버지는 나를 야단칠 수 없는 몸으로 돌아왔다. 아버지가 타고 있던 이웃 어른의 트럭이 언덕 아래로 굴렀다고 했다. 아버지는 술에 취한 상태였고, 운전을 한 이웃 역시 취한 상태였다. 아버지가 취한 것은 괜찮지만, 운전자가 취한 것은 괜찮지 않았다. 병원에 옮겨진 아버지는, 의식을 잃은 채 일주일을 살았다. 그리고 천원의 행방을 따지지 않고, 따질 수도 없는 곳으로 사라지고 말았다.

아버지의 갑작스러운 죽음은 친척들을 비롯하여 그를 알고 있는 모든 사람들을 놀라게 하고 당황하게 했지만, 내가 받은 충격에 비교할 정도는 아니었다. 마치 하나밖에 없는 아들의 소원을 들어주지 않을 수 없다는 듯 지상에서의 삶을 급히 마감해버린 것이 아닌가. 아버지가 죽은 것은 내가 사라져 주기를 바랐기 때문이라는 사실이 무슨 신념처럼 견고해졌다. 내가 그런 마음을 먹지 않았다면 아버지는 죽지 않았을 거라고 그 신념은 대들었다. 한번도 탄 적 없는 그 트럭을 하필이면 그날 아버지가 왜 타고 왔겠는가. 너의 아버지를 죽인 사람이 네가 아니라고 말할 수 있는가. 내 안에서 태어나고 자라난 신념이 나를 취조하고 심문했다. 나를 변호하는 목소리는 어디서도 들리지 않았다. 불합리한 재판이었다. 시간이 흐르면 죄책감이 엷어지지 않을까, 하고 은근히 기대해보았지만 기대대로 되지 않았다. 마음의 법정에서는 시간도 내 편이 아니었다. 시간은 오히려 나에게 불리한 증언을 했다. 시간이 흐르면서 죄의식은 오히려 더 생생해지고 빤질빤질해졌다. 언젠가 주일학교 선생님은 하나님이 우리의 기도를 다 들어준다고 하면서, 꼭 소리를 내서 기도해야 하는 건 아니라는 취지의 말을 했다. 예컨대 우리가 속으로 무엇인가를 바라기만 해도 전능하시고 사랑이 많으신 하나님이 그 마음의 소원을 다 기억하고 있다가 적당한 때가 되면 이루어주신다는 내용이었다. 그는 신실하고 열정적이었지만, 기도에 대한 그의 신실하고 열정적인 가르침이 두려움에 사로잡혀 있는 한 불쌍한 영혼을 죄의식의 구렁텅이에 빠뜨렸다는 걸 아마 깨닫지 못했을 것이다. 물론 그의 탓은 아니다.

2

규와 나는 태어난 날이 같다. 그는 9월 7일 새벽에 태어났고, 나는 9월 7일 저녁에 태어났다. 태어난 날짜는 같아도 몇 시간이라도 일찍 세상 빛을 본 사람이 형이라며 친척 어른들은 규를 형이라고 부르게 했다. 거기에 규가 큰댁 장손이라는 이유가 덧붙었다. 물론 나는 인정하기 어려운 이유였고, 따라서 그를 형이라고 부르지 않았다. 규도 자기를 형이라고 부르지 않는 나를 탓하지 않았다. 우리는 친구처럼 지냈다. 우리가 쌍둥이처럼 닮았다고 말하는 사람도 있었다. 생김새가 그 정도로 닮았다고는 생각하지 않았지만, 그런 말을 들을 때 특별히 좋거나 나쁜 감정이 생기지는 않았다.

아버지가 세상을 떠난 뒤 사실상 나의 보호자는 큰아버지가 되었다. 어머니는 몸이 약했고, 생활력도 없는 편이었다. 큰아버지는 자기 집 사랑채를 우리 모자를 위해 내주었다. 한집에서 살기 시작하면서 규와 나는 더욱 쌍둥이처럼 되었다. 사람들은 체격과 얼굴은 물론 목소리까지 똑같다며 신기해했다. 비슷한 옷차림을 하고 다니긴 했지만, 우리가 그렇게 닮았다고는 생각하지 않았다. 신기해하지도 않았지만 언짢아할 일도 아니었다. 다만 큰아버지가 가끔 공부도 좀 닮으면 얼마나 좋아, 하고 말할 때가 있었는데, 그때 나는 불편했고 그는 언짢아했다. 우리는 같은 초등학교와 중학교를 다녔다. 나는 9년 내내 우등생이었다. 그는 9년 중에 한두 해를 빼놓고는 우등생이어본 적이 없었다. 그는 나를 부러워하지 않았고, 나는 내가 자랑스럽지 않았다. 그는 성적 때문에 부모님에게 혼나면서도 너털웃음을 웃었고, 오히려 옆에서 조마조마해하는 나를 좀팽이라고 놀리곤 했다.

그는 나를 부러워하지 않았지만 나는 그를 부러워한 적이 있었다. 고등학생이 되자 문예반에 들어간 그는 교과서 대신 시집을 싸들고 다녔다. 머리를 기르고 사복을 입고 구두를 신고 기타를 치고 알아먹을 수 없는 문장을 외우고 다녔다. 노트에다가 역시 알아먹을 수 없는 문장을 끼적거리기도 했다. 자주 두발단속에 걸려 머리를 밀었다. 그럴 때면 빵모자를 내려써서 눈썹까지 가리고 다녔다. 주변에 여학생들이 늘 있었다는 기억도 있다. 심지어 그는 며칠씩 집에 들어오지 않은 적도 있었다. 나로서는 상상도 할 수 없는 일이었다. 큰아버지와 큰어머니는 겉멋만 들어서 건들거리고 다닌다며 자주 야단치고 걱정하고 한숨을 쉬었지만 나에게는 그런 그가 멋있어 보였다. 그가 없는 사이에 그의 시작 노트를 꺼내 읽고 흉내를 내본 적도 있었다. 그러나 어쭙잖은 그 짓을 되풀이할 수는 없었다. 어쩐지 나와는 어울리지 않는 것 같았다. 그런 욕구가 전혀 없었던 것은 아닌데도 머리를 기르거나 구두를 신고 밤거리를 쏘다니는 짓은 아예 실행도 하지 못했다. 그의 무엇을 부러워했는지 분명하지 않다. 영어단어와 수학공식 대신 시를 외우고 쓰는 모습이었는지, 고등학생 신분에 어울리지 않는 차림새와 행동이었는지, 아니면 그런 파격을 연출해내는 분방한 정신이었는지.

나는 대학을 가고 규는 가지 못했다. 큰아버지는 아들 대신 조카의 입학금을 내주었다. 굳이 따지자면, 규가 나 때문에 대학을 못 간 것은 아니었다. 그는 예비고사에 떨어져서 본고사를 치를 자격조차 얻지 못했다. 큰아버지가 아들이 아니라 조카의 등록금을 내준 것은 사실이지만,

그러나 그것은 아들의 등록금을 내고 싶어도 낼 수 없었기 때문이지 아들을 포기하고 조카를 선택한 결과는 아니었다. 그런데도 나는 규의 등록금을 가로챈 것 같은 자격지심에 오래 시달렸다. 내가 대학에 갔기 때문에 그가 대학에 가지 못했다는 굴절된 관념이 머릿속을 들쑤시며 괴롭혔다. 규는 예비고사에 떨어졌다, 그는 아무 대학에도 원서를 쓸 수 없었다, 나 때문이 아니라 자기 때문에 대학에 가지 못한 거다, 하고 정당한 이유를 끌어다 설득해도 소용없었다. 나는 사실을 잘 알고 있었다. 사실을 몰랐다면 설득되었을 것이다. 그러나 이미 알고 있었으므로 설득되지 않았다. 이미 알고 있는 사실에 의해 새삼스럽게 설득될 수는 없는 노릇이었다.

대학생이 된 나는 고향을 떠났다. 아버지에 대한 죄의식으로부터 놓여날지 모른다는 은근한 기대가 서울로 향하는 내 짐보따리에는 들어 있었다. 그러나 그런 기대는 착각이었다. 물리적 거리가 의식의 거리와 비례한다는 생각은 얼마나 유치한가. 그러나 그런 줄 알면서도 짐짓 유치함에 의지하게 하는 간절함이란 게 있는 법이다. 나의 짐보따리에는 아버지는 물론 규도 들어 있었다. 그런데도, 아니, 그렇기 때문에 더욱, 나는 거리와 의식의 상관관계에 대한 유치한 믿음을 견지하는 쪽을 택했다. 마음이 기울면 믿음이 된다. 마음이 크게 기울면 큰 믿음이 되고 마음이 조금 기울면 작은 믿음이 된다. 유치한 것이 크게 기울 수도 있고, 고상한 것이 조금 기울 수도 있다. 물론 그 반대도 가능하다.

나는 의식적으로 고향에 가지 않았다. 꼭 가야 할 경우가 아니면 가지 않았고, 꼭 가야 할 경우에도 더러 핑계를 대고 가지 않았다. 방학 때는 마지못해 하루이틀 머물고는 공부를 핑계대고 서울로 내뺐다. 어떤 명절에는 담당 교수의 답사 여행에 동행해야 한다고 거짓말을 하고 기숙사에서 혼자 라면을 끓여먹었다. 생각해보니 어머니가 세상을 떠난 다음 해였던 것 같다. 어머니는 내가 대학교 2학년 때 밭에서 일을 하다가 갑자기 쓰러졌다. 협심증이라고도 하고 심근경색이라고도 했다. 관상동맥이 좁아지면 심장근육으로 흘러드는 혈액이 줄어들어 돌연사가 일어날 수 있다고 설명해 준 사람은 입원실을 갖춘 5층 건물의 읍내 병원 원장이었다. 자주 식은땀이 나고 가슴에 통증이 있었을 거라고 의사는 덧붙였다. 나는 그런 적이 있었는지 기억나지 않아 가만히 있었다. 큰아버지가 심각하게 고개를 끄덕이며 의사의 말에 동의했다. 나는 고아가 되었지만 새삼스럽게 고아가 되었다는 생각 같은 건 들지 않았다. 어머니는 섭섭해할지 모르지만, 아버지가 이 세상을 떠난 초등학교 5학년 때부터 나는 고아였다. 아버지는 죽음으로 가장 튼튼하게 나와 연결되었다. 모든 것은 부재를 통해 그 존재를 가장 잘 드러낸다. 고아의 상태는 부모를 가장 잘 상기시킨다. 큰아버지는 아버지가 사라진 날부터 했던 아버지 역할을 그만두려고 하지 않았다. 나의 게으른 고향길에 대해 그다지 크게 나무라지는 않았지만, 그것은 아버지 노릇을 그만둔 때문이라기보다 내가 성인−고아임을 인정한 때문이라고 나는 생각했다.

규를 가끔 잠깐씩 보았다. 고향에 내려가도 보지 못할 때가 있었다. 그는 집을 나가 여기저기 떠돌아다니며 이 일 저 일 손을 대는 모양이었다. 그러나 성과가 변변치 않은지 고향에 갈 때마다 큰어머니는 한숨을 쉬었고, 큰아버지는 으레 핀잔을 놓았다. 어떤 명절날 나는 그의 짐 속에 들어 있는 책과 노트를 보고 아직 시를 쓰느냐고 물었다. 내 목소리는 저절로 조심스러워졌는데, 혹시라도 비웃는 것처럼 들릴까 저어하는* 마음이 들어서였다. "시는 어렵더라. 어렵기도 하지만, 무엇보다 내 생계를 해결해줄 것 같지 않더라. 우리 아버지가 내 뒷바라지를 계속해줄 위인도 아니고, 또 우리집이 그럴 형편도 아니고, 뭐, 나도 언제까지

* 저어하다 염려하거나 두려워하다.

빌붙어살 수는 없는 거고, 그렇다고 너처럼 대학을 다닌 것도 아니잖느냐." 나는 나의 자책감과 그의 피해의식이 표면으로 떠오르는 것을 막아야 한다는 내부의 요청에 응하느라 다급해졌다. 그럼 이제 시를 쓰지 않느냐고 재차 물은 것은 달리 할말이 떠오르지 않았기 때문이다. "그래서 소설을 쓰고 있어." 그는 노트를 휘리릭 넘겨 보이며 유쾌하게 말했다. 소설 쓰는 건 어렵지 않은지 궁금했지만, 그보다 더 궁금하고 의심스러운 것은 소설은 그의 생계를 해결해 줄 수 있는가, 였다. 그러나 나는 내 궁금증과 의심을 드러내지는 않았다. 왜 그런지 궁금해하는 건 몰라도 의심한다는 눈치를 보이는 건 좋지 않은 일 같았다. 그를 의기소침하게 할 이유도 없지만 무엇보다 나에게 유익하지 않다는 판단이 앞섰으므로 나는 입을 다물었다.

3

뜻밖의 일이 불쑥 끼어들어 삶의 중요한 부분을 결정해 버리곤 한다. 끼어든 것들이 삶을 이룬다. 아니, 애초에 삶이란 게 따로 있는 것이 아니다. 다만 일찍 끼어드느냐 늦게 끼어드느냐 하는 문제만 있을 뿐이다. 끼어드는 것이 없으면 삶도 없다.

대학 4년을 마친 내가 방위병으로 근무하기 위해 주소지인 고향집에 내려갔을 때, 규는 막 전역을 한 상태였다. 나의 근무지는 읍사무소의 예비군 중대였다. 주로 예비군 훈련 날짜를 정하고 통지서를 배부하는 일을 했다. 나는 3킬로미터 정도 떨어진 읍사무소까지 자전거를 타고 다녔다. 오전 여덟시까지 출근했다가 오후 여섯시에 퇴근했다. 간혹 야근을 하기도 했지만 대체로 제시간에 귀가했다. 귀가한 뒤에는 농사일을 돕거나 책을 읽었다. 규는 자기 방에 틀어박혀 무언가를 썼다. 소설을 쓰고 있을 거라고 짐작했으므로 나는 묻지 않았다. 그 대신 나는 그의 책장에 꽂혀 있는 소설들을 읽었다. 그는 간혹 자기가 쓴 원고를 보여주었다. 큰 소리로 읽어주기도 했다. 그의 소설은 고등학교 때 내가 접한 시와는 달리 난해하지는 않았다. 소감을 물으면 나는 제법 성실하게 독후감을 이야기해줬다. 이야기는 재밌는데 좀 피상적인 것 같다든가 주제가 너무 노골적이라든가 문장이 어색하다는 따위의 말을 했다. 규는 내 의견을 귀기울여 들었다. 너무 진지한 그의 반응이 부담스러워서 나는 내가 뭐 아는 게 있어야지, 그냥 흘려들어, 하고 말꼬리를 흐리곤 했다. 그는 흘려듣지 않는 눈치였다. 그는 소설을 보는 눈이 꽤 정확하다며 행정학과에서 소설창작도 가르치느냐고 물었다. 한번은 정색을 하고 소설을 써보라고 권하기도 했다. 나는 피식 웃었다. 그냥 해본 소리라고 생각했으므로 마음에 두지도 않았다.

그런데 이상한 일이 일어났다. 뜻밖의 일이 종종 우리의 삶 속으로 끼어든다는 건 그 이상한 일을 이야기하기 위해 꺼낸 말이다. 어느날, 나에게 정말로 소설을 써보고 싶은 충동이 일어났던 것이다. 규의 권유 때문은 아니었다. 모르겠다. 마음에 두지 않았다고 했지만, 그리고 실제로 마음에 두지 않았다고 믿었지만, 그의 권유가 어떤 식으로든 내 마음 한쪽에 들러붙어 있었는지. 그러나 직접적인 계기는 규의 권유가 아니라 그 무렵 내가 읽은 어떤 소설이었다. 어떤 소설의 내용이 아니라 그 소설을 읽을 때 내 마음속에서 일어난 어떤 감정의 진동이었다. 소설을 왜 쓰는가, 하는 질문에 대답하는 형식의 그 소설에서 소설 속의 인물인 소설가는 자신의 글쓰기의 기원인 복수심과 지배욕에 대해 집요하게 이야기했다. 현실에서 당한 억울한 일에 대한 소설가의 복수는 현실 밖에서 이루어졌다. 지배의 방식도 현실의 기제˙인 권력과는 도무지 상관이 없었다. 그는 심지어 자유의 질서로 지배한다고 말했다. 그 소설

• 기제 인간 행동에 영향을 미치는 심리 작용이나 원리.

가가 강변하는, 자유의 질서로 지배함으로써 독자를 해방한다는 소설의 공적 역할에 사실 나는 별로 공감하지 못했다. 내 신경의 어떤 부분을 건드린 것은 소설 속의 소설가, 나아가 그 소설을 쓴 소설가가 그 지루하고 장황한 자기변명을 끈질기게 되풀이함으로써 얻어내려 하고 있는, 마침내 얻어냈을 효과였다. 확실하고 또렷하게 그 효과의 이름을 부를 수는 없지만, 그 순간 나는 소설을 왜 쓰는지 온전히 이해했다고 느꼈다. 어떤 의식의 반영이었는지 분명치 않은 채로 나는 문득 그 소설을 한 권의 일기장처럼 인식했다. 아마도 소설가는 따로 일기를 쓰지 않겠구나, 적어도 이 소설가는 따로 일기를 쓸 필요가 없겠구나, 하는 생각이, 여름 한낮 폭우가 쏟아지듯 느닷없이, 그야말로 불쑥 덮쳤다. 폭우는 조금 더 쏟아졌다. 나는 낡은 일기장을 버리고 새 일기장을 가지고 싶어졌다. 그것은 매우 당황스러운 충동이었다. 생각해보지 못한 의외의 열망에 사로잡혀서 나는 무언가를 끼적이기 시작했다. 그것이 소설이 된다는 생각은 하지 않았다. 소설이 아니라 일기, 새로운 방식의 일기를 쓴다는 의식에 붙들려 있었을 뿐이었다.

나는 우선 숙제를 하지 않은 날 아침, 담임선생님이 아파서 학교에 나오지 못하거나 갑작스럽게 전근을 가는 상상을 하는 장면부터 써나갔다. 학교 앞 가게에서 구슬 몇개를 훔치는 이야기도 썼다. 우연히 눈이 마주친 같은 반 친구의 눈빛에서 시작된 걷잡을 길 없는 불안과 두려움에 대해서도 썼다.

……그가 '우리 반 반장은 도둑놈이래요' 하고 떠들고 다니는 장면이 머릿속에서 반복적으로 영사되는 바람에 미칠 것 같았다. 어쩐 일인지 그는 그런 소문을 퍼뜨리지는 않았다. 그런데도 불안은 사라지지 않았다. 오히려 언제 도둑놈 소리를 듣게 될지 모른다고 생각하니까 마음이

더 불안하고 무서웠다. 나는 그 친구가 없어져버렸으면 좋겠다고 간절하게 바라기 시작했다. 아프든 죽든(세상에! 어떻게 그럴 수 있단 말인가, 하고 탄식하는 목소리가 들리는 듯하다. 그러나 특별히 내 머릿속에만 악마가 살고 있었다고 생각하고 싶지는 않다. 사실 꼭 악마에게 떠넘길 일도 아니다. 나는 어린아이들이 순진하다는 믿음은 어른들이 내놓고 속아주는 미신이라고 생각한다. 아니, 순진하다고 해도 달라지는 것은 없다. 순진함은 때로, 그것이 악인 줄 모르고, 왜냐하면 순진하니까, 악마를 연기하곤 한다. 악마가 순진함의 외양을 가지고 있든, 순진함이 악마의 내용을 가지고 있든 무슨 차이란 말인가!) 어떻게든 사라져버리라고 주문을 외기도 했다. 물론 내 바람과 주문은 이루어지지 않았다……

　나는 밤에 쓰고 아침에 출근했다. 지난밤에 쓴 글을 다음날 밤에 지우고 다시 쓰는 일을 반복했다. 어떤 부분은 열 번도 더 고쳐썼다. 중간에서 지우고 처음부터 다시 시작하기도 했다. 문장은 낮은 포복으로 아주 조금씩 나아갔다. 문장을 쓰는 동안 내 안에서 드러내려는 욕구와 은폐하려는 욕구가 치열하게 싸운다는 걸 나는 알았다. 문장들은 서로 부딪치고 충돌하고 갈등했다. 그 때문에 모순에 가득 찬 피투성이의 문장들이 만들어졌다. 앞에 쓴 문장을 덮기 위해 새로운 문장을 고르는 식의 글쓰기는 진을 빼내는 작업이었다. 나는 피곤과 수면 부족과 허기 때문에 고통스러웠지만, 이해할 수 없는 가학적 열망에 붙들려 끈기 있게 문장들과 싸웠다. 무엇에 씐 것 같은 시절이었다.
　내가 밤에 써 놓고 간 글을 낮에 규가 읽는다는 것을 나는 알지 못했다. 매일 아침, 내가 출근하고 나면 밤새 내가 토해놓은 피투성이의 문장들을 읽는 모양이었다. 술에 취한 그가 내 방에 들어온 어느날 밤, 마무리라고 할 것은 없지만, 어쨌든 이틀 전에 한 편의 긴 일기 쓰기를 끝낸 나는 홀가분한 기분으로 누워 내가 쓴 문장들을 훑어보고 있었다. 술에 취한 그가 노크도 하지 않고 내 방으로 들어왔다. 나는 일어나 앉으며 노트를 덮었다. 그는 그런 나를 힐끗 내려다보고는 방바닥에 털썩 주저앉았다. 그가 숨을 내뱉자 술 냄새가 확 끼쳐왔다. "너는 대학 갔지. 나는 못 갔다. 그게 대수냐? 대수지. 안 그래? 어이, 내 사랑하는 사촌. 자네는 인생에서 뭐가 제일 중요하다고 생각하나. 너는 대학…… 나는 안 된다…… 나에게 안 미안한가?" 횡설수설 늘어놓는 그의 말은 알아듣기가 힘들었다. 무엇보다도 그가 그런 말을 내 앞에서 한 적이 없었기 때문에 당혹스럽고 불안했다. 그러나 그뿐, 심각하게 받아들이지는 않았다. 받아들이지 않으려고 했다. 심각해지는 상황은 나에게 불리하다는 걸 긴 눈칫밥의 세월이 깨우쳐주었을 것이다. 나는 술을 많이 마신 걸 보니 소설이 잘 안 써지는 모양이라는 말을, 그를 위로한다는 뜻으로 받아들여지기를 바라며 했다.

내가 실수했다는 걸 깨닫는 데에는 많은 시간이 필요하지 않았다. 주절주절 늘어놓던 그의 신세한탄이 뚝 그쳤다. 그는 눈을 감고 입술을 악물고 있었다. 돌연 찾아온 침묵이 방 안의 공기를 얼어붙게 했다. 목이 졸리는 것 같아 답답했다. 나는 어색하게 웃었다. "소설, 읽었다. 네가 군복을 입고 집을 나가면 나는 네가 밤새 써놓은 글을 읽기 위해 이 방에 들어왔다. 마치 연재소설을 찾아 읽는 독자가 된 기분이었다. 설렜고 가슴이 뛰었고 호흡이 가빠지기도 했다…… 그리고 나는 소설을 쓰지 않기로 했다. 아니, 쓸 수 없다는 걸 깨달았다.

무얼 어떻게 쓰느냐가 아니라, 물론 그것도 필요하겠지, 그렇지만 그게 근본이 아니고, 심지어 그까짓 것 아무것도 아니고, 그 글을 쓰려고 하는 순간의 의식의 꿈틀거림? 그런 걸 정신의 핍절함이라고 하나? 암튼 그런 거 말이야, 그런 게 중요하다는 게 느껴지더라. 그런데 나에게는 그런 게 없더라고. 손끝의 재주로 쓰는 게 아니라는 걸 알게 되었다는 말씀이지. 더불어 내 손끝의 재주가 대단치 않다는 것도……" 규는 특유의 너털웃음을 웃었다. 웃음의 파장을 따라 쓸쓸한 기운이 퍼져나갔다. 다른 때보다 유난히 큰 그의 웃음소리에는 과장기가 묻어 있었고, 그의 의도와는 상관없이 과장되고 있는 것은 쓸쓸함인 것도 같았다. 부러 흘려넘기려 했던 그의 말, '나에게 안 미안한가?'가 망치처럼 뒤통수를 때렸다. 의당 무슨 말인가를 해야 하는 상황이었음에도 나는 아무 말도 하지 못했다.

다음날, 예비군 중대에서 근무를 마치고 돌아와보니 그가 보이지 않았다. 큰어머니는 한숨을 쉬면서, 집을 나갔다고 했다. 도청이 소재하는 도시에 육촌쯤 되는 친척이 집을 지어 파는 소규모 사업을 하고 있었다. 그는 '생계를 위해' 그곳으로 갔다고 했다. 그의 방은 치워져 있었다. 나의 노트가 없어진 사실을 그날 밤에 알았다.

4

병원 침대에 누운 규의 마르고 까만 얼굴과 복수가 차 팽팽하게 부풀어오른 배를 보는 일은 고통스러웠다. 링거 주사줄과 소변을 받아내기 위해 매단 고무호스가 마치 그를 결박하고 있는 것처럼 보였다.

침대 가까이 다가갔는데도 표정이 무덤덤해서 나는 그가 나를 알아보기나 하는 건지 의심스러웠다. 여보, 창기씨 왔어요, 하는 아내의 말에 안다는 듯 고개를 끄덕인 것이 반응의 전부였다. 그러고는 이내 눈빛으로 무슨 지시인가를 하자 그녀가 발끝에 떨어져 있던 이불을 끌어올려 복수가 차 딴딴해진 배를 덮었다. 나는 광대뼈의 윤곽이 선명한 그의 윤기없는 얼굴을 피하기 위해 그의 손을 가만히 잡았다. 마른 나뭇가지를 만진 것처럼 딱딱한 그의 손에서는 어떤 감정도 느껴지지 않았다. 이 친구, 이거 몸 관리를 어떻게 한 거야…… 나는 하나 마나 한 말을 했다. 어떤 말을 해도 하나 마나 한 말이 되고 마는 상황이 있다. 그렇다고 해서 하나 마나 한 말을 하지 않을 수도 없다. 아니, 어떤 말을 해도 하나 마나 한 말이 되고 마는 상황이야말로 정말로 하나 마나 한 말이 필요한 상황이기도 하다. 다행히 ㅠ의 아내가 내 말에 반응을 보였다. "하루도 안 거르고 술 마시죠, 담배를 달고 살았잖아요. 그렇게 노래를 불러도 건강검진 한 번 안 받고. 자기 몸이 무슨 쇠로 만들어진 줄 아는지…… 말해 뭐 해요. 곁에서 내조 잘못한 내가 죄인이지요. 시댁식구들은 나만 원망한다니까요. 그렇지만……" 그녀는 말을 중단했다. 나는 그녀가 하다 만 말을 이어서 할 수 있을 것 같았다. 그렇지만 나도 힘들었다고요. 저 사람, 생활비 한번 가져온 적이 없어요. 나도 안해본 일이 없다고요. 돈도 못 벌면서 걸핏하면 집 나가 떠돌아다니죠. 저 사람만 아니라 나도 건강검진 받을 틈이 없었다고요…… 그녀가 건강식품 판매사원부터 어린이집 교사, 간병인, 심지어 마을버스 운전기사까지 했다는 걸 나는 알고 있었다. 규가 거의 생활비를 내놓지 않았기 때문이다. 부동산을 용도에 맞게 가공하거나 적당한 실수요자와 시공사를 연결해주는 기획부동산은, 그 일의 성격상 굴곡이 심했다. 더러 제법 큰돈이 들어오기도 하지만, 1년 동안 만원짜리 구경을 못할 때도 있었다. 씀씀이는 크고 허세는 늘고 실익은 없는 것이 그 분야의 일이었다. 거기다가 어디서 무얼 하는지 규는 몇 달씩 연락을 끊고 지내기도 했다. 여기저기 공사가 끝나면 몇십억이 들어온다는 말만 자주 되풀이했다. 그렇지만 대개의 경우 시간이 가도 공사는 쉬 끝나지 않고, 기왕 시작한 공사를 중간에서 멈출 수 없으니까 돈을 계속 집어넣게 되고, 그러다 보면 빚을 내게 되고, 가장 나쁜 경우 어렵게 끌어온 공사를 어쩔 수 없이 도중에 접어야 할 때도 있었다. 몇십억은 몇년이 지나도 들어오지 않았다. 문제는 가장 나쁜 그 경우가 빈번하게 일어난다는 데 있었다. 그런데도 그 일을 그만두지 못하는 것은, 한 건의 공사가 성사되었을 때 돌아오는 몫의 크기 때문이었다. 커다란 한방에 대한 기대가 여러 방의 헛방을 감내하게 하는 것이다. 규는 한 달 뒤면 2억이 들어온다든지, 두 달만 기다리면 5억이 입금된다든지 하는 말을 입버릇처럼 했다. 그 한 달, 두 달이 1년이 되고 3년이 되고 5년이 되었다. 처음에는 멋모르고 기다렸지만 이제는 무슨 소리를 하든 그냥 뒤로 흘려버린다고, 그런지 오래되었다고 규의 아내가 말한 것이 3년 전쯤이었다. 내가 아는 한 그 후로도 상황은 전혀 달라지지 않았다. 그녀는 먹고 입고 아이를 학원에 보내기 위해 가리지 않고 일을 해야 했다.

　말을 중단한 그녀의 눈시울이 젖어드는 걸 보았다. 규는 민망한지 눈을 감았다. 그녀가 물을 떠오겠다며 밖으로 나가자 병실 안은 갑자기 고요해졌다. 2인 병실의 한쪽 침대는 비어 있었다. 나는 문득 어색해서 그의 손을 놓았다. "텔레비전을 좀 켤까?" 그는 고개를 끄덕였다. 나는 리모컨을 찾아 전원 버튼을 눌렀다. 텔레비전은 코미디프로를 내보내고 있었다. 나는 소리를 조금 줄였다. 그러고도 또 어색하고 민망한 시간이 꽤 흘렀다. 병실 안의 공기는 탁하고 무거웠다. 약품 냄새와 배설물 냄새가 섞인 역한 비린내가 공기중에 둥둥 떠다녔다. 하나마나한 말도 더는 떠오르지 않았다. 나는 속으로 규의 아내가 빨리 들어오기를 바라며 텔레비전을 멀뚱히 바라보았다. 코미디언들은 요란한 몸짓을 하며 큰 소리로 떠들어댔지만 내 눈과 귀에는 아무것도 들어오지 않았다. 규는 나를 불편하게 하고 있었다. 그리고 나는 내가 느끼는 불편이 불편했다. 사실은 병실에 들어오기 전부터 규의 목소리를 듣고 있었다. '나에게 안 미안한가?' 나는 그 목소리를 향해 소리쳤다. 네가 사라지기를 바란 적 없다. 그러니까 일어나라. 그러나 그의 목소리가 더 컸다. 나에게 안 미안하냐. 내 말은 그의 목소리에 눌려 들리지 않았다.

그가 무슨 말인가 한 것 같아 고개를 돌렸다. 그러나 그는 눈을 감고 있었다. 입은 굳게 다물어져 있었다. 앙상하고 새까만 그의 얼굴은 생기 없는 사물처럼 보였다. 대화를 하다가도 잠깐씩 까무룩 잠에 빠져들었다 깨곤 한다는 그녀의 말이 생각났다. 기력이 없어서 그런다는 것이었다. 잠꼬대를 했을 수도 있는 일이었다. 아니면 정말로 그가 미안하지 않으냐고 물었던 것일까. 그는 나의 방문이 반갑지 않은 것일까. 그럴지 모른다는 생각이 들었다. 내가 그를 불편해하는 것처럼 그도 내가 불편한지 모른다. 그래서 눈을 감고 입을 다물어버린 건지 누가 알겠는가. 나는 리모컨으로 텔레비전의 소리를 조금 더 줄였다. 호흡이 가쁜지 규가 갑자기 입을 벌리고 숨을 거칠게 몰아쉬었다. 턱이 흔들리고 몸이 들썩였다. 당황한 나는 그의 팔을 잡고 이름을 불렀다. "괜찮니? 어떻게 해줄까?" 규는 손을 들어 물 마시는 시늉을 해 보였다. 나는 침대 밑에 있는 물컵을 집어들었다. 물컵에는 빨대가 꽂혀 있었다. 나는 그의 머리를 들어올리고 입에 빨대를 물렸다. 그는 물을 아주 조금밖에 마시지 않았다. 그래도 효과가 있는지 호흡이 진정되는 듯했다. 다시 눕히려고 하는데 그가 침대를 조금 올려달라고 했다. 나는 침대다리에 붙어 있는 금속막대를 회전시켜 그의 상체를 비스듬하게 세웠다. 그는 몸을 꼿꼿이 세우려고 비비적거렸다. 나는 양손으로 허리를 붙잡고 그를 도와주었다. 그의 숨결이 귓가에 느껴졌다. 순간 그가 내 귀를 물어뜯을지 모른다는 생각이, 아무런 전조도 없이, 그야말로 불쑥 들면서 뜨거운 기운이 등줄기를 타고 올라왔다. 부지불식간에 내 부주의한 손이 어느 부분인가를 건드린 모양이었다. 고통스러운지 그가 짧게 비명을 지르며 얼굴을 찡그렸다. 나는 어떻게 해야 할지 몰라 손을 떼어내고 말았다. 그는 머리를 기대고 눈을 감았다. 한동안 찡그린 얼굴이 펴지지 않았다. 호흡도 거칠었다. 그 짧은 순간에 내 머릿속에는 팽팽하게 부풀어오른 그의 둥근 배가 터져서 그 안에 가득 차 있는, 끈적거리는 더러운 물이 쏟아지는 그림이 그려졌다. 점액질의 검붉은 액체는 내 얼굴을 더럽히고 병실 벽에 마치 흉측한 모습을 한 다족류의 벌레들처럼 달라붙는다. 달라붙은 자리는 곧 잿빛 곰팡이가 피어나고, 이내 썩기 시작한다. 내 얼굴에도 곰팡이가 생기고 부패가 이루어진다. 나는 그림을 지우기 위해 머리를 흔들었다. "좋더라, 이번 거. 「카싼드라」 말이야. 사람들이 믿지 않는 불길한 예언만 하도록 예언된 불운한 예언자 이야기 말이야." 나는 뙤약볕에 오래 서 있었던 것 같은 아찔한 현기증을 느꼈다. 눈앞이 흐릿해지고 어질어질했다. "그걸 봤다는 거야?" 나는 말려들어가는 목소리로 겨우 그렇게 물었다. 「카싼드라」는 내가 이번호 계간지에 발표한 단편소설의 제목이었다. 잡지가 나온 지 한 달도 채 되지 않은데다가, 대부분의 문예지들이 같은 형편이지만, 그 소설이 실린 잡지는 문인들이나 찾아볼까, 읽는 사람이 거의 없었다. 그걸 봤다고 말하는 건가, 삶과 죽음에 반쪽씩 점령당해 있는, 하루에도 몇번씩 혼수 속으로 들어가 저세상을 답사하곤 한다는 이 형편없는 육체가. 그런 뜻인가. "그 소설뿐인 줄 아세요? 창기씨 작품은 하나도 안 빼놓고 다 읽어요. 이번에도 병원에 입원해 있으면서도 그 잡지를 사오라고 해서 읽었잖아요. 저 몸을 해가지고, 무슨 정성인지." 언제 들어왔는지 규의 아내가 내 뒤에서 대신 대답했다. "언제 한번 우리집에 와서 보세요. 단행본으로 나온 것은 물론이고 단편소설 실린 잡지까지 그대로 모조리 모셔져 있으니까요. 첫 소설 실린 게 20년 전이잖아요. 그걸 다 가지고 있으니까 할 말 다 했지 뭐." 그녀는 규의 벌어진 환자복을 여며주며 덧붙였다. 규는 희미하게 웃었다.

문학잡지로부터 당선 통지를 받은 것은 방위병 복무기간이 열흘쯤 남은 스물다섯살 봄이었다. 응모하지도 않은 소설이 그 잡지의 신인상에 당선되었다는 내용이었다. 처음엔 의아했지만 나는 곧 사태를 파악했다. 규가 집을 나간 날 내 노트도 사라졌다. 그가 내 문장들을 원고지에 옮겨적어서 잡지사에 보냈을 것이다. 그렇게 엉겁결에 나는 소설가가 되었다. 소설을 쓰면서 살 결심을 한 적은 없었다. 그것은 당선 통지를 받은 뒤에도 달라지지 않았다. 나는 그저 한 권의 일기장이 필요했을 뿐이었다. 그리고 그것으로 충분하다고 생각했다. '이제 됐다.' 그러나 여전히 되지 않았다는 것을 나는 곧 알아차렸다. 일기장에 씌어지기를 원하는 것들이 더 있었다. 어떤 것들은 되풀이해서 씌어지기를 원했다. 되풀이해서, 그러나 다르게. 역설이지만, 일기장을 가졌으므로 더욱 일기를 쓰지 않으면 안된다는 사실을 나는 오래지 않아 깨달았다. 일기장이 제공하는 자유는 일기를 계속 쓰는 것을 담보로 주어진 것이었다. 묶임을 조건으로 한 해방, 해방의 지속을 위한 묶임이었다. 해방되었으므로 묶여야 했고, 해방을 반복적으로 얻어내야 했으므로 반복적으로 묶여야 했다. 어느 순간 그것은 운명처럼 받아들여졌다.

내 영혼의 자유를 위해 의도적으로 그를 선 밖으로 몰아내려고 했다는 것을 인정해야겠다. 이를테면 나는 그를 소설 같은 것은 읽을 줄도 모르는 사람으로 간주하고 싶어했다. 그랬다는 것은, 내 속에서 그런 식의 내쫓기가 필요했다는 것은, 그만큼 내 소설이 그를 늘, 필요 이상으로 의식했다는 뜻도 될 것이다. 가령 나는 글을 쓰면서, 규가 이 문장을 읽는다면 어떤 반응을 보일까를 늘 생각했다. 그가 지음직한 표정이 저절로 떠올랐다. 그는 언제나 내 문장의 첫 번째 독자였다. 그 독자는 대개 표정으로 말했다. 표정의 변화가 또렷하지 않았기 때문에 나는 그의 의중을 헤아리기 위해 온 신경을 다 기울여야 했다. 나는 미세한 표정의 변화도 놓치지 않으려고 애를 썼고, 마침내 원하는 대로 할 수 있었다. 어떤 문장은 지우고 어떤 문장은 비틀었다. 그러니까 원하는 대로 한 것은, 사실은 그였다. 내 문장은 자주 그가 원하는 대로 씌어졌다. 독자는 사실상의 작가였다.

5

세 번째 찾아갔을 때, 규는 이틀간 빠져 있던 간성혼수 상태*에서 벗어난 지 다섯 시간이 지난 상태였다. 전보다 더 마르고 얼굴색이 더 나빠지고 주의를 기울이지 않으면 무슨 말인지 알아듣기 어려울 정도로 발음이 어눌했다. 나는 자꾸만 뭐라고? 하고 반문해야 했다. 자꾸 못 알아듣고 되묻는 것이 결례인 것 같아 나중에는 알아들은 척 고개를 끄덕이기도 했다. 규의 아내는 지난번 내장출혈 때 피가 뇌까지 들어갔을지 모른다는 우려를 했다. 의사도 그런 소견을 비쳤노라고 했다. 그러면서도 손을 쓸 생각은 하지 않았다. 의사에게 규는 이미 포기한 환자였다. 의사에게만 그런 건 아니었다.

내가 병실에 들어갔을 때 규의 침대 옆에는 규의 아내와 사십대 중반쯤으로 보이는 남자가 앉아 무슨 이야기인가를 하고 있었다. 그녀는 남자를 친정동생이라고 소개했다. 점퍼 차림의 남자는 운동선수처럼 근육질의 단단한 몸을 가지고 있었다. 남자가 전에 한번 뵈었죠, 하고 내미는 손을 잡는데, 손아귀에서 힘이 느껴졌다. 나는 언제 보았는지 기억나지 않았지만, 네 네, 하고 고개를 주억거렸다. 규는 침대에 누워 천장을 응시하고 있었다. 그의 파리한 얼굴은 어쩐지 나른해 보였다. 열정도 미련도 사라진 자의 얼굴이었다. 침대 위의 그를 향해 무슨 이야기인가를 열성적으로 토해내는 침대 곁의 두 사람의 조급한 모습에 비해 그는 너무 태평하고 아늑했다. 벌써 다른 세계로 옮겨가 버린 것인가 싶은 생각

* 간성혼수 상태 간 기능 장애가 있는 환자가 의식이 나빠지거나 행동의 변화가 생기는 상태.

이 들 정도였다. "그러니까, 여보…… 내 말을 잘 들어봐. 당신이 일어나야지. 일어나야 하고말고. 일어날 거야. 나를 위해서도 그렇고, 우리 준영이를 위해서도 그렇고, 일어나야 하지……" 그녀는 그때까지 하던 이야기를 이어서 했다. "그런데, 만일에 말이야, 만일에 당신이 움직이기 어려워 좀더 오래 누워 있어야 하는 경우를 생각해봐. 어저께처럼 의식을 잃어버리면 어떻게 해. 그때는 누군가가 당신을 대신해야 하잖아. 그러니까 잘 생각해서 이야기를 해줘. 몇년간 매달린 일이야. 마무리가 되었다며? 누구를 만나야 하는지, 당신 몫이 얼마나 되는지, 어떻게 받아야 하는지……" 그녀의 동생도 그녀와 대동소이한 말을 되풀이했다. 그가 저를 믿으라니까요, 매형, 할 때는, 약간의 위압감이 느껴졌다. 규의 입술이 조금 열리는가 싶더니 무슨 소리인가가 새어나왔다. 그러나 소리가 워낙 약한데다 발음도 부정확해서 무슨 말인지 알아들을 수 없었다. 규의 아내가 뭐라고요? 하며 얼굴을 그의 입 가까이 가져갔다. 규가 우물거렸다. 그녀가 얼굴을 떼어내며 또 그 소리, 하고 토라진 표정을 지었다. "십분 후에 어떻게 될지 모르는 사람이, 무조건 자기가 알아서 한다지." 그녀가 물러나자 갑갑하다는 듯 그녀의 동생이 매형, 하고 부른 다음, 같은 말을 늘어놓았다. 그가 규에게 설득조의 말을 길게 늘어놓는 동안 그녀는 나에게 한탄조로 사정 이야기를 했다.

규는 몇년간 두 개의 공사를 동시에 벌여왔는데, 그중에 하나는 거의 마무리가 되었고, 다른 하나도 서너 달 안에 끝날 거라고 했다. 금방 큰 돈이 들어올 거라는 말을 워낙 자주 하며 산 사람이긴 하지만, 이번 경우는 틀림없는 것 같다고 그녀는 말했다. 그 확신의 근거로 그녀는 얼마 전에 계약하기로 한 송파구의 37평짜리 아파트를 들었다. 그들 가족은 한 달 뒤면 10년 동안 살아온, 3천만원 보증금에 30만원 월세인 의정부의 연립주택에서 지은 지 3년 된 서울 한복판의 넓은 아파트로 이사를 가게 되어 있었다. 부부가 함께 집을 보고 왔노라고 했다. 그것은 그가 몸을 버려가며 몇년간 매달려 일한 댓가를 한 달 안에 받게 된다는 뜻이었다. 그리고 그것이 사실이라면 지금쯤은 통장에 돈이 들어와 있어야 했다. 하필 이런 때 병에 걸릴 게 뭐람, 이라는 말을 했다가 내 눈치를 보고는, 평생 저 몸이 되도록 그 일만 했는데 그냥 가면 억울하잖아요, 라고 변명처럼 덧붙이고, 여전히 열심히 설득중인 동생과 여전히 무표정한 남편을 바라보며, 나랑 준영이는 어떻게 살아요…… 하고 퉁한 목소리를 냈다. "글쎄, 저를 믿으라니까요, 매형." 남자의 목소리가 아주 먼 곳에서처럼 아득하게 들려왔다. 산 사람은 살아야지, 하고 중얼거린 사람이 규의 아내였는지, 그녀의 동생이었는지 모르겠다.

규는 이미 산 사람이 아니었다. 얼마 전부터 규가 이쪽의 말을 전혀 듣고 있지 않다는 생각이 들었다. 그리고 그것이 다행이라는 생각도 들었다. 큰돈이 들어온다는 것은 어쩌면 사실일 테지만, 어쩌면 사실이 아닐 수도 있었다. 그런 것이 중요하지 않은 건 아니지만, 적어도 그 자리에서 중요한 건 아닌 것처럼 나에게는 여겨졌다. 그 순간, 아무도 자기를 이해해주지 않는 세계에서 평생을 살아온 규의 외로움이 손에 잡힐 듯 선명하게 전해져왔다. 감전된 듯 온몸이 찌릿찌릿했다. 규는 자기가 이해할수 없고, 자기를 이해해주지 않는 세계에서 살았다. 자기를 이해해줄 수 없는 세계에서 그가 취할 수 있는 아마도 유일한 존재방식이 부유(浮遊)였다는 것이 어렴풋하게 깨달아졌다. 존재의 최소한의 방식, 유령이 되지 않기 위해 그는 부유하는 방식을 택했을 것이다. 그런 생각을 하자 나른하게만 보이던 그의 표정이 애써 모욕을 견디고 있는 것처럼 여겨졌다. 나는 밑바닥에서 치받아올라오는 뜨거움을 이기지 못하고 소리쳤다. 그만 해요. 그만들 해요. 억눌린 내 목소리는 찌그러져

• 부유(浮遊) 행선지를 정하지 아니하고 이리저리 떠돌아다님.

서 나왔다. 나는 한번도 울지 않은 메마른 그의 눈을 대신해서 울어주고 싶었다. 어쩌면 내 안에서 부글거리며 다시금 형체를 만들어 가는 불편한 기운을 흩뜨리기 위해서 그랬는지 모른다. 나 역시 살아야 한다는 요청을 받고 있었는지 모른다. 그런 점에서 내 눈물은 순수하지 않다. 조금 전에 산 사람은 살아야 한다고 중얼거린 사람이 혹시 나였을까. 변명하듯 고개를 저으면서 나는 가슴에 아릿한 통증을 느꼈다. 병실 안은 침묵 속으로 곤두박질쳤다. 두 사람은 눈물을 글썽이는 나를 의아하게 바라보고는 입을 다물었다. 잠시 후 그녀의 동생이 먼저 병실을 나가고 뒤이어 그녀가 나갔다.

규가 숨을 거칠게 몰아쉬었기 때문에 나는 컵에 물을 받아 빨대를 물렸다. 눈이 마주친 순간 그가 무슨 말인가를 했다. 그러나 알아들을 수 없었다. "뭐라고?" 그가 다시 입을 달싹였다. 신경을 곤두세우고 들었지만 역시 잘 들리지 않았다. 그가 잠깐 숨을 고르고 나서 침대 밑을 가리켰다. 나는 그곳에 손을 넣어 보았다. 종이컵과 화장지와 일회용 젓가락과 과도와 양말과 티백과 수건이 들어 있는 종이상자가 보였다. 그가 손짓을 했다. 상자 안에서 무엇인가를 찾으라는 신호처럼 보였다. 나는 거기 들어 있는 것들을 하나하나 꺼내어 확인시켰다. 몇가지의 물건이 더 나왔다. 볼펜이 한 자루 나오고 며칠 전 신문도 나왔다. 규는 그것들에 대해 반응을 보이지 않았다. 맨 아래에서 빛이 바랜 서류봉투가 하나 나왔다. 내가 그것을 들어 보이자 규는 고개를 끄덕였다. 나는 봉투 속의 내용물을 꺼냈다. 오래된 노트 한 권이 나왔다. 너무 오랜만이라 나는 처음에 그 노트를 알아보지 못했다. 규가 펼쳐보라는 손짓을 했다. 나는 첫 장을 넘겼다. 잊고 있었던, 익숙한 내 필체가 마치 화석에 찍힌 아득한 시절의 발자국처럼 모습을 드러냈다. 나의 첫 문장들에는 손때가 묻어 있었다. 오래전에 땅속에 깊이 파묻어두었던 죄를 다시 꺼낸 것처럼 마음이 뒤숭숭했다. 이것을 여태 가지고 있었단 말인가. 이 것을, 어쩌자고 여태 가지고 있단 말인가. 내가 잊으려고 파묻은 곳이 규의 가슴이었다고 생각하니 마음이 무거웠다. "내가 너에게 무슨 짓을 한 거지?" 나는 신음처럼 내뱉었다. 나는 아무 짓도 하지 않았다. 그렇지만 누군가 나로 인해 아파하는 사람이 있다면 내가 아무 짓도 하지 않았다고 말하는 것이 떳떳한 일일까. 그는 또 무슨 말인가를 했다. 이번에도 발음이 정확하지 않았지만, 그러나 나는 그가 무엇을 요구하는지 알아차렸다. 읽으라고? 나는 확인하듯 물었다. 나는 그의 얼굴을 내려다보았다. 그는 재촉이라도 하듯 나를 빤히 쳐다보았다. 생각해보면 그는 늘 나의 유일한 독자였다. 나의 모든 문장들이 그에게 읽히기 위해 씌어졌다는 생각이 들었다. 나는 노트를 펴들고 나의 첫 문장들을 읽기 시작했다. 손이 덜덜 떨렸다. 목소리도 덜덜 떨려서 나왔다.

어느 여름날 나는 얼음과자를 사먹기 위해 아버지의 지갑에서 천원 짜리 한 장을 훔쳤다. 처음에는 아버지가 눈치채지 못할 거라는 생각이 압도적이었다. 천원짜리가 한 장만 있었다면 몰라도 다섯 장이나 있었다. 다섯 장 가운데 한 장 없어진 걸 어떻게 안단 말인가. 아버지가 그렇게 꼼꼼한 사람은 아니지 않은가. 돈을 빼내고, 얼음과자를 사기 위해 달려가고, 마침내 그 달콤하고 차가운 얼음과자를 입에 넣고 빨 때까지 나의 범죄가 들통나지 않을 거라는 확신으로 충만해 있었다. 그 단단한 확신의 원천은 욕망이었다. 달콤하고 시원한 얼음과자를 입에 넣고 빨아먹고 싶은 너무 큰 욕망이 염려와 불안을 잠재웠다. 그러나 얼음과자의 부피가 줄어들고 숨어 있던 막대가 드러나면서 염려와 불안은 서서히 깨어났다. 그렇게 단단하던 확신은 어느 순간 얼음과자 녹듯 녹아 흘렀다……

나의 어눌한 낭독에 맞춰 그의 입이 살짝살짝 들렸다가 닫혔다. 그것은 그가 그 문장들을 거의 외우고 있다는 증거였다. 나는 무서웠다. 나는 죄를 짓는 것 같았다. 문득 내가 읽는 문장들이 내 것이 아닌 것처럼 여겨졌다. 어느 순간, 그의 목소리가 잦아드는가 싶더니 날싹거리던 입술이 움직이지 않았다. 눈도 감겨 있었다. 그는 잠들어 있었다. 그런데도 나는 잠들어 있는 그를 위해 내 문장들을 읽었다. 눈물이 나왔다. 눈물이 떨어져 노트에 얼룩을 만들었다. 나는 계속해서 끝까지 읽었다. 나의 읽기는 필사적이었다…… 나는 끝내 미안하다는 말을 하지 못했다.

1 사촌형 '규'의 소식을 오랜만에 들었을 때, 주인공 '나'는 어떤 감정을 느끼나요?

2 '규'의 소식을 들은 '나'가 회상하는 경험들은 주로 어떤 내용인가요? 구체적인 사례를 열거해 보세요.

3 유년기 때부터 성인이 된 지금까지도 '나'는 줄곧 사촌형 '규'에게 미안한 마음과 죄의식을 갖습니다. '나'와 '규'의 어떤 처지 때문인가요?

톡톡! 생각의 가지 뻗기

1 다음과 같은 구절들에서 엿볼 수 있는 '규'의 내면적 상황이란 어떤 것일
까요? 자유롭게 서술해 보세요.

▷ 내가 밤에 써 놓고 간 글을 낮에 규가 읽는다는 것을 나는 알지 못했다.
매일 아침, 내가 출근하고 나면 밤새 내가 토해 놓은 피투성이의 문장들을
읽는 모양이었다. 술에 취한 그가 내 방에 들어온 어느 날 밤. 마무리라고 할
것은 없지만, 어쨌든 이틀 전에 한 편의 긴 일기를 끝낸 나는 홀가분한 기분
으로 누워 내가 쓴 문장들을 훑어보고 있었다. 술에 취한 그가 노크도 하지
않고 내 방으로 들어왔다. (중략)
"너는 대학 갔지, 나는 못 갔다. 그게 대수냐? 대수지, 안 그래? 어이, 내
사랑하는 사촌. 자네는 인생에서 뭐가 제일 중요하다고 생각하나. 너는 대
학……나는 안 된다……나에게 안 미안한가?" (중략) "소설, 읽었다. 네가 군
복을 입고 집을 나가면 나는 네가 밤새 써 놓은 글을 읽기 위해 이 방에 들어
왔다. 마치 연재소설을 찾아 읽는 독자가 된 기분이었다. 설렜고 가슴이 뛰
었고 호흡이 가빠지기도 했다……. 그리고 나는 소설을 쓰지 않기로 했다.
아니 쓸 수 없다는 걸 알았다."
▷ "좋더라, 이번 거. '카싼드라' 말이야. 사람들이 믿지 않는 불길한 예언만
하도록 예언된 불운한 예언자 이야기 말이야." 나는 뙤약볕에 오래 서 있었
던 것 같은 아찔한 현기증을 느꼈다. 눈앞이 흐릿해지고 어질어질했다. "그
걸 봤단 말이야?" 나는 말려들어가는 목소리로 겨우 그렇게 물었다. '카싼드
라'는 내가 이번호 계간지에 발표한 단편소설의 제목이었다. 잡지가 나온 지
한 달도 채 되지 않은 데다, 대부분의 문예지들이 같은 형편이지만, 그 소설
이 실린 잡지는 문인들이나 찾아볼까, 읽는 사람이 거의 없었다. 그걸 봤다
고 말하는 건가. 삶과 죽음에 반쪽씩 점령당해 있는, 하루에도 몇 번씩 혼수
속으로 들어가 저세상을 답사하곤 한다는 이 형편없는 육체가. 그런 뜻인가.

2 다음은 문학 혹은 소설 쓰기의 기원에 관한 주인공(또는 작가)의 생각
을 엿볼 수 있는 부분입니다. 결국 그는 무엇 때문에 소설가가 소설
을 쓰는 거라고 말하고 싶은 걸까요? 그가 체험한 내용과 관련지어
서술해 보세요.

> 소설을 왜 쓰는가, 하는 질문에 대답하는 형식의 그 소설에서 소설 속의 인물
> 인 소설가는 자신의 글쓰기의 기원인 복수심과 지배욕에 대해 집요하게 이
> 야기했다. 현실에서 당한 억울한 일에 대한 소설가의 복수는 현실 밖에서 이
> 루어졌다. 지배의 방식도 현실의 기제인 권력과는 도무지 상관이 없었다. 그
> 는 심지어 자유의 질서로 지배한다고 말했다. 그 소설가가 강변하는, 자유의
> 질서로 지배함으로써 독자를 해방한다는 소설의 공적 역할에 사실 나는 별로
> 공감하지 못했다. 내 신경의 어떤 부분을 건드린 것은 소설 속의 소설가, 나
> 아가 그 소설을 쓴 소설가가 그 지루하고 장황한 자기변명을 끈질기게 되풀
> 이함으로써 얻어내려 하고 있는, 마침내 얻어냈을 효과였다. 확실하고 또렷
> 하게 그 효과의 이름을 부를 수는 없지만, 그 순간 나는 소설을 왜 쓰는지 온
> 전히 이해했다고 느꼈다. 어떤 의식의 반영이었는지 분명치 않은 채로 나는
> 문득 그 소설을 한 권의 일기장처럼 인식했다. 아마도 소설가는 따로 일기를
> 쓰지 않아도 되겠구나, 적어도 이 소설가는 따로 일기를 쓸 필요가 없겠구나,
> 하는 생각이, 여름 한낮 폭우가 쏟아지듯 느닷없이, 그야말로 불쑥 덮쳤다.

파릇파릇! 생각의 숲 가꾸기

1 여러분도 이 소설의 주인공이나 그의 사촌형 '규'가 겪은 것과 유사한
경험이 있나요? 그러한 경험을 바탕으로 주인공과 '규' 중 한 사람을
택하여 각자 하고 싶은 이야기를 편지 형식으로 써 보세요.

외투

니콜라이 고골(우크라이나, 1809년 3월 20일~1852년 2월 21일)

러시아 근대 문학의 창시자이자 리얼리즘의 토대를 놓은 푸시킨에게 영향을 받았습니다. 당시 러시아의 현실, 특히 지주 사회의 도덕적 퇴폐와 관료 세계의 모순과 부정을 예리한 풍자의 필봉으로 사실적으로 그려냈습니다. 그의 사실주의적 묘사 기법과 풍자적 문체는 도스토옙스키 등 후대 작가들에게 커다란 영향을 끼쳤습니다. 『디카니카 근교 농촌 야화』를 출판하여 큰 명성을 얻었으며, 이후 「감찰관」, 「결혼」, 「타라스 불바」, 『죽은 혼』 같은 작품을 통해 문명(文名)을 떨쳤습니다.

📝 작품소개

고골은 푸시킨과 더불어 러시아 리얼리즘 문학의 양대 산맥을 이루고 있는 작가입니다. 그가 1842년에 발표한 「외투」는 이후 리얼리즘 문학의 정전으로 불릴 만큼 세계 문학사에서 차지하는 위상과 영향력이 막대한 작품이지요. 도스토옙스키가 "러시아의 모든 사실주의 작가는 고골의 '외투' 자락에서 나왔다."고 했을 만큼, 이 작품은 리얼리즘적 현실 세계를 담아내는 성서로 얘기되곤 합니다.

「외투」는 19세기 초 제정 러시아 시대의 수도 페테르스부르크를 배경으로 곤궁한 서민의 생활상을 생생하게 그리고 있는 소설입니다. 이를 통해 관료제 사회의 모순을 날카롭게 비판하고 당대를 고발하고 있습니다. 주인공 아카키 아카키예비치는 적은 월급을 받으며 곤궁한 생활을 하고 있는 하급 관료입니다. 그는 오랫동안 단벌 외투로 겨울을 버티며 서민들의 '강력한 적'인 매서운 한파를 견뎌 왔습니다. 그런데 더 이상 기워 입을 수조차 없게 되자 부득이 새 외투를 마련해야 하는 상황에 처합니다. 갖은 노력 끝에 결국 새 외투를 장만하지만, 얼마 지나지 않아 길거리에서 강도를 당하게 됩니다. 아카키는 외투를 되찾기 위해 발버둥 칩니다. 그러나 결국 관료제 사회의 모순과 부정을 겪으며 좌절하여 죽음에 이릅니다.

「외투」는 주인공의 감정을 직접적으로 드러내기보다는 상황을 객관적으로 보여주는 서술 방식을 취하고 있습니다. 이는 독자로 하여금 인물들의 감정을 더욱 절실하게 느끼게 합니다. 고골은 이 작품에 대해 다음과 같이 말한 바 있습니다. "설혹 아카키 아카키예비치의 무능과 불운이 지나치게 부풀려져 있고 왜곡돼 있더라도, 우리는 누구나 그 안에서 우리 자신을 발견할 수 있다. 그래서 그 실재성에 의심을 품을 겨를은 없다." 소설 속의 인물들이 처한 객관적인 상황 속에서 바로 '우리 자신'을 발견함으로써 현실의 실재성을 확인하게 된다는 것입니다.

15

외투

니콜라이 고골

어느 관청에… 그러나 어느 관청인지는 말하지 않는 게 좋겠다. 온갖 종류의 부처, 연대, 사무실을 막론하고 솔직히 말해서 관리 계층이라는 족속들보다 화를 잘 내는 부류는 없다. 요즘은 개인도 누구나 자기가 당한 일을 마치 사회 전체가 당한 모욕이라고 생각하는 것 같다. 어느 도시인지 기억나지 않지만, 아주 최근에 군(郡)의 경찰서 장이 상부에 청원서를 제출한 적이 있었다. 청원서에서 그는 국가의 법 질서가 땅에 떨어지고 있으며, 자신의 소중한 직함이 쓸데없이 언급되면서 모욕당하고 있다고 진술했다. 그는 증거로 방대한 분량의 장편소설 한 권을 청원서에 첨부했다. 그 작품에는 거의 10페이지마다 한 번씩 군 경찰서장이 등장했는데, 몇 군데에서 술에 만취한 모습으로 나타나고 있었다. 그래서 이런 불쾌한 일을 피하기 위해서는 문제가 되는 관청을 그냥 어느 관청이라고 부르는 게 좋겠다.

아무튼, 그 어느 관청에 한 관리가 근무하고 있었다. 이 관리는 남보다 뛰어난 점이라곤 거의 없는 남자였다. 작달만한 키에 얼굴은 약간 얽었고, 머리털은 불그스름했다. 시력도 썩 좋지 않아 보였다. 이마는 약간 벗겨진 데다 양 볼에는 주름이 있고, 안색은 치질 환자 같았다. 하지만 어쩌겠는가. 페테르스부르크의 고르지 못한 기후 탓인 것을. 직급에 대해 한마디 한다면, (러시아 사람들은 우선 직급부터 따지기 때문에) 그는 이른바 만년 9급 관리였다. 알다시피, 밟혀도 찍소리 한번 못하는 사람들을 사정없이 짓누르기 좋아하는 기이한 작자들이 특히 좋아하는 게 바로 이 9급 관리들이다. 그 작자들이 이 관리들을 실컷 조롱하고, 비꼬고, 비아냥댄다는 사실은 이미 널리 알려진 사실이다.

그 관리의 성은 '바스마치킨'이었다. 성만 봐도 이 이름은 바시마크*에서 유래했음이 분명하다. 그러나 언제, 어떻게 바시마크에서 유래되었는지는 알 길이 없다. 바시마치킨 집안사람들은 할아버지에서부터 아버지, 심지어 처남까지도 모두 장화를 신고 다녔다. 그리고 기껏 일 년에 두세 번 정도만 밑창을 갈았다. 이 관리의 이름은 '아카키 아카키예비치'였다. 아마 독자들에게 이 이름은 좀 기묘하게 들릴 수도 있겠다. 누군가는 일부러 비꼬아서 이런 괴상한 이름을 붙인 것이라 생각할지도 모른다. 그러나 일부러 비꼬아서 붙인 것이 아니라, 그 밖의 다른 이름은 붙이려야 붙일 수 없는 형편이었다.

사정은 이랬다. 기억이 틀리지 않다면, 아카키 아카키예비치는 3월 23일 밤에 태어났다. 이미 고인이 된 그의 어머니는 관리의 아내로 더할 나위 없이 착한 부인이었다. 그녀는 당연히 아기에게 세례를 받게 해주려고 하고 있었다. 그녀는 아직 방문 맞은편 침대에 누워 있었다. 그리고 오른쪽에는 아이의 대부가 될 이반 이바노비치 에로쉬킨이 서 있었는데, 원로원 과장으로 근무했던 매우 훌륭한 인물이었다. 왼쪽에는

• 바시마크 러시아어로 단화(短靴) 또는 목이 짧은 장화라는 뜻.

세묘노브나 벨로브류시코바라가 서 있었다. 박애정신이 투철한 그녀는 지구 경찰서장의 부인이었다. 그들은 산모에게 세 가지 이름 중 마음에 드는 것을 고르라고 했다. '목키' 또는 '소시', 아니면 순교자 '호즈다자트'. 고인이 된 산모는 잠시 생각한 후 이렇게 말했다.

"싫어요! 이름이 모두 다 그저 그래요!"

그들은 그녀를 만족시키기 위해 달력의 다른 곳을 펼쳐 보았다. 이번에는 '트리필리', '두르다', '바라하시'라는 세 개의 이름이 나왔다.

"하느님 맙소사!"

이미 중년을 넘긴 산모는 자기도 모르게 이렇게 중얼거렸다.

"무슨 이름이 다 이 모양이람. 한 번도 들어본 적 없는 이름들뿐이잖아. '바라다트'나 '바루흐'라면 또 몰라도 '트리필리'와 '바라하시'라니……."

그들은 달력을 또 한 장 넘겼다. 이번에는 '팝시카히'와 '바흐치시'라는 이름이 나왔다.

"흠, 알겠어요……."

산모가 말했다.

"아마도 이건 운명인 것 같군요. 그 이름을 붙이느니 차라리 애아버지 이름을 붙여주는 것이 낫겠어요. 아버지 이름이 아카키였으니 아들도 아카키라고 하죠……."

아카키 아카키예비치라는 이름은 바로 이렇게 해서 탄생한 것이었다. 아이는 세례를 받을 때 울음을 터뜨렸다. 그러면서 마치 자신이 9급 관리가 될 것을 예감이라도 한 듯 얼굴을 찡그렸다. 모든 일은 이렇게 해서 일어난 것이었다. 내가 이런 사정을 모두 밝히는 것은, 앞에서 이미 언급한 것처럼 아이에게 다른 이름을 지어주는 게 불가능했다는 사실을 말하기 위해서다.

그가 관청에 언제 들어갔는지, 누가 그를 임명했는지 기억하는 사람은 아무도 없었다. 국장이나 과장은 그렇게 많이 바뀌었건만, 그는 늘 같은 자리, 같은 지위, 같은 직책에서 여전히 서류를 필사했다. 그래서 사람들은 그가 어머니 뱃속에서부터 제복을 입고, 머리가 훌렁 벗겨진 채로 관리가 될 준비를 마치고 태어난 것이라고 생각하기에 이르렀다. 그가 일하는 관청에서는 어느 누구도 그를 존경하지 않았다. 수위들조차 그가 지나갈 때 자리에서 일어나지 않았다. 마치 파리 한 마리가 응접실을 날아가는 것을 보는 듯한 태도로 그에게 눈길조차 주지 않았다. 상관들은 대부분 그에게 위압적이고 폭군적인 태도를 보였다. 어떤 부장이나 과장은 최소한의 예의도 차리지 않고 그의 코앞에 서류를 불쑥 들이밀곤 했다. "이거 정서˙해 주시오."라든지, "이건 꽤 재미있는 서류랍니다."라는 매우 의례적인 말조차 덧붙이지 않았다. 그러면 그는 상대방이 누구이며, 과연 이렇게 대할 권리가 있는 사람인지 아닌지 따져보려고도 하지 않았다. 그저 서류만 힐끔 볼 뿐이었다. 그러고는 일을 받는 즉시 정서하기 시작했다. 젊은 관리들은 천박하게 익살을 부려가며 그를 조롱하고 골려먹기에 바빴다. 심지어 그가 듣는 앞에서, 일흔 살 먹은 그의 하숙집 여주인이 그를 때렸다는 둥, 두 사람이 언제 혼인식을 올리느냐는 둥 꾸며낸 얘기도 하곤 했다. 그뿐만 아니라 그의 머리에 종이 쪼가리를 뿌리면서 눈이 온다고 자기들끼리 낄낄대기도 했다. 그러나 아카키 아카키예비치는 이런 짓궂은 행위에 일절 대꾸하지 않았다. 마치 아무것도 보이지 않는 듯한 태도로 일관했다. 젊은 관리들의 장난은 그의 일에 전혀 영향을 주지 않았다. 그들의 짓궂은 행위에도 그는 서류에 글자 하나 틀리게 쓰는 법이 없었다. 다만 농담이 견딜 수 없을 만큼 도를 지나치거나, 팔꿈치를 툭툭 치면서 업무에 직접적인 방해

• 정서 글씨를 흘려 쓰지 아니하고 또박또박 바르게 씀.

를 가할 때는 이렇게 말하곤 했다.

"날 좀 내버려둬요. 왜 나를 못살게 구는 거요!"

이러한 그의 말과 목소리에는 이상한 뭔가가 있었다. 강한 연민을 불러일으키는 것이 느껴졌다. 최근 관청에 새로 들어온 어떤 젊은 관리는 동료들과 함께 그를 놀려대다 마치 뭔가에 찔리기라도 한 듯 갑자기 그만두었다. 그때부터 그의 눈에는 모든 것이 다르게 보이는 것 같았다. 눈에 보이지 않는 어떤 숨은 힘 때문에, 그는 지금까지 예의 바른 사교계 사람들이라고 생각했던 동료들과도 멀어졌다. 청년 관리는 그 뒤로도 오랫동안 마음속으로 스며드는 말을 내뱉던, 이마가 벗겨진 작달막한 어떤 관리의 모습이 자꾸만 눈에 밟히곤 했다. 그 관리가 폐부를 찌르는 듯한 목소리로 "날 좀 내버려둬요. 왜 나를 이렇게 못살게 구는 거요!"라고 말하는 모습이 눈앞에 어른거렸다. 가슴을 찌르는 듯한 이 말 속에는 '나는 당신의 형제요.'라는 또 다른 울림이 있었던 것이다. 그럴 때면 이 가엾은 청년은 자기도 모르게 얼굴을 가리곤 했다. 그 후 평생을 통해서 그는 인간 내면에 무수히 많이 숨어 있는 비인간적이며 잔인한 얼굴들을 마주했다. 그리고 그때마다 여러 번 몸서리를 쳤다. 거기에는 교양 있고 세련된 상류 사회의 사람들, 심지어 고결하고 정직하다고 인정받는 사람들도 예외는 아니었다.

그건 그렇다 치고, 아카키 아카키예비치만큼 자기 직무에 충실한 사람이 세상에 과연 몇이나 될까? 그는 매우 열심히 일했다. 이렇게 말하는 것으로는 부족하다. 그는 자기가 맡은 업무에 애정을 갖고 있었다. 정서하는 일에서 그는 나름 다채롭고 즐거운 자신만의 세계를 발견했다. 그의 얼굴에는 항상 즐거운 기색이 나타나 있었다. 그는 몇몇 글자를 특히 좋아했는데, 그 글자들을 발견하면 얼굴에 금방 희색이 돌았다. 그러고는 눈을 찡긋하며 입술을 움찔거렸다. 그래서 얼굴만 봐도 지금 그가 펜으로 무슨 글자를 쓰고 있는지 얼마든지 알아낼 수 있을 정도였다. 만약 그의 열정에 알맞은 포상을 한다면, 그 자신도 놀라겠지만, 지금쯤 그는 5급 관리는 되었을 것이다. 그러나 독설을 내뱉는 동료들의 말대로, 그렇게 오랫동안 근속해서 그가 얻은 것은 단춧구멍의 훈장 걸쇠와 치질뿐이었다. 그렇다고 그에게 관심을 보인 사람이 전혀 없었던 것은 아니다. 어느 선량한 국장이 그에게 평범한 공문서 정서보다 더 중요한 일을 맡기라고 명령한 적이 있었다. 장기근속에 따른 보상이었다. 그에게 새로 주어진 업무는 이미 작성된 서류를 기초로 하여 다른 관청에 보낼 연락 문서를 만드는 일이었다. 새로운 일이라고 해 봐야 사실 별다른 것도 아니었다. 서류 제목을 바꾸고, 동사를 일인칭에서 삼인칭으로 바꾸는 정도였다. 그러나 그에게 그 일은 너무 힘들었다. 그는 땀을 뻘뻘 흘리더니 계속해서 손수건으로 이마를 닦았다. 그러더니 마침내 "도저히 안 되겠습니다. 저는 정서를 하는 것이 훨씬 더 편합니다." 라고 말했다.

그 후부터 그는 오직 정서하는 업무만 맡게 되었다. 마치 그에게는 정서하는 일 외에 아무것도 존재하지 않는 것 같았다. 그는 옷차림에도 전혀 신경을 쓰지 않았다. 원래 초록색이었던 제복은 어느새 붉은 빛이 감도는 누런색으로 바래 있었다. 실제로 그는 목이 길지 않았는데, 좁고 낮은 제복의 옷깃 때문에 마치 목이 쑥 삐져나온 것처럼 길어 보였다. 그 모습은 러시아에 사는 외국인들이 수십 개씩 머리에 이고 팔러 다닌다는, 석고로 만든 새끼고양이의 긴 목과 같았다. 그뿐만 아니었다. 그의 제복에는 언제나 건초 부스러기나 실오라기 따위가 붙어 있었다. 그에게는 아주 특별한 재주가 하나 있었는데, 사람들이 창문으로 온갖 쓰레기를 버리는 바로 그 순간에 창문 밑을 지나가는 일이었다. 그래서 그의 모자에는 늘 수박이나 참외 껍질 따위가 얹혀 있었다. 그는 거리에서 일상적으로 일어나는 일들이나, 보통 사람들이 하는 일들에는 평생 단 한 번도 관심을 가져 본 적이 없었다. 그런 일에 주의를 기울이는 것은 항상 눈치 빠르고 머리 회전이 빠른 젊은 관리들이었다. 그들은 심지어 길 건너편을 걷고 있는 사람들의 속바지 끈이 너덜거리는 것까지 바라보면서 교활하게 비웃었다.

그러나 아카키 아카키예비치의 시선이 향해 있는 곳은 늘, 가지런한 글씨체로 정성껏 쓰인 깔끔한 문장들이었다. 어디선가 갑자기 나타난 말이 그의 어깨에 얼굴을 얹고 뺨에 콧김을 불어 넣을 때에야 비로소 그는 자기가 서류 더미 속에 파묻혀 있는 게 아니라, 길 가운데 서 있다는 사실을 깨닫고는 했다. 집에 돌아오면 그는 항상 같은 시간에 식탁에 앉아 무슨 맛인지도 모른 채 양배추 수프를 급히 떠먹고, 양파를 곁들인 소고기 한 조각을 먹어 치웠다. 접시에 파리가 붙어 있건 뭐가 묻어 있건 상관하지 않았다. 배가 부르다는 느낌이 들면 그는 곧 식탁에서 일어나 잉크병을 꺼내 집으로 가져온 서류를 정서하기 시작했다. 처리해야 할 일이 없으면 자기만족을 위해 일부러 서류를 베껴 적었다. 문체가 유난히 아름다운 문장이라기보다는, 수신인들이 새로운 인물로 바뀐 문서들과 중요한 인물들에 관한 서류들이었다.

페테르스부르크의 잿빛 하늘이 완전히 어두워지면 관리들은 저마다의 봉급 수준과 취향에 따라 저녁 식사를 배불리 먹고 여가를 즐긴다. 사무실의 사각대는 펜 소리와 분주한 움직임, 그리고 울며 겨자 먹기로 처리해야 하는 남의 일, 또 불쾌한 민원인에게 필요 이상으로 친절하게 대해야 하는 이 모든 것들로부터 벗어나 이제 모두 다리를 쭉 뻗고 휴식을 취하는 것이다. 이럴 때 누군가는 여가를 즐기기 위해 극장으로 달려가고, 누군가는 모자를 구경하러 외출하고, 또 누군가는 사교계의 스타로 떠오른 아름다운 여성의 마음을 얻기 위해 밤마다 파티가 열리는 장소를 찾기도 한다. 그러나 대부분의 사람들은 이러한 외출이나 만찬을 단념한다. 그 대신 아파트 3층이나 4층에 위치한 친구들의 집에 놀러 간다. 돈을 아껴서 간신히 사들인 램프나, 그 밖의 자질구레한 물건들로 장식된 실내는 대개 조그마한 방 두 개에 부엌이나 현관이 딸려 있을 뿐이다. 대부분의 관리들은 이렇게 좁은 방에 모여 앉아 홍차를 홀짝이며 값싼 건빵을 먹고, 트럼프 놀이를 하거나 파이프 담배를 피운다. 카드를 돌리면서 상류 사회에서 흘러나온 유언비어를 화제에 올리기도 한다. 사실 이런 소문이야말로 러시아 사람이라면 귀가 솔깃할 만한 그런 이야기들이다. 그런 화제가 없을 때에는, 어느 경비 사령관에게 보고가 들어왔는데 팔코네가 만든 동상의 말 꼬리가 떨어져 나갔다는 등의 케케묵은 일화를 되풀이하면서 이야기를 주고받는다.

이렇게 페테르스부르크에 사는 모든 사람들이 기분 전환을 위해 애쓰는 바로 그 시각에도 아카키 아카키예비치는 그 어떤 유혹에도 빠지지 않았다. 그러니 어느 날 밤 파티에서 그를 보았다는 말은 어디에서도 나올 수 없었다. 그는 힘껏 정서하고 난 뒤 '내일은 하느님이 어떤 일거리를 보내 주실까?'라고 생각하면서 미소 띤 얼굴로 잠자리에 들었다. 연봉 400루블의 초라한 급료를 받고 자기 운명에 만족할 줄 아는 인간의 평온한 생활은 그렇게 흘러가고 있었다. 만약 인생길 여기저기에 덫처럼 자리 잡고 있는 여러 가지 불행만 없었더라면, 이러한 그의 삶은 노년까지 계속되었을지도 모른다. 그러나 이러한 불행은 꼭 9급 관리뿐만 아니라 3급, 4급, 7급을 가리지 않고 모든 사람들에게 찾아든다. 심지어 누구에게 조언해 본 적도 없고, 받아 본 적도 없는 그런 사람들에게도 이런 불행은 예외가 없다.

페테르스부르크에는 연봉 400루블 정도를 받는 모든 사람들에게 큰 적이 하나 있었다. 다름 아닌 북쪽 지방 특유의 혹독한 한파였다. 아침

여덟 시부터 아홉 시 사이에는 관청으로 출근하려는 사람들이 거리를 가득 메우는데, 이 시간대에는 혹독한 추위가 매섭게 코끝을 강타한다. 그럴 때면 불쌍한 관리들은 코를 어디에 둬야 할지 몰라 쩔쩔매기 일쑤였다. 지위가 높은 관리들조차 혹한에 머리가 아프고 눈에서 눈물이 나오는 이 시간대에 가련한 9급 관리는 더욱 무방비 상태일 수밖에 없다. 유일한 자구책이 있다면, 얇고 초라한 외투로 몸을 단단히 감싼 채 가능한 빨리 대여섯 개 골목을 지나서 현관 수위실로 뛰어드는 것이다. 그러고 나서 발을 동동 구르며, 추위에 얼어붙은 사무 능력이 제자리에 돌아오도록 애써야 한다.

아카키 아카키예비치도 그 거리를 될 수 있으면 빨리 달려가려고 애썼다. 그러나 얼마 전부터 등과 어깨가 꽤 시리다는 느낌을 받기 시작했다. 마침내 그는 그 이유가 외투에 있을지도 모른다는 생각을 하게 되었다. 아카키 아카키예비치는 집에 와서 외투를 자세히 살펴보았다. 그리고 등과 어깨 부분 두세 곳이 마치 거친 무명처럼 닳아 있는 것을 발견했다. 양복지는 모기장처럼 속이 비칠 정도로 해졌고 안감은 찢어져 너덜너덜했다. 여기서 그의 외투가 동료 관리들의 놀림감이 되어 왔다는 사실을 지적해 둘 필요가 있을 것 같다. 그들은 그의 '외투'를 '내복(內服)'이라고 불렀다. 사실 그의 외투 모양은 조금 기이하기는 했다. 옷깃을 잘라내 다른 부분에 덧대느라 외투 깃이 해마다 점점 줄어들고 있었다. 게다가 재봉사의 솜씨가 부족해서인지, 덧댄 부분은 자루처럼 헐렁하고 보기가 흉했다.

문제가 무엇인지 알게 된 그는 페트로비치에게 외투를 가져가기로 마음먹었다. 페트로비치는 뒤 계단을 따라 올라가는 4층 구석 어딘가에 살고 있는 재봉사였다. 애꾸눈에다 얼굴은 온통 마마자국투성이였지만, 그는 말단 관리의 바지나 다른 사람들의 바지와 연미복 등을 수선하는 솜씨가 나름 괜찮았다. 물론 이것은 그가 술에 취해 있지 않을 때의 얘기다. 이 재봉사에 대해 여기서 길게 늘어놓을 필요는 없을 것 같다. 그렇지만 소설에서는 등장인물의 성격을 상세하게 묘사해야 하니 어쩔 수 없이 페트로비치를 자세히 살펴보기로 하자.

어느 지주의 농노였던 그는, 처음에는 '그리고리'라고 불렸다. 그가 페트로비치라고 불리게 된 것은 농노해방증서를 받고 나서부터였다. 자유의 몸이 된 후 그는 축일마다 술을 꽤 거나하게 마시기 시작했다. 처음에는 대축일 때만 마셨지만, 차츰 달력에 십자 표시가 되어 있는 교회축일마다 하루도 빠지지 않고 퍼마셨다. 이 점에서 그는 조상들의 관습에 충실히 따랐다고 할 수 있다. 아내와 말다툼할 때면 그는 더러운 계집이니, 독일 여편네니 하고 욕설을 내뱉곤 했다. 기왕 말이 나온 김에 페트로비치의 아내에 대해서도 두서너 마디 덧붙일 필요가 있겠다. 그러나 유감스럽게도 그녀에 대해 알려진 것은 거의 없다. 그저 그에게 아내가 있다는 것, 아내는 머릿수건 대신 실내용 모자를 쓰고 다닌다는 것이 전부였다. 어쨌든 그녀의 용모는 그다지 내세울 만한 것이 못 되었다. 그래도 말단 근위병들은 그녀를 보면 콧수염을 실룩거리고 이상한 목소리를 내면서 모자 쓴 그녀의 얼굴을 힐끔거리곤 했다.

페트로비치가 사는 집으로 통하는 계단은, 나름 깨끗하게 한답시고 걸레질을 하긴 했지만 온통 구정물 천지였다. 그리고 페테르스부르크 아파트 뒤 계단 어디서나 맡을 수 있는 알코올 냄새가 짙게 배어 있어 눈이 따가웠다. 아카키 아카키예비치는 계단을 걸어 올라가면서부터 페트로비치가 수선비를 얼마나 달라고 할지 걱정이 되었다. 그는 마음속으로 2루블 이상은 주지 않겠다고 마음먹었다. 문은 활짝 열려 있었다. 안주인은 무슨 생선을 굽고 있는 것 같았다. 바퀴벌레조차 보이지 않을 만큼 온통 연기로 가득 차 있었기 때문이다. 아카키 아카키예비치는 안

주인이 눈치 채지 못하게 부엌을 지나 방으로 들어갔다. 방 안에는 페트로비치가 칠을 하지 않은 넓은 나무 탁자 앞에 앉아 있었다. 마치 터키 총독처럼 양반다리를 한 자세였다. 재봉사들이 일할 때는 으레 그렇듯 그도 맨발이었다. 낯익은 엄지손가락과 거북이 등 껍데기처럼 두껍고 단단한 손톱이 맨 먼저 그의 눈에 들어왔다. 페트로비치는 명주실과 보통 실꾸리를 목에 걸고 있었고, 무릎 위에는 헌옷이 놓여 있었다. 그는 벌써 3분가량이나 바늘귀에 실을 꿰려고 애썼지만, 꿰어지지 않자 방 안이 어둡다며 투덜거렸다. 심지어 실에 버럭 화를 내기까지 했다.

"들어가질 않네. 지독히도 애를 먹이는군. 이 망할 놈의 것!"

페트로비치가 화를 내는 순간에 찾아간 아카키 아카키예비치는 기분이 썩 내키지 않았다. 실제로 일을 맡기기에 좋은 때는 페트로비치가 거나하게 취해 약간 허세를 부릴 때나 그의 아내 표현대로 '애꾸눈이 싸구려 보드카에 퐁당 빠져 있을 때'였다. 그런 상태일 때면 페트로비치는 옷 수선비를 선선히 깎아 줄 뿐만 아니라, 일감을 줘 고맙다는 인사까지 했다.

물론 이럴 경우 그의 아내가 찾아와 자기 남편이 술에 취해 헐값에 일을 맡았다며 징징거렸다. 그럴 때는 10코페이카 은화 하나만 집어 주면 일이 수월하게 해결되었다. 그런데 지금 페트로비치는 술에 취해 있지 않은 것 같다. 그는 완고하고 고집이 센 사람이어서 얼마나 높은 가격을 부를지 전혀 짐작할 수 없었다. 이런 상황을 눈치 챈 아카키 아카비예비치는 없었던 일로 하고 싶었다. 하지만 때는 늦었다. 페트로비치가 하나밖에 없는 눈을 가늘게 뜨고 그를 빤히 쳐다보았다. 그 바람에 아카키 아카키예비치는 저도 모르게 입을 열었다.

"잘 있었나, 페트로비치!"

"어서 오십쇼, 나리!"

페트로비치는 이렇게 대답하며 아카키 아카키예비치의 손을 곁눈질로 살폈다. 무슨 먹잇감을 가져왔나 보는 것이다.

"뭐, 대단한 건 아니고. 페트로비치, 그게 말이야……."

참고로 말하자면, 아카키 아카키예비치는 뭔가 설명해야 할 경우 전치사와 부사를 이것저것 늘어놓는 버릇이 있었다. 심지어는 아무 의미도 없는 전치사까지 마구 덧붙였다. 까다로운 문제에 대해 이야기할 때는 말을 제대로 끝맺지 못하는 일도 있었다. 그래서 종종 '이건 분명히, 완전히, 그러니까……' 같은 단어로 말을 시작해 놓고선 그 다음 말은 전혀 꺼내지 못했다. 그래 놓고서도 자기 딴에는 해야 할 말을 다한 것으로 생각하는지 그냥 입을 다물어버리곤 했다.

"그게 뭐죠?"

페트로비치는 이렇게 말하면서 동시에 외눈으로 아카키 아카키예비치의 옷깃부터 소매, 어깨, 옷자락, 단춧구멍까지 그의 제복을 죽 훑어보았다. 이 모든 것이 그의 일이었기에 페트로비치한테는 아주 익숙했다. 그가 사람들을 만나면 맨 처음 하는 것도 바로 이렇게 옷을 살펴보는 일이었다. 이것이 바로 재봉사들의 직업병이었다.

"그게, 다름이 아니고, 페트로비치…… 내 외투가, 양복감이…… 보다시피 다른 데는 다 멀쩡한데…… 먼지가 좀 앉아서 겉으로는 낡아 보이지만, 아직 새것이라네. 그저 한두 군데가 좀…… 아니 등과 어깨 부분이 좀 낡고, 이쪽 어깨도 좀 해졌어……. 이게 전부야……. 조금 손을 보면……."

페트로비치는 내복 같은 외투를 받아 우선 작업대 위에 펼쳐 놓았다. 그러고 나서 한참을 이리저리 살피더니 고개를 가로저었다. 그리고 창쪽으로 손을 뻗어 둥근 담뱃갑을 집어 들었다. 거기에는 어떤 장군의 초상화가 그려져 있었는데, 손가락으로 얼마나 만졌던지 얼굴이 그려진 자리에 작은 구멍이 뚫려 있었다. 그런데 그 구멍에 네모난 종잇조각을 붙여놓아서 초상화의 주인이 누구인지는 알 수 없었다. 페트로비치는 코담배 냄새를 맡고 난 뒤 외투를 두 손으로 넓게 펼쳐 불빛에 대고 살피더니 다시 고개를 저었다. 이어 옷을 뒤집어 안감을 보고는 또다시 고개를 저었다. 그는 다시 종잇조각을 붙인, 장군의 초상화가 그려진 담뱃갑 뚜껑을 열었다. 그리고 담배를 코에 갖다 대더니 뚜껑을 닫고 담뱃갑을 치운 뒤 이렇게 말했다.

"안 되겠는데요……. 고칠 수 없습니다. 외투가 너무 낡았어요."

아카키 아카키예비치는 가슴이 덜컥 내려앉았다.

"아니, 왜 안 된다는 건가?"

그는 마치 어린애가 애원하는 것 같은 목소리로 말했다.

"겨우 어깨가 해진 것뿐인데……. 자네에게는 덧댈 천 조각이 있지 않은가?"

"예, 그거야 구할 수도 있고, 가지고 있는 것도 있지요."

페트로비치는 말했다.

"하지만 꿰맬 수가 있어야죠. 하도 천이 삭아서 바늘을 갖다 대면 금세 찢어질 텐데요."

"찢어져도 상관없네. 거기에 또 다른 천을 붙이면 되니까 말이야."

"다른 천을 어떻게 붙입니까? 바닥 천이 워낙 낡아서 바늘을 꽂으려야 꽂을 수가 없어요. 듣기 좋은 말로 양복감이지 바람만 좀 세게 불면 찢어져 날아가 버릴 것 같은데요."

"그래도 좀 손을 봐주게나. 어떻게 이럴 수가…… 거 뭐랄까……."

"안 됩니다!"

페트로비치는 딱 잘라 말했다.

"바닥 천이 워낙 낡아서, 어떻게 해 볼 수가 없다고요. 차라리 이걸 잘라서 각반이라도 만드시는 게 훨씬 좋을 겁니다. 이제 겨울이 되고 날씨가 점점 추워지면 양말로는 보온이 안 될 테니까요. 이것도 돈을 더 긁어모으려고 독일인이 고안해 낸 것이긴 합니다……. (페트로비치는 기회 있을 때마다 독일인들을 비웃기를 즐겼다.) 어쨌든 외투는 새로 하나 장만하셔야 할 겁니다요."

'새 외투'라는 말에 아카키 아카키예비치는 눈앞이 캄캄해졌다. 방 안에 있는 모든 것들이 갑자기 뒤죽박죽이 되었다. 얼굴에 종잇조각을 붙인, 담뱃갑 뚜껑의 장군 모습만 또렷하게 보였다.

"새로 하나 장만하라니, 내겐 그럴 돈이 없네."

그는 꿈속을 헤매는 기분으로 말했다.

"어쨌든 새것을 장만하셔야 합니다."

페트로비치는 잔인할 만큼 태연하게 말했다.

"그럼 새로 맞춘다면, 그게 뭘랄까……."

"그러니까 값이 얼마냐는 말씀이세요?"

"그래."

"글쎄요…… 아무래도 백오십 루블은 있어야 할 거고, 거기에 추가비용도 좀 들어갈 것 같습니다."

페트로비치는 이렇게 말하고 입을 꾹 다물었다. 그는 이렇게 의미심장해 보이는 극적인 효과를 무척 좋아했다. 상대방을 갑자기 당황시킨 뒤, 그가 자기 말에 어떤 표정을 짓는지 곁눈으로 살피는 것을 즐기곤 했다.

"뭐, 외투 한 벌에 백오십 루블이라고?"

가엾은 아카키 아카키예비치가 큰 소리로 외쳤다. 그건 아마 그가 태어난 이후 가장 큰 목소리였는지도 모른다. 언제나 낮은 목소리로 말하는 게 그의 특징이었으니까 말이다.

"그렇습니다."

페트로비치는 말했다.

"하지만 그건 그리 대단한 외투가 아닙니다. 그보다 더 비싼 외투도 얼마든지 있으니까요. 옷깃에 담비 가죽을 대고, 양복감 안쪽에 비단 안감을 대면 적어도 이백 루블은 들 걸요."

"페트로비치, 부탁하네."

아카키 아카키예비치는 페트로비치가 말하는 새 외투의 효과는 귀에 들어오지도 않았다. 굳이 듣고 싶지 않다는 듯 애원하는 목소리로 말했다.

"어떻게든 더 입고 다닐 수 있게 손 좀 봐 주게나."

"아니, 안 됩니다. 공연히 헛수고만 하고 괜히 돈만 날리게 됩니다."

페트로비치는 말했다. 아카키 아카키예비치는 완전히 풀이 죽어 밖으로 나왔다. 페트로비치는 그가 떠난 후에도 뭔가 의미심장한 표정으로 입을 꾹 다문 채 일감에 손을 대지 않았다. 자신의 품위를 손상하지 않고, 재봉사 기술을 값싸게 팔아넘기지 않은 것에 만족하며 그 자리에 오랫동안 서 있었다.

거리로 나온 아카키 아카키예비치는 뭔가 나쁜 꿈이라도 꾸고 있는 듯한 느낌이었다.

'큰일 났군…….' 그는 중얼거렸다. '정말 일이 이렇게 될 줄은 꿈에도 생각조차 못 했어?' 그리고 잠시 후 그는 다시 중얼거렸다. '결국 이렇게 되고 말았어……. 하지만 이건 정말 전혀 생각지도 못한 일이야!' 한동안 침묵하다가 다시 중얼거렸다. '이렇게 되고 말았어! 정말 전혀 예상하지 못했어. 절대 있을 수 없는 이런 상황이…….'

그는 집과는 완전히 반대 방향으로 걷기 시작했다. 길을 걷는 도중에 굴뚝 청소부가 더러운 옆구리로 그를 밀치는 바람에 어깨가 온통 까매지고 말았다. 한창 공사 중인 건물 꼭대기에서 모자 하나 분량의 석회 가루가 그에게 쏟아졌다. 그의 머리는 마치 하얀 모자를 뒤집어 쓴 꼴이 되고 말았다. 그는 그러나 아무것도 알아채지 못했다. 미늘창*을 옆에 세워두고 뿔 모양의 담뱃갑을 흔든 뒤 굳은살이 잔뜩 박인 큰 주먹으로 코담배를 털고 있던 근무 경관과 부딪히고 나서야 조금 정신을 차렸다. 경관이 "어쩌자고 남의 코앞에 불쑥 나타나는 거야? 엉, 인도가 안 보여?"라고 말했기 때문이다. 이 말을 듣고 그는 주위를 둘러보고는 집으로 걸음을 옮겼다. 그제야 그는 생각을 가다듬고 자신이 처한 현재 상황을 똑똑히 볼 수 있었다. 이제는 말을 더듬지 않고 이성적이고 솔직하게, 마치 가장 내밀한 문제를 의논할 수 있는 속 깊은 친구와 대화하듯 자기 자신과 얘기하기 시작했다.

'아냐…….' 아카키 아카키예비치가 말했다. '지금 그와 얘기해서는 안 돼. 그는 지금, 뭐랄까……. 아내한테 얻어맞은 것 같아. 그러니까 일요일 아침에 찾아가는 게 나을 거야. 토요일 밤에 실컷 퍼마시고 나면 한쪽 눈이 돌아갈 거고……. 잠에 취해 있겠지. 해장술 생각도 날 테고 말이야. 아내가 그러나 돈을 주지는 않을 거야. 그때 십 코페이카 은화 한 닢을 쥐여 주면 그는 더 유순해질 테지. 그때 내 외투를…….'

아카키 아카키예비치는 이렇게 생각했다. 그러고는 스스로 용기를 북돋우며 일요일까지 기다렸다. 일요일 아침이 되자 페트로비치의 아내가 집에서 나와 어디론가 외출하는 것을 멀리서 지켜보고는 즉각 페트로비치를 찾아갔다. 토요일 다음 날이라 예상대로 그는 한쪽 눈이 심하게 돌아가고, 바닥을 향해 목을 푹 숙인 채 완전히 잠에 취해 있었다. 그런데도 아카키 아카키예비치가 이렇게 일찍 찾아와 용건을 얘기하자 금세 태도가 돌변했다. 악마란 놈이 그를 흔들어 깨운 것 같은 모습이었다.

* 미늘창 끝이 나뭇가지처럼 둘 또는 세 가닥으로 갈라진 창으로, '도끼창'이라고도 함.

"글쎄 안 됩니다."

그가 말했다.

"새로 주문하셔야 합니다!"

아카키 아카키예비치는 미리 준비한 10코페이카짜리 은화 한 닢을 페트로비치의 손에 슬쩍 쥐어 주었다.

"감사합니다, 나리! 나리님의 건강을 위해 한 잔 마시겠습니다."

페트로비치가 말했다.

"외투에 대해서는 걱정하지 마세요. 그 외투는 아무짝에도 쓸모가 없습니다. 새것으로 멋지게 지어드릴 테니…… 그렇게 하시지요."

아카키 아카키예비치는 그래도 외투를 수선해 달라고 고집을 부려보았지만 페트로비치는 들으려고 하지 않았다.

"새 외투를 지어드릴 테니 저를 믿으세요. 최선을 다하겠습니다. 요즘 유행에 걸맞게 옷깃을 은으로 도금한 호크로 채우게 할 수 있습니다."

이제 아카키 아카키예비치는 외투를 새로 맞추는 것 외에 다른 방법이 전혀 없음을 깨달았다. 그는 완전히 기가 꺾였다. 사실, 무슨 돈으로 외투를 맞춘단 말인가? 물론 일부는 명절 보너스로 지불할 수 있다. 하지만 그 돈은 이미 오래전에 쓸 데가 정해져 있었다. 바지도 구입해야 하고, 헌 장화의 밑창을 바꾸느라 구두수선공에게 진 외상값도 갚아야 했다. 출판되는 글에서 말하기는 쑥스럽지만, 여자 재봉사한테 셔츠 세 벌과 속옷 두 벌도 사야 한다. 한마디로 보너스는 그 자리에서 사라지게 되어 있는 것이다. 만일 국장이 자비를 베풀어 40루블이 아니라 45루블 혹은 50루블을 준다 해도, 남은 돈은 너무 적다. 그러니 그 돈으로 새 외투를 맞추기에는 턱없이 부족하다. 물론 페트로비치는 변덕이 심해 갑자기 터무니없이 비싼 가격을 부르는 습관이 있다. 그럴 때 그의 아내는 "당신 정신 나간 거 아냐? 이런 멍청이 같으니! 먼저는 형편

없는 헐값으로 일을 맡더니, 이번에는 귀신이 들렸나? 말도 안 되는 높은 가격을 부르다니?" 하고 소리를 지른다는 것을 알고 있다. 또 페트로비치가 80루블에 일을 맡으리라는 것도 물론 알고 있지만, 그렇다고 해서 어디서 80루블이라는 거액을 만들어낸단 말인가? 그 절반 정도라면 가능할지도 모른다. 아니 그보다 약간 더 많아도 구할 수 있을 것 같다. 하지만 나머지 반은 어디서 구한담?

그러나 독자들은 돈의 절반을 어디서 구할 수 있는지 알아야 할 필요가 있다. 아카키 아카키예비치는 1루블을 쓸 때마다 2코페이카씩 저축하는 습관이 있다. 뚜껑에 구멍을 뚫고 열쇠로 잠그게 되어 있는 작은 상자에 동전을 집어넣는 것이다. 그리고 반년에 한 번씩 모인 동전의 총액을 세어, 그것을 은화로 바꾸었다. 오랫동안 해왔기에 몇 년 동안 모인 돈이 거의 40루블이 넘었다. 이렇게 절반은 수중에 가지고 있었다. 하지만 나머지 절반, 즉 40루블은 어디서 구한단 말인가?

아카키 아카키예비치는 고민하고 또 고민한 끝에 적어도 일 년은 지출을 줄여야 한다고 결심했다. 저녁마다 마시던 홍차를 끊고, 밤마다 켜던 촛불도 켜지 않기로 했다. 급한 경우 주인집 노파의 방에 그녀가 켜 놓은 촛불을 빌리기로 했다. 길을 걸을 때도 구두밑창이 빨리 닳지 않도록 신경 썼다. 돌이나 판석으로 된 길에서는 가능한 한 조심스럽게 뒤꿈치를 들고 발끝으로 걷기로 했다. 속옷을 세탁소에 보내는 횟수도 가급적 줄이고, 집에 돌아오면 속옷을 죄다 벗어버리고 아주 오래된 그러나 잘 보관해 둔 무명 실내복 하나만 입기로 했다.

솔직히 말해 처음에는 이렇게 절약하는 생활에 적응하기가 매우 어려웠다. 그러나 차츰 익숙해졌고 순조롭게 진행되었다. 그리고 저녁마다 끼니를 거르는 것도 습관이 되었다. 그 대신 그는 앞으로 생길 외투를 늘 마음속에 그리며 정신적인 양식으로 삼았다. 이때부터 자신의 존재

자체가 좀 더 완전해진 것 같았고, 마치 결혼이라도 한 것 같았다. 혼자가 아니라 마음에 드는 어떤 인생의 동반자가 그와 함께 인생길을 가기로 동의해 준 것만 같았다. 이 인생의 동반자는 다름 아닌 새 외투였다. 두툼하게 솜을 대고, 닳아 해지지 않는 튼튼한 안감을 댄 그런 외투였다. 그는 전보다 훨씬 더 활력이 넘쳤다. 인생의 확실한 목표를 이미 세운 사람처럼 성격이 더욱 굳건해졌다. 의심과 우유부단한, 다시 말해 애매하고 회의적인 특징들이 모두 저절로 사라졌다. 때때로 그의 눈에서는 불꽃이 일었다. 그러고는 '정말로 옷깃에 담비 가죽을 달아볼까.'라며 그로서는 아주 대담하고 용감한 생각을 떠올리기도 했다.

그러나 이런 생각을 하느라 주의가 산만해졌다. 한번은 서류를 정서하다가 하마터면 실수를 할 뻔했다. 그래서 "이크" 하고 큰 소리를 지르고 십자성호를 그었다. 그리고 어디서 옷감을 사는 게 더 좋은지, 얼마에 어떤 색깔 옷감을 살 것인지, 외투에 관한 얘기를 상의하러 한 달에 한 번씩 페트로비치를 찾아가곤 했다. 좀 걱정은 되었지만, 필요한 모든 것을 구입하고 머지않아 외투가 완성될 날이 곧 오리라고 생각하면 그는 언제나 흐뭇해져서 집으로 돌아왔다.

일은 생각보다 더 빨리 진행되었다. 예상 외로 국장은 그에게 40루블이나 45루블이 아닌 60루블을 보너스로 주었다. 아카키 아카키예비치에게 새 외투가 필요하다는 것을 국장이 알았는지, 아니면 우연히 그렇게 풀린 건지는 알 수 없다. 아무튼 뜻하지 않은 돈이 생긴 것이다. 덕분에 일이 더 빨리 진행되었다. 두세 달을 더 굶주린 끝에 아카키 아카키예비치는 거의 80루블을 모았다. 평소에는 평온하던 그의 심장이 뛰기 시작했다.

첫째 날, 그는 페트로비치와 함께 상점으로 갔다. 이미 반년 전부터 생각해 온 일인 데다 가격을 맞추기 위해 상점에 들르지 않은 달이 거의 없었으므로 정말 좋은 옷감을 살 수 있었다. 페트로비치도 이보다 더 좋은 옷감은 없을 것이라고 했다. 안감으로는 옥양목을 골랐다. 질이 좋고 질긴 것이 페트로비치의 말에 따르면 실크보다 더 낫고, 겉보기에도 아름답고 윤이 났다. 담비 가죽은 너무 비싸서 사지 않았다. 그 대신 상점에 있던 고양이 가죽을 골랐는데 멀리서 보면 담비 가죽으로 착각할 정도였다. 페트로비치는 솜을 많이 두느라 외투를 완성하는 데 2주일이 걸렸다. 그렇지 않았더라면 더 빨리 만들었을 것이다. 페트로비치는 12루블을 받았다. 더 싸게는 할 수 없었다. 명주실로 야무지게 꿰맨 데다 새 이음새 부분에는 이중 박음질까지 했다. 그밖에도 모든 이음새를 직접 이로 깨물어가며 여러 모양을 내었다.

그날이 정확히 무슨 요일인지는 모르겠지만, 페트로비치가 마침내 외투를 가져온 그날은 아카키 아카키예비치 생애 최고의 날이었다. 페트로비치는 아침 일찍, 관청으로 출근하기 바로 직전에 외투를 가져왔다. 이미 강추위가 시작되었고 더욱더 심한 혹한이 닥쳐올 것만 같았다. 이렇듯 더할 나위 없이 좋은 시각에 외투가 도착했다. 페트로비치는 일류 재봉사가 으레 그러듯 직접 외투를 가지고 왔다. 그의 표정에는 아카키 아카키예비치가 지금까지 한 번도 본 적이 없는 그런 의미심장한 자부심이 배어 있었다. 그는 자신이 커다란 일을 해냈으며, 단순히 안감이나 대고 수선만 하는 재봉사와는 확실히 다르다는 것을 단번에 보여주었음을 충분히 과시하는 듯했다. 그는 싸 가지고 온 보자기에서 외투를 꺼냈다. 그 보자기는 방금 세탁소에서 찾아온 것이었는데, 나중에 사용할 수 있도록 다시 접어서 주머니에 넣었다.

그는 외투를 두 손으로 받쳐 들었다. 그러고는 너무 자랑스럽게 살펴보더니 아카키 아카키예비치의 어깨에 아주 능숙하게 걸쳐주었다. 이어서 외투를 잡아당기고 한 손으로 등 뒤부터 아래쪽까지 잘 매만진 다음 직접 외투를 여며주었다. 그는 나이든 사람답게 소매에 팔을 넣어 보고 싶어 했다. 페트로비치는 팔 넣는 것을 도와주었다. 소매가 너무 잘 맞았다. 한마디로 완벽했다. 외투는 그의 몸에 딱 맞았다. 페트로비치는 이 순간에도 자기가 간판도 없이 작은 거리에서 영업을 하고, 게다가 아카키 아카키예비치와 오래전부터 알고 지냈기에 그렇게 싼값에 해준 거라는 말을 빠뜨리지 않았다. 그리고 넵스키 대로에서는 수공비만 해도 75루블은 받았을 것이라고 말했다. 이에 대해 아카키 아카키예비치는 페트로비치와 더는 얘기하고 싶지 않았다. 그가 허풍을 떨며 더 큰 액수를 부르지 않을까 걱정했다. 그는 페트로비치에게 돈을 지불하고 고마움을 표시했다.

그는 즉시 새 외투를 입고 관청으로 출근했다. 페트로비치는 아카키 아카키예비치의 뒤를 따라 나와 거리에 서서 멀어져 가는 외투를 한참 동안 바라보았다. 그리고 일부러 샛길로 들어가 굽은 골목을 달려 그를 앞질러 갔다. 그러고는 다시 거리로 나와 반대쪽에서, 그러니까 정면에서 자신이 만든 외투를 한 번 더 바라보았다. 한편 아카키 아카키예비치는 진짜 축제 기분을 느끼며 걸어갔다. 그는 매순간 어깨에 새 외투가 걸쳐져 있음을 느꼈다. 그는 내적 만족감으로 가득 차 혼자서 미소를 지었다.

실제로 새 외투는 두 가지 장점이 있었다. 하나는 따뜻하다는 것이었고, 다른 하나는 기분이 좋아진다는 것이었다. 어떻게 길을 지나왔는지도 모르게, 정신을 차리고 보니 벌써 관청에 도착해 있었다. 아카키 아카키예비치는 수위실에서 외투를 벗고 위아래를 살펴본 뒤, 특별히 잘 보관해 달라며 수위에게 맡겼다.

얼마 지나지 않아 그에게 새 외투가 생겼고 '내복 같은 외투'가 어디론가 사라졌다는 소문이 관청 내에 쫙 퍼졌다. 관청 직원들이 어떻게 알았는지 알 수 없으나, 모든 직원들이 그의 새 외투를 구경하기 위해 수위실로 몰려들었다. 사람들은 축하 인사를 하기 시작했다. 처음에 그는 흐뭇한 마음에 미소를 지었다. 나중에는 쑥스러워하기도 했다. 직원들 모두가 그에게 다가와서 새 외투를 위해 술을 한잔해야 한다느니, 파티를 열어야 한다느니 하며 떠들어댔다. 그는 너무 당황해서 어찌해야 할지 몰라 쩔쩔매고 있었다. 5~6분이 넘도록 그는 한참을 시달렸다. 그러고 나서 순진하게도 이것은 새 외투가 아니라 헌 외투나 다름없다며 그들을 설득하려 했다. 그때 갑자기 관리들 사이에 있던 계장이 나섰다.

"자, 그럼 내가 아카키 대신 파티를 열 테니, 다들 오늘 저녁에는 우리 집으로 오시오. 때마침 오늘이 내 영명 축일•이기도 하니까."

그는 자신은 절대 오만한 사람이 아니라는 듯, 또한 자기보다 직급이 낮은 이들과도 잘 어울리는 사람이라는 듯 과시하며 말했다. 관리들은 모두 축하 인사를 건넸다. 모두들 그의 초대를 기꺼이 받아들였다. 아카키 아카키예비치는 적당한 구실을 대며 빠지려 했지만, 애당초 불가능한 일이었다. 다들 결례라느니 체면이 뭐가 되겠냐니 하는 바람에 도저히 거절할 수 없었다. 그러나 곧, 저녁에도 새 외투를 입고 나갈 일이 생겼다는 사실에 기분이 좋아졌다. 그에게 이날은 온종일 행복으로 가득한 축일과도 같았다. 그는 너무나도 기분이 좋아진 채로 집에 돌아왔다. 외투를 조심스럽게 걸어놓고 양복감과 안감을 다시 살펴보았다. 그리고 먼젓번에 입던 예전의 '내복 같은 외투'를 꺼내 새 외투와 비교했다. 그는 낡은 외투를 힐끗 쳐다본 다음 미소 지으며 중얼거렸다. '하늘과 땅만큼이나 차이가 나는군!' 그리고 오랫동안 식탁에 앉아 낡은 외투를 떠올리며 한참 동안 쓴웃음을 지었다.

유쾌하게 식사를 마친 뒤, 그는 평소와 다르게 식후의 서류 정서 따위

• **영명 축일** 가톨릭 신자가 자신의 세례명으로 택한 수호성인의 축일.

는 까맣게 잊어버렸다. 어두워질 때까지 그대로 침대에 누워 뒹굴면서 시간을 보냈다. 날이 어두워지자 그는 서둘러 옷을 갈아입고 외투를 걸친 다음 거리로 나갔다.

유감스럽게도 동료들을 초대한 관리가 어디에 살고 있는지 그는 기억이 희미했다. 페테르스부르크의 모든 거리와 집들이 머릿속에서 한데 뒤엉켜 뒤죽박죽이 되어 버린 것이다. 그 속에서 한 가지라도 분명한 모습으로 끄집어내기란 너무 어려운 일이다. 어쨌든 적어도 그 관리가 시내에서도 가장 손꼽히는 고급 주택가에 살고 있었던 것만은 분명했다. 아카키 아카키예비치의 집과 그 관리의 집은 아주 멀리 떨어져 있었다. 아카키 아카키예비치가 집을 나설 때, 그는 얼마 정도 가로등 불빛이 희미하게 비치는 인적 드문 거리를 지나가야 했다. 그러나 그 관리가 사는 집에 점점 가까워지자 거리는 활기가 넘치고 사람들도 많아졌다. 불빛도 밝아졌다. 아름답게 치장한 귀부인들도 보이기 시작했다. 비버 털을 옷깃에 단 남자들도 눈에 띄었다. 도금한 못이 박힌 격자 모양의 나무 썰매 따위는 거의 찾아볼 수 없었다. 그 대신 새빨간 비로드 모자를 쓴 멋진 차림의 마부들이, 곰의 털가죽 덮개를 깐 고급 마차들을 몰았다. 화려하게 장식된 자가용 마차들이 날카로운 바퀴 소리를 내며 눈 위를 질주했다. 그는 이런 모습들을 생전 처음 보는 듯 신기해했다.

그는 벌써 몇 년 동안 이런 밤거리에 나와 본 적이 없었던 것이다. 그는 곧 조명이 환하게 빛나는 어느 가게의 유리 진열장 앞에 멈춰 섰다. 그리고 안에 걸려 있는 그림을 호기심어린 눈으로 바라보았다. 거기에는 구두를 벗은 채 미끈한 다리를 허벅지까지 다 드러낸 관능적인 미녀의 모습이 그려져 있었다. 그리고 뒤 쪽에 그려진 문에서, 작은 삼각 콧수염을 멋지게 기른 남자가 고개를 빼꼼히 내밀고 있었다. 아카키 아카키예비치는 고개를 끄덕이며 살짝 웃고는 다시 걸음을 옮겼다. 그는 무엇 때문에 그렇게 웃었던 것일까. 그것은 알 수 없다. 그가 본 것은 그에게 아주 낯선 것들이었다. 그 역시 인간이기에 그런 것을 보고 어떤 본능이 꿈틀거렸을지도 모른다. 아니면 "프랑스 녀석들은 정말 어쩔 수 없다니까! 도대체 마음만 내키면 못 할 짓거리가 없군!" 하고 생각했는지도 모른다. 아니 어쩌면 두 가지 다 아닐지도 모른다. 어차피 사람의 마음속을 들여다보고, 무슨 생각을 하는지 모두 알아내기란 불가능한 일이니까.

마침내 아카키는 계장의 집에 도착했다. 계장은 매우 호화로운 환경에서 살고 있었다. 침실은 이층에 있었고 계단에는 등불이 환하게 켜져 있었다. 현관에 들어선 아카키는 바닥에 널린 덧신들을 보았다. 그 덧신들 너머 방 한가운데에서 사모바르*가 요란한 소리를 내며 하얀 김을 뭉게뭉게 내뿜었다. 벽에는 온통 외투와 레인코트 따위가 쭉 걸려 있었는데, 그 중에는 수달피와 비로드 가죽을 덧댄 것도 섞여 있었다. 그때 바로 벽 건너편 방에서 떠들썩한 소리가 들려왔다. 그리고 문이 열리며 하인이 빈 컵과 크림 접시, 비스킷 등이 담긴 쟁반을 들고 나왔다. 그 바람에 그 떠들썩한 소리는 더욱 크고 분명하게 들렸다. 관리들은 이미 한참 전에 모여서 차를 한 잔씩 마신 듯했다. 아카키 아카키예비치는 스스로 외투를 벽에 걸어 놓고 소리가 나는 방으로 걸어 들어갔다. 그 순간, 여러 개의 촛불과 관리들, 담배 파이프, 트럼프 놀이 탁자 등이 한눈에 들어왔다. 그리고 사방에서 왁자지껄 떠들며 얘기하는 소리와 의자를 잡아당기는 소리 등이 한꺼번에 귀를 때렸다. 그는 어찌할 바를 모르고 어색하기 짝이 없는 모습으로 방 한가운데 서 있었다. 그러나 동료들은 곧 그를 발견하고 환호성을 치며 환영했다.

• **사모바르** 러시아 가정에서 물을 끓이는 데 사용하는 주전자로, 18세기에 홍차가 보급되면서 함께 발달했다. '자기 스스로 끓는 용기'라는 뜻.

그들은 즉시 현관으로 몰려나가 아까 그 외투를 다시 한 번 구경했다. 아카키 아카키예비치는 약간 낯이 간지럽기도 했지만 순진한 성격이었기 때문에 모두가 외투를 칭찬하는 것을 보고 기뻐하지 않을 수 없었다. 그러나 그들은 곧 아카키 아카키예비치와 외투 따위는 잊어버리고 다시 카드용 탁자에 둘러앉았다. 방 안의 시끄러운 소리, 떠드는 얘기, 북적거리는 사람들……. 이 모든 것이 그에게는 너무 낯설었다. 그는 무엇을 해야 할지, 손과 발, 몸 전체를 어디에 둬야 할지 도통 알 수 없었다. 생각 끝에 그는 카드 놀이하는 사람들 옆에 앉아서 트럼프 패를 들여다보기도 하고, 이 사람 저 사람의 얼굴을 쳐다보기도 했다. 하지만 얼마 지나지 않아 하품이 나오기 시작했다. 여느 때 같으면 벌써 침대에 들어갈 시간이었기 때문이다.

그는 주인에게 작별 인사를 하고 싶은 마음이 굴뚝같았다. 그러나 사람들은 새 외투를 장만한 기념으로 샴페인을 꼭 마셔야 한다며 그를 놓아주지 않았다. 한 시간 정도 지나서야 샐러드, 차가운 송아지 고기, 고기만두, 제과점 파이, 그리고 샴페인을 곁들인 저녁식사가 나왔다. 그는 권유를 뿌리치지 못하고 샴페인 두 잔을 억지로 마셨다. 술기운에 방 안 분위기는 더욱 흥겹게 느껴졌다. 그러나 벌써 밤 열두 시가 넘었고, 집에 돌아갈 시간이 지났다는 사실을 그는 결코 잊어버리지 않았다. 그는 주인이 말릴까 봐 아무도 몰래 살그머니 방을 빠져 나왔다. 현관에서 외투를 찾으니 새 외투가 마룻바닥에 떨어져 있었다. 그걸 보고 약간 기분이 언짢아졌지만, 이내 외투를 흔들어 먼지를 잘 털어냈다. 그리고 어깨에 걸쳐 입고 계단을 내려와 거리로 나갔다.

거리는 아직도 환했다. 하인들이나 그 밖의 온갖 하층민들이 모여드는 길거리 구멍가게들은 아직도 문을 열어놓고 있었다. 문을 닫아 건 상점들도 문틈으로 아직 불빛이 기다랗게 새어 나오고 있는 것으로 보아,

아직도 그 안에 사람들이 있는 것이 분명했다. 아마 근처의 하녀들과 하인들이 모여앉아 자기를 찾고 있을 주인 따위는 까맣게 잊은 채 온갖 잡담을 하고 있으리라. 그때 한 귀부인이 마치 율동하는 듯한 몸짓으로 번개처럼 옆을 스쳐 지나갔다. 아카키 아카키예비치는 전에 없이 들뜬 기분으로 거리를 걷던 중이라, 왠지 모르게 그녀의 뒤를 쫓아서 자신도 달려가고 싶다는 충동까지 들었다. 그러다 그는 문득 그 자리에 멈춰 섰다. 도대체 어디서 그런 재빠른 걸음이 나왔는지 자신도 놀랄 지경이었다. 그러고는 다시 이전처럼 조용히 길을 걸었다.

얼마 걷지 않아 그는 다시 인적이 드문 텅 빈 거리에 이르렀다. 낮에도 불쾌하고, 밤에는 더욱 불쾌한 그런 거리였다. 가로등 불빛도 희미해서 더욱 적막하고 침침한 느낌이었다. 아마 기름이 전보다 덜 지급되는 것 같았다. 그는 나무로 지은 집들과 울타리도 지나쳤으나 사람 그림자 하나 보이지 않았다. 거리에 반짝이는 것은 희미하게 내리는 하얀 눈뿐이었다. 덧창이 닫힌 채 깊이 잠들어 있는 나지막한 오두막들은 을씨년스럽게 검은 그림자를 늘어뜨리고 있었다. 그 거리 끝에는 무시무시한 사막처럼 보이는 광장이 있었다. 맞은편 집들이 겨우 보일 만큼 끝없이 넓은 광장이었다. 저 멀리, 어딘지는 모르겠지만 마치 세상 끝에 있는 듯한 초소에서 불빛이 아른거렸다. 이쯤 되니 아카키 아카키예비치의 유쾌한 기분은 거의 사그라졌다. 그의 심장은 마치 어떤 불길한 일을 예감한 듯 빠르게 뛰고 있었다. 그는 본능적 공포를 느끼며 조심스럽게 광장으로 들어서 사방을 두리번거렸다. 주변은 마치 바다 같았다. '아니 보지 않는 게 좋겠어.' 그는 이렇게 생각하고 두 눈을 꼭 감은 채 광장을 걸어갔다. 끝까지 다 왔는지 보려고 눈을 떴을 때, 그의 눈앞에는 콧수염이 난 사내 둘이 떡 버티고 서 있었다. 도대체 그들이 뭐하는 사람인지 그로서는 알 길이 없었다. 눈앞이 캄캄해지고 가슴이 뛰기 시작했다.

"이 외투는 내 거야!"

그들 중 하나가 멱살을 잡고 큰 소리로 말했다. 아카키 아카키예비치는 절박해져서 "사람 살려!"라고 소리치려 했다. 바로 그 순간 또 다른 사내가 머리통만 한 주먹을 그의 코앞에 디밀었다. 그러고는 나지막하게 말했다.

"소리 지르면⋯⋯, 알지?"

그는 외투가 벗겨지고 무릎에 발길질을 당한 채 눈 위에 벌렁 나자빠져서 그만 정신을 잃고 말았다. 몇 분 후 정신을 차렸을 때 그곳에는 이미 아무도 없었다. 그는 곧 매우 심한 추위를 느끼고는 외투가 없어진 것을 깨달았다. 그는 한껏 목청을 높여 고래고래 소리를 질렀다. 그러나 그 소리는 광장 끝까지 닿기도 전에 사그라지고 말았다. 절망한 그는 계속 소리를 지르면서 광장을 가로질렀다. 그리고 곧장 순찰 초소로 달려갔다. 초소 앞에는 한 근무 경관이 창에 기대어 서 있었다. 그는 도대체 누가 저 멀리서부터 고래고래 소리를 지르며 달려오는지, 의아한 눈으로 바라보고 있었다. 아카키 아카키예비치는 그 경관에게 다가가 거의 울먹이는 목소리로 항의했다. 경관이 보초를 제대로 서지 않고 졸고 있었기 때문에 자신이 강도를 당했다고 말이다. 경관은 광장 한가운데서 어떤 두 사람이 아카키를 멈춰 세우는 것을 보았다고 했다. 그러나 친구려니 생각했다고 태평스럽게 대답했다. 그리고 쓸데없이 시끄럽게 하지 말고 내일 파출소장을 찾아가 신고하라고 말했다. 그렇게 하면 외투를 훔쳐간 강도들을 찾아낼 수 있을 것이라고 일러주었다.

아카키는 완전히 넋이 빠진 채로 집으로 돌아왔다. 관자놀이와 뒤통수에 그나마 조금 남아 있던 머리카락은 완전히 헝클어졌고, 옆구리와 가슴과 바지는 눈으로 온통 범벅이 되어 있었다. 요란스레 현관문을 두드리는 소리에 그가 사는 하숙집 주인 노파는 침대에서 벌떡 일어났다.

그러고는 겨우 한쪽 발에만 슬리퍼를 걸친 채, 한 손으로는 잠옷의 가슴 부분을 수줍게 여미면서 달려 나왔다. 노파는 문을 열고 아카키 아카키예비치의 몰골을 보더니 뒤로 한 걸음 물러섰다. 그가 자초지종을 설명하자, 노파는 경찰서장을 직접 찾아가야 한다고 손뼉을 치면서 야단스럽게 말했다. 파출소장은 시간을 질질 끌며 큰소리만 칠 것이 빤하니, 즉시 경찰서장을 찾아가는 것이 낫다는 것이었다. 더불어, 자기가 경찰서장에 대해서 좀 알고 있다는 말도 덧붙였다. 예전에 자기 집 요리사였던 핀란드 여인 안나가 현재 경찰서장의 집에서 유모로 일하는 중이며, 경찰서장이 집 앞을 지날 때 자신과도 자주 마주친 적이 있다고 했다. 그는 주일마다 교회에 나가서 기도를 하고, 사람들에게 기분 좋게 대하는 친절한 사람이라고 했다. 노파는 그가 좋은 사람임에 틀림없을 것이라고 확신했다. 그 말을 다 듣고 난 아카키는 잔뜩 가라앉은 기분으로 방 안을 서성거렸다. 조금이라도 남의 처지를 헤아릴 줄 아는 사람이라면 누구나 아카키 아카키예비치가 그날 밤을 어떻게 보냈을지 짐작할 수 있을 것이다.

아침 일찍부터 그는 서장을 찾아갔다. 그러나 그는 아직 잠을 자고 있다고 했다. 열 시에 다시 찾아갔지만 아직도 자고 있다고 했다. 열한 시에 또다시 찾아갔더니 이번에는 그가 집에 없다고 했다. 아카키는 곧장 경찰서로 갔다. 그러나 입구에서부터 비서들이 그의 앞을 가로막았다. 그들은 아카키에게 무슨 일로 왔는지, 필요한 것이 무엇인지 자기네들이 먼저 알아야 한다며 안으로 들여보내주지 않았다. 아카키 아카키예비치는 난생 처음 불같이 화를 내며, 자신은 공무 관계로 관청에서 왔으며 직접 경찰서장을 만나야 한다고 단호하게 말했다. 만약 들여보내주지 않는다면 모두 고발할 것이고, 그럼 어떻게 될지 두고 보라며 비서들을 겁주었다. 그 말을 듣고 그들 중 한 사람이 서장을 부르러 갔다. 그런데 서장은 외투 강도 사건을 아주 이상하게 받아들였다. 사건의 본질에는 주의를 기울이지 않고, 왜 그렇게 늦게 귀가했는지, 어떤 이상한 곳에 들른 건 아닌지 꼬치꼬치 캐묻기 시작했다. 아카키 아카키예비치는 외투 사건이 적절한 절차를 밟게 될지조차 알지 못한 채 서장의 집무실에서 나왔다. 너무 황당했다. 그는 그날 출근도 하지 않았다. 그의 인생에서 처음 있는 일이었다.

다음날 그는 한층 더 초라해 보이는 낡은 외투를 입고 창백한 얼굴로 출근했다. 외투를 강탈당한 얘기를 듣고 놀려대는 이들도 몇 명 있었지만, 대부분은 안타깝게 여겼다. 그들은 그를 위해 즉석에서 모금을 시작했다. 그러나 그들은 국장의 초상화를 구입하거나 상사의 친구가 쓴 책을 사야 하는 등 이미 월급의 많은 돈을 써 버렸기 때문에 모금액은 얼마 되지 않았다. 그러나 다행히도 그들 중에 동정심 많은 한 관리가 아카키에게 도움이 될 만한 작은 조언을 하나 해 주었다. 그의 말에 따르면, 경찰서장은 상부의 칭찬을 받기 위해 무슨 수를 써서든 외투를 찾으려고 노력할 것이라고 했다. 그런데 외투를 찾고 나서도 그것이 아카키의 것이라는 법적 증거를 제시하지 못하면, 외투는 경찰서에 보관될 것이라고 했다. 그러니 경찰서장에게 가지 말고 차라리 '고관'을 찾아가는 게 나을 것이라고 했다. 고관은 담당자와 문서를 주고받으면서 일이 더욱 잘 풀리도록 할 수 있다는 것이다. 다른 좋은 방법이 없었으므로 아카키 아카키예비치는 고관을 찾아가기로 결심했다. 이 고관의 직책과 지위가 무엇인지는 지금까지도 알려져 있지 않다. 다만 그가 그 지위에 오른 것은 아주 최근의 일이며, 그 전까지는 그야말로 하찮은 말단에 불과했다고 한다. 물론 지금도 그의 지위가 다른 최고위급에 비하면 그다지 높다고는 할 수 없다. 그러나 남들의 눈에 그리 대단하지 않아 보이는 것을 마치 어마어마한 것인 양 착각하는 부류들이 세상에는 항상 존재하는 법이다.

더욱이 그 고위 관리는 여러 가지 수단을 동원해서 자신의 지위를 더욱 높여 보려고 애를 쓰는 중이었다. 이를테면 자기가 출근할 때 부하 직원들이 모두 현관까지 마중을 나오게 하는 것도 그 가운데 하나였다. 그는 어떤 사람도 감히 자기 방에 직접 들어오지 못하게 했고, 관련된 업무를 엄격하게 정해진 규칙과 순서에 따라 처리하도록 하는 등 내부 규칙을 만들기도 했다. 즉, 14급은 12급 관리에게, 12급 관리는 9급 관리나 그 위의 다른 상관 관리에게 보고하여, 결국 모든 안건이 자신에게 올라오도록 만들어 놓았던 것이다.

우리의 신성한 나라 러시아에는 이미 모든 것을 모방하는 병이 유행처럼 퍼져 있다. 부하들은 모두 자신의 상관을 조롱하듯이 서툴게 흉내를 냈다. 심지어 어떤 9급 관리는 조그만 독립 관청의 책임자로 임명되자 당장 사무실 한 쪽에 칸막이부터 쳤다고 한다. 그리고 자기 전용의 방을 만들어 '집무실'이라 부르고, 문 앞에는 붉은 깃에 금테를 두른 안내원을 세워 놓았다. 평범한 책상 하나를 겨우 들여놓을 수 있는 크기의 '집무실' 앞에서 말이다. 그 이유는 바로 사람들이 올 때마다 일일이 문을 여닫게 하기 위해서였다고 한다.

그건 그렇다 치고, 앞서 말한 이 고관의 태도는 항상 '위풍당당' 했다. 물론 복잡하지는 않았다. 다만 그가 업무를 수행하는 방식의 기본은 한마디로 말해 엄격함이었다. '엄격 또 엄격, 모든 것을 엄격하게!'라는 것이 그의 일관된 근무 지침이었다. 그는 이렇게 되풀이하면서 상대방의 얼굴을 의미심장하게 바라보곤 했다.

그러나 사실 그렇게까지 할 이유는 하나도 없었다. 왜냐하면 이 부서의 열 명 남짓한 직원들은 그렇잖아도 약간의 공포심에 사로잡혀 있었기 때문이다. 멀리서 그 고관이 나타나기만 해도 벌떡 일어나 그가 사무실을 지나갈 때까지 부동자세를 취할 정도였으니 말이다. 그가 부하 직원들에게 건네는 일상적인 말조차 엄격함이 잔뜩 배어 있었다. 또 말은 거의 세 마디로 한정되어 있었다. '어떻게 감히 그럴 수 있소?'나, '누구와 얘기하고 있는지 알고나 있소?' 그리고 '지금 누구 앞에 서 있는지 알고는 있소?' 같은 방식이었다.

그는 사실 원래 마음씨가 착한 사람이었다. 동료들과의 관계도 좋고 친절했으나, 고관이라는 자리가 그를 완전히 교만하게 만들었다. 그는 높은 자리에 오르자마자 혼란에 빠져 이성을 잃더니 어떻게 처신해야 할지 갈피를 잡지 못했다. 그래도 그가 대등한 지위의 고관들을 대할 때는 꽤 점잖고 괜찮은 사람이었다. 게다가 상당히 탁월한 리더십도 갖추고 있었다. 단지 자기보다 한 직급이라도 낮은 사람들 앞에서만 태도가 어색해지고 표정이 시무룩해져 입을 다물어버리는 것이었다. 그 모습은 남들이 보기에도 민망할 정도였다. 그는 속으로 '이 사람들이 아니었다면 훨씬 더 재미있는 시간을 유익하게 보낼 수 있었을 텐데' 하며 아쉬움을 느꼈다. 가끔씩 재미있는 대화나 놀이에 끼어들고자 하는 욕구도 생겼지만, 이내 '너무 많은 것을 보여주는 건 아닌지, 너무 지나치게 허물없이 행동하는 건 아닌지, 위신이 깎이는 건 아닌지' 따위의 두려움들이 그를 가로막았다. 그래서 결국 그는 항상 침묵을 지킬 수밖에 없었다. 어쩌다 짤막하게 한마디 내뱉는 게 고작이어서, 따분하기 짝이 없는 사람으로 취급되었다.

아카키 아카키예비치가 찾아간 고관이 바로 이런 인물이었다. 그런데 아카키가 그를 방문한 시간은 마침 고관에게 아주 적절한 시간이었다. 물론 아카키 자신에게는 가장 좋지 않은 시간이었지만 말이다. 고관은 집무실에서 수 년 동안 만나지 못했던 옛 친구와 오랜만에 이야기꽃을 피우고 있었다. 바로 그때 '바시마치킨'이라는 사람이 찾아왔다는 보고를 받은 것이었다.

"누구라고?"

그는 퉁명스럽게 물었다.

"어떤 관리입니다."라는 대답을 듣고 고관은 말했다.

"잠시 기다리라고 해. 지금은 좀 바쁘니까."

여기서 고관이 새빨간 거짓말을 했음을 분명히 밝혀둘 필요가 있다. 그와 그의 어릴 적 친구는 이미 할 말을 거의 다 끝낸 상태였다. 이제는 지루한 침묵 가운데서 이따금씩 서로의 무릎을 두드리며 "글쎄 말일세."라든지, "그게 그렇게 됐단 말인가!" 하는 식으로 같은 말만 되풀이하고 있었기 때문이다. 하지만 이런 사정에도 불구하고 자기를 찾아온 관리를 기다리게 한 데는 다 이유가 있었다. 그는 이미 오래전에 공직에서 물러나 시골집에 틀어박힌 자신의 오랜 친구에게, 자신의 위세를 보여주고 싶었다. 대기실에서 결코 적지 않은 시간을 기다려야만 만날 수 있는 사람이라는 것을 과시하고 싶었던 것이다.

마침내 두 사람은 이야깃거리가 다 떨어져, 등받이가 달린 푹신한 소파에 푹 기대어 앉아 담배를 피우고 있었다. 방에는 기나긴 침묵이 흐르고 있었다. 그 순간 고관은 문득 뭔가가 생각난 듯 보고서를 들고 문가에 서 있는 비서에게 말했다.

"아 참, 거기 관리 한 명이 기다리고 있는 것 같던데, 들어오라고 전하게."

아카키 아카키예비치의 온순한 생김새와 낡아빠진 제복을 본 고관은 갑자기 그를 향해 느릿느릿 몸을 돌렸다. 그리고 부임하기 일주일 전부터 거울 앞에서 혼자 연습하던 그 딱딱하고 차가운 말투로 물었다.

"무슨 일이신가?"

아카키 아카키예비치는 미리부터 겁을 집어먹고 약간 긴장해 있었다.

그리고 잘 돌이기지 않는 혀를 놀려 완전히 새것이었던 자기 외투를 어떻게 강도들에게 빼앗겼는지, 그 과정을 자세히 설명했다. 그러고는 경찰서장이나 다른 누군가에게 서신을 보내는 등, 어떻게든 영향력을 행사해 외투를 찾아달라고 부탁하기 위해 왔다고 무척 어렵게 말을 꺼냈다. 그런데 정확한 이유는 모르지만, 그 고관은 아카키 아카키예비치의 그런 태도가 무척 예의에 어긋난 것이라고 판단한 모양이었다.

"지금 무슨 말을 하는 거요?"

고관은 또박또박 말을 이었다.

"당신은 관의 절차를 모른단 말이오? 일이 어떻게 처리되는지 모르오? 그런 일이라면 우선 사무실에 청원서를 넣어야 하오. 그럼 서류가 과장과 부장을 거쳐 비서한테 전달되고, 그 다음에 비서가 나에게 보고할 텐데……."

"하지만 각하!"

아카키 아카키예비치는 온몸에 진땀이 흐르는 걸 느끼며 마지막 남은 기력을 있는 대로 다 쥐어짜서 이렇게 말했다.

"각하께 직접 부탁드리는 것은 저…… 다름이 아니옵고, 실은 저 비서관들이 도무지…… 믿을 수가 없는 사람들이어서……."

"뭐, 뭐라고?"

고관이 말했다.

"도대체 어디서 그따위 생각을 머릿속에 집어넣은 거야? 어디서 그따위 사상을 배워 왔느냐 말이야? 요즘 젊은이들은 웃어른과 상관에 대해 너무 불손해. 그런 사상이 만연되어 있어. 정말 큰일이라니까!"

고관은 아카키 아카키예비치가 이미 쉰 고개를 넘은 사람이라는 사실을 미처 깨닫지 못한 모양이었다. 아카키를 젊은 사람이라고 부르려면, 나이 칠십이나 된 노인이 되어야 할 텐데 말이다.

"자네는 지금 누구를 상대로 그런 소리를 하는 건지나 알고 있나? 지금 자네 앞에 있는 사람이 누구인지나 알고 있느냐 말이야, 응? 알고 있어, 모르고 있어?"

이 순간 고관은 발까지 구르면서, 아카키가 아닌 다른 누구라도 겁을 집어먹을 만큼 확 목소리를 높였다. 아카키 아카키예비치는 완전히 넋이 나가 비틀거리며 두어 걸음 물러섰다. 온몸이 떨려서 더는 서 있을 수 없었다. 경비들이 달려와 부축하지 않았다면 곧바로 바닥에 쓰러지고 말았을 것이다. 그리하여 아카키 아카키예비치는 거의 인사불성이 된 상태로 밖으로 끌려 나왔다. 고관은 자신의 말 한마디가 기대했던 것 이상의 효과를 거두자 크게 만족해했다. 자신의 말 한마디가 상대방을 기절까지 시킬 수도 있다는 사실에 도취되었던 것이다. 그는 이 상황을 친구가 어떻게 받아들이는지 궁금해서 힐끔힐끔 곁눈질을 했다. 친구 역시 아카키처럼 넋이 빠진 듯했다. 심지어 공포감마저 느끼는 눈치였다. 고관은 이 모습을 보고 마음이 무척 흡족했다.

어떻게 계단을 내려와 어떻게 큰길로 나왔는지 아카키 아카키예비치는 아무것도 기억나지 않았다. 팔이나 다리에도 전혀 감각이 없었다. 상관에게, 그것도 다른 관청의 상관에게 이처럼 심한 질책을 당한 것은 태어나서 처음이었다. 그는 입을 딱 벌린 채 자꾸만 인도 밖으로 발걸음이 빗나가면서, 휘몰아치는 눈보라 속을 비틀비틀 걸어갔다.

페테르스부르크의 날씨는 원래 그렇지만 이날도 바람은 사방에서, 모든 골목에서 불어 닥쳤다. 순식간에 아카키의 편도선이 부어올랐다. 그는 간신히 집에 도착했다. 단 한마디도 말을 할 수 없었다. 그는 힘없이 침대 위에 픽 쓰러졌다. 상관의 별것 아닌 질책 한마디는 이토록 엄청난 힘을 발휘하는 것이다! 이튿날 그는 심한 열병에 시달렸다. 페테르스부르크의 날씨 때문에 그의 병세는 예상보다 더 빠르게 악화되었다.

의사가 와서 맥을 짚어 보았다. 그는 아무것도 해 볼 도리가 없다는 듯 고개를 저었다. 그저 환자가 어떠한 의료 혜택도 받아보지 못하고 방치됐다는 말은 듣지 않도록, 찜질 처방 외에는 할 수 있는 일이 아무것도 없었다. 의사는 그 자리에서 기껏해야 하루나 하루 반나절밖에 더 살아 있지 못할 것이라고 선언했다. 이어 주인집 노파에게 이렇게 말했다.

"아주머니, 더 이상 시간 낭비하지 마시고, 지금 곧 소나무 관을 하나 주문해 주세요. 이 사람에게 참나무 관은 너무 비쌀 테니 말입니다."

이 치명적인 말이 아카키 아카키예비치의 귀에 들렸는지 어쨌는지는 알 수 없다. 설사 들었다 하더라도 과연 그것이 얼마나 큰 충격을 주었는지, 그가 자기의 서글픈 일생을 불쌍히 여겼는지도 전혀 알 수 없다. 왜냐하면 그는 그동안에도 줄곧 혼수상태에 빠져 헛소리만 해댔기 때문이다. 그의 눈앞에 점점 더 이상한 환상들이 펼쳐졌다. 페트로비치에게 늘 자기 침대 밑에 있는 도둑을 잡을 수 있게 덫이 달린 외투를 만들어 달라고 하는가 하면, 집주인에게는 담요 밑에 숨어 있는 도둑을 끌어내 달라고 연이어서 말했다. 그러다가 새 외투가 있는데 왜 낡은 외투가 눈앞에 걸려 있느냐고 물었다. 때로는 상관 앞에 서서 질책을 듣는 듯 부동자세로 "죄송합니다, 각하!"를 반복했으며, 또 입에 담기 어려운 욕설까지 마구 퍼부어댔다. 여태껏 그에게서 한 번도 그런 말을 들어본 적 없는 주인집 노파는 성호를 긋기도 했다. 더욱이 그런 욕설은 '각하'라는 말 바로 뒤에 잇달아 쏟아져 나왔다. 그밖에도 아카키가 지껄이는 말은 전혀 무의미해서 하나도 이해할 수 없었다. 다만 두서없는 말과 생각이 하나같이 외투라는 물건을 중심으로 맴돌고 있다는 것만 알 수 있었다. 마침내 불쌍한 아카키 아카키예비치는 그만 숨을 거두었다.

그가 죽은 뒤 그의 방과 물건들은 봉인되지 않았다. 그 첫째 이유는 상속자가 없었고, 둘째는 유산이라고 할 만한 것이 거의 없었기 때문이다.

거위 깃털로 만든 펜 한 묶음, 관에서 사용하는 백지 한 뭉치, 양말 세 켤레, 바지에서 떨어진 단추 세 개, 그리고 이미 독자 여러분이 알고 있는 내복과 같은 낡은 외투가 전부였다. 이런 물건들이 누구의 손에 들어갔는지는 아무도 모른다. 솔직히 말해, 이 이야기를 하는 나조차도 이것에는 관심이 없다. 아카키 아카키예비치는 마차에 실려 나가 매장되었다. 그가 없어져도 페테르스부르크는 여전히 원래 모습 그대로였다. 마치 그런 사람은 처음부터 존재하지 않았던 것처럼 변함이 없었다.

그리하여 어느 누구의 도움도, 어느 누구의 사랑도 받지 못하고, 어느 누구의 관심도 끌지 못하고—심지어 흔해빠진 파리 한 마리도 핀에 꽂아 현미경으로 관찰하는 자연과학자의 주의조차도 끌지 못한 존재—동료 관리들의 온갖 비웃음을 묵묵히 견뎌내면서 이렇다 할 업적 하나 남기지 못한 채 그는 무덤 속으로 영원히 사라져 버린 것이다.

비록 생이 끝나기 직전이었지만, 외투라는 기쁜 손님이 환한 모습으로 나타나 그의 초라한 인생에 잠시나마 활기를 불어넣어 주었다. 그러고 나서 황제 같은 힘센 존재들도 피할 수 없는 불행이 그에게 닥치고 말았다. 아카키 아카키예비치가 죽은 지 삼사 일 후, 어서 출근하라는 국장의 명령서를 가지고 경비 한 명이 그의 하숙집을 찾아왔다. 경비는 그대로 돌아가 아카키 아카키예비치가 더 이상 출근할 수 없다고 보고해야 했다. "어째서?"라는 질문에 경비는 이렇게 대답했다.

"어째서고 뭐고, 그는 이미 죽어 사흘 전에 장례를 치렀더군요."

이렇게 관청에서도 아카키 아카키예비치의 죽음을 알게 되었다. 그이튿날에는 벌써 아카키 아카키예비치의 후임으로 새 관리가 와서 그 자리에 앉아 있었다. 아카키보다 훨씬 키가 큰 그는 곧은 필체가 아닌 더 비스듬하고 삐딱한 필체로 정서를 하기 시작했다.

아카키에 대한 이야기는 여기서 완전히 끝난 것이 아니다.

생전에 누구의 주의도 끌지 못했던 삶을 보상이라도 받으려는 듯, 그는 죽은 뒤 며칠 동안이나 요란한 소동을 일으켰다. 이런 일을 과연 누가 상상이나 했겠는가? 하지만 그런 일은 실제로 일어났고, 이 슬픈 이야기는 뜻밖에도 환상적인 결말을 맺게 된다. 페테르스부르크에는 갑자기 다음과 같은 소문이 쫙 퍼졌다. 칼린킨 다리와 그 주변 여기저기서 관리 옷을 입은 유령이 밤마다 나타나 강탈당한 어떤 외투를 찾아다닌다고 한다. 그리고 관등이나 신분 따위는 가리지 않고 지나가는 행인들의 어깨에서 외투를 빼앗아 간다는 것이다. 고양이 털, 비버 털, 솜털, 너구리 털, 여우 털, 곰 털 달린 외투 등 한마디로 인간이 몸에 두르려고 가공한 온갖 털과 가죽으로 만든 것이라면 그 종류를 가리지 않고 모두 벗겨 간다고 했다.

관청에 근무하는 한 관리는 자기 눈으로 직접 그 유령을 목격했다고 말했다. 그는 첫눈에 그 유령이 아카키 아카키예비치임을 금방 알아보았는데, 너무 무서워 전속력으로 줄행랑을 쳤다고 한다. 그 바람에 유령을 자세히 보진 못했지만 유령이 손가락으로 자기를 위협하는 것만은 똑똑히 봤다고 했다. 9급 관리뿐만 아니라 심지어 3급 관리까지도 외투를 강탈당해 등과 어깨에 심한 한기가 들었다는 민원이 여기저기서 끊임없이 들어왔다. 상황이 이쯤 되니 경찰에서는 더 이상 문제를 두고 볼 수 없었다. 산 채로든 죽어서든 무슨 수를 써서라도 유령을 잡아들이라는 명령이 떨어졌다. 그리하여 다른 사람들의 본보기가 되도록 엄벌에 처하라는 것이었다.

사실 이 명령은 거의 성공할 뻔했다. 모 구역의 근무 경관이 '키류시킨' 골목에서 그 유령의 범행 현장을 덮친 것이다. 때마침 그 유령은 플루트를 연주하던 전직 약사의 값싼 모직 외투를 빼앗는 중이었다. 경관은 그 현장을 덮쳐 유령의 멱살을 틀어쥐고, 큰 소리로 동료 둘을 불러 유령을 붙잡고 있게 했다. 그러고 나서 그는 장화 속에서 자작나무 껍질로 만든 담뱃갑을 꺼냈다. 그동안 여섯 번이나 얼어붙었던 콧구멍을 잠시나마 담배 냄새로 뚫어버리려고 했던 것이다. 그런데 그 코담배 냄새가 너무 지독해서 유령조차 견딜 수 없었던 모양이다. 경관이 오른쪽 콧구멍을 손가락으로 누르고 왼쪽 콧구멍으로 코담배를 들이마시는 순간, 유령이 재채기를 하도 세게 하는 바람에 담뱃가루가 세 경관의 눈에 들어가고 말았다. 그들이 손등으로 눈을 비비는 사이 유령은 흔적도 없이 사라졌다. 경관들은 자기들이 정말 유령을 잡았는지조차도 의심스러워졌다. 그때부터 근무 경관들은 유령을 너무 무서워한 나머지 산 사람을 잡는 것조차 두려워 그저 고함만 질러댈 뿐이었다.

"이보시오, 어서 가던 길이나 가시오!"

관리 옷차림을 한 유령은 칼린킨 다리 너머에도 나타났다. 이제 어지간히 대담한 사람이 아니고는 그 근처를 함부로 다니기를 꺼릴 지경이었다. 그래서 소심한 사람들은 적지 않은 공포감에 휩싸이게 되었다.

그러나 우리는 앞서 얘기했던 그 고관에 대해서는 그만 새까맣게 잊어버리고 있었던 것 같다. 사실 솔직히 말하자면 그 고관이야말로 이 거짓 없는 실화가 환상적인 분위기를 띠게 만든 장본인이라고 해도 과언이 아니다. 무엇보다 공정성을 기한다는 의미에서, 고관이 느낀 심정을 우선 이야기해야 할 것 같다.

이 고관은 가엾은 아카키 아카키예비치가 호된 질책을 당하고 물러간 후 연민 비슷한 감정을 느꼈다. 그 역시 원래부터 동정심이나 인연과는 먼 그런 종류의 인간은 아니었으니 말이다. 스스로 직위 때문에 그런 것을 표면에 나타내지 못했을 뿐, 본래는 마음씨 착한 사람이었다.

방문한 친구가 집무실을 나가자마자 그는 불쌍한 아카키 아카키예비치에 대해 생각했다. 그리고 그 후 저의 날마다 그 정도 꾸중조차 견뎌내지 못하던 아카키의 창백한 얼굴이 눈앞에 어른거렸다. 그 불쌍한 관리를 생각하기만 해도 마음이 괴롭고 불안했다. 그래서 그는 일주일 후 부하 직원을 보내 그 관리가 어떤 인간이며 그 후 어떻게 지내고 있는지, 그리고 실제적으로 그를 도울 수 있는 방법이 어떤 것인지 등을 알아보고 오도록 했다.

아카키 아카키예비치가 열병으로 급사했다는 보고를 받은 고관은 크게 놀랐다. 그는 온종일 양심의 가책에 시달려야 했다. 조금이라도 울적한 기분을 잊고 기분 전환을 해 보려던 그는 어느 날 밤 친구가 주선한 모임에 참석하게 되었다. 그곳에 모인 사람들은 모두 점잖았다. 모두가 자신과 비슷한 직급이라 조금도 불편하거나 당혹스럽지 않았다. 이런 상황은 그의 정신 상태에 놀라운 영향을 미쳤다. 그는 마음이 완전히 풀려서 즐겁고 상냥한 기분으로 친구들과 대화할 수 있었다. 그날 하룻저녁을 무척 즐겁게 보낸 것이다. 밤참이 나왔을 때는 샴페인도 두 잔이나 마셨다. 알다시피 이 술은 기분을 띄우는 데 큰 효과가 있다. 샴페인을 마시자 고관은 몇 가지 모험이 하고 싶어졌다. 즉, 곧장 집으로 돌아가지 않고 평소 알고 지내던 카롤리나 이바노프나 부인의 집에 잠시 들르기로 한 것이다.

그는 독일 태생으로 보이는 이 부인에게 전부터 친근한 감정을 품고 있었다. 여기서 말해 둘 것은, 이 고관이 이미 젊다고는 할 수 없는 나이였다는 점이다. 가정에서도 충실한 남편인 동시에 훌륭한 아버지의 역할을 잘 해내고 있었다. 두 아들 중 한 명은 이미 관청에서 근무하고 있었고, 살짝 들창코이기는 해도 꽤 귀여워 보이는 열여섯 살 된 딸은 날마다 "봉주르, 파파"라고 말하며 그의 손에 입을 맞추곤 했다. 그리고 아직 생기 있고 미모도 좋은 그의 아내는 남편이 먼저 입 맞추도록 손을 내

민 뒤, 자기 손을 뒤집어 그의 손에 입을 맞추곤 했다. 이 고관은 이렇게 행복한 가정을 꾸리고 있고, 또 스스로도 그 생활에 지극히 만족하고 있었다. 그러나 다른 한편으로는 시내의 다른 지역에 여자 친구를 두고 사귀는 것을 무척 당연하게 생각하고 있었다. 여자 친구 카롤리나는 그의 아내보다 아름답지도 젊지도 않았다. 하지만 이런 일은 세상에 워낙 흔해빠진 일 아닌가. 그러니 우리가 굳이 이러쿵저러쿵 따질 필요는 없다. 어쨌든 그는 친구네 집 계단을 내려와 마차에 오른 뒤 마부에게 말했다.

"카롤리나 이바노프나에게 가자!"

고관은 아주 화려하고 따뜻한 외투로 몸을 감싸고 러시아 사람 특유의 즐거운 흥에 잔뜩 빠져들었다. 즉 일부러 무얼 생각하지 않아도 머릿속에 끊임없이 달콤한 상념이 떠올라, 그저 기분 좋고 편안한 그런 상태 말이다. 그는 더없이 기분이 흡족했고, 방금 떠나온 파티에서의 즐겁고 재미있었던 일들이 머릿속에 계속 떠올랐다. 그는 자기가 익살을 부려 친구들이 배를 붙잡고 웃게 만들었던 일을 돌이켜보았다. 그리고 그는 지금 그 익살을 혼자 입 속으로 되풀이해 보았다. 지금 생각해도 역시 그 익살은 재치 있고, 사람을 웃길 수밖에 없는 일이었다고 생각했다.

그러나 이따금 갑작스럽게 불어오는 찬바람이 그의 달콤한 기분을 방해했다. 무엇 때문인지 바람은 갑자기 어디서 불어오는지도 알 수 없게 불어 닥쳐 차디찬 눈가루를 흩뿌려 놓았다. 그리고 외투 깃을 돛처럼 펄럭이게 하며 그의 얼굴을 사정없이 후려치는 것이었다. 문득 고관은 누군가가 뒤에서 자신의 외투 깃을 무서운 힘으로 잡아채는 것을 느꼈다. 그는 뒤를 돌아보았다. 거기에는 다 떨어진 낡은 제복을 입은 자그마한 사람이 서 있었다. 그가 바로 아카키 아카키예비치임을 알아챈 고관은 가슴이 덜컥 내려앉았다. 그의 얼굴은 눈처럼 하얗고 창백해서 진짜 유령 같아 보였다. 그러나 고관의 공포가 극에 달한 것은 지독한 송장 냄새를 내뿜던 유령이 입을 열어 이렇게 말했을 때었나.

"흠, 이제야 네놈을 만났구나! 마침내 너를, 네놈 옷깃을 잡았구나! 난 네놈의 외투가 필요하다! 날 도와주기는커녕, 나를 그렇게 무시하다니. 이젠 네놈이 외투를 내놓을 차례야!"

고관은 완전히 공포에 사로잡혀 딱하게도 거의 숨이 끊어질 지경이었다. 그는 평소 관청의 부하들 앞에서는 언제나 늠름하고 위엄 있는 모습을 보이고자 애를 썼다. 그의 강직한 모습을 본 사람들은 누구나 "거, 성질 한번 대단하네!"라고 말할 정도였다. 하지만 지금 이 상황에서 그는— 호걸다운 풍모를 지닌 사람들이 대부분 그런 경향이 있지만—극심한 공포에 사로잡혀 당장 발작이라도 일으키지 않을까 싶을 정도였다. 그는 허겁지겁 자기 손으로 외투를 벗어 던지고 마부에게 큰 소리로 명령했다.

"지금 당장 가자! 전속력으로 집을 향해 달려라!"

마부는 주인의 목소리를 듣고는 사정없이 채찍을 휘둘러 쏜살같이 말을 몰았다. 그러고는 만일을 대비해 두 어깨 사이에 머리를 처박고 채찍을 휘두르며 쏜살같이 내달렸다. 주인의 이런 목소리는, 긴급한 순간에 어떤 효과 높은 행동을 요구할 때만 나오는 목소리였다.

6분 정도가 지났을까, 고관은 집 현관문 앞에 도착했다. 외투를 잃고 겁에 질려 얼굴이 창백해진 그는 카롤리나 이바노프나를 찾아가는 대신 자기 집으로 곧장 달려왔던 것이다. 그는 그날 하룻밤을 이루 말할 수 없는 불안에 잠겨 꼬박 새웠다. 이튿날 아침 차를 마실 때 딸로부터 다음과 같은 말을 들을 정도였다.

"아빠, 오늘은 아빠 얼굴이 너무 좋지 않아요."

고관은 아무 대답도 하지 않았다. 어제 저녁에 어디를 갔는지, 어디를 가려고 했는지, 그리고 무슨 일이 일어났었는지, 단 한마디도 하지 않았다. 이 사건은 그에게 매우 큰 충격을 주었다. 그는 부하 관리들에게 "어떻게 감히 그렇게 할 수 있단 말인가? 지금 자네 앞에 있는 사람이 누군지나 아는가?"라는 말을 전보다 훨씬 덜 사용하게 되었다. 그런 말을 하더라도 우선 상대방의 사정을 먼저 들었다.

그뿐만 아니라 더욱더 놀라운 사실은, 그날 밤 이후 관리 옷차림을 한 유령은 두 번 다시 나타나지 않게 되었다는 점이다. 아마 고관의 외투가 유령에게 딱 맞았던 모양이다. 적어도 외투를 강탈당했다는 소문은 더 이상 들려오지 않았다. 어떤 이들은 아무래도 안심이 되지 않는지, 아직도 시의 변두리에서 그 유령이 등장한다고 수군대고 있었지만 말이다. 사실 콜로멘스코 지역의 경찰관 한 명이 어느 집 모퉁이에서 그 유령이 나타나는 것을 직접 눈으로 본 일이 있다고 했다. 하지만 이 경찰관은 원래가 형편없는 약골이었다. 민가에서 뛰쳐나온 평범하고 통통한 돼지새끼 한 마리에 걸려 뒤로 벌렁 넘어진 적도 있을 만큼 약골이었다. 그때 주변에 있던 영업 마차 마부들은 배를 움켜쥐고 웃어댔다. 그러자 그 경관은 자기를 조롱했다며 그들에게서 1코페이카씩을 거두어들였다. 여하튼 몸이 허약했던 그 경관은 감히 유령을 불러 세우지는 못하고, 어둠 속에서 몰래 유령의 뒤를 따라갔다. 그런데 마침내 유령이 얼마쯤 걷다가 그 자리에 우뚝 멈춰 섰다. 그러고는 홱 돌아서서 도저히 사람의 것이라고는 믿기 어려울 만큼 커다란 주먹을 경찰관에게 불쑥 내밀었다.

"원하는 게 뭐야?"

"아니오, 아무것도 없습니다."

이렇게 대답하고는 곧바로 돌아섰다. 그러나 그 유령은 아카키 아카키예비치의 유령보다 키가 훨씬 더 컸고, 아주 긴 콧수염을 기르고 있었다. 그 유령은 오브호프 다리 쪽으로 걸어가는 것 같더니, 이윽고 밤의 어둠 속으로 완전히 사라져 버렸다는 것이었다.

1 '외투'의 이미지를 통하여 아카키 아카키예비치가 처한 현실적 상황을 서술해 보세요.

2 아카키 아카키예비치는 죽은 후 유령이 되어 나타납니다. 그에게 외투가 어떤 의미였기에, 죽어서까지 유령으로 남아 외투를 찾았던 것일까요?

3 주인공의 개인적 불행이나 불운을 당대의 사회적 상황과 연관지어 이야기해 보세요.

톡톡! 생각의 가지 뻗기

1 제정 러시아 시대 관료제 속에서 드러나고 있는 모순에 대해 구체적으로 지적해 보세요.

2 관료제의 부정과 폐해를 극복할 수 있는 대안에는 무엇이 있을까요?

파릇파릇! 생각의 숲 가꾸기

1 문학과 현실, 혹은 문학과 삶의 관계에 대해 생각해 봅시다.

Tip+

▪ 현실과 무관한 문학이 존재할 수 있을까요?

▪ 문학은 삶과 어떤 관계에 있을까요?

▪ 문학은 현실의 반영인가요?

▪ 문학은 반드시 현실 참여적이어야 할까요?

▪ 문학은 어떤 방식으로 삶의 변화를 가져올 수 있나요?

4부··· 풍속과 세태

치숙

채만식(전라북도 군산, 1902년 6월 17일~1950년 6월 11일)

일제 식민지 시대의 여러 가지 모순을 풍자적으로 형상화한 작가입니다. 「레디메이드 인생」(1934)에서 식민지 시대에 소외된 지식인의 모습을 냉소적이고 풍자적으로 그려냈다면, 「탁류」(1937)에서는 초봉이라는 여인의 비극적 삶을 통해 식민지 치하 민족의 아픔을 이야기합니다. 그리고 대표작 『태평천하』(1938)에서는 식민지 지배 당국과 결탁하여 가문과 재산을 지켜 나가는 윤직원 영감의 왜곡된 삶을 통해 당대 사회 현실을 풍자하고 있습니다. 특히 이 소설에서는 전통적인 판소리 어조를 통해 풍자의 새로운 가능성을 보여주고 있습니다.

작품소개

1938년 『동아일보』에 발표된 「치숙(痴叔)」은 '어리석은 아저씨'라는 뜻으로, 대학을 졸업하고 사회주의 운동을 하다가 감옥까지 다녀온 아저씨가 주인공입니다. 그리고 그를 사정없이 비판하는 조카가 등장하여, 일제 강점기의 삶의 지향과 가치 문제를 다루고 있는 작품입니다.

이 소설의 서술자인 '나'는 아저씨의 조카로서, 일본인의 가게에서 성실히 일하며 개인적인 부와 안락을 추구하는 인물입니다. 작품 속에서 작가는 '나'의 시각을 통해 사회주의 운동을 하는 아저씨를 비판의 전면에 내세우고 있습니다. '나'라는 서술자에 의하면 친일적인 가치는 긍정적으로 평가되며, 헛된 사회주의를 꿈꾸는 아저씨는 무책임하고 무능하다는 부정적 평가를 받게 됩니다.

그러나 이러한 표면적 비판의 구조는 서술자의 친일적 가치관에 의해 역전된 것입니다. 즉, 반어적 표현인 셈이지요. 믿을 수 없는 서술자 '나'의 비판은 독자가 아저씨보다는 '나'를 더욱 비판적으로 보게 만드는 것입니다. 작가 채만식은 이러한 서술 방식을 통해 국가나 사회보다는 개인적인 안위와 출세만을 꿈꾸는 친일적이고 기회주의적인 인물을 풍자하고 있다고 볼 수 있습니다.

이 소설을 좀 더 깊이 있게 읽기 위해서는 일제 강점기의 사회주의에 대해서도 이해할 필요가 있습니다. 1920년 중반 무렵 우리나라에는 사회주의 운동이 일어나기 시작합니다. 사회주의자들은 지주 및 자본가에 맞서 농민과 노동자의 권리를 찾음으로써 노동계급의 해방을 주장합녀다. 이때의 사회주의 운동은 당시 지배자인 일본에 대한 조선의 해방 투쟁으로 여겨지면서, 지식인층과 농민, 노동자 계층의 큰 지지를 얻게 됩니다. 그러므로 채만식의 소설 「치숙」의 아저씨 역시 단순한 사회주의자가 아닌 사회주의를 통한 독립운동가라고 이해할 수 있을 것입니다.

16

치숙

채만식

우리 아저씨 말이지요? 아따 저 거시키, 한참 당년에 무엇이냐 그놈의 것, 사회주의라더냐, 막덕*이라더냐, 그걸 하다, 징역 살고 나와서 폐병으로 시방 앓고 누웠는 우리 오촌고모부 그 양반……

머, 말두 마시오. 대체 사람이 어쩌면 글쎄…… 내 원!

신세 간데없지요.

자, 십 년 적공, 대학교까지 공부한 것 풀어먹지도 못했지요, 좋은 청춘 어영부영 다 보냈지요. 신분에는 전과자라는 붉은 도장 찍혔지요. 몸에는 몹쓸 병까지 들었지요.

이 신세를 해가지굴랑은 굴속 같은 오두막집 단칸 셋방 구석에서 사시장철 밤이나 낮이나 눈 따악 감고 드러누웠군요.

재산이 어디 집터전인들 있을 턱이 있나요. 서발막대* 내저어야 짚검

---

* 막덕 마르크스주의나 그것을 믿는 자를 낮춰 부르는 말.
* 서발막대 매우 긴 막대를 강조해서 이르는 말.

불 하나 걸리는 것 없는 철빈*인데.

우리 아주머니가, 그래도 그 아주머니가, 어질고 얌전해서 그 알량한 남편 양반 받드느라 삯바느질이야 남의 집 품빨래야 화장품 장사야 그 칙살스런* 벌이를 해다가 겨우겨우 목구멍에 풀칠을 하지요.

어디로 대나 그 양반은 죽는 게 두루 좋은 일인데 죽지도 아니해요.

우리 아주머니가 불쌍해요. 아, 진작 한 나이라도 젊어서 팔자를 고치는 게 아니라, 무슨 놈의 우난* 후분*을 바라고 있다가 끝끝내 그 고생을 하는지.

근 이십년 소박(疏薄)을 당했지요.

이십 년을 설운 청춘 한숨으로 보내고서 다 늦게야 송장 여대치게* 생긴 그 양반을 그래도 남편이라고 모셔다가는 병수발 들랴, 먹고살랴, 애자진하고* 다니는 걸 보면 참말 가엾어요.

그게 무슨 죄다짐*이람? 팔자 팔자 하지만 왜 팔자를 고치지를 못하고서 그래요. 죄선(朝鮮) 구식 부인네들은 다 문명을 못하고 깨지를 못해서 그러지.

그 양반이 한시바삐 죽기나 했으면 우리 아주머니는 차라리 신세 편하리다.

심덕 좋겠다 솜씨 얌전하겠다 하니, 어디 가선들 재갸* 일신 몸 가누고 편안히 못 지내요?

• 철빈(鐵貧) 더할 수 없이 가난함.
• 칙살스럽다 하는 짓이나 말 따위가 잘고 더럽다.
• 우나다 유별나다.
• 후분(後分) 사람의 평생을 셋으로 나눈 것의 마지막 부분. 늙은 뒤의 운수나 처지를 이름.
• 여대치다 뺨치게 뛰어나다.
• 애자진하다 애를 끓이다. 속을 태우며 안달하다.
• 죄다짐 죄에 대한 갚음.
• 재갸 자기.

가만있자, 열여섯 살에 아저씨네 집으로 시집을 갔다니깐, 그게 내가 세 살 적이니 꼬박 열여덟 해로군. 열여덟 해면 이십 년 아니요.

그때 우리 아저씨 양반은 나이 어리기도 했지만, 공부를 한답시고 서울로 동경으로 십여 년이나 돌아다녔고, 조금 자라서 색시 재미를 알 만하니까는 누가 이쁘달까봐 이혼하자고 아주머니를 친정으로 쫓고는 도무지. 불고(不顧)*를 하고……

공부를 다 마치고 오더니만, 그 담에는 그놈의 짓에 들입다 발광해 다니면서 명색 학생 출신이라는 딴 여편네를 얻어 살았지요. 그 여편네는 나도 몇 번 보았지만 상판대기라고 별반 출* 수도 없이 생겼습디다. 그 인물로 남의 첩이야? 일색소박은 있어도 박색소박은 없다더니, 사실 소박맞은 우리 아주머니가 그 여편네게다 대면 월등 이뻤다우.

그래 그 뒤에, 그 양반은 필경 붙들려가서 오 년이나 전중이*를 살았지요. 그동안에 아주머니는 시집이고 친정이고 모두 폭 망해서 의지가지없이 됐지요.

그러니 어떻게 해요? 자칫하면 굶어 죽을 판인데.

할 수 없이 얻어먹고 살기도 해야 하려니와 또 아저씨 나오는 것도 기다려야 한다고 나를 반연* 삼아 서울로 올라왔더군요. 그게 그러니까 아저씨가 나오던 그 전해로군.

그때 내가 나이는 어려도 두루 납뛴 보람이 있어서 이내 구라다상네 식모로 들어갔지요.

그 무렵에 참 내가 아주머니더러 여러 번 권면을 했지요. 그러지 말고 개가(改嫁)를 가라고. 글쎄 어린 소견에도 보기에 퍽 딱하고 민망합

* 불고 돌보지 아니함.
* 추다 (다른 사람의 기분을 맞추기 위해) 훌륭하다거나 뛰어나고 말해 줌.
* 전중이 징역살이하는 사람을 속되게 이르는 말.
* 반연(攀緣) 무엇에 이르기 위한 연줄.

디다.

계제에 마침 또 좋은 자리가 있었고요. 미네상이라고 미쓰꼬시 앞에
서 바나나 다다끼우리[*]를 하는 인데 사람이 퍽 좋아요.

우리 집 다이쇼(주인)도 잘 알고 하는데, 그이가 늘 나더러 죄선 오깜
상[*]하구 살았으면 좋겠다고, 중매 서달라고 그래쌌어요.

돈은 모아둔 게 없어도 다 벌어먹고 살 만하니까 그런 사람 만나서 살
면 아주머니도 신세 편할 게 아니라구요?

그런 걸 글쎄 몇 번 말해도 흉한 소리 말라고 들질 않는 걸 어떡하나요.

아무튼 그런 것 말고라도 참, 흰말[*]이 아니라 이날 이때까지 내가 그
아주머니 뒤도 많이 보아주었다우. 또 나도 그럴 만한 은공이 없잖아
있구요.

내가 일곱 살에 부모를 잃었지요. 그러고 나서 의탁할 곳이 없이 됐
는데 그때 마침 소박을 맞고 친정살이를 하는 그 아주머니가 나를 데려
다가 길러주었지요.

그때만 해도 그 집이 그다지 군색하게 지내진 않았으니깐요. 아주머
니도 아주머니지만 종조할머니[*]며 할아버지도 슬하에 딴 자손이 없어서
나를 퍽 귀애하셨지요.[*]

열두 살까지 그 집에서 자랐군요.

사 년이나마 보통학교도 다녔고.

아마 모르면 몰라도 그 집안이 그렇게 치패하지만[*] 않았으면 나도 그

- **다다끼우리** 타타키우리(たたき売り). '염가 판매'의 일본어.
- **오깜상** 오카미상(御上さん). '남의 아내, 여주인'을 뜻하는 일본어.
- **흰말** 흰소리의 방언으로 터무니없는 자랑을 하며 떠벌리거나 거들먹거리며 허풍을 떠는 말.
- **종조할머니** 할아버지의 남자 형제인 종조할아버지의 아내.
- **귀애(貴愛)하다** 귀엽게 여겨 사랑하다.
- **치패(致敗)하다** 살림이 아주 결딴나다.

냥 붙어 있어서 시방쯤은 전문학교까지는 다녔으리다.

이런 은공이 있으니까 나도 그걸 저버리지 않고 그래서 내 깜냥에는 갚을 만치 갚노라고 갚은 셈이지요.

하기야 요새도 간혹 아주머니가 찾아와서 양식 없다는 사정을 더러 하곤 하는데 실토정° 말이지 좀 성가시기는 해요.

그러는 족족 그 수응을 하자면 내 일을 못 하겠는걸. 그래 대개 잘라 떼기는 하지요.

그렇지만 그 밖에, 가령 양 명절° 때면 고깃근이라도 사보낸다든지, 또 오며가며 들러서 이야기낱이라도 한다든지, 그런 걸 결단코 범연히 하진 않으니까요.

아무튼 그래서 아주머니는 꼬박 일 년 동안 구라다상네 집 오마니로 있으면서 월급 오 원씩 받는 걸 그래도 고스란히 저금을 하고, 또 틈틈이 삯바느질을 맡아다가 조끔씩 벌어 보태고, 또 나올 무렵에 구라다상네 양주°가 퍽 기특하다고 돈 칠 원을 상급으로 주고, 그런 게 이럭저럭 돈 백 원이나 존존히 됐지요.

그 돈으로 방 한 간 얻고 살림 나부랑이도 조금 장만하고 그래놓고서 마침 그 알량꼴량한° 서방님이 놓여나오니까 그리로 모셔들였지요.

놓여나는 날 나도 가서 보았지만, 가막소(감옥) 문 앞에 막 나서자 아주머니가 기다리고 있으니까 그래도 눈물이 핑 돌던데요.

전에 그렇게도 죽을둥살둥 모르고 좋아하던 첩년은 꼴도 안 뵈구요. 남의 첩년이란 건 다 그런 거지요,

우리 아저씨 양반은 혹시 그 여편네가 오지 않았나 하고 사방을 휘휘

° 실토정(實吐情) 사정이나 심정을 솔직하게 말함.
° 양 명절 설과 추석.
° 양주(兩主) 바깥주인과 안주인이라는 뜻으로, '부부'를 아울러 이르는 말.
° 알량꼴량하다 몰골이 사납고 보잘것없다.

둘러보던데요. 속이 그렇게 없다니까. 여편네는커녕 아주머니하고 나하고 그 외는 어리친[*] 개새끼 한 마리 없드라.

그래 막 자동차에 올라타려다가 피를 토했지요. 나중에 들었지만 가막소 안에서 달포 전부터 토혈을 했다나봐요.

그래 다 죽어가는 반송장을 업어오다시피 해다가 뉘어놓고, 그날부터 아주머니는 불철주야로 할 짓 못할 짓 다 해가면서 부스대고 납뛴 덕에 병도 차차로 차도가 있고, 그러더니 인제는 완구히 살아는 났지요. 뭐 참 시방은 용꼴인걸요, 용 꼴.

부인네 정성이 무서운 겝다.

꼬박 삼 년이군. 나 같으면 돌아가신 부모가 살아오신대도 그 짓 못해요.

자, 그러니 말이지요. 우리 아저씨라는 양반이 작히나 양심이 있고 다 그럴 양이면, 어허, 내가 어서 바삐 몸이 충실해져서, 어서 바삐 돈을 벌어다가 저 아내를 편안히 거느리고 이 은공과 전날의 죄를 갚아야 하겠구나…… 이런 맘을 먹어야 할 게 아니라구요?

아주머니의 은공을 갚자면 발에 흙이 묻을세라 업고 다녀도 참 못다 갚지요.

그러고저러고 간에 자기도 인제는 속 차려야지요. 하기야 속을 차려서 무얼 하재도 전과자니까 관리나 또 회사 같은 데는 들어가지 못하겠지만, 그야 자기가 저지른 일인 걸 누구를 원망할 일도 아니고, 그러니 막 벗어부치고 노동이라도 해야지요.

대학교 출신이 막벌이 노동이란 게 꼴 가관이지만 그래도 할 수 없지, 뭐.

그런 걸 보고 가만히 나를 생각하면, 만약 우리 종조할아버지네 집안

• 어리치다 독한 냄새나 밝은 빛 따위의 심한 자극으로 정신이 흐릿해진다.

이 그렇게 치패를 안해서 나도 전문학교나 대학교를 졸업을 했으면, 혹시 우리 아저씨 모양이 됐을지도 모를 테니 차라리 공부 많이 않고서 이 길로 들어선 게 다행이다…… 이런 생각이 들어요.

사실 우리 아저씨 양반은 대학교까지 졸업하고도 인제는 기껏 해먹을 거란 막벌이 노동밖에 없는데, 보통학교 사 년 겨우 다니고서도 시방 앞길이 환히 트인 내게다 대면 고쓰까이˚만도 못하지요.

아, 그런데 글쎄 막벌이 노동을 하고 어쩌고 하기는커녕 조금 바스스 살아날 만하니까 이 주책꾸러기 양반이 무슨 맘보를 먹는고 하니, 내 참 기가 막혀!

아니, 그놈의 것하고는 무슨 대천지원수가 졌단 말인지, 어쨌다고 그걸 끝끝내 하지 못해서 그 발광인고?

그러나마 그게 밥이 생기는 노릇이란 말이지? 명예를 얻는 노릇이란 말인지. 필경은 붙잡혀가서 징역 사는 놀음?

아마 그놈의 것이 아편하고 꼭 같은가봐요. 그렇길래 한 번 맛을 들이면 끊지를 못하지요?

그렇지만 실상 알고 보면 그게 그다지 재미가 난다거나 맛이 있다거나 그런 것도 아니더군그래요. 불한당패든데요. 하릴없이 불한당팹니다.

저, 서양 어디선가, 일하기 싫어하는 게으름뱅이 몇 놈이 양지쪽에 모여앉아서 놀고먹을 궁리를 했더라나요. 우리 집 다이쇼가 다 자상하게 이야기를 해줍디다.

게, 그 녀석들이 서루 구누˚를 하기를, 자 이 세상에는 부자가 있고 가난한 사람이 있고 하니 그건 도무지 공평한 일이 아니다. 사람이란 건 이목구비하며 사지육신을 꼭 같이 타고났는데, 누구는 부자로 잘살고

˚ **고쓰까이** 코즈카이(小使). '사환'의 일본어.

˚ **구누** '군호(軍號)'의 사투리. 서로 눈짓이나 말 따위로 몰래 연락하는 일.

누구는 가난하다니 그게 될 말이냐. 그러니 부자가 가진 것을 우리 가난한 사람들하고 다 같이 고르게 노나먹어야 경우가 옳다.

야, 그거 옳은 말이다. 야, 그 말 좋다. 자, 노나먹자.

아, 이렇게 설도°를 해가지고 우 하니 들고 일어났다는군요.

아니, 그러니 그게 생날불한당 놈의 짓이 아니고 무어요?

사람이란 것은 제가끔 분지복°이 있어서 기수°를 잘 타고나든지 부지런하면 부자가 되는 법이요, 복록을 못 타고나든지 게으른 놈은 가난하게 사는 법이요, 다 이렇게 마련인데, 그거야말로 공평한 천리인 것을, 됩다° 불공평하다니 될 말이요? 그리고서 억지로 남의 것을 뺏어먹자고 들다니 그놈들이 불한당이지 무어요.

짓이 불한당 짓일 뿐 아니라, 또 만약에 그러기로 들면 게으른 놈은 점점 더 게으름만 부리고 쫓아다니면서 부자 사람네가 가진 것만 뺏어먹을 테니 이 세상은 통으로 도적놈의 판이 될 게 아니요? 그나마 부자 사람네가 모아둔 걸 다 뺏기고 더는 못 먹여내는 날이면 그때는 이 세상 망하는 날이 아니오?

저마다 남이 농사지어놓으면 그걸 뺏어먹으려고 일 않고 번둥번둥 놀 것이고, 남이 옷감 짜노면 그걸 뺏어다가 입으려고 번둥번둥 놀 것이고 그럴 테니 대체 곡식이며 옷감이며 그런 것이 다 어디서 나올 데가 있어야지요. 세상 망할밖에!

글쎄 그놈의 짓이 그렇게 세상 망쳐놀 장본인 줄은 모르고서 가난한 놈들, 그중에도 일하기 싫은 게으름뱅이들이 위선 당장 부자 사람네 것을 뺏어먹는다니까 거기 혹해가지골랑 너두나두 와 하니 참섭°을 했다

• **설도** 설두(設頭). 앞장서서 일을 주선함.
• **분지복**(分之福) 각자 타고난 복.
• **기수** 저절로 오고 가고 한다는 길흉화복의 운수.
• **됩다** 도리어.

는구려.

바로 저 아라사가 그랬대요.

그래서 아니나다를까 농군들이 곡식을 안 만들기 때문에 사람이 수만 명씩 굶어 죽는다는구려. 빠안한 이치지 뭐.

위선 먹기는 곶감이 달다고 그 지랄들을 했다가 잘코사니야!

아 그런데, 그 못된 놈의 풍습이 삽시간에 동서양 각국 안 간 데 없이 퍼져가지골랑 한동안 내지에도 마구 굉장히 드세게 돌아다녔고, 내지가 그러니까 멋도 모르는 죄선 영감상들도 덩달아서 그 흉내를 냈다나요.

그렇지만 시방은 그새 나라에서 엄하게 밝히고 금하고 한 덕에 많이 누꿈해졌고 그런 마음 먹는 사람은 별반 없다나봐요.

그럴 게지 글쎄. 아 해서 좋을 양이면야 나라에선들 왜 금하며 무슨 원수가 졌다고 붙잡아다가 징역을 살리나요.

좋고 유익한 것이면 나라에서 도리어 장려하고 잘할라치면 상급도 주고 그러잖아요.

활동사진이며 스모(相撲)며 만자이(만담)며 또 왓쇼왓쇼랄지 세이레이 나가시(精靈流し)랄지 라디오 체조랄지 이런 건 다 유익한 일이니까 나라에서 설도도 하고 그러잖아요.

나라라는 게 무언데? 그런 걸 다 잘 분간해서 이럴 건 이러고 저럴 건 저러라고 지시하고, 그 덕에 백성들을 제가끔 제 분수대로 편안히 살도록 애써주는 게 나라 아니오?

* 참섭(參涉) 어떤 일에 끼어들어 간섭함.
* 아라사(俄羅斯) '러시아'의 음역어.
* 잘코사니야 고소하게 여겨지는 일. 주로 미운 사람이 불행을 당한 경우에 하는 말.
* 내지(內地) 외국이나 식민지에서 본국을 이르는 말. 여기선 일본을 가리킴.
* 누꿈하다 전염병이나 해충 따위의 퍼지는 기세가 매우 심하다가 조금 누그러져 약해지다.
* 왓쇼왓쇼 '영차영차'의 일본어. 여기서는 일본 전통 축제를 가리킴.
* 세이레이 나가시(精靈流し) 7월 보름에 제물을 강이나 바다에 띄우는 일본 불교 행사.

그놈의 것 사회주의만 하더라도 나라에서 금하질 않고 저희가 하는 대로 두어두었어 보아? 시방쯤 세상이 무엇이 됐을지······

다른 사람들도 낭패 본 사람이 많았겠지만 위선 나만 하더라도 글쎄 어쩔 뻔했어! 아무 일도 다 틀리고 뒤죽박죽이지.

내 이상과 계획은 이렇거든요.

우리 집 다이쇼가 나를 자별히 귀애하고 신용을 하니깐 인제 한 십 년만 더 있으면 한밑천 들여서 따로 장사를 시켜줄 그런 눈치거든요.

그러거들랑 그것을 언덕 삼아가지고 나는 삼십 년 동안 예순 살 환갑까지만 장사를 해서 꼭 십만 원을 모을 작정이요. 십만 원이면 죄선 부자로 쳐도 천석꾼이니, 머 떵떵거리고 살 게 아니라구요?

그리고 우리 다이쇼도 한 말이 있고 하니까 나는 내지인 규수한테로 장가를 들래요. 다이쇼가 다 알아서 얌전한 자리를 골라 중매까지 서준다고 그랬어요. 내지 여자가 참 좋지요.

나는 죄선 여자는 거저 주어도 싫어요.

구식 여자는 얌전은 해도 무식해서 내지인하고 교제하는 데 안되고, 신식 여자는 식자나 들었다는 게 건방져서 못쓰고, 도무지 그래서 죄선 여자는 신식이고 구식이고 다 제바리여요.˙

내지 여자가 참 좋지 뭐 인물이 개개 일자로 이쁘겠다 얌전하겠다 상냥하겠다, 지식이 있어도 건방지지 않겠다, 좀이나 좋아!

그리고 내지 여자한테 장가만 드는 게 아니라 성명도 내지인 성명으로 갈고 집도 내지인 집에서 살고 옷도 내지 옷을 입고 밥도 내지 식으로 먹고 아이들도 내지인 이름을 지어서 내지인 학교에 보내고······

내지인 학교라야지 죄선 학교는 너절해서 아이를 버려 놓기나 꼭 알맞지요.

• **제바리** 막일꾼들이 자기의 불만을 나타낼 때 하는 말.

그리고 말도 죄선말은 싹 걷어치우고 국어만 쓰고요.

이렇게 다 생활 법식부터도 내지인처럼 해야만 돈도 내지인처럼 잘 모으게 되거든요.

내 이상이며 계획은 이래서 이 십만 원짜리 큰 부자가 바루 내다뵈고, 그리로 난 길이 환하게 트이고 해서 나는 시방 열심으로 길을 가고 있는데, 글쎄 그 미쳐살미°든 놈들이 세상 망쳐버릴 사회주의를 하려 드니 내가 소름이 끼칠 게 아니라구요? 말만 들어도 끔찍하지!

세상이 망해서 뒤집히면 그래 나는 어쩌란 말인구? 아무것도 다 허사가 될 테니 그런 억울할 데가 있더람?

머 참, 우리 집 다이쇼 말이 일일이 지당해요.

여느 절도나 강도나 사기나 그런 죄는 도적이면 도적을 해가는 그 당장, 그 돈만 축을 내니까 오히려 죄가 가볍지만, 그놈의 것 사회주의인지 지랄인지는 온 세상을 뒤죽박죽을 만들어놓고 나라를 통째로 소란하게 하니까 도저히 용서할 수가 없대요.

용서라니! 나 같으면 그런 놈들은 모조리 쓸어다가 마구 그저 그냥……

그런 일을 생각하면, 털어놓고 말이지 우리 아저씬가 그 양반도 여간 불측스러 뵈질 않아요. 사실 아주머니만 아니면 내가 무슨 천주학이라고 나쁜 병까지 않는 그 양반을 찾아다니나요. 죽는대도 코도 안 풀어 붙일걸.

그러나마 전자의 죄상을 다 회개를 하고 못된 마음은 씻어버렸을 새 말이지, 머 헌 개꼬리 삼 년이라더냐, 종시 그 모양인걸요.

그러니깐 그가 밉살머리스러워서 더러 들렀다가 혹시 마주앉아도 위정° 뼈끝 저린 소리나 내쏘아주고 말을 따잡아가지골랑 꼼짝 못하게시

• 미쳐살미 미쳐 날뛰는 짓.
• 위정 '일부러'의 사투리.

리 몰아세주군 하지요.

저번에도 한번 혼을 단단히 내주었지요. 아, 그랬더니 아주머니더러 한다는 소리가, 그 녀석 사람 버렸더라고, 아무짝에도 못쓰게 길이 들었더라고 그러더라나요.

내 원, 그 소리를 듣고 하도 어처구니가 없어서!

대체 사람도 유만부동(類萬不同)•이지 그 아저씨가 나더러 사람 버렸느니 아무짝에도 못쓰게 길이 들었느니 하더라니, 원 입이 몇 개나 되면 그런 소리가 나오는 구멍도 있누?

죄선 벙어리가 다 말을 해도 나 같으면 할 말 없겠더구먼서도, 하면 다 말인 줄 아나봐?

이를테면 그게 명색 훈계 비슷한 거렷다? 내게다가 맞대놓고 그런 소리를 하다가는 되잡혀서 혼이 날 테니까 슬며시 아주머니더러 이르란 요량이던 게지?

기가 막혀서…… 하느님이 사람의 콧구멍 두 개로 마련하기 참 다행이야.

글쎄 아무려면 내가 재갸처럼 다 공부는 못하고 남의 집 고소(小僧)• 노릇으로 반또(番頭)• 노릇으로 이렇게 굴러먹을 값에 이래 보여도 표창을 두 번이나 받은 모범 점원이요, 남들이 똑똑하고 재주 있고 얌전하다고 칭찬이 놀랍고, 앞길이 환히 트인 유망한 청년인데, 그래 재갸 눈에는 내가 버린 놈이고 아무짝에도 못쓰게 길이 든 놈으로 보였단 말이지?

하하 오옳지! 거참 그렇겠군. 재갸는 재갸 하는 짓이 옳으니까 남의 하는 짓은 다 글렀단 말이렷다?

• 유만부동(類萬不同) 비슷한 것이 많으나 서로 같지는 아니함. 정도에 넘침. 또는 분수에 맞지 아니함.
• 고소 코조(こぞう, 小僧). '심부름꾼'의 일본어.
• 반또 반토(番頭). '지배인'의 일본어.

그러니까 나도 재갸처럼 그놈의 것 사회주의인지 급살 맞을 것인지나 하다가 징역이나 살고 전과자나 되고 폐병이나 앓고 다 그랬더라면 사람 버리지도 않고 아무짝에도 못쓰게 길든 놈도 아니고 그럴 뻔했군그래!

흥! 참……

제 밑 구린 줄 모르고서 남더러 어쩌고저쩌고한다는 게 꼭 우리 아저씨 그 양반을 두고 이른 말인가 봐.

그날도 실상 이랬더라우. 혼을 내주었더니 아주머니더러 그런 소리를 하더란 그날 말이오.

그날이 마침 내가 쉬는 날이길래 아주머니더러 할 이야기도 있고 해서 아침결에 좀 들렀더니, 아주머니는 남의 혼인집으로 바느질을 해주러 갔다고 없고, 아저씨 양반만 여전히 아랫목에 가서 드러누웠어요.

그런데 보니깐, 어디서 모두 뒤져냈는지 머리맡에다가 헌 언문 잡지를 수북이 싸놓고는 그걸 뒤져요.

그래 나도 심심 삼아 한 권 집어들고 떠들어보았더니, 머 읽을 맛이 나야지요.

대체 죄선 사람들은 잡지 하나를 해도 어찌 모두 그 꼬락서니로 해놓는지.

사진도 없지요, 망가(만화)도 없지요.

그러고는 맨판 까달스런 한문 글자로다가 처박아놓으니 그걸 누구더러 보란 말인고?

더구나 우리 같은 놈은 언문도 그런대로 뜯어보기는 보아도 읽기에 여간만 폐롭지가° 않아요.

그러니 어려운 언문하고 까다로운 한문하고를 섞어서 쓴 글은 뜻을 몰라 못 보지요. 언문으로만 쓴 것은 소설 나부랭인데 읽기가 힘이 들 뿐

● 폐롭다 성가시고 귀찮다.

아니라 또 죄선 사람이 쓴 소설이란 건 재미가 있어야죠. 그래서 나는 죄선 신문이나 죄선 잡지하구는 담쌓고 남 된 지 오랜걸요.

잡지야 머 『낑구』나 『쇼넹구라부』 덮어먹을 잡지가 있나요. 참 좋아요.

한문 글자마다 가나를 달아놓았으니 어떤 대문을 척 펴들어도 술술 내리 읽고 뜻을 횅하니 알 수가 있지요.

그리고 어떤 대문을 읽어도 유익한 교훈이나 재미나는 소설이지요.

소설 참 재미있어요. 그중에도 기꾸지 깡 소설!…… 어쩌면 그렇게도 아기자기하고도 달콤하고도 재미가 있는지. 그리고 요시까와 에이찌, 그이 소설은 진찐바라바라 하는 지다이모논 데 마구 어깻바람이 나구요.

소설이 모두 그렇게 재미가 있지요. 망가가 많지요. 사진이 많지요. 그러고도 값은 좀 헐하나요. 십오 전이면 바로 고 전달치를 사볼 수 있고 보고 나서는 오전에 도로 파는데요.

잡지도 기왕 하려거든 그렇게나 해야지, 죄선 사람들은 제엔장 큰소리는 곧잘 하더구만서도 잡지 하나 반반한 거 못 만들어내니!

그날도 글쎄 잡지가 그 꼴이라 아예 글을 볼 멋도 없고 해서 혹시 망가나 사진이라도 있을까 하고 책장을 후르르 넘기느라니깐 마침 아저씨 이름이 있겠나요! 하도 신통해서 쓰윽 펴들고 보았더니 제목이 첫 줄은 경제…… 무엇 어쩌구 쇠눈깔씩만 한 글자로 박아놓고 그 옆에다가는 사회…… 무엇 어쩌구 잔주를 달아났겠지요.

- 낑구 『킹구(キング, King)』. 일제 시대 잡지 이름.
- 쇼넹구라부 『쇼오넹쿠라부(しょうねんクラブ, 少年 Club)』. 일제 시대 잡지 이름.
- 가나 카나(假名). 일본 고유의 글자.
- 기꾸지 깡 기쿠치 간(菊池寬, 1888~1948). 일본의 소설가·극작가.
- 요시까와 에이찌 요시카와 에이지(吉川英治, 1892~1962). 일본의 소설가.
- 진찐바라바라 찬찬바라바라(ちゃんちゃんばらばら). '쟁강쟁강'의 일본어. 여기선 칼싸움을 가리킴.
- 지다이모노(時代物) 에도 시대 이전의 옛날 역사의 사건을 소재로 한 작품의 총칭.

그것만 보아도 벌써 그럴듯해요. 경제는 아저씨가 대학교에서 경제를 배웠다니까 경제 속은 잘 알 것이고, 또 사회는 그것 역시 사회주의를 했으니까 그 속도 잘 알 것이고, 그러니까 경제하고 사회주의하고 어떻게 서로 관계가 되는 것이며 어느 편이 옳다는 것이며 그런 소리를 썼을 게 분명해요.

머, 보나 안 보나 속이나 빠안하지요. 대학교까지 가설랑 경제를 배우고도 돈 모을 생각은 않고서 사회주의만 하고 다닌 양반이라 경제가 그르고 사회주의가 옳다고 우겨댔을 게니깐요.

아무렇든 아저씨가 쓴 글이라는 게 신기해서 좀 보아볼 양으로 쓰윽 훑어봤지요. 그러나 웬걸 읽어먹을 재주가 있나요.

글자는 아주 어려운 자만 아니면 대강 알기는 알겠는데, 붙여보아야 대체 무슨 뜻인지를 알 수가 있어야지요.

속이 상하길래 읽어보자던 건 작파˙하고서 아저씨를 좀 따잡고 몰아셀 양으로 그 대목을 차악 펴놨지요.

"아저씨?"

"왜 그러니?"

"아저씨가 여기다가 경제 무어라구 쓰구, 또 사회 무어라구 썼는데, 그러면 그게 경제를 하란 뜻이요? 사회주의를 하라는 뜻이요?"

"뭐?"

못 알아듣고 뚜릿뚜릿해요. 재가 쓰고도 오래돼서 다 잊어버렸거나 혹시 내가 말을 너무 까다롭게 내기 때문에 섬뻑˙ 대답이 안 나왔거나 그랬겠지요. 그래 다시 조곤조곤 따졌지요.

"아저씨…… 경제란 것은 돈 모아서 부자 되라는 거 아니요? 그런데

• **작파하다** 어떤 계획이나 일을 중도에 그만둠.

• **섬뻑** 곧바로.

사회주의란 것은 모아둔 부자 사람의 돈을 뺏어 쓰는 거 아니요?"

"이 애가 시방!"

"아니, 들어보세요."

"너, 그런 경제학, 그런 사회주의 어디서 배웠니?"

"배우나마나, 경제란 건 돈 많이 벌어서 애껴 쓰구 나머지 모아 두는 게 경제 아니요?"

"그건 보통, 경제한다는 뜻으로 쓰는 경제고, 경제학이니 경제적이니 하는 건 또 다르다."

"다를 게 무어요? 경제는 돈 모으는 것이고 그러니까 경제학이면 돈 모으는 학문이지요?"

"아니란다. 혹시 이재학(理財學)*이라면 돈 모으는 학문이라고 해도 근리할지* 모르지만 경제학은 그런 게 아니란다."

"아니 그렇다면 아저씨 대학교 잘못 다녔소. 경제 못하는 경제학 공부를 오 년이나 육 년이나 했으니 그게 무어란 말이요? 아저씨가 대학교까지 다니면서 경제 공부를 하구두 왜 돈을 못 모으나 했더니, 인제 보니깐 공부를 잘못해서 그랬군요!"

"공부를 잘못했다? 허허. 그랬을는지도 모르겠다. 옳다, 네 말이 옳아!"

이거 봐요 글쎄. 단박 꼼짝 못하잖아. 암만 대학교를 다니고, 속에는 육조를 배포했어도 그렇다니깐 글쎄……

"아저씨?"

"왜 그러니?"

"그러면 아저씨는 대학교를 다니면서 돈 모아 부자 되는 경제 공부를 한 게 아니라 모아둔 부자 사람네 돈 뺏어 쓰는 사회주의 공부를 했으

• 이재학(理財學) 경제학, 재정학 등 경제 현상을 연구하는 학문.
• 근리(近理)하다 이치에 거의 맞다.

니 말이지요……"

"너는 사회주의가 무얼루 알구서 그러냐?"

"내가 그까짓 걸 몰라요?"

한바탕 주욱 설명을 했지요.

내 얼굴만 물끄러미 올려다보고 누웠더니 피식 한 번 웃어요. 그러고는 그 양반이 하는 소리겠다요.

"그게 사회주의냐? 불한당이지."

"아니, 그럼 아저씨두 사회주의가 불한당인 줄은 아시는구려?"

"내가 언제 사회주의가 불한당이랬니?"

"방금 그러잖았어요?"

"글쎄, 그건 사회주의가 아니라 불한당이란 그 말이다."

"거 보시우! 사회주의란 것은 그렇게 날불한당이어요. 아저씨두 그렇다구 하면서 아니시래요?"

"이 애가 시방 입심 겨룸을 하재나!"

이거 봐요. 또 꼼짝 못하지요? 다 이래요 글쎄……

"아저씨?"

"왜 그러니?"

"아저씨두 맘 달리 잡수시오."

"건 어떻게 하는 말이야?"

"걱정 안되시우?"

"날 같은 사람이 걱정이 무슨 걱정이냐? 나는 네가 걱정이더라."

"나는 머 버젓하게 요량이 있는걸요."

"어떻게?"

"이만저만한가요!"

또 한바탕 주욱 설명을 했지요. 이 얘기를 다 듣더니 그 양반 한다는 소리 좀 보아요.

"너두 딱한 사람이다!"

"왜요?"

"……"

"아니, 어째서 딱하다구 그러시우?"

"……"

"네? 아저씨?"

"……"

"아저씨?"

"왜 그래?"

"내가 딱하다구 그러셨지요?"

"아니다. 나 혼자 한 말이다."

"그래두……"

"이 애?"

"네?"

"사람이란 것은 누구를 물론허구 말이다. 아첨하는 것같이 더러운 게 없느니라."

"아첨이요?"

"저, 위로는 제왕, 밑으로는 걸인, 그 모든 사람이 위선 시방 이 제도의 이 세상에서 말이다, 제가끔 제 분수대루 살아가는 데 있어서 말이다, 제 개성을 속여 가면서꺼정 생활에다가 아첨하는 것같이 더러운 것이 없고, 그런 사람같이 가련한 사람은 없느니라. 사람이란 건 밥 두 그릇이 하필 밥 한 그릇보다 더 배가 부른 건 아니니까."

"그건 무슨 뜻인데요?"

"네가 일본인 여자와 결혼을 해서 성명까지 갈고 모든 생활 법도를 일본화하겠다는 것이 말이다."

"네, 그게 좋잖어요?"

"그것이 말이다. 진실로 깊은 교양이나 어진 지혜의 판단에서 우러나온 것이라면 그도 모를 노릇이겠지. 그렇지만 나는 보매 네가 그런다는 것은 다른 뜻으로 그러는 것 같다."

"다른 뜻이라니요?"

"네 주인의 비위를 맞추고 이웃의 비위를 맞추고 하자고……"

"그야 물론이지요! 다이쇼의 신용을 받어야 하고, 이웃 내지인들하구도 좋게 지내야지요. 그래야 할 게 아니겠어요?"

"……"

"아저씨는 아직두 세상 물정을 모르시요. 나이는 나보담 많구 대학교 공부까지 했어도 일찌감치 고생살이를 한 나만큼 세상 물정은 노듭니다. 시방이 어느 세상인데 그러시우?"

"이 애?"

"네?"

"네가 방금 세상 물정이랬지?"

"네."

"앞길이 환하니 틔었다구 그랬지?"

"네."

"환갑까지 십만 원 모은다구 그랬지?"

"네."

"네가 말하는 세상 물정하구 내가 말하려는 세상 물정하구 내용이 다르기도 하지만 세상 물정이란 건 그야말로 그리 만만한 게 아니다."

"네?"

"사람이란 건 제아무리 날구 뛰어도 이 세상에 형적 없이 그러나 세차게 주욱 흘러가는 힘, 그게 말하자면 세살 물정이겠는데, 결국 그것의 지배하에서 그것을 따라가지 별수가 없는 거다."

"네?"

"쉽게 말하면 계획이나 기회를 아무리 억지루 만들어놓아도 결과가 뜻대루는 안된단 말이다."

"젠장, 아저씨두…… 요전 『낑구』라는 잡지에두 보니까, 나뽀레옹이라는 서양 영웅이 그랬답디다. 기회는 제가 만든다구. 그리고 불가능이란 말은 바보의 사전에서나 찾을 글자라구요. 아 자꾸자꾸 계획하구 기회를 만들구 해서 분투 노력해나가면 이 세상일 안되는 일이 어디 있나요? 한 번 실패하거든 갑절 용기를 내가지구 다시 일어서지요. 칠전팔기 모르시요?"

"나폴레옹도 세상 물정에 순응할 때는 성공했어도 그것에 거슬리다가 실패를 했더란다. 너는 칠전팔기해서 성공한 몇 사람만 보았지, 여덟 번 일어섰다가 아홉번째 가서 영영 쓰러지구는 다시 일지 못한 숱한 사람이 있는 건 모르는구나?"

"그래두 인제 두구 보시우. 나는 천하없어두 성공하구 말 테니…… 아저씨는 그래서 더구나 못써요? 일해보기두 전에 안될 줄로 낙심 먼저 하구……"

"하늘은 꼭 올라가 보구래야만 높은 줄 아니?"

원 마지막 가서는 할 소리가 없으니깐 동에도 닿지 않는˚ 비유를 가져다 둘러대는 걸 보아요. 그게 어디 당한 말인구? 안 올라가 보면 머 하늘 높은 줄 모를 천하 멍텅구리도 있을까?

그만 해두려다가 심심하길래 또 말을 시켰지요.

"아저씨?"

• 동에도 닿지 않다 조리에 맞지 않다.

"왜 그래?"

"아저씨는 인제 몸 다 충실해지면 어떡허실려우?"

"무얼?"

"장차……"

"장차?"

"어떡허실 작정이세요?"

"작정이 새삼스럽게 무슨 작정이냐?"

"그럼 아저씨는 아무 작정 없이 살어가시우?"

"없기는?"

"있어요?"

"있잖구?"

"무언데요?"

"그새 지내오던 대루……"

"그러면 저 거시키 무엇이냐, 도루 또 그걸……?"

"그렇겠지."

"아저씨?"

"……"

"아저씨?"

"왜 그래?"

"인제 그만두시우."

"그만두라구?"

"네."

"누가 심심소일루 그러는 줄 아느냐?"

"그렇잖구요?"

"……"

“아저씨?”

“……”

“아저씨?”

“왜 그래?”

“아저씨 올에 몇이지요?”

“서른셋.”

“그러니 인제는 그만큼 해두고 맘 잡어서 집안일 할 나이두 아니요?”

“집안일을 해서 무얼 하나?”

“그렇기루 들면 그 짓은 해서 또 무얼 하나요?”

“무얼 하려구 하는 게 아니란다.”

“그럼, 아무 희망이나 목적이 없으면서 그래요?”

“목적? 희망?”

“네.”

“개인의 목적이나 희망은 문제가 다르니까…… 문제가 안되니까……”

“원, 그런 법도 있나요?”

“법?”

“그럼요!”

“법이라!……”

“아저씨?”

“……”

“아저씨.”

“왜 그래?”

“아주머니가 고맙잖습디까?”

“고맙지.”

“불쌍하지요?”

"불쌍? 그렇지, 불쌍하다면 불쌍한 사람이지!"

"그런 줄은 아시느만?

"알지."

"알면서 그러시우?"

"고생을 낙으로, 그 쓰라린 맛을 씹고 씹고 하면서 그것에서 단맛을 알어내는 사람도 있느니라. 사람도 있는 게 아니라 사람마다 무슨 일에고 진정과 정신을 꼬박 거기다가만 쓰면 그렇게 되는 법이니라. 그러니까 그쯤 되면 그때는 고생이 낙이지. 너이 아주머니만 두고 보더래도 고생이 고생이면서 고생이 아니고 고생하는 게 낙이란다."

"그렇다고 아저씨는 그걸 다행히만 여기시우?"

"아니."

"그러거들랑 아저씨두 아주머니한테 그 은공을 더러는 갚어야 옳을 게 아니요?"

"글쎄, 은공을 모르는 건 아니지만……"

"그러니 인제 병이나 확실히 다 나신 뒤엘라컨……"

"바빠서 원……"

글쎄 이 한다는 소리 좀 보지요? 시치미 뚜욱 따고 누워서 바쁘다는군요! 사람 속 차릴 여망* 없어요. 그저 어디로 대나 손톱만치도 쓸모는 없고 남한테 사폐만 끼치고, 세상에 해독만 끼칠 사람이니, 머 하루바삐 죽어야 해요. 죽어야 하고, 또 죽어서 마땅해요. 그런데 글쎄 죽지를 않고 꼼지락꼼지락 도로 살아나니 성화라고는, 내……

『동아일보』(1938. 3. 7~14); 『잘난 사람들』(민중서관 1948)

---

* 여망(餘望) 아직 남은 희망.

1 소설을 통해 알 수 있는 '아저씨'에 대한 정보를 찾아 써 보고, 소설 속의 '아저씨'는 어떤 사람인지 말해보세요.

2 서술자 '나'는 '아저씨'와는 대비되는 인물입니다. 소설에 나타나 있는 '나'에 대한 정보를 찾아보세요.

3 서술자 '나'는 아저씨에 대해 부정적인 평가를 하고있습니다. 그 이유는 무엇인가요?

1 서술자 '나'의 '이상과 계획'은 무엇인가요? 일제 강점기라는 시대적 배경을 바탕으로 생각해 보세요.

2 작가는 서술자 '나'를 통해 궁극적으로 무엇을 비판하고자 하였나요? 소설의 제목인 '치숙'과 연관 지어 생각해 보세요.

파릇파릇! 생각의 숲 가꾸기

1 1920~30년대의 사회주의자인 '아저씨'가 꿈꾸던 희망과 목적은 무엇이었을까요? 그리고 그것이 '나'의 '이상과 계획'과는 어떻게 다른지 생각해 보고 현재의 독자로서 이를 평가하는 글을 써 보세요.

Tip+

- '풍자소설'의 효과와 그 대상은 무엇인가요?
- 일제 강점기라는 시간적 배경을 생각하면서 '나'의 '이상과 계획'에 대해 생각해 보세요.
- '아저씨'는 '나'에게 "너두 딱한 사람이다!"라고 말합니다. 그 이유는 무엇일까요?
- 사회주의의 이상에 대해 생각해 보고, 이를 당시 조선 현실의 문제와 연관 지어 생각해 보세요.
- 우리 사회에서 외면당하고 있는 '이상'에는 어떤 것이 있을까요? 그것의 긍정적 측면과 부정적 측면에 대해 말해 보세요.
- 여러분이라면 어떤 방식의 삶을 선택하여 살고 싶나요?

1920년대 우리나라의 지식인층에서 유행하던 사회주의 운동은 지주 및 자본가에 맞서 노동자의 권리를 찾는 운동이었다. 동시에 일본의 지배 하에 있던 조선의 해방 투쟁이기도 했다. '아저씨'가 꿈꾸던 희망과 목적은 모든 국민이 평등하게 나눠 갖고 누릴 수 있는 사회, 그리고 조선의 독립과 해방이었을 것이다.

그러나 '나'에게 있어 '가진 것을 사람들과 공평하게 나누는 것'은 '부랑당 짓'과 같은 행위다. '나'가 생각하는 이상적인 삶은, 일본인 여자와 결혼하여 "삼십 년 동안 장사를 해서 꼭 십만 원"을 모으는 것이다. 즉, 자신의 부귀와 안락한 삶이다. '나'에게 민족이 처한 현실이나 조국의 미래 등은 안중에 없다. 자신만을 위한 이기적인 태도로 친일적인 가치를 내면화한 부정적인 인물인 것이다.

물론 현대의 관점으로 보았을 때 우리 사회는 사회주의자, 공산주의자에 대한 편견이 있는 것이 사실이다. 그러나 당대의 시대적 맥락에서 그들이 꿈꾸던 사회는 궁극적으로 억압받는 민족의 해방이었음을 알 수 있다. 무기력하고 무책임한 '아저씨'의 태도도 일본의 억압에 좌절된 나약한 지식인의 면모를 대변하고 있는 것이라 할 수 있다. 그러므로 오늘날에도 역시 풍자의 대상은 '아저씨'가 아닌 '나'의 친일적이고 기회주의적인 가치관이다.

국가가 위기에 놓여 있을 때 개인은 어떠한 삶의 자세를 취해야 할까? 개인의 삶은 절대 그가 속한 국가나 사회와 무관할 수 없다. 이 소설을 통해 개인의 이익만을 생각하는 이기적인 삶과 타인 및 공동체를 생각하는 삶에 대해 무엇이 옳은가를 진지하게 고민해볼 수 있었다.

해방 전후_한 작가의 수기

이태준(강원도 철원, 1904년 11월 4일~1970년 ?월)

1933년 '구인회'에 참여하며 『달밤』(1935), 『까마귀』(1937) 등과 같은 단편집들을 연이어 발표했고, 1939년에는 『문장』지를 주관하기도 합니다. 중편소설 「해방 전후」로 조선문학가동맹이 제정한 '조선문학상'을 수상합니다. 광복 이전의 작품들(「오몽녀」, 「달밤」, 「까마귀」, 「복덕방」, 「패강랭」, 「돌다리」 등)은 인간 세정에 대한 섬세한 묘사와 사물에 대한 온정적 시선 등으로 서정성과 예술적 완성도를 높였다는 평가를 받았습니다. 그러나 광복 이후인 1946년경 월북했으며, 특히 한국전쟁 무렵에 쓴 작품들에서는 사회주의적 색채를 담으려는 작가의 노력이 뚜렷이 엿보입니다.

🖊 작품소개

 이 작품은 1946년에 발표된 중편소설로 '한 작가의 수기(手記)'라는 부제를 달고 있습니다. 이 작품으로 작가는 제1회 '해방문학상'을 수상하지요. 그만큼 이 작품은 작가 자신의 체험을 담은 자천적 소설임과 동시에, 해방 전후 우리나라의 혼란스러운 정세와 그 속에서 지식인들이 겪었던 갈등을 매우 진솔하고도 실감나게 그려낸 작품인 셈입니다. 우리는 종종 친일 작가들이나 그들이 쓴 작품들을 보며 분노의 감정을 터뜨립니다. '한 나라의 지식인으로서 어떻게 그럴 수가 있단 말인가?' 하고 말이지요. 어쩌면 이 소설 「해방 전후」를 읽으면서 여러분은 그들이 처한 상황을 한층 더 실감나게 짐작할 수 있게 되지 않을까 싶습니다. 어떤 상황에서, 어떤 마음으로 그들은 그런 선택을 하게 되었을까요? 또는 어떤 방식으로 그런 선택을 용케 피할 수 있었던 것일까요?

 이 소설의 주인공 '현(玄)' 역시 일제에 대한 협력을 끊임없이 강요당하는 식민지 지식인입니다. 그는 그러한 현실을 철저히 거부하지도, 그렇다고 적극적으로 부응하지도 못하며 살아가는 인물이지요. 그럼에도 그가 어떤 식으로든 일제에 대한 부역을 회피하고자 기를 썼다는 사실이야말로 우리가 쉽게 간과해서는 안 될 지점일지 모릅니다. 이 소설은 해방 직후의 정치적 혼란과 이데올로기의 대립 상황에서 당시의 지식인들이 각자 어떤 판단을 했는지, 어떤 모습으로 갈등 했는지를 생생히 보여주고 있습니다. 그야말로 살아 있는 역사 수업인 셈입니다. 특히 또 한 명의 주요 인물 '김직원'의 존재는 당대 지식인의 한 유형으로서 우리가 반드시 눈여겨볼 필요가 있습니다. 그리고 그에 대한 주인공 '현'의 인식 변화가 의미하는 것이 무엇인지에 대하여도 고민해 보면서 이 작품을 읽어 보기로 합시다.

17

해방 전후_한 작가의 수기

이태준

    호출장(呼出狀)이란 것이 너무 자극적이어서 시달서 (示達書)라 이름을 바꾸었다고는 하나, 무슨 이름의 쪽지이든, 그 긴치 않은● 심부름이란 듯이 파출소 순사가 거만하게 던지고 간, 본서(本署)에의 출두명령은 한결같이 불쾌한 것이었다. 현(玄) 자신보다도 먼저 얼굴빛이 달라지는 아내에게는 의례건으로 심상한 체하면서도 속으로는 정도 이상 불안스러워 오라는 것이 내일 아침이지만 이 길로 가 진작 떼우고 싶은 것이, 그래서 이날은 아무 일도 손에 잡히지 않고, 밥맛이 없고, 설치는 밤잠에 꿈자리조차 뒤숭숭한 것이 소심한 편인 현으로는 '호출장' 때나 '시달서' 때나 마찬가지곤 했다.

  현은 무슨 사상가도 주의자도, 무슨 전과자도 아니었다. 시골 청년들이 어떤 사건으로 잡히어서 가택수색을 당할 때 그의 저서가 한두 가지 나온다든지, 편지 왕래한 것이 한두 장 불거진다든지, 서울 가서 누구

● **긴치않다** 썩 그리 간절하지 않다. 그리 필요하지 않다.

를 만나보았느냐는 심문에 현의 이름이 끌려든다든지 해서, 청년들에게 제법 무슨 사상 지도나 하고 있지 않나 하는 혐의로 가끔 오너라가너라 하기 시작한 것이 인전 저들의 수첩에 준요시찰인(準要視察人) 정도로 는 오른 모양인데 구금을 할 정도라면 당장 데려갈 것이지 호출장이니 시달서니가 아닐 것은 짐작하면서도 번번이 불안스러웠고 더욱 이번에 는 은근히 마음 쓰이는 것이 없지도 않았다. 일반지원병제도와 학생특 별지원병제도 때문에 뜻 아닌 죽음이기보다, 뜻 아닌 살인, 살인이라도 내 민족에게 유일한 희망을 주고 있는 중국이나 영미나 소련의 우군(友 軍)을 죽여야 하는, 그리고 내 몸이 죽되 원수 일본을 위하는 죽음이 되 어야 하는, 이 모순된 번민으로 행여나 무슨 해결을 얻을까 해서 더듬고 더듬다가는 한낱 소설가인 현을 찾아와 준 청년도 한둘이 아니었다. 현 은 하루 이틀 동안에 극도의 신경쇠약이 된 청년도 보았고 다녀간 지 한 종일 뒤에 자살하는 유서를 보내온 청년도 있었다. 이런 심각한 민족의 번민을 현은 학병 자신이 아니라 해서 혼자 뒷날을 사려해가며 같은 불 행한 형제로서의 울분을 절제할 수는 없었다. 때로는 전혀 초면들이라 저 사람이 내 속을 떠보려는 밀정이나 아닌가 의심하면서도, 그런 의심 부터가 용서될 수 없다는 자책으로 현은 아무리 낯선 청년에게라도 일 러주고 싶은 말은 한마디도 굽히거나 남긴 적이 없는 흥분이곤 했다. 그 들을 보내고 고요한 서재에서 아직도 상기된 현의 얼굴은 그예 무슨 일 을 저지르고만 불안이었고 이왕 불안일 바엔 이왕 저지르는 바엔 이 한 걸음 한 걸음 절박해 오는 민족의 최후에 있어 좀 더 보람 있는 저지름 을 하고 싶은 충동도 없지 않았으나 그 자신 아무런 준비도 없었고 너무 나 오랫동안 굳어버린 성격의 껍데기는 여간 힘으로는 저 자신이 깨트 리고 솟아날 수가 없었다. 그의 최근작인 어느 단편 끝에서,

"한 사조(思潮)의 밑에 잠겨 사는 것도 한 물밑에 사는 넋일 것이다. 상

전벽해(桑田碧海)라 일러는 오나 모든 게 따로 대세의 운행이 있을 뿐 처음부터 자갈을 날라 메꾸듯 할 수는 없을 것이다."라고 한 구절을 되뇌면서 자기를 헐가로 규정해버리는 쓴웃음을 지을 뿐이었다.

"당신은 메칠 안 남았다고 하지만 특공댄(特攻隊)지 정신댄(挺身隊)지고 악지˙센 것들이 끝까지 일인일함(一人一艦)으로 뻐틴다면 아모리 물자 많은 미국이라고 일본 병정 수효만치야 군함을 만들 수 없을 거요. 일본이 망하기란 하늘에 별 따기 같은 걸 기다리나보오!"

현의 아내는 이날도 보송보송해 잠들지 못하는 남편더러 집을 팔고 시골로 가자 하였다. 시골 중에도 관청에서 동뜬˙ 두메로 들어가 자농(自農)이라도 하면서 하루라도 마음 편하게 배불리 살다 죽자 하였다. 그린 생각은 아내가 꼬드기기 전에 현도 미리부터 궁리하던 것이나 지금 외국으로는 나갈 수 없고 어디고 일본 하늘 밑인 바에야 그야말로 민불견리(民不見吏) 야불구폐(夜不狗吠)˙의 요순(堯舜) 때 농촌이 어느 구석에 남아 있을 것인가? 그런 도원경(桃源境)이 없다 해서 언제까지나 서울서 견딜 수 있느냐 하면 그런 것도 아니고 소위 시국물(時局物)이나 일문(日文)에의 전향이라면 차라리 붓을 꺾어 버리려는 현으로는 이미 생계에 꿀리는 지 오래며 앞으로 쳐다볼 것은 집밖에 없는데 집을 건드릴 바에는 곶감 꼬치로 없애기보다 시골로 가 다만 몇 마지기라도 땅을 잡아야 한다는 것이 상책이긴 하다. 그러나 성격의 껍데기를 깨치기처럼 생활의 껍데기를 갈아본다는 것도 그리 쉬운 일이 아니었다.

"좀더 정세를 봅시다."

이것이 가족들에게 무능하다는 공격을 일 년이나 두고 받아오는 현

• 악지 잘 안 될 일을 무리하게 해내려는 고집.
• 동뜬 다른 것들보다 훨씬 뛰어난.
• 민불견리(民不見吏) 야불구폐(夜不狗吠) "백성들은 아전들의 눈치를 볼 필요가 없고 밤에는 개도 짖지 않는다"라는 뜻으로, 관의 수탈이 없는 평온한 세상을 가리킨다.

의 태도였다.

　동대문서 고등계의 현의 담임인 쯔루다 형사는 과히 인상이 험한 사나이는 아니다. 저희 주임만 없으면 먼저 조선말로 '별일은 없습니다만 또 오시래 미안합니다'쯤 인사도 하곤 하는데 이날은 뒷박이마에 옴팡눈인 주임이 딱 뻗치고 앉아 있어 쯔루다까지도 현의 한참씩이나 수그리는 인사는 본 체 안 하고 눈짓으로 옆에 놓인 의자만 가리키었다.

　현은 모자가 아직 그들과 같은 국방모(國防帽) 아님을 민망히 주무르면서 단정히 앉았다. 형사는 무엇 쓰던 것을 한참 만에야 끝내더니 요즘 무엇을 하느냐 물었다. 별로 하는 일이 없노라 하니 무엇을 할 작정이냐 따진다. 글쎄요 하고 없는 정을 있는 듯이 웃어 보이니 그는 힐끗 저의 주임을 돌려보았다. 주임은 무엇인지 서류에 도장 찍기에 골독해 있다. 형사는 그제야 무슨 뚜껑 있는 서류를 끄집어내어 뚜껑으로 가리고 저만 들여다보면서 이렇게 물었다.

　"시국을 위해 왜 아모것도 안하십니까?"

　"나 같은 사람이 무슨 힘이 있습니까?"

　"그러지 말구 뭘 좀 허십시오. 사실인즉 도 경찰부에서 현 선생 같으신 몇 분에게, 시국에 협력하는 무슨 일 한 것이 있는가? 또 하면서 장차 어떤 방면으로 시국협력에 가능성이 있는가? 생활비가 어디서 나오는가? 이런 걸 조사해 올리란 긴급 지시가 온 겁니다."

　"글쎄올시다."

　하고 현은 더욱 민망해 쯔루다의 얼굴만 쳐다보는 수밖에 없었다.

　"그래두 뭘 허신다구 보고가 돼야 좋을걸요? 그 허기 쉬운 창씬(創氏) 왜 안허시나요?"

　수속이 힘들어 못하는 줄로 딱해하는 쯔루다에게 현은 역시 이것에 관해서도 대답할 말이 없었다.

"우리 따위 하층 경관이야 뭘 알겠습니까만 인전 누구 한 사람 방관적 태도는 용서되지 않을 겁니다."

"잘 보신 말씀입니다."

현은 우선 이번의 호출도 그 강압관념에서 불안해하던 구금(拘禁)이 아닌 것만 다행히 알면서 우물쭈물하던 끝에,

"그렇지 않아도 쉬 뭘 한 가지 해보려던 참입니다. 좋도록 보고해주십 시오."

하고 물러나왔고, 나오는 길로 그는 어느 출판사로 갔다. 그 출판사의 주문이기보다 그곳 주간을 통해 나온 경무국(警務局)의 지시라는, 그뿐만 아니라 문인 시국강연회 때 혼자 조선말로 했고 그나마 마지못해 춘향전 한 구절만 읽은 것이 군에서 말썽이 되니 이것으로라도 얼른 한 가지 성의를 보여야 좋으리라는 『대동아전기(大東亞戰記)』의 번역을 현은 더 망설이지 못하고 맡은 것이다.

심란한 남편의 심정을 동정해 안해는 어느 날보다도 정성들여 깨끗이 치운 서재에 일본 신문의 기리누끼˙를 한 뭉텅이 쏟아놓을 때 현은 일찍 자기 서재에서 이처럼 지저분함을 느껴본 적이 없었다.

'철 알기 시작하면서부터 굴욕만으로 살아온 인생 사십, 사랑의 열락도 청춘의 영광도 예술의 명예도 우리에겐 없었다. 일본의 패전기라면 몰라 일본에 유리한 전기(戰記)를 내 손으로 주무르는 건 무엇 때문인가?'

현은 정말 살고 싶었다. 살고 싶다기보다 살아 견디어내고 싶었다. 조국의 적일 뿐 아니라 인류의 적이요 문화의 적인 나찌스의 타도를 오직 사회주의에 기대하던 독일의 한 시인은 몰로또프가 히틀러와 악수를 하

● 기리누끼 (가위나 칼로) 오려 냄 또는 오려 낸 것.

고 독소중립조약(獨蘇中立條約)이 성립되는 것을 보고는 그만 단순한 생각에 절망하고 자살하였다 한다.

'그 시인의 판단은 경솔하였던 것이다. 지금 독소는 싸우고 있지 않은 가? 미·영·중도 일본과 싸우며 있다. 연합군의 승리를 믿자! 정의와 역사의 법칙을 믿자! 정의와 역사의 법칙이 인류를 배반한다면 그때는 절망하여도 늦지 않을 것이다!'

현은 집을 팔지는 않았다. 구라파에서 제2 전선이 아직 전개되지 않았고 태평양에서 일본군이 아직 라바울*을 지킨다고는 하나 멀어야 이삼 년이겠지 하는 심산으로 집을 최대한도로 잡혀만 가지고 서울을 떠난 것이다. 그곳 공의(公醫)를 아는 것이 반연*으로 강원도 어느 산읍이었다. 철도에서 팔십 리를 버스로 들어오는 곳이요, 예전엔 현감(縣監)이 있던 곳이나 지금은 면소와 주재소뿐인 한적한 구읍이다. 어느 시골서나 공의는 관리들과 무관하니 무엇보다 그 덕으로 징용이나 면할까 함이요, 다음으로 잡곡의 소산지니 식량 해결을 위해서요, 그러고는 가까이 임진강 상류가 있어 낚시질로 세월을 기다릴 수 있음도 현이 그곳을 택한 이유의 하나였다.

그러나 와서 실정에 부딪쳐보니 이 세 가지는 하나도 탐탁한 것은 아니었다. 면사무소엔 상장(賞狀)이 십여 개나 걸려 있는 모범 면장으로 나라에선 상을 타나 백성에겐 그만치 원망을 사는 이 시대의 모순을 이 면장이라고 예외일 리 없어 성미가 강직해 바른말을 잘 쏘는 공의와는 사이가 일찍부터 틀린 데다가, 공의는 육 개월이나 장기간 강습으로 이내 서울 가버리고 말았으니 징용 면할 길이 보장되지 못했고 그 외에 아

• 라바울 남서태평양, 멜라네시아의 뉴브리튼 섬 북동부에 있는 항구 도시. 공항이 있으며, 코프라·카카오·목재를 수출한다. 2차대전 때는 일본 해군 항공대의 기지가 있었다.
• 반연 무엇에 이르기 위한 연줄.

는 사람이라고는 공의의 소개로 처음 지면한 향교 직원(鄕校職員)으로 있는 분인데 일 년에 단 두 번 춘추 제향 때나 고을 사람들의 기억에서 살아나는 '김직원님'으로는 친구네 양식은커녕 자기 식구 때문에도 손이 흰, 현실적으로는 현이나 마찬가지의, 아직도 상투가 있는 구식 노인인 선비였다.

낚시터도 처음 와볼 때는 지척 같더니 자주 다니기엔 거의 십 리나 되는 고달픈 길일 뿐 아니라 하필 주재소 앞을 지나야 나가게 되었고 부장님이나 순사 나리의 눈을 피하려면 길도 없는 산등성이 하나를 넘어야 되는데 하루는 우편국 모퉁이에서 넌지시 살펴보니 카네무라라는 조선 순사가 눈에 띄었다. 현은 낚시 도구부터 질겁을 해 뒤로 감추며 한 걸음 물러서 바라보니 촌사람들이 무슨 나무껍질 벗겨온 것을 면서기들과 함께 점검하는 모양이다. 웃통은 속옷 바람이나 다리는 각반을 치고 칼을 차고 회초리를 들고 이 사람 저 사람에게 거드름을 부리고 있었다. 날래 끝날 것 같지 않아 현은 이번도 다시 돌아서 뒷산등을 넘기로 하였다.

길도 없는 가닥숲을 제치며 비 뒤의 미끄러운 비탈을 한참이나 헤매어서 비로소 펑퍼짐한 중턱에 올라설 때다. 멀지 않은 시야에 곰처럼 시커먼 것이 우뚝 마주 서는 것은 순사 부장이다. 현은 산짐승에게보다 더 놀라 들었던 두 손의 낚시 도구를 이번에는 펄썩 놓아버리었다.

"당신 어데 가오?"

현의 눈에 부장은 눈까지 부릅뜨는 것으로 보였다.

"네. 바람 좀 쏘이러요."

그제야 현은 대팻밥 모자를 벗으며 인사를 하였으나 부장은 이미 딴 쪽을 바라보는 때였다. 부장이 바라보는 쪽에는 면장도 서 있었고 자세히 보니 남향하여 큰 정구 코트만치 장방형으로 새끼줄이 치어져 있는

데 부장과 면장의 대화로 보아 신사(神社) 터를 잡는 눈치였다. 현은 말뚝처럼 우뚝이 섰을 뿐 어찌해야 좋을지 몰랐다. 놓아 버린 낚시 도구를 집어올릴 용기도 없거니와 집어올린댔자 새끼줄을 두 번이나 넘으면서 신사터를 지나갈 용기는 더욱 없었다. 게다가 부장도 면장도 무어라고 쑤군거리며 가끔 현을 돌아다본다. 꽃이라도 있으면 한 가지 꺾어 드는 체하겠는데 패랭이꽃 한 송이 눈에 띄지 않는다. 얼마 만에야 부장과 면장이 일시에 딴 쪽을 향하는 틈을 타서 수갑에 차였던 것 같던 현의 손은 날쌔게 그 시국에 태만한 증거물들을 집어들고 허둥지둥 그만 집으로 내려오고 만 것이다.

"아버지 왜 낚시질 안 가구 도로 오슈?"

현은 아이들에게 대답할 말이 미처 생각나지도 않았거니와 그보다 먼저 현의 뒤를 따라온 듯한 이웃집 아이 한 녀석이,

"너희 아버지 부장한테 들켜서 도루 온단다."

하는 것이었다.

낚시질을 못 가는 날은 현은 책을 보거나 그렇지 않으면 김직원을 찾아갔고 김직원도 현이 강에 나가지 않았음직한 날은 으레 찾아왔다. 상종한다기보다 모시어 볼수록 깨끗한 노인이요, 이 고을에선 엄연히 존경을 받아야 옳을 유일한 인격자요 지사였다. 현은 가끔 기인여옥(其人如玉)이란 이런 이를 가리킴이라 느끼었다. 기미년 삼일운동 때 감옥살이로 서울에 끌려왔었을 뿐, 조선이 망한 이후 한 번도 자의로는 총독부가 생긴 서울엔 오기를 피한 이다. 창씨를 안하고 견디는 것은 물론, 감옥에서 나오는 날부터 다시 상투요 갓이었다. 현과는 워낙 수십 년 연장(年長)인 데다 현이 한문이 부치어 그분이 지은 시를 알지 못하고 그분

• 기인여옥(其人如玉) 그 사람됨이 옥과 같이 고결하다는 뜻. 『시경(詩經)』「백구(白駒)」에 나오는 말.

이 신문학에 무관심하여 현대문학을 논담하지 못하는 것엔 서로 유감일 뿐, 불행한 족속으로서 억천 암흑 속에 일루의 광명을 향해 남몰래 더듬는 그 간곡한 심정의 촉수만은 말하지 않아도 서로 굳게 잡히고도 남아 한두 번 만남으로 서로 간담을 비추는 사이가 되었다.

하루저녁은 주름 잡히었으나 정채[•] 돋는 두 눈에 눈물이 마르지 않은 채 찾아왔다. 현은 아끼는 촛불을 켜고 맞았다.

"내 오늘 다 큰 조카자식을 행길에서 매질을 했소."

김직원은 그저 손이 부들부들 떨려 있었다. 조카 하나가 면서기로 다니는데 그의 매부, 즉 이분의 조카사위 되는 청년이 일본으로 징용당해 가던 도중에 도망해 왔다. 몸을 피해 처가에 온 것을 이곳 면장이 알고 그 처남더러 잡아오라 했다. 이 기미를 안 매부 청년은 산으로 뛰어올라 갔다. 처남 청년은 경방단[•]의 응원을 얻어 산을 에워싸고 토끼 삽듯 붙들어다 주재소로 넘기고 있다는 것이다.

"강박한 처남이로군!"

현도 탄식하였다.

"잡아오지 못하면 네가 대신 가야 한다고 다짐을 받았답디다만 대신 가기루서 제집으로 피해온 명색이 매부 녀석을 경방단들을 끌구 올라가 돌팔매질을 하면서꺼정 붙들어다 함정에 넣어야 옳소? 지금 젊은 놈들은 쓸개가 없습넨다!

"그러니 지금 세상에 부모기로니 그걸 어떻게 공공연히 책망하십니까?

분해 견딜 수가 있소! 면소서 나오는 놈을 노상이면 어떻소. 잠자코 한참 대실대[•]가 끊어져 나가도록 패주었지요. 맞는 제놈도 까닭을 알 게고 보는 사람들도 아는 놈은 알았겠지만 알면 대사요."

이날은 현도 우울한 일이 있었다. 서울 문인보국회(文人報國會)에서 문인궐기대회가 있으니 올라오라는 전보가 온 것이다. 현에게는 엽서 한 장이 와도 먼저 알고 있는 주재소에서 장문 전보가 온 것을 모를 리 없고 일본 제국의 흥망이 절박한 이때 문인들의 궐기대회에 밤낮 낚시질만 다니는 이자가 응하느냐 안 응하느냐는 주재소뿐 아니라 일본인이요 방공 감시 초장인 우편국장까지도 흥미를 가진 듯, 현의 딸아이가 저녁때 편지 부치러 나갔더니, 너희 아버지 내일 서울 가느냐 묻더라는 것이다.

김직원은 처음엔 현더러 문인궐기대회에 가지 말라 하였다. 가지 말라는 말을 들으니 현은 가지 않기가 도리어 겁이 났다. 그랬는데 다음날 두 번째 또 그 다음날 세번째의 좌우간 답전을 하라는 독촉전보를 받았다. 이것을 안 김직원은 그날 일찍이 현을 찾아왔다.

"우리 따위 노혼한* 것들이야 새 세상을 만난들 무슨 소용이리까만 현 공 같은 젊은이는 어떡하든 부지했다가 그예* 한몫 맡아주시오. 그러자면 웬만한 일이건 과히 뻗대지 맙시다. 징용만 면헐 도리를 해요."

그리고 이날은 가네무라 순사가 나타나서, 이틀밖에 안 남았는데 언제 떠나느냐, 떠나면 여행증명을 해가지고 가야 하지 않느냐, 만일 안 떠나면 참석 안하는 이유는 무엇이냐, 나중에는, 서울 가면 자기의 회중시계 수선을 좀 부탁하겠다 하고 갔다. 현은 역시,

'살고 싶다!'

또 한 번 비명(悲鳴)을 하고 하루를 앞두고 가네무라 순사의 수선할 시계를 맡아 가지고 궂은비 뿌리는 날 서울 문인보국회로 올라온 것이다.

현에게 전보를 세 번씩이나 친 것은 까닭이 있었다. 얼마 전에 시국

* 노혼한 늙어서 정신이 흐림.
* 그예 마지막에 가서는 기어이.

협력을 달갑게 여기지 않는 중견층 칠팔 인을 문인보국회 간부급 몇 사람이 정보과장과 하루저녁의 합석을 알선한 일이 있었는데 그날 저녁에 현만은 참석되지 못했으므로 이번 대회에 특히 순서 하나를 맡기게 되면 현을 위해서도 생색이려니와 그 간부급 몇 사람의 성의도 드러나는 것이었다. 현더러 소설부를 대표해 무슨 진언(眞言)을 하라는 것이었다. 현은 얼마 앙탈해보았으나 나타난 이상 끝까지 뻗대지 못하고 이튿날 대회장으로 따라나왔다. 부민관인 회장의 광경은 어마어마하였다. 모두 국민복에 예장(禮章)을 찼고 총독부 무슨 각하, 조선군 무슨 각하, 예복에, 군복에 서슬이 푸르렀고 일본 작가에 누구, 만주국 작가에 누구, 조선문단이 생긴 이후 첫 어마어마한 집회였다. 현은 시골서 낚시질 다니던 진흙 묻은 웃저고리에 바지만은 플란넬*를 입었으나 국방색도 아니요, 각반도 치지 않아 자기의 복장은 시국 색조에 너무나 무감각했음이 변명할 여지가 없게 되었다. 그러나 갑자기 변장할 도리도 없어 그래도 진행되는 절차를 바라보는 동안 현은 차차 이 대회에 일종 흥미도 없지 않았다. 현이 한동안 시골서 붕어나 보고 꾀꼬리나 듣던 단순해진 눈과 귀가 이 대회에서 다시 한 번 선명하게 느낀 것은 파쇼 국가의 문화 행정의 야만성이었다. 어떤 각하짜리는 심지어 히틀러의 말 그대로 문화란 일단 중지했다가도 필요한 때엔 일조일석에 부활시킬 수 있는 것이니 문학이건 예술이건, 전쟁 도구가 못 되는 것은 아낌없이 박멸하여도 좋다 하였고, 문화의 생산자인 시인이며 평론가며 소설가들도 이런 무장각하(武裝閣下)들의 웅변에 박수갈채할 뿐 아니라 다투어 일어서, 쓰러져가는 문화의 옹호이기보다는 관리와 군인의 저속한 비위를 핥기에만 혓바닥의 침을 말리었다. 그리고 현의 마음을 측은케 한 것은 그 핏기 없고 살 여윈 만주국 작가의 서투른 일본말로의 축사였다. 그 익

* 플란넬(flannel) 메리노 방모사(紡毛絲)로 짠 털이 보풀보풀한 모직물.

지 않은 외국어에 부자연하게 움직이는 얼굴은 작고 슬프게만 보였다. 조선 문인들의 일본말은 대개 유창하였다. 서투른 것을 보다 유창한 것을 보니 유쾌해야 할 터인데 도리어 얄미운 것은 무슨 까닭일까. 차라리 제 소리 이외에는 옮길 줄 모르는 개나 도야지가 얼마나 명예스러우랴 싶었다. 약소민족은 강대민족의 말을 배우기 시작하는 것부터가 비극의 감수(甘受)였던 것이다. 그렇다고 해서, 그러면 일본 작가들의 축사나 주장은 자연스럽게 보이고 옳게 생각되었느냐 하면 그것도 아니었다. 현의 생각엔 일본인 작가들의 행동이야말로 이해하기에 곤란하였다. 한때는 유종열(柳宗悅)* 같은 사람은, "동포여 군국주의를 버리라. 약한 자를 학대하는 것은 일본의 명예가 아니다. 끝까지 이 인륜을 유린할 때는 세계가 일본의 적이 될 것이니 그때는 망하는 것이 조선이 아니라 일본이 아닐 것인가?" 하고 외치었고, 한때는 히틀러가 조국이 없는 유태인들을 추방하고 진시황(秦始皇)처럼 번문욕례(繁文褥禮)*를 빙자해 철학·문학을 불지를 때 이전에 제법 항의를 결의한 문화인들이 일본에도 있지 않았는가? 그들은 지금 무엇을 하고 찍소리도 없는 것인가? 조선인이나 만주인의 경우보다는 그래도 조국이나 저희 동족에의 진정한 사랑과 의견을 외칠 만한 자유와 의무는 남아 있지 않을 것인가? 진정한 문화인의 양심이 아직 일본에 있다면 조선인과 만주인의 불평을 해결은커녕 위로조차 아니라 불평할 줄 아는 그 본능까지 마비시키려는 사이비 종교가만이 쏟아져 나오고 저희 민족문화의 발원지라고도 할 수 있는 조선의 문화나 예술을 보호는 못할망정, 야만적 관료의 앞잡이가 되어 조선어의 말살과 긴치 않은 동조론(同調論)이나 국민극(國民劇)의 앞잡이 따위로나 나와 돌아다니는 꼴들은 반세기의 일본문화란 너무나

• 유종열(柳宗悅) 야나기 무네요시. 조선총독부 건물을 지으려고 광화문 철거를 논의했을 때 적극 반대한 일본의 민예 연구가이자 미술 평론가.
• 번문욕례(繁文褥禮) 규칙, 예절, 절차 따위가 번거롭고 까다로움.

허무한 것이 아닌가? 물론 그네들도 양심 있는 문화인은 상당한 수난 (受難)일 줄은 안다. 그러나 너무나 태평무사하지 않은가? 이런 생각에서 펀뜻 박수소리에 놀라는 현은, 차츰 자기도 등단해야 될, 그 만주국 작가보다 더 비극적으로 얼굴의 근육을 경련시키면서 내용이 더 쿠린 일본어를 배설해야 될 것을 깨달을 때, 또 여태껏 일본 문화인들을 비난하며 있던 제 속을 들여다볼 때 '네 자신은 무어냐? 네 자신은 무엇 하러 여기 와 앉아 있는 거냐?' 현은 무서운 꿈속이었다. 뛰어도 뛰어도 그 자리에만 있는 꿈속에서처럼 현은 기를 쓰고 뛰듯 해서 겨우 자리를 일었다. 일어서고 보니 걸음은 꿈과는 달라 옮겨지었다. 모자가 남아 있는 것도 인식 못 하고 현은 모든 시선이 올가미를 던지는 것 같은 회장을 슬그머니 빠져나오고 말았다.

'어찌 될 것인가? 의장 가야마 선생은 곧 내가 나설 순서를 지적할 것이다. 문인보국회 간부들은 그 어마어마한 고급 관리와 고급 군인들의 앞에서 창씨 안 한 내 이름을 외치면서 찾을 것이다!'

위에서 누가 내려오는 소리가 난다. 우선 현은 변소로 들어섰다. 내려오는 사람은 절거덕절거덕 칼소리가 났다. 바로 이 부민관 식당에서 언젠가 한번 우리 문인들에게, 너희가 황국신민으로서 충성하지 않을 때는 이 칼이 너희 목을 용서하지 않을 것이다 하던 그도 우리 동포인 무슨 중좌인가 그자인지도 모르는데 절거덕 소리는 변소로 들어오는 눈치다. 현은 얼른 대변소 속으로 들어섰다. 한참 만에야 소변을 끝낸 칼소리의 주인공은 나가버리었다. 그러나 그 뒤를 이어 이내 다른 구두 소리가 들어선다. 누구이든 이 속을 엿볼 리는 없을 것이나, 현은, 그 시골서 낚시질을 가던 길 산등성이에서 순사부장과 맞닥뜨리었을 때처럼 꼼짝 못하겠다. 변기는 씻겨 내려가는 식이나, 상당한 무더위와 독하도록 불결한 내다. 현은 담배를 꺼내 피워 물었다. 아무리 유치장이나 감방

속이기로 이다지 좁고 이다지 더러운 공기는 아니리라 싶어 사람이 드나드는 곳 치고 용무(用務) 이외에 머무르기 힘든 곳은 변소 속이라 느낄 때, 현은 쓴웃음도 나왔다. 먼 삼층 위에선 박수소리가 울려왔다. 그러고는 조용하다. 조용해진 지 얼마 만에야 현은 밖으로 나왔다. 그리고 맨머릿바람인 채, 다시 한 번 될 대로 되어라 하고 시내에서 그중 동뜬 성북동에 있는 친구에게로 달려오고 만 것이다.

　어찌되었든 현이 서울 다녀온 보람은 없지 않았다. 깔끔하여 인사도 제대로 받지 않으려던 가네무라 순사가 시계를 고쳐다 준 이후로는 제법 상냥해졌고, 우편국장·순사부장·면장 들이 문인대회에서 전보를 세 번씩이나 쳐서 불러간 현을 그전보다는 약간 평가를 높이 하는 듯, 저희 편에서도 자진해 인사를 보내게끔 되어 이제는 그들이 보는데도 낚싯대를 어엿이 들고 지나다니게끔 되었다.
　낚시질은, 현이 사용하는 도구나 방법이 동양 것이어서 그런지는 몰라도 역시 동양적인 소견법(消遣法)˙의 하나 같았다. 곤드레˙가 그린 듯이 소식 없기를 오랠 때에는 그대로 강 속에 마음을 둔 채 졸고도 싶었고, 때로는 거친 목소리나마 한가락 노래도 흥얼거리고 싶은 것인데 이런 때는 신시(新詩)보다는 시조나 한시(漢詩)를 읊는 것이 제격이었다.

　소현의산각 관루사종현(小縣依山脚 官樓似鐘懸)
　관서제조리 청소낙화전(觀書啼鳥裏 聽訴落花前)
　봉박칭빈리 신한호산선(俸薄稱貧吏 身閑號散仙)
　신참조어사 월반재강변(新叅釣魚社 月半在江邊)

● 소견법(消遣法) 그럭저럭 마음을 붙여 세월을 보내는 방법.
● 곤드레 낚시의 찌.

현이 이곳에 와서 무엇이고 군소리 내고 싶은 때 즐겨 읊조리는 한 시다. 한번은 김직원과 글씨 이야기를 하다가 고비(古碑) 이야기가 나오고 나중에는 심심하니 동구(洞口)에 늘어선 현감비(縣監碑)들이나 구경 가자고 나섰다. 거기서 현은 가장 첫머리에 선 대산(對山) 강진(姜瑨)의 비를 그제야 처음 보았고 이조말 사가시(四家詩)의 계승자라고 하는 시인 대산이 한때 이곳 현감으로 왔던 사적을 반겨 놀라지 않을 수 없었다. 그 길로 김직원 댁으로 가서 두 권으로 된 이 『대산집(對山集)』을 빌리어다 보니 중년작은 거의가 이 산읍에 와서 지은 것이며 현이 가끔 올라가는 만경산(萬景山)이며 낚시질 오는 용구소(龍九沼)며 여조 유신(麗朝遺臣) 허모(許某)가 와 은둔해 있던 곳이라는 두문동(杜門洞)이며 진작 이 시인 현감의 시제(詩題)에 오르지 않은 구석이 별로 없다. 그는 일찍부터 '출재산수향(出宰山水鄕) 독서송계림(讀書松桂林)'의 한퇴지(韓退之)의 유풍을 사모하여 이런 산수향에 수령되어왔음을 매우 만족해한 듯하다. 새 우짖는 소리 속에 책을 읽고 꽃 흩는 나무 앞에서 백성의 시비를 가리는 것이라든지, 녹은 적으나 몸 한가한 것만 신선이어서 새로 낚시꾼들에 끼여 한 달이면 반은 강변에서 지내는 것을 스스로 호강스러워 예찬한 노래다. 벼슬살이가 이러할진 댄 도연명(陶淵明)인들 굳이 팽택령(彭澤令)을 버렸을 리 없을 것이다. 몸이야 관직에 매었더라도 음풍영월(吟風詠月)만 할 수 있으면 문학이었고 굳이 관대를 끄르고 전원에 돌아갔으되 역시 음풍영월만이 문학이긴 마찬가지였다.

'관서제조리, 청소낙화전! 이런 운치의 정치를 못 가져봄은 현대 정치인의 불행이라 할 수 있을 것이다. 그러나 다시 이런 운치 정치로 살 수

• '출재산수향(出宰山水鄕) 독서송계림(讀書松桂林)' "산수 좋은 고장에 고을살이 나가니 송·계(松桂)의 숲에서 책을 읽으리!"란 뜻으로 당나라의 유명한 문학가 한유(韓愈)가 지방의 수령으로 나가는 사람에게 지어준 시(詩)이다.

있는 세상이 올 수 있을 것인가? 음풍영월만으로 소견 못하는 것이 현대 문인의 불행이기도 할 것이다. 그러나 마찬가지로 음풍영월이 문학일 수 있는 세상이 다시 올 수 있을 것인가? 아니 그런 세상이 올 필요나 있으며 또 그런 것이 현대 정치가나 예술가의 과연 흠모하는 생활이며 명예일 수 있을 것인가?'

현은 무시로 대산의 시를 입버릇처럼 읊조리면서도 그것은 한낱 왕조시대(王朝時代)의 고완품(古玩品)을 애무하는 것 같은 취미요, 그것이 곧 오늘 자기 문학생활에 관련성을 가진 것이라고는 생각되지 않았다.

'그렇다고 나 자신이 걸어온 문학의 길은 어떠하였는가? 봉건시대의 소견문학과 얼마만 한 차이를 가졌는가?'

현은 이것을 붓을 멈추고 자기를 전망할 수 있는 피란처에 와서야, 또는 강대산 같은 전세대(前世代) 시인의 작품을 읽고야 비로소 반성하는 것은 아니었다. 현의 아직까지의 작품세계는 대개 신변적인 것이 많았다. 신변적인 것에 즐기어 한계를 둔 것은 아니나 계급보다 민족의 비애에 더 솔직했던 그는 계급에 편향했던 좌익엔 차라리 반감이었고 그렇다고 일제(日帝)의 조선민족정책에 정면 충돌로 나서기에는 현만이 아니라 조선문학의 진용 전체가 너무나 미약했고 너무나 국제적으로 고립해 있었다. 가끔 품속에 서린 현실자로서의 고민이 불끈거리지 않았음은 아니나 가혹한 검열제도 밑에서는 오직 인종(忍從)하지 않을 수 없었고 따라 체관(諦觀)의 세계로밖에는 열릴 길이 없었던 것이다.

'자, 인전 무엇을 어떻게 쓸 것인가? 일본이 망할 것은 정한 이치다. 미리 준비를 하자! 만일 일본이 망하지 않는다면 조선은 문학이니 문화니가 문제가 아니다. 조선말은 그예 우리 민족에게서 떠나고 말 것이니 그때는 말만이 아니라 민족 자체가 성격적으로 완전히 파산되고 마는 최후인 것이다. 이런 끔찍한 일본 군국주의의 음모를 역사는 과연 일본

에게 허락할 것인가?'

현은 아내에게나 김직원에게는 멀어야 이제부터 일 년이란 것을 누누이 역설하면서도 정작 저 혼자 따져 생각할 때는 너무나 정보에 어두워 있으므로 막연하고 불안하였다. 그러나 파시즘의 국가들이 이기기나 하면 어쩌나 하는 불안은 이내 사라졌다. 무솔리니의 실각, 제2 전선의 전개, 싸이판의 함락, 일본 신문이 전하는 것만으로도 전쟁의 대세는 이미 결정되어 있었다.

그렇다고 현은 붓을 들 수는 없었다. 자기가 쓰기는커녕 남의 것을 읽는 것조차 마음은 여유를 주지 않았다. 강가에 앉아 '관서제조리 청소 낙화전'은 읊조릴망정, 태서 대가들의 역작·명편은 도무지 머릿속에 들어오지 않아, 다시 읽은 『전쟁과 평화』를 일 년이 걸리어도 하권은 그예 못다 읽고 말았다. 집엔 들어서기만 하면 쌀 걱정, 나무 걱정, 방바닥 뚫어진 것, 부엌 불편한 것, 신발 없는 것, 옷감 없는 것, 약 없는 것, 나중엔 삼 년은 견딜 줄 예산한 집 잡힌 돈이 일 년이 못다 되어 바닥이 났다. 징용도 아직 보장이 되지 못하였는데 남자 육십 세까지의 국민의 용대 법령이 나왔다. 하루는 주재소에서 불렀다. 여기는 시달서도 없이 소사가 와서 이르는 것이니 불안하고 불쾌하긴 마찬가지다. 다만 그 불안을 서울서처럼 궁금한 채 내일까지 기다리는 것이 아니라 그길로 달려가 즉시 결과를 알 수 있는 것만 다행이었다.

주재소에는 들어설 수 없게 문간에까지 촌사람들로 가득하였다. 현은 자기를 부른 일과 무슨 관계가 있나 해서 가만히 눈치부터 살피었다. 농사진 밀보리는 종자도 남기지 않고 모조리 걷어들여오고 이름만 농가라고 배급은 주지 않으니 무얼 먹고 살라느냐, 밤낮 증산이니, 무슨 공출이니 하지만 먹어야 농사도 짓고 먹어야 머루덤불도, 관솔도, 참나무 껍질도 해다 바치지 않느냐, 면에다 양식 배급을 주도록 말해달라고 진정하러들 온 것이었다. 실실 웃기만 하고 앉았던 부장이 현을 보더니 갑자기 얼굴에 위엄을 갖추며 밖으로 나왔다.

"오늘은 낚시질 안 갔소?"

"안 갔습니다."

"당신을 징병단에도, 방공감시에도 뽑지 않은 것은 나라를 위해서 글을 쓰라고 그냥 둔 것인데 자꾸 낚시질만 다니니까 소문이 나쁘게 나는 것이오. 내가 어제 본서에 들어갔더니, 거긴, 이런 한가한 사람이 있어 버스에서 보면 늘 낚시질을 하니 그게 누구냐고 단단히 말을 합디다. 인전 우리 일본제국이 완전히 이길 때까지 낚시질은 그만둡시다."

현은,

"그렇습니까? 미안합니다."

하는 수밖에 없었다.

"그리고 당신은, 출정 군인이 있을 때마다 여기서 장행회가 있는데 한 번도 나오지 않지 않았소?"

"미안합니다. 앞으론 나오겠습니다."

현은 몹시 우울했다.

첫 장마 지난 후, 고기들이 살도 올랐고 떼지어 활발히 이동하는 것도 이제부터다. 일 년 중 강물과 제일 즐길 수 있는 당절˚에 그만 금족을 당하는 것이었다. 낚시 도구는 꾸려 선반에 얹어두고, 자연 김직원과나 자주 만나는 것이 일이 되었다. 만나면 자연 시국 이야기요, 시국 이야기면 이미 독일도 결딴났고 일본도 벌써 적을 오키나와까지 맞아들인 때라 자연히 낙관적 관찰로서 조선 독립의 날을 꿈꾸는 것이었다.

"국호(國號)가 고려국이라고 그러셨나?"

현이 서울서 듣고 온 것을 한번 김직원에게 이야기한 적이 있다.

• **당절** 꼭 알맞은 시절.

"고려민국이랍디다."

"어째 고려라고 했으리까?"

"외국에는 조선이나 대한보다는 고려로 더 알려졌기 때문인가봅니다. 직원님께선 무어라 했으면 좋겠습니까?"

"그까짓 국호야 뭐래든 얼른 독립이나 됐으면 좋겠소. 그래도 이왕이면 우리넨 대한이랬으면 좋을 것 같어."

"대한! 그것도 이조말에 와서 망할 무렵에 잠시 정했던 이름 아닙니까?"

"그렇지요. 신라나 고려나처럼 한때 그 조정이 정했던 이름이죠."

"그렇다면 지금 다시 이왕시대(李王時代)가 아닐 바엔 대한이란 거야 무의미허지 않습니까? 잠시 생겼다 망했다 한 나라 이름들은 말씀대로 그때그때 조정이나 임금 마음대로 갈었지만 애초부터 우리 민족의 이름은 조선이 아닙니까?"

"참, 그러리다. 사기에도 고조선이니 위만조선(衛滿朝鮮)이니 허구 조선이란 이름이야 흠뻑 오라죠. 그런데 나는 말이야……."

하고 김직원은 누워서 피우던 담배를 놓고 일어나며,

"난 그전대로 국호도 대한, 임금도 영친왕을 모셔내다 장가나 조선 부인으루 다시 듭시게 해서 전주이씨 왕조를 다시 한 번 모셔보구 싶어." 하였다.

"전조(前朝)가 그다지 그리우십니까?"

"그립다뿐이겠소. 우리 따위 필부가 무슨 불사이군(不事二君)이래서보다도 왜놈들 보는데 대한 그대로 광복(光復)을 해가지고 이번엔 고놈들을 한번 앙갚음을 해야 허지 않겠소?"

"김직원께서 이제 일본으루 총독 노릇을 한번 가보시렵니까?"

하고 둘이는 유쾌히 웃었다.

"고려민국이건 무어건 그래 군대도 있구 연합국 간엔 승인도 받었으리까?"

"진가는 몰라도 일본에 선전포고꺼정 허구 군대가 김일성 부하, 김원봉 부하, 이청천 부하 모다 삼십만은 넘는다는 말이 있습니다."

"삼십만! 제법 대군이로구려! 옛날엔 십만이라두 대병인데! 거 인제 독립이 돼가지구 우리 정부가 환국할 땐 참 장관이겠소! 오래 산 보람 있으려나보!"

하고 김직원은 다시 담배를 피워 물었다. 그리고 그 피어오르는 연기 속에서 삼십만 대병으로 호위된 우리 정부의 복식 찬란한 헌헌장부들의 환상(幻像)을 그려보는 것이었다. 나중에는 감격에 가슴이 벅찬 듯 후 한숨을 쉬는 김직원의 눈은 눈물까지 글썽해 있었다.

그 후 얼마 안 있어서다. 하루는 김직원이 주재소에 불려갔다. 별일은 아니라 읍에서 군수가 경비전화를 통해 김직원을 군청으로 들어오라는 기별이었다. 김직원은 이튿날 버스로 칠십 리나 들어가는 군청으로 갔다. 군수는 반가이 맞아 자기 관사에서 저녁을 차리고 김직원에게 이런 말을 하였다.

"왜 지난달 춘천(春川)서 열린 도유생대회(道儒生大會)엔 참석허지 않었습니까?"

"그것 때문에 부르셨소?"

"아니올시다. 더 드릴 말씀이 있습니다."

"다 허시지오."

"이왕 지나간 대회 이야기보다도…… 인전 시국이 정말 국민에게 한 사람이라도 방관할 여율 안 준다는 건 나쁜 아니라 김직원께서도 잘 아실 겁니다. 노인께 이런 말씀 드리는 건 미안합니다만 너무 고루하신 것 같은데 성인도 시속을 따르랬다고 대세가 그렇지 않습니까."

"그래서요?"

"이번에 전국유도대회(全國儒道大會)를 앞두고 군(郡)에서 미리 국어(國語)와 황국정신(皇國精神)에 대한 강습이 있습니다. 그러니 강습에 오시는데 미안합니다만 머리를 인전 깎으시고 대회에 가실 때도 필요할 게니 국민복도 한 벌 장만하십시오."

"그 말씀뿐이오?"

"그렇습니다."

"나 유생인 건 사또께서 잘 아시리다. 신체발부(身體髮膚)는 수지부모(受之父母)란 성현의 말씀을 지키지 않구 유생은 무슨 유생이며 유도대회는 무슨 유도대회겠소. 나 향교 직원 명예로 하는 것 아니오. 제향 절차 하나 제대로 살필 위인이 없으니까 그곳 사는 후학으로서 성현께 대한 도리로 맡어온 것이오. 이제 머리를 깎어라 낙치(落齒)가 다 된 것더러 일본말을 배워라, 복색을 갈어라, 나 직원 내노란 말씀이니까 잘 알어들었소이다."

하고 나와버린 것인데, 사흘이 못되어 다시 주재소에서 불렀다. 또 읍에서 나온 전화 때문인데, 이번에는 경찰서에서 들어오라는 것이다. 김 직원은 그 길로 현을 찾아왔다.

"현공! 저놈들이 필시 나한테 강압수단을 쓸랴나보."

"글쎄올시다. 아모튼 메칠 안 남은 발악이니 충돌은 마시고 잘 모면만 하십시오."

"불러도 안 들어가면 어떠리까?"

"그건 안됩니다. 지금 핑계가 없어서 구속을 못하는데 관명 거역이라고 유치나 시켜놓고 머리를 깎이면 그건 기미년 때처럼 꼼짝 못허구 당허십니다."

"옳소. 현공 말이 옳소."

하고 김직원은 그 이튿날 또 읍으로 갔는데 사흘이 되어도 나오지 않았고 나흘째 되던 날이 바로 '팔월 십오일'인 것이었다.

그러나 현은 라디오는커녕 신문도 이삼일이나 늦은 이곳에서라 이 역사적 '팔월 십오일'을 아무것도 모르는 채 지나버리었고, 그 이튿날 아침에야 서울 친구의 다만 "급히 상경하라"는 전보로 비로소 제 육감이 없지는 않았으나 그러나 여행증명도 얻을 겸 눈치를 보려 주재소에 갔으되, 순사도 부장도 아무런 이상이 없었을 뿐 아니라 가네무라 순사에게 넌지시 김직원이 어찌되어 나오지 못하느냐 물었더니,

"그런 고집불통 영감은 한참 그런 데서 땀 좀 내야죠!"

한다.

"그럼 구금이 되셨단 말이오?"

"뭐 잘은 모릅니다. 괜히 소문내지 마슈."

하고 말을 끊는데, 모두가 변한 것이 조금도 없다.

'급히 상경하라. 무슨 때문인가?'

현은 궁금한 채 버스를 기다리는데 이날은 버스가 정각 전에 일찍 나왔다. 이 차에도 김직원이 나타나는 것을 보지 못하고 현은 떠나고 말았다.

버스 속엔 아는 사람도 하나 없다. 대부분이 국민복들인데 한 사람도 그럴듯한 기색은 보이지 않는다. 한 사십 리 나와 저쪽에서 들어오는 버스와 마주치게 되었다. 이쪽 운전수가 팔을 내밀어 저쪽 차를 같이 세운다.

"어떻게 된 거야?"

"무에 어떻게 돼?"

"철원은 신문이 왔겠지?"

"어제 방송대루지 뭐."

"잡음 때문에 자세들 못 들었어. 그런데 무조건 정전이라지?"

두 운전수의 문답이 이에 이를 때, 누구보다도 현은 좁은 틈에서 벌떡 일어섰다.

"그게 무슨 소리들이오?"

"전쟁이 끝났답니다."

"뭐요? 전쟁이?"

"인전 끝이 났어요."

"끝! 어떻게요?"

"글쎄 그걸 잘 몰라 묻습니다."

하는데 저쪽 운전대에서

"결국 일본이 지구 만 거죠. 철원 가면 신문을 보십니다."

하고 차를 달려버린다. 이쪽 차도 갑자기 구르는 바람에 현은 털썩 주저앉았다.

'옳구나! 올 것이 왔구나! 그 지리하던 것이······'

현은 코허리가 찌르르해 눈을 슴벅거리며 좌우를 둘러보았다. 확실히 일본 사람은 아닌 얼굴들인데 하나같이 무심들 하다.

"여러분은 인제 운전수들의 대활 못 들었습니까?"

서로 두리번거릴 뿐, 한 사람도 응하지 않는다.

"일본이 지고 말았다면 우리 조선이 어떻게 될 걸 짐작들 허시겠지요?"

그제야 그것도 조선옷 입은 영감 한 분이,

"어떻게든 되는 거야 어디 가겠소? 어떤 세상이라고 똑똑히 모르는 걸 입을 놀리겠소?"

한다. 아까는 다소 흥미를 가지고 지껄이던 운전수까지

"그렇지요. 정말인지 물어보기만도 무시무시헌걸요."

하고 그 피곤한 주름살, 그 움푹 들어간 눈으로 버스를 운전하는 표정뿐이다.

현은 고개를 푹 수그렸다. 조선이 독립된다는 감격보다도 이 불행한 동포들의 얼빠진 꼴이 우선 울고 싶게 슬펐다.

'이게 나 혼자 꿈이나 아닌가?'

현은 철원에 와서야 꿈 아닌 『경성일보』를 보았고, 찾을 만한 사람들을 만나 굳은 악수와 소리나는 울음을 울었다. 하늘은 맑아 박꽃 같은 구름송이, 땅에는 무럭무럭 자라는 곡식들, 우거진 녹음들, 어느 것이고 우러러 절하고 소리지르고 날뛰고 싶었다.

현은 십칠일 날 새벽, 뚜껑 없는 모래차에 모래 실리듯 한 사람 틈에 끼여 대통령에 누구, 육군 대신에 누구, 그러다가 한 정거장을 지날 때마다 목이 터지게 독립만세를 부르며 이날 아침 열 시에 열린다는 건국대회에 미치지 못할까보아 초조하면서 태극기가 휘날리는 열광의 정거장들을 지나 서울로 올라왔다.

청량리 정거장을 나서니 웬일일까. 기대와는 달리 서울은 사람들도 냉정하고 태극기조차 보기 드물다. 시내에 들어서니 독 오른 일본군인들이 일촉즉발(一觸卽發)의 예리한 무장으로 거리마다 목을 지키고 『경성일보』가 의연히 태연자약한 논조다.

현은 전보 쳐준 친구에게로 달려왔다. 손을 잡기가 바쁘게 건국대회가 어디서 열리느냐 하니, 모른다 한다. 정부 요인들이 비행기로 들어왔다는데 어디들 계시냐 하니, 그것도 모른다 한다. 현은 대체 일본 항복이 사실이긴 하냐 하니, 그것만은 사실이라 한다. 현은 전신에 피곤을 느끼며 걸상에 주저앉아 그제야 여러 시간 만에 처음 정신을 가다듬었다. 그리고 이 친구로부터 팔월 십오일 이후 이틀 동안의 서울 정황을 대강 들었다.

현은 서울 정황에 불쾌하였다. 총독부와 일본 군대가 여전히 조선 민족을 명령하고 앉았는 것과 해외에서 임시정부가 오늘 아침에 들어왔다, 혹은 오늘 저녁에 들어온다 하는 이때 그새를 못 참아 건국에 독단적인 계획들을 발전시키며 있는 것과, 문화면에 있어서도, 현 자신은 그의 꿈인가 생시인가도 구별되지 않는 이 현혹한 찰나에, 또 문화인들의 대부분이 아직 지방으로부터 모이기도 전에, 무슨 이권이나처럼 재빨리 간판부터 내걸고 서두르는 것들이 도시 불순하고 경망해 보였던 것이다. 현이 더욱 걱정되는 것은, 벌써부터 기치를 올리고 부서를 짜고 덤비는 축들이 전날 좌익 작가들의 대부분임을 알게 될 때, 문단 그 사회보다도, 나라 전체에 좌익이 발호할 수 있는 때요, 좌익이 제멋대로 발호하는 날은 민족상쟁 자멸의 파탄을 일으키지 않을까 하는, 위험성이었다. 현은 저 자신의 이런 걱정이 진정일진댄, 이러고만 앉았을 때가 아니라 생각되어 그 '조선문화건설중앙협의회'란 데를 찾아갔다. 전날 구인회(九人會) 시대, 『문장(文章)』 시대에 자별하게 지내던 친구도 몇 있었으나 아닌 게 아니라 전날 좌익이었던 작가와 평론가가 중심이었다. 마침 기초된 선언문을 수정하면서들 있었다. 현은 마음속으로 든든히 그들을 경계하면서 그들이 초안한 선언문을 읽어보았다. 두번 세 번 읽어 보았다. 그리고 그들의 표정과 행동에 혹시라도 위선적인 데나 없나 엿보기를 게을리하지 않으며 적이 속으로 이상하게 생각하지 않을 수 없었다.

'이들에게 이만침 조선 사정에 진실한 정신적 준비가 있었던가?'

현은 그들의 태도와 주장에 알고 보니 한 군데도 이의(異意)를 품을 데가 없었다. '장래 성립할 우리 정부의 문화·예술정책이 서고, 그 기관이 탄생되어 이 모든 임무를 수행할 때까지, 우선, 현계단의 문화 영역의 통일적 연락과 각 부문의 질서화를 위하여'였고 "조선 문화의 건설, 문화전선의 통일" 이것이 전진구호(前進口號)였던 것이다. 좌우를 막론하고 민족이 나아갈 노선에서 행동통일부터 원칙을 삼아야 할 것을 현은 무엇보다 긴급으로 생각한 것이요, 좌익작가들이 이것을 교란할까보아 걱정한 것이며 미리부터 일종의 증오를 품었던 것인데 사실인즉 알아볼수록 그것은 현 자신의 기우(杞憂)였었다. 아직 이 이상 구체안이 있을 수도 없는 때이나 이들로서 계급혁명의 선수를 걸지 않는 것만은 이들로는 주저나 자중이 아니라, 상당한 자기비판과 국제노선과 조선 민족의 관계를 심사숙고한 연후가 아니고는, 이처럼 일견 단순해 보이는 태도나 원칙만엔 만족할 리가 없을 것이었다. 현은 다행한 일이라 생각하고 즐기어 그 선언에 서명을 같이하였다.

그러나 도시 마음이 놓이지는 않았다. "모든 권력은 인민에게로!" 이런 깃발과 노래만 이들의 회관에서 거리를 향해 나부끼고 울려나왔다. 그것이 진리이긴 하나 아직 민중의 귀에만은 이른 것이었다. 바다 위로 신기루같이 황홀하게 떠들어올 나라나, 대한이나, 정부나, 영웅들을 고대하는 민중들은, 저희 차례에 갈 권리도 거부하면서까지 화려한 환상과 감격에 더 사무쳐 있는 때이기 때문이다. 현 자신까지도 "모든 권력은 인민에게로"가 이들이 민주주의자로서가 아니라 그전 공산주의자로서의 습성에서 외침으로만 보여질 때가 한두 번이 아니었고, 위고 같은 이는 이미 전세대(前世代)에 있어 "국민보다 인민에게"를 부르짖은 것을 생각할 때, 오늘 우리의 이 시대, 이 처지에서 '인민에게'란 말이 그다지 새롭거나 위험스럽게 들릴 것도 아무것도 아닌 줄 알면서도, 현은 역시 조심스러웠고, 또 현을 진실로 아끼는 친구나 선배의 대부분이 현이 이들의 진영 속에 섞인 것을 은근히 염려하는 것이었다. 그런데다 객관적 정세는 날로 복잡다단해졌다. 임시정부는 민중이 꿈꾸는 것 같은 위용

은커녕 개인들로라도 쉽사리 나타나주지 않았고, 북쪽에서는 소련군이 일본군을 여지없이 무찌르며 조선인의 골수에 사무친 원한을 충분히 이해해서 왜적에 대한 철저한 소탕을 개시한 듯 들리나, 미국군은 조선민중의 기대는 모른 척하고 일본인들에게 관대한 삐라부터를 뿌리어, 아직도 총독부와 일본 군대가 조선민중에게 "보아라 미국은 아직 일본과 상대이지 너희 따위 민족은 문제가 아니다"하는 자세를 부리기 좋게 하였고, 우리 민족 자체에서는 '인민공화국'이란, 장래 해외 세력과 대립의 예감을 주는 조직이 나타났고, '조선문화건설중앙협의회'와 선명히 대립하여 '프롤레타리아예술연맹'이란, 좌익 문학인들만으로 문화운동 단체가 기어이 일어나고 말았다.

이 '프로예맹'이 대두함에 있어, 현은 물론, '문협'에서들은, 겉으로는 "역사나 시대는 그네들의 존재 이유를 따로 허락지 않을 것이다" 하고 비웃어버리려 하나 속으로는 '문화전선 통일'에 성실하면 성실한 만치 무엇보다 먼저 해결하지 않으면 안될 당면과제의 하나였다. 현이 더욱 불쾌한 것은 '프로예맹'의 선언강령이 '문협' 것과 별로 다를 것이 없는 점이요, 그렇다면 과거에 좌익 작가들이, 과거에 자기들과 대립 존재였던 현을 책임자로 한 '문학건설본부'에 들어 있기 싫다는 표시로도 생각할 수 있는 점이다. 하루는 우익 측 몇 친구가 '프로예맹'의 출현을 기다리었다는 듯이 곧 현을 조용한 자리에 이끌었다.

"당신의 진의는 우리도 모르지 않소. 그러나 급기안 당신이 거기서 못 배겨나리다. 수포에 돌아가리니. 결국 모모(某某)들은 당신 편이기보단 프로예맹 편인 것이오. 나중에 당신만 지붕 쳐다보는 꼴이 될 것이니 진작 나와 우리끼리 따로 모입시다. 뭣 허러 서로 어성버성헌* 속에서 챙피만 보고 계시오?"

• 어성버성하다 분위기가 어색하거나 사람을 대하는 것이 부자연스럽고 사이가 서먹서먹하다.

현은 그들에게 이 기회에 신중히 생각할 여지가 있다는 것만은 수긍하고 헤어졌다. 바로 그 다음날이다. 좌익 대중단체 주최의 데모가 종로를 지나게 되었다. 연합국기 중에도 맨 붉은 기뿐이요, 행렬에서 부르는 노래도 적기가(赤旗歌)다. 거리에 섰는 군중들은 모두 이 데모에 냉정하다. 그런데 '문협' 회관에서만은 열광적 박수와 환호로 이 데모에 응할 뿐 아니라, 이제 연합군 입성 환영 때 쓸 연합국기들을 다량으로 준비해 두었는데, '문협'의 상당한 책임자의 하나가 묶어놓은 연합국기 중에서 소련 것만을 끄르더니 한아름 안고 가 사층 위로부터 행렬 위에 뿌리는 것이다. 거리가 온통 시뻘게진다. 현은 대뜸 뛰어가 그것을 막았다. 다시 집으러 가는 것을 또 막았다.

"침착합시다."

"침착할 이유가 어디 있소?"

양편이 다같이 예리한 시선의 충돌이었다. 뿐만 아니라 옆에 섰던 젊은 작가들은 하나같이 현에게 모멸의 시선을 던지며 적기를 못 뿌리는 대신, 발까지 구르며 박수와 환호로 좌익 데모를 응원하였다. 데모가 지나간 후, 현의 주위에는 한 사람도 가까이 오지 않았다. 현은 회관을 나설 때 몹시 외로웠다. 이들과 헤어지더라도 이들 수효만 못지않은, 문학단체건, 문화단체건 만들 수 있다는 자신도 솟았다.

"그러나……

그러나……"

현은 밤새도록 궁리했다. 그 이튿날은 회관에 나오지 않았다.

'마음에 맞는 친구끼리만? 그런 구심적(求心的)인 행동이 이 거대한 새 현실에서 어떤 결과를 가져올 것인가? 새 조선의 자유와 독립은 대중의 자유와 독립이라야 한다. 그들이 대중운동에 그처럼 열성인 것을 나는 몰이해는커녕 도리어 그것을 배우고 그것을 추진시키는 데 티끌

만치라도 이바지하려는 것이 내 양심이다. 다만 적기만 뿌리는 것이 이 순간 조선의 대중운동이 아니며 적기 편에 선 것만이 대중의 전부가 아니란, 그것을 나는 지적하려는 것이다. 이런 내 심정을 몰라준다면 이걸 단순히 반동으로밖에 해석할 줄 몰라준다면 어떻게 그들과 함께 일할 수 있는 것인가?'

다음 날도 현은 회관으로 나가고 싶지 않아 방에서 혼자 어정거리고 있을 때다. 그날 창밖에 데모를 향해 적기를 내어뿌리던 친구가 찾아왔다.

"현형, 그저껜 불쾌했지요?"

"불쾌했소."

"현형! 내 솔직한 고백이오. 적색데모란 우리가 얼마나 두고 몽매간에 그리던 환상이리까? 그걸 현실로 볼 때, 나는 이성을 잃고 광분했던 서요. 부끄럽소. 내 열 번 경솔이었다. 그날 현형이 아니었드면 우리 경솔은 훨씬 범위가 커졌을 거요. 우리에겐 열 사람의 우리와 똑같은 사람보다 한 사람의 현형이 절대로 필요한 거요."

그는 확실히 말끝을 떨었다. 둘이는 묵묵히 담배 한 대씩을 피우고 묵묵히 일어나 다시 회관으로 나왔다.

그 적색 데모가 있은 후로 민중은, 학생이거나 시민이거나 지식층이거나 확실히 좌우 양파로 갈리는 것 같았다. 저녁이면 현을 또 조용한 자리에 이끄는 친구들이 있었다. 현은 '문협'에서 탈퇴하기를 결단하라는 간곡한 충고를 재삼 받았으나, '문협'의 성격이 결코 그대들이 생각하는 것처럼 어느 한쪽에 편향한 것이 아니란 것을 극구 변명하였는데, 그 이튿날 회관으로 나오니, 어제 이 친구들로부터 전화가 걸려 왔다.

"자네가 말한 건 자네 거짓말이거나, 그렇지 않으면 우리가 본 대로 자네는 저들에게 이용당하고 있는 걸세. 그 증거는, 그 회관에 오늘 아침 새로 내걸은 대서특서한 드림*을 보면 알 걸세." 하고 이쪽 말은 듣지도 않고 불쾌히 전화를 끊어버리는 것이었다. 현은 옆엣사람들에게 묻지도 않았다. 쭈르르 밑엣층으로 내려가 행길에서 사층인 회관의 전면을 쳐다보았다. 놀라지 않을 수 없었다. 아까 현은 미처 보지 못하고 들어왔는데 옥상에서부터 이 이층까지 드리운, 광목 전폭에다가 "조선인민공화국 절대지지"란, 아직까지 어떤 표어나 구호보다 그야말로 대서특서한 것이었다. 안전지대에 그득한 사람들, 화신* 앞에 들끓는 군중들, 모두 목을 젖히고 쳐다보는 것이다. 모두가 의아하고 불안한 표정들이다. 현은 회관 사층을 십 분이나 걸려 올라왔다. 현은 다시 한 번 배신을 당하는 심각한 우울이었다. 회관에는 '문협'의 의장도 서기장도 아직 나타나지 않았다. '문학건설본부'의 서기장만이 뒤를 따라 들어서기에 현은 그의 손을 이끌고 옥상으로 올라왔다.

"이건 누가 써 걸었소?"

"뭔데?"

부슬비가 내리는 때라 그도 쳐다보지 않고 들어왔고, 또 그런 것을 내어걸 계획에도 참예하지 못한 눈치였다.

"당신은 정말 몰랐소?"

"정말 몰랐는데! 이게 대체 누구 짓일까?"

"나도 몰라, 당신도 몰라, 한 회관에 있는 우리가 몰랐을 때, 나오지 않는 의원(議員)들은 더 많이 몰랐을 것이오. 이건 독재요. 이러고 문학전선의 통일 운운은 거짓말이오. 나는 그 사람들 말 더 믿구 싶지 않소. 인전 물러가니 그리 아시오."하고 돌아서는 현을, 서기장은 당황해 앞을 막았다.

• 드림 매달아서 길게 늘이는 물건. 드리개.
• 화신 서울 종로2가에 있던 화신백화점을 말함.

"진상을 알구 봅시다."

"알아보나마나요."

"그건 속단이오."

"속단해버려도 좋을 사람들이오. 이들이 대중운동을 이처럼 경솔히 하는 줄은 정말 뜻밖이오."

"그래도 가만있소. 우리가 오늘 갈리는 건 우리 문학인의 자살이오!"

"왜 자살행동을 하시오?"

하고 현은 자연 언성이 높아졌다.

"정말이오. 나도 몰랐소. 그렇지만 이런 걸 밝히고 잘못 쏠리는 걸 바로잡는 것도 우리가 할 일 아니고 누가 할 일이란 말이오?" 하고 서기장은 눈물이 핑 도는 것이다. 그리고 그 드림 드리운 데로 달려가 광목 한 통이 비까지 맞아 무겁게 늘어진 것을 한 걸음 끌어올리고 반 걸음 슬려내려 가면서 닻줄을 감듯 전력을 들여 끌어올리고 있는 것이었다. 현도 이내 눈물을 머금었다.

'그렇다! 나 하나 등신이라거나 이용을 당한다거나 그런 조소를 받는 것이 문제가 아니다! 그런 것에나 신경을 쓰는 건 나 자신 불성실한 표다!'

현은 뛰어가 서기장과 힘을 합치어 그 무거운 드림을 끌어올리었다.

나중에 알고 보니 '문협'의 의장도, 서기장도 다 모르는 일이었다. 다만 서기국원 하나가, 조선이 어떤 이름이 되든 인민의 공화국이어야 한다는 여론이 이 회관 내에 있음을 알던 차, '인민공화국'이 발표되었고, 마침 미술부 선전대에서 또 무엇 그릴 것이 없느냐 주문이 있기에, 그런 드림이 으레 필요하려니 지레짐작하고 제 마음대로 원고를 써보낸 것이요, 선전대에서는 문구는 간단하나 내용이 중요한 것이라 광목 전폭에다 내리썼고, 쓴 것이 마르면 으레 선전대에서 가지고 와 달아까지 주는 것이 그들의 책임이라 식전 일찍이 와서 달아놓고 간 것이었다. 아침 여덟 시부터 열한 시까지 세 시간 동안 걸린 이 간단한 드림은 석 달 이상을 두고 변명해오는 것이며, 그것 때문에 '문협' 조직체가 적지 않은 타격을 받은 것도 사실인 것이다.

그러나 이것을 계기로 전원은 아직도 여지가 있는 자기비판과 정세 판단과 '프로예맹'과의 합동운동을 더 진실한 태도로 착수하기 시작한 것이다.

이미 미국 군대가 들어와 일본 군대의 총부리는 우리에게서 물러섰으나 삐라가 주던 예감과 마찬가지로 미국은 그들의 군정(軍政)을 포고하였다. 정당은 누구든지 나타나란 바람에 하룻밤 사이에 오륙십의 정당이 꾸미어졌고, 이승만 박사가 민족의 미칠 듯한 환호 속에 나타나 무엇보다 조선 민족이기만 하면 우선 한데 뭉치고 보자는 주장에 그 속에 틈이 있음을 엿본 민족 반역자들과 모리배들이 다시 활동을 일으키어, 뭉치는 것은 박사의 진의와는 반대의 효과로 일제시대 비행기회사 사장이 새로 된 것이라는 국민항공회사에도 부사장으로 나타나는 것 같은 일례로, 민심은 집중이 아니라 이산이요, 신념이기보다 회의(懷疑)의 편이 되고 말았다. 민중은 애초부터 자기 자신들의 모든 권익을 내어던지면서까지 사모하고 환상하던 임시정부라 이제야 비록 자격은 개인으로 들어왔더라도 그 후의 기대와 신망은 그리로 쏠릴 길밖에 없었다. 그러나 개인이나 단체나 습관이란 아처럼 숙명적인 것일까? 해외에서 다년간 민중을 가져보지 못한 임시정부는 해내*에 들어와서도, 화신 앞 같은 데서 석유상자를 놓고 올라서 민중과 이야기할 필요는 조금도 느끼지 않고 있었다. 인공(人共)과 대립만이 예각화(銳角化)되고, 삼팔선(三

* 해내 바다로 둘러싸인 육지라는 뜻으로, 나라 안을 이르는 말.

八線)은 날로 조선의 허리를 졸라만 가고, 느는 건 강도요, 올라가는 건 물가요, 민족의 장기간 흥분하였던 신경은 쇠약할 대로 쇠약해만 가는 차에 탁치(託治) 문제가 터진 것이다.

누구나 할 것 없이 그만 냉정을 잃고 말았다. 여기저기서 탁치 반대의 아우성이 일어났다. 현도 몇 친구와 함께 반탁 강연에 나갔고 그의 강연 원고는 어느 신문에 게재도 되었다.

그러나 현은, 아니 현만이 아니라 적어도 그날 현과 함께 반탁 강연에 나갔던 친구들은 하나같이 어정쩡했고, 이내 후회하지 않을 수 없었다. 탁치 문제란 그렇게 간단히 규정할 것이 아님을 차츰 깨닫게 되었는데, 이것을 제일 먼저 지적한 것이 조선공산당으로, 그들의 치밀한 관찰과 정확한 정세판단에는 감사하나, 삼상회담 지지가 공산당에서 나왔기 때문에 일부의 오해를 더 사고 나아가선 정권 싸움의 재료로까지 악용당하는 것은 불행 중 거듭 불행이었다.

"탁치 문제에 우린 너무 경솔했소!"

"적지 않은 과오야!"

"과오? 그러나 지금 조선 민족의 심리론 그리 큰 과오라곤 헐 수 없지. 또 민족적 자존심만을 이만침은 표현하는 것도 좋고."

"글쎄, 내용을 알고 자존심만 표현하는 것과 내용을 모르고 허턱 날뛰는 것과 방법이 다를 거 아니냐 말이야."

"그렇지! 조선 민족에게 단기˙만 있고 정치적 통찰력이 부족하다는 게 드러나니 자존심인들 무슨 자존심이냐 말이지."

"과오 없이 어떻게 일하오? 레닌 같은 사람도 과오 없인 일 못한다고 했고 과오가 전혀 없는 사람은 일 안 하는 사람이라 한 거요. 우리 자신이 깨달은 이상 이 미묘한 국제노선을 가장 효과적이게 계몽에 힘쓸

• 단기 '급한 성질'을 의미하는 일본어. 短気(たんき).

것뿐이오."

현서껀 회관에서 이런 이야기들을 하고 앉았을 때다. 이런 데는 얼리지 않는 웬 갓 쓴 노인이 들어선 것이다.

"오!"

현은 뛰어 마중 나갔다. 해방 이후, 현의 뜻 속에 있어 무시로 생각나던 김직원의 상경이었다.

"직원님!"

"현선생!"

"근력 좋으셨습니까?"

"좋아서 이렇게 서울 구경 왔소이다."

그러나 삼팔 이북에서라 보행과 화물자동차에 시달리어 그런지 몹시 피로하고 쇠약해 보였다.

"언제 오셨습니까?"

"어제 왔지요."

"어디서 유허셨습니까?"

"참, 오는 길에 철원 들러, 댁에서들 무고허신 것 뵈왔지요. 매우 오시구 싶어들 합디다."

현의 가족들은 그간 철원으로 나왔을 뿐, 아직 서울엔 돌아오지 못하고 있는 것이었다.

"잘들 있으면 그만이죠."

"현공이 그저 객지시게 다른 데 유헐 곳부터 정하고 오늘 찾어왔지요. 그래 얼마나들 수고허시오."

"저희야 무슨 수고랄 게 있습니까? 이번에 누구보다도 직원님께서 얼마나 기쁘실까 허구 늘 한번 뵙구 싶었습니다. 그리구 그때 읍에 가셔선 과히 욕보시지나 않으셨습니까?"

"하마트면 상투가 잘릴 뻔했는데 다행히 모면했소이다."

마침 점심때도 되고 조용히 서로 술회도 하고 싶어, 현은 김직원을 모시고 어느 구석진 음식점으로 나왔다.

"현공, 그간 많이 변하셨다구요?"

"제가요?"

"소문이 매우 변허셨다구들."

"글쎄요……"

현은 약간 우울했다. 현은 벌써 이런 경험이 한두번째 아니기 때문이다. 해방 이전에는 막역한 지기(知己)여서 일조* 유사한 때는 물을 것도 없이 동지일 것 같던 사람들이 해방 후, 특히 정치적 동향이 보수적인 것과 진보적인 것이 뚜렷이 갈리면서부터는, 말 한두 마디에 벌써 딴 사람처럼 서로 경원(敬遠)이 생기고 그것이 대뜸 우정에까지 거리감을 자아내는 것을 이미 누차 맛보는 것이었다.

"현공?"

"네?"

"조선 민족이 대한 독립을 얼마나 갈망했소? 임시정부 들어서길 얼마나 열열절절히 고대했소?"

"잘 압니다."

"그런데 어쩌자구 우리 현공은 공산당으로 가셨소?"

"제가 공산당으로 갔다고들 그럽니까?"

"자자합니다. 현공이 아모래도 이용당허는 거라구."

"직원님께서도 절 그렇게 생각하십니까?"

"현공이 자진해 변했을는진 몰라, 그래두 남헌테 넘어갈 양반 아닌 건 난 알지요."

• 일조 만일의 경우.

"감사헙니다. 또 변했단 것도 그렇습니다. 지금 내가 변했느니, 안 변했느니 하리만치 해방 전에 내가 제법 무슨 뚜렷한 태도를 가졌던 것도 아니구요, 원인은 해방 전에 내 친구가 대부분이 소극적인 처세가들인 때문입니다. 나는 해방 후에도 의연히 처세만 하고 일하지 않는 덴 반댑니다."

"해방 후라고 사람의 도리야 어디 가겠소? 군자는 불처혐의간(不處嫌疑間)입니다."

"전 그렇진 않습니다. 지금 이 시대에선 이하(李下)에서라고 삐뚤어진 갓(冠)을 바로잡지 못하는 것은 현명이기보단 어리석음입니다. 처세주의는 저 하나만 생각하는 태돕니다. 혐의는커녕 위험이라도 무릅쓰고 일해야 될, 민족의 가장 긴박한 시기라고 생각합니다."

"아모튼 사람이란 명분(名分)을 지켜야 헙니다. 우리가 무슨 공뢰 있소. 해외에서 일생을 우리 민족 위해 혈투해온 그분들게 그냥 순종해 틀릴 게 조곰도 없습넨다."

"직원님 의향 잘 알겠습니다. 그리고 저도 그분들께 감사하고 감격하는 건 누구헌테 지지 않습니다. 그러나 지금 조선 형편은 대외·대내가 다 그렇게 단순치가 않답니다. 명분을 말씀허시니 말이지, 광해조(光海朝) 때 일을 생각해보십시오 임진란(壬辰亂) 때 명(明)의 구원을 받았지만, 명이 청 태조(淸太祖)에게 시달리게 될 때, 이번엔 명이 조선에 구원군을 요구허지 않았습니까?"

"그게 바루 우리 조선서 대의명분론(大義名分論)이 일어난 시초요구려."

"임진란 직후라 조선은 명을 도와 참전할 실력은 전혀 없는데 신하들은 대의명분상, 조선이 명과 함께 망해 버리는 한이라도 그냥 있을 순

* 불처혐의간(不處嫌疑間) 의심스럽고 미심쩍은 곳은 머무르지 아니함.

없다는 것이 명분파요, 나라는 망하고, 임군 노릇은 그만두드라도 여지 껏 왜적에게 시달린 백성을 숨도 돌릴 새 없이 되짚어 도탄에 빠뜨릴 순 없다는 것이 택민파(澤民派)요, 택민론의 주창으로 몸소 폐위(廢位)까지 한 것이 광해군(光海君) 아닙니까? 나라들과 임금들 노름에 불쌍한 백 성들만 시달려선 안된다고 자기가 왕위를 폐리* 같이 버리면서까지 택민 론을 주장한 광해군이, 나는, 백성들은 어찌됐든지 지배자들의 명분만 찾던 그 신하들보다 몇 배 훌륭했고, 정말 옳은 지도자였다고 생각합니 다. 그리고 또 의리와 명분이라 하드라도 꼭 해외에서 온 이들에게만 편 향하는 이유는 어디 있습니까?"

"거야 멀리 해외에서 다년간 조국 광복을 위해 싸웠고 이십칠팔 년이 나 지켜온 고절(孤節)이 있지 않소?"

"저는 그분들의 품상을 군이 헐하게 알리는 것도 결코 아닙니다. 지 역은 해외든 해내든, 진심으로 우리를 위해 꾸준히 싸워온 이면 모도 가 다같이 우리 민족의 공경을 받어 옳을 것이고, 풍상이라 혈투라 하 나 제 생각엔 실상 악형에 피가 흐르고, 추위에 손발이 얼어빠지고 한 것은 오히려 해내에서 유치장으로 감방으로 끌려다니며 싸워온 분들이 몇 배 더 했으리라고 생각합니다. 육체적 고초뿐이 아니었습니다. 정신 적으로 매수하는 가지가지 유인과 협박도 한두 번이 아니어서, 해내에 서 열 번을 찍히어도 넘어가지 않고 싸워낸 투사라면 나는 그런 어른이 제일 용타고 생각합니다."

"현공은 그저 공산파만 두둔하시는군!"

"해내엔 어디 공산파만 있었습니까? 그리고 이번엔 공산당이 무산 계급 혁명으로가 아니라 민족의 자본주의적 민주혁명으로 이미 노선 을 밝혀논 것은 무엇보다 현명했고, 그랬기 때문에 좌우익의 극단적 대

* 폐리 헌 신발.

립이 원칙상 용허되지 않아서 동포의 분열과 상쟁을 최소한으로 제지할 수 있는 것은 조선 민족을 위해 무엇보다 다행한 일이라고 저는 생각합니다."

"난 그게 무슨 말씀인지 잘 못 알아듣겠소만 그저 공산당 잘못입넨다."

"어서 약주나 드십시다."

"우리 늙은 게야 뭘 아오만……"

김직원은 술이 약한 편이었다. 이내 얼굴에 취기가 돌며,

"어째 우리 같은 늙은 거기로 꿈이 없었겠소? 공산파만 가만있어 주면 곧 독립이 될 거구, 임시정부 요인들이 다 고생허신 보람 있게 제자리에 턱턱 앉아 좀 잘 다스려주겠소? 공연히 서로 싸우는 바람에 신탁통치 문제가 생긴 것이오. 안 그렇고 무어요?"하고 적이 노기를 띄운다. 김직원은, 밖에서는 소련이, 안에서는 공산당이 조선독립을 방해하는 것이라 하였다. 이렇게 역사적 또는 국제적인 견해가 없이 단순하게, 독립전쟁을 해 얻은 해방으로 착각하는 사람에겐 여간 기술로는 계몽이 불가능하고, 현 자신에겐 그런 기술이 없음을 깨닫자 그저 웃는 낯으로 음식을 권했을 뿐이다.

김직원은 그 이튿날도 현을 찾아왔고 현도 그다음 날은 그의 숙소로 찾아갔다. 현이 찾아간 날은,

"어째 당신넨 탁치 받기를 즐기시오?"

하였다.

"즐기는 게 아닙니다."

"그러면 즐겁지 않은 것도 임정(臨政)에서 반탁을 허니 임정에서 허는 건 덮어놓고 반대하기 위해서 나중엔 탁치꺼지를 지지헌단 말이지요?"

"직원님께서도 상당히 과격허십니다그려."

"아니, 다 산 목숨이 그러면 삼국 외상헌테 매수해서 탁치 지지에 잠

자코 끌려가야 옳소?"

"건 좀 과허신 말씀이구! 저는 그럼, 장래가 많아서 무엇에 팔려서 삼상회담을 지지허는 걸로 보십니까?"

그 말에는 대답이 없으나 김직원은 현의 태도에 그저 못마땅한 눈치만은 노골화하면서 있었다. 현은 되도록 흥분을 피하며, 우리 민족의 해방은 우리 힘으로가 아니라 국제 사정의 영향으로 되는 것이니까 조선 독립은 국제성(國際性)의 지배를 벗어날 수 없는 것, 삼상회담의 지지는 탁치 자청이나 만족이 아니라 하나는 자본주의 국가요 하나는 사회주의 국가인 미국과 소련이 그 세력의 선봉들을 맞댄 데가 조선이란 국제간에 공개적으로 조선의 독립과 중립성이 보장되어야지, 급히 이름만 좋은 독립을 주어놓고 소련은 소련대로, 미국은 미국대로, 중국은 중국대로 정치·경제 모두가 미약한 조선에 지하외교를 시작하는 날은, 다시 이조말의 아관파천(俄館播遷)식의 골육상쟁과 멸망의 길밖에 없다는 것, 그러니까 모처럼 얻은 자유를 완전독립에까지 국제적으로 보장되는 길을 택할 수밖에 없다는 것, 이왕조(李王朝)의 대한이 독립전쟁을 해서 이긴 것이 아닌 이상, '대한' '대한' 하고 전제제국(專制帝國)시대의 회고감으로 민중을 현혹시키는 것은 조선 민족을 현실적으로 행복되게 지도하는 태도가 아니라는 것, 지금 조선을 남북으로 갈라 진주해 있는 미국과 소련은 무엇으로 보나 세계에서 가장 실제적인 국가들인만치 조선 민족은 비실제적인 환상이나 감상으로가 아니라 가장 과학적이요 세계사적인 확실한 견해와 준비가 없이는 그들에게 적정한 응수를 할 수 없다는 것, 현은 재주껏 역설해보았으나 해방 이전에는, 현 자신이 기인여옥라 예찬한 김직원은, 지금에 와서는 돌과 같은 완강한 머리로 조금도 현의 말을 이해하려 하지 않고, 다만 같은 조선사람인데 '대한'을 비판하는 것만 탐탁지 않았고, 그것은 반드시 공산주의의 농간이란 자가류(自家流)의 해석을 고집할 뿐이었다.

그 후 한동안 김직원은 현에게 나타나지 않았다. 현도 바쁘기도 했지만 더 김직원에게 성의도 나지 않아 다시는 찾아가지도 못하였다.

탁치 문제는 조선 민족에게 정치적 시련으로 너무 심각한 것이었다. 오늘 '반탁' 시위가 있으면 내일 '삼상회담 지지' 시위가 일어났다. 그만 군중은 충돌하고, 지도자들 가운데는 이것을 미끼로 정권 싸움이 악랄해 갔다. 결국, 해방 전에 있어 민족 수난의 십자가를 졌던 학병(學兵)들이, 요행 죽지 않고 살아온 그들 속에서, 이번에도 이 불행한 민족 시련의 십자가를 지고 말았다.

이런 우울한 하루였다. 현의 회관으로 김직원이 나타났다. 오늘 시골로 떠난다는 것이었다. 점심이나 같이 자시러 나가자 하니 그는 전과 달리 굳게 사양하였고, 아래층까지 따라내려오는 것도 굳게 막았다. 전날 정리로 보아 작별만은 하러 들렀을 뿐, 현의 대접이나 인사는 긴치 않게 여기는 듯하였다.

"언제 서울 또 오시렵니까?"

"이런 서울 오고 싶지 않소이다. 시골 가서도 그 두문동 구석으로나 들어가겠소." 하고 뒤도 돌아보지 않고 분연히 층계를 내려가고 마는 것이었다. 현은 잠깐 멍청히 섰다가 바람도 쏘일 겸 옥상(屋上)으로 올라왔다. 미국군의 지프가 몰매미떼처럼 서물거리는* 사이에 김직원의 흰 두루마기와 검은 갓은 그 영자* 너무나 표표함이 있었다. 현은 문득 청조말(淸朝末)의 학자 왕국유(王國維)의 생각이 났다. 그가 일본에 와서 명곡(明曲)에 대한 강연이 있을 때, 현도 들으러 간 일이 있는데, 그는 청

• 서물거리는 어리숭한 것이 눈앞에 떠올라 어른거리다.
• 영자 매우 늠름한 자태.

나라 식으로 도야지꼬리 같은 변발(辮髮)을 그냥 드리우고 있었다. 일본 학생들은 킬킬 웃었으나, 그의 전조(前朝)에 대한 충의를 생각하고 나라 없는 현은 눈물이 날 지경으로 왕국유의 인격을 우러러보았었다. 그 뒤에 들으니, 왕국유는 상해로 갔다가 북경으로 갔다가, 아무리 헤매어도 자기가 그리는 청조(淸朝)의 그림자는 슬어만 갈 뿐이므로, "녹수청산부증개 우세창창유슈간(綠水靑山不曾改 雨洗蒼蒼有獸間)"•을 읊조리고는 변발 그대로 곤명호(昆明湖)에 빠져 죽었다는 것이었다. 이제 생각하면 청나라를 깨트린 것은 외적이 아니라 저희 민족, 저희 인민의 행복과 진리를 위한 혁명으로였다. 한 사람 군주에게 연연히 바치는 뜻갈•도 갸륵한 바 없지 않으나 왕국유가 그 정성, 그 목숨을 혁명을 위해 돌리었던들, 그것은 더 큰 인생의 뜻이요 더 큰 진리의 존엄한 목숨일 수 있었을 것 아닌가? 일제시대에 그처럼 구박과 멸시를 받으면서도 끝내 부지해 온 상투 그대로, '대한'을 찾아 삼팔선을 모험해 한양성(漢陽城)에 올라왔다가 오늘, 이 세계사의 대사조(大思潮) 속에 한 조각 티끌처럼 아득히 가라앉아가는 김직원의 표표한 뒷모양을 바라볼 때, 현은 왕국유의 애틋한 최후를 연상하지 않을 수 없었다.

바람이 아직 차나 어딘지 부드러운 벌써 봄바람이다. 현은 담배를 한 대 피우고 회관으로 내려왔다. 친구들은 '프로예맹'과의 합동도 끝나고 이번엔 '전국문학자대회' 준비로 바쁘고들 있었다.

『문학』 1호(1946. 8) ; 『해방전후』(조선문학사 1947)

• 녹수청산불증개 우세창창유슈간(綠水靑山不曾改 雨洗蒼蒼有獸間) "푸른 산 푸른 물은 옛 그대로 변하지 않고 비는 석수상의 이끼를 씻는구나"라는 뜻으로, 세상은 변했으되 불변하는 것이 있다는 의미를 담고 있다.
• 뜻갈 뜻[志]과 갈[論].

1 이 소설의 주인공인 '현'이 일제 당국의 '본서(本署)'로부터 출두 명령
을 받은 이유는 무엇일까요? 구체적 근거를 바탕으로 짐작되는 내용
을 서술해 보세요.

2 소설가인 '현'이 일제 당국으로부터 받는 요구와 압박은 무엇인가요?
구체적 사례를 있는 대로 찾아 서술하세요.

3 일제 당국의 압박 속에서 '현'은 어떤 태도와 행동을 취하나요? 구체
적 사례를 있는 대로 찾아 서술해 보세요.

1 해방 직후에 '현'은 미국과 소련의 신탁통치에 찬성하는 입장을 취합
니다. 어떤 이유에서였나요? 이에 해당하는 내용을 찾아 쓰고, 그 의
미를 간략히 적어 보세요.

2 '현'은 해방 직후의 좌익 문인 단체의 관점과 활동에 대해 부단한 고
민과 성찰의 과정을 겪습니다. 이를 엿볼 수 있는 부분들을 찾아 그
내용을 요약해 보세요.

3 '김직원'에 대한 '현'의 평가는 어떻게 변모하나요? 그리고 해방 이후
 이들을 결국 결별하게 만든 사상적 차이는 무엇인가요?

▷ 변모 양상

▷ 사상적 차이

1 아래 보기를 읽고 시대적 전환기의 지식인의 역할을 평가해 글로 옮겨 봅시다.

> "철 알기 시작하면서부터 굴욕만으로 살아온 인생 사십, 사랑의 열락도, 청춘의 영광도, 예술의 명예도 우리에겐 없었다. 일본의 패전기라면 몰라, 일본에 유리한 전기를 내 손으로 주무르는 건 무엇 때문인가?"
> 현은 정말 살고 싶었다. 살고 싶다기보다 살아 견디어 내고 싶었다. 조국의 적일 뿐 아니라, 인류의 적이요 문화의 적인 나치스의 타도(打倒)를 오직 사회주의에 기대하던 독일의 한 시인은, 모로토프가 히틀러와 악수를 하고 독소중립조약이 성립되는 것을 보고는 그만 단순한 생각에 절망하고 자살하였다 한다.
> "그 시인의 판단은 경솔하였던 것이다. 지금 독소(獨蘇)는 싸우고 있지 않은가! 미·영·중(美英中)도 일본과 싸우며 있다. 연합군의 승리를 믿자! 정의와 역사의 법칙을 믿자! 정의와 역사의 법칙이 인류를 배반한다면 그때는 절망하여도 늦지 않을 것이다!"

소설가 구보 씨의 일일

박태원(서울, 1910년 1월 17일~1986년 7월 10일)

호는 구보. 경성고보 3학년 때인 1926년 『조선문단』에 시 「누님」이 가작으로 당선되어 문단에 등장하였습니다. 1930년 일본 호세이대학 예과에 입학하였으나 도중에 중퇴, 일본 유학 시절 현대 예술 전반에 대한 폭넓은 경험을 쌓은 그는 1933년 이태준, 김기림, 이상 등과 '구인회(九人會)'라는 문학 동인으로 활동하기 시작합니다. 그리고 모더니즘 소설인 「소설가 구보 씨의 일일」(1934), 청계천을 중심으로 다양한 인물들의 모습을 담고 있는 세태소설 『천변풍경』(1936~1937) 등을 발표합니다. 광복 이후에는 좌익계열 단체인 '조선문학가동맹'에 가담하였으며, 한국전쟁 당시 월북하였습니다.

작품소개

「소설가 구보 씨의 일일」은 그 제목처럼 소설가 구보 씨가 별다른 목적 없이 도시 거리를 배회하다 다시 집으로 들어가는 하루 동안의 일과를 담아낸 소설입니다. 이 소설의 배경인 1930년대 경성은 이미 외형적으로 서구 문명을 받아들인 근대적 도시이자, 식민지 조선 제일의 도시였습니다. 1930년대 초 경성의 인구수는 약 30만 명이었으나 1930년대 말에 80~90만 명에 이르게 될 정도로 상업화되고 있었습니다. 해동은행, 조선저축은행, 명치증권 등의 금융자본이 들어섰으며 미쓰코시(三越) 백화점, 화신상회, 조지야, 미나카이 백화점 등을 중심으로 소비문화가 형성되었습니다. 이와 함께 카페, 바와 같은 서양문화가 들어서면서 판매원, 여급, 바걸 등의 도시적 직업도 생겨났습니다. 구보 씨는 "한 손의 단장과 또 한 손의 공책"을 들고 화신상회, 전차 안, 다방 등에서 급작스럽게 근대화가 진행되고 있는 모던 도시 경성을 기록하고 있는 것입니다. 그래서 이 소설은 '모더놀로지(modernology, 考現學)'의 형태를 취하고 있습니다.

또 이 소설에서 주목해야 할 것은 소설의 새로운 형식입니다. 하루 동안의 시간적 배경 하에서, 장소를 이동하면서 그때그때 떠오르는 생각을 '의식의 흐름' 기법으로 서술하고 있는 것입니다. 예를 들어, 화신상회 승강기 앞에서 만난 젊은 내외와 아이들을 보며 행복에 대해 떠올리고, 전차에서 우연히 다시 만난 여성을 보며 그 여성이 자신을 잊지 못하고 있다는 상상을 하기도 합니다. 이렇게 도시의 산책자인 구보 씨의 상념을 통해, 도시에 대한 1930년대 지식인의 현실인식 및 고뇌를 보여주고 있습니다. 소설 속에서 구보씨는 좋은 소설을 쓰고자 고뇌하지만, 그의 어머니는 아들이 '가정'과 '직업'을 갖기를 바랍니다. 어머니의 현실적인 고민이 구보 씨의 욕망과 대립하는 것이지요. 작가는 실제 자신의 호인 '구보(仇甫)'를 주인공으로 내세워 소설가로서의 고민을 소설 내에 투영하고 있습니다. 일본의 식민 지배가 점점 강화되고 있는 식민지 조선에서, 지식인이자 소설가로서 느끼는 고민을 실험적인 형식의 소설을 통해 드러내고 있는 것입니다.

18

소설가 구보 씨의 일일

박태원

어머니는

아들이 제 방에서 나와, 마루 끝에 놓인 구두를 신고, 기둥 못에 걸린 단장*을 떼어 들고, 그리고 문간으로 향하여 나가는 소리를 들었다.

"어디 가니?"

대답은 들리지 않았다.

중문 앞까지 나간 아들은, 혹은, 자기의 한 말을 듣지 못하였는지도 모른다. 또는, 아들의 대답 소리가 자기의 귀에까지 이르지 못하였는지도 모른다. 그 둘 중의 하나라고 생각한 어머니는 이번에는 중문 밖에까지 들릴 목소리를 내었다.

"일쯔거니 들어오너라."

역시, 대답은 들리지 않았다.

* 단장 짧은 지팡이.

중문이 소리를 내어 열리고 또 소리를 내어 닫혔다. 어머니는 얇은 실망을 느끼려는 자기 자신을 스스로 위로하려 한다. 중문 소리만 크게 나지 않았다면, 아들의 네― 소리를, 혹은 들을 수 있었을지도 모른다…….

어머니는 다시 바느질을 하며, 대체, 그 애는, 매일, 어딜, 그렇게, 가는, 겐가, 하고 그런 것을 생각하여 본다.

직업과 아내를 갖지 않은, 스물여섯 살짜리 아들은 늙은 어머니에게는 온갖 종류의, 근심, 걱정거리였다. 우선, 낮에 한번 집을 나서면, 아들은 밤늦게나 되어 돌아왔다.

늙고, 쇠약한 어머니는, 자리도 깔지 않고, 맨바닥에 가, 팔을 괴고 누워, 아들을 기다리다가 곧잘 잠이 든다. 편안하지 못한 잠은, 두 시간씩 세 시간씩 계속될 수 없다. 잠깐 잠이 들었다 깰 때마다, 어머니는 고개를 들어 아들의 방을 바라보고, 그리고, 기둥에 걸린 시계를 쳐다본다.

자정― 그리 늦지는 않았다. 이제 아들은 돌아올 게다. 어머니는 아들이 어서 돌아와지라 빌며, 또 어느 틈엔가 꼬빡 잠이 든다.

그가 두 번째 잠을 깨는 것은 새로 한 점 반이나 두 점, 그러한 시각이다. 아들의 방에는 그저 불이 켜 있다.

아들은 잘 때면 반드시 불을 끈다. 그러나, 혹은, 어느 틈엔가 아들은 돌아와 자리에 누워 책이라도 읽고 있는 게 아닐까. 아들에게는 그런 버릇이 있다.

어머니는 소리 안 나게 아들의 방 앞에까지 걸어가 가만히 안을 엿듣는다. 마침내, 어머니는 방문을 열어 보고, 입때 웬일일까, 호젓한 얼굴을 하고, 다시 방문을 닫으려다 말고 방 안으로 들어온다.

나이 찬 아들의, 기름과 분 냄새 없는 방이, 늙은 어머니에게는 애달팠다. 어머니는 초저녁에 깔아 놓은 채 그대로 있는, 아들의 이부자리와 베개를 바로 고쳐 놓고, 그리고 그 옆에 가 앉아 본다.

스물여섯 해를 길렀어도 종시 마음이 놓이지 않는 것은 자식이었다. 설혹 스물여섯 해를 스물여섯 곱하는 일이 있다더라도 어머니의 마음은 늘 걱정으로 차리라. 그래도 어머니는 그가 작은며느리를 보면, 이렇게 밤늦게 한 가지 걱정을 덜 수 있으리라 생각한다.

"참, 이애는 왜 장가를 들려구 안 하는 겐구."

언제나 혼인 말을 꺼내면, 아들은 말하였다.

"돈 한 푼 없이 어떻게 기집을 멕여 살립니까?"

하지만…… 어떻게 도리야 있느니라. 어디 월급쟁이가 되더라도, 두 식구 입에 풀칠이야 못할라구……"

어머니는 어디 월급자리라도 구할 생각은 없이, 밤낮으로, 책이나 읽고 글이나 쓰고, 혹은 공연스레 밤중까지 쏘다니고 하는 아들이, 보기에 딱하고, 또 답답하였다.

"그래두 장가를 들어 노면 맘이 달러지지."

'제 기집 귀여운 줄 알면, 자연 돈 벌 궁릴 하겠지.'

작년 여름에 아들은 한 '색시'를 만나 본 일이 있다. 그 애면 저도 싫다구는 않겠지. 이제 이놈이 들어오거든 단단히 따져 보리라……. 그리고 어머니는 어느 틈엔가 손주 자식을 눈앞에 그려보기조차 한다.

아들은

그러나, 돌아와, 채 어머니가 무어라고 말할 수 있기 전에, 입때 안 주무셨에요, 어서 주무세요, 그리고 자리옷으로 갈아입고는 책상 앞에 앉아, 원고지를 펴 논다.

그런 때 옆에서 무슨 말이든 하면, 아들은 언제든 불쾌한 표정을 지었다. 그것은 어머니의 마음을 아프게 한다. 그래, 어머니는 가까스로,

늦었으니 어서 자거라, 그걸랑 낼 쓰구……. 한마디를 하고서 아들의
방을 나온다.

"얘기는 낼 아침에래두 허지."

그러나 열한 점이나 오정에야 일어나는 아들은, 그대로 소리 없이 밥
을 떠먹고는 나가 버렸다.

때로, 글을 팔아 몇 푼의 돈을 구할 수 있을 때, 그 어느 한 경우에, 아
들은 어머니를 보고 무어 잡수시구 싶으신 거 없어요, 그렇게 묻는 일
이 있었다.

어머니는 직업을 가지지 못한 아들이, 그래도 어떻게 몇 푼의 돈을 만
들어, 자기에게 그런 말을 할 수 있는 것을 신기하게 기뻐하였다.

"어서 내 생각 말구, 네 양말이나 사 신어라."

그러면, 아들은, 으레, 제 고집을 세웠다. 아들의 고집 센 것을, 물론
어머니는 좋게 생각 안 했다. 그러나 이러한 경우라면, 아들이 고집을
세우면 세울수록 어머니는 만족하였다. 어머니의 사랑은 보수를 원하
지 않지만, 그래도 자식이 자기에게 대한 사랑을 보여 줄 때, 그것은 어
머니를 기쁘게 하여 준다.

대체 무얼 사 줄 테냐. 무어든 어머니 마음대루. 먹는 게 아니래두 좋
으냐. 네. 그래 어머니는 에누리 없이 욕망을 말해 본다.

"너, 나 치마 하나 해 주려므나."

아들이 흔연히 응락하는 걸 보고,

"네 아주멈은 무어 안 해주니?"

아들은 치마 두 감*의 가격을 묻고, 그리고 갑자기 엄숙한 얼굴을 한
다. 혹은 밤을 새우기까지 하여 아들이 번 돈은 결코, 대단한 액수의 것
이 아니었다. 그래, 어머니는 말한다.

• 감 옷감을 세는 단위. 감 한 감은 치마 한 벌을 뜰 수 있는 크기임.

"그럼 네 아주멈이나 해주렴."

아들은, 아니에요, 넉넉해요, 갖다 끊으세요. 그리고 돈을 내놓았다.

어머니는, 얼마를 주저한다. 그러나, 마침내, 그는 가장 자랑스러이 돈을 집어 들고, 애애 옷감 바꾸러 나가자, 아재비가 치마 허라구 돈을 주었다. 네 아재비가……. 그렇게 건넌방에서 재봉틀을 놀리고 있던 맏며느리를 신기하게 놀래어 준다.

치마가 되면, 어머니는 그것을 입고, 나들이를 하였다.

일갓집˙ 대청˙에 가 주인 아낙네와 마주 앉아, 갓난애같이 어머니는 치마 자랑할 기회를 엿본다. 주인마누라가 섣불리, 참 치마 좋은 거 해 입으셨구면, 이라고나 한다면, 어머니는 서슴지 않고,

"이거 내 둘째 아이가 해 준 거죠. 제 아주멈 해하구, 이거하구……."

이렇게 묻지도 않는 말을 하였다. 어머니는 그것이 아들의 훌륭한 자랑거리라 생각하였다. 자식을 사랑할 때, 어머니는 얼마든지 뻔뻔스러울 수 있다.

그러나 그런 일은 늘 있을 수 없다. 어머니는 역시, 글을 쓰는 것보다는 월급쟁이가 몇 갑절 낫다고 생각하고, 그리고 그렇게 재주 있는 내 아들은 무엇을 하든 잘하리라고 혼자 작정해 버린다. 아들은 지금 세상에서 월급자리 얻기가 얼마나 힘드는 것인가를 말한다. 하지만, 보통학교만 졸업하고도, 고등학교만 나오고도, 회사에서 관청에서 일들만 잘하고 있는 것을 알고 있는 어머니는, 고등학교를 졸업하고도, 또 동경엘 건너가 공부하고 온 내 아들이, 구하여도 일자리가 없다는 것이 도무지 믿어지지가 않았다.

• **일갓집** 일가(한집안)가 되는 집.
• **대청** 한옥에서, 몸채의 방과 방 사이에 있는 큰 마루.

구보(仇甫)는

집을 나와 천변길을 광교로 향하여 걸어가며, 어머니에게 단 한마디 네— 하고 대답 못 했던 것을 뉘우쳐 본다. 하기야 중문을 여닫으며 구보는 네— 소리를 목구멍까지 내어 보았던 것이나, 중문과 안방과의 거리는 제법 큰 소리를 요구하였고 그리고 공교롭게 활짝 열린 대문 앞을, 때마침 세 명의 여학생이 웃고 떠들며 지나갔다.

그렇더라도 대답은 역시 하여야만 하였었다고, 구보는 어머니의 외로워할 때의 표정을 눈앞에 그려 본다. 처녀들은 어느 틈엔가 그의 시야에서 사라졌다.

구보는 마침내 다리 모퉁이에까지 이르렀다. 그의 일 있는 듯싶게 꾸미는 걸음걸이는 그곳에서 멈추어진다. 그는 어딜 갈까 생각하여 본다. 모두가 그의 갈 곳이었다. 한 군데라도 그가 갈 곳은 없었다.

한낮의 거리 위에서 구보는 갑자기 격렬한 두통을 느낀다. 비록 식욕은 왕성하더라도, 잠은 잘 오더라도, 그것은 역시 신경 쇠약에 틀림없었다.

구보는 떠름한 얼굴을 하여 본다.

취박(臭剝)	4.0
취나(臭那)	2.0
취안(臭安)	2.0
고정(苦丁)	4.0
수(水)	200.0

1일 3회 분복(分服) 2일분

그가 다니는 병원의 젊은 간호부가 반드시 '삼비스이'라고 발음하는

* 삼비스이 신경안정제 '3B수(水)'를 일본식으로 읽은 것.

이 약은 그에게는 조그마한 효험도 없었다.

그러자 구보는 갑자기 옆으로 몸을 비킨다. 그 순간 자전거가 그의 몸을 가까스로 피하여 지났다. 자전거 위의 젊은이는 모멸 가득한 눈으로 구보를 돌아본다. 그는 구보의 몇 칸통* 뒤에서부터 요란스레 종을 울렸던 것임에 틀림없었다. 그것을 위험이 박두하였을 때에야 비로소 몸을 피할 수 있었던 것은 반드시 그가 '3B수(水)'의 처방을 외고 있었기 때문만이 아니었다.

구보는, 자기의 왼편 귀 기능에 스스로 의혹을 갖는다. 병원의 젊은 조수는 결코 익숙지 못한 솜씨로 그의 귓속을 살피고, 그리고 대담하게도 그 안이 몹시 불결한 까닭 외에 아무 이상이 없다고 선언하였었다. 한 덩어리의 '귀지'를 갖기보다는 차라리 4주일간 치료를 요하는 중이염을 앓고 싶다 생각하는 구보는, 그의 선언에 무한한 굴욕을 느끼며, 그래도 매일 신경질하게 귀 안을 소제하였었다.

그러나, 구보는 다행하게도 중이질환(中耳疾患)을 가진 듯싶었다. 어느 기회에 그는 의학 사전을 뒤적거려 보고, 그리고 별 까닭도 없이 자기는 중이가답아(中耳加答兒)*에 걸렸다고 혼자 생각하였다. 사전에 의하면 중이가답아에는 급성 급* 만성이 있고, 만성 중이가답아는 또다시 이를 만성건성(慢性乾性) 급 만성습성(慢性濕性)의 이자(二者)로 나눈다 하였는데, 자기의 이질(耳疾)*은 그 만성습성의 중이가답아에 틀림없다고 구보는 작정하고 있었다.

그러나 부실한 것은 그의 왼쪽 귀뿐이 아니었다. 구보는 그의 오른쪽 귀에도 자신을 갖지 못한다. 언제든 수이 전문의를 찾아보아야겠다고

- **칸통** 넓이의 단위로, 한 칸통은 집의 몇 칸쯤에 해당하는 넓이. 한 칸은 약 6자(1.8m).
- **중이가답아(中耳加答兒)** 중이염.
- **급** 및.
- **이질** 귓병.

생각은 하면서도, 일년이나 그대로 내버려둔 채 지내온 그는, 비교적 건강한 그의 오른쪽 귀마저 또 한편 귀의 난청 보충으로 그 기능을 소모시키고, 그리고 불원한 장래에 '듄케르 청장관(聽長管)'이나 '전기 보청기'의 힘을 빌리지 않으면 안 될지도 모른다.

구보는

갑자기 걸음을 걷기로 한다. 그렇게 우두커니 다리 곁에 가 서 있는 것의 무의미함을 새삼스러이 깨달은 까닭이다. 그는 종로 네거리를 바라보고 걷는다. 구보는 종로 네거리에 아무런 사무(事務)도 갖지 않는다. 처음에 그가 아무렇게나 내어놓았던 바른발이 공교롭게도 왼편으로 쏠렸기 때문에 지나지 않는다.

갑자기 한 사람이 나타나 그의 앞을 가로질러 지난다. 구보는 그 사내와 마주칠 것 같은 착각을 느끼고, 위태롭게 걸음을 멈춘다.

그리고 다음 순간, 구보는, 이렇게 대낮에도 조금의 자신을 가질 수 없는 자기의 시력을 저주한다. 그의 코 위에 걸려 있는 24도의 안경은 그의 근시를 도와주었으나, 그의 망막에 나타나 있는 무수한 맹점(盲點)을 제거하는 재주는 없었다. 총독부 병원 시대의 구보의 시력 검사표는 그저 그 우울한 '안과 재래(眼科再來)'의 책상 서랍 속에 들어 있을지도 모른다.

R, 4L, 3

구보는, 이 주일간 열병을 앓은 끝에, 갑자기 쇠약해진 시력을 호소하러 처음으로 안과의와 대하였을 때의, 그 조그만 테이블 위에 놓여 있던 '시야 측정기'를 지금 기억하고 있다. 저 자신 강도(强度)의 안경

• 안과 재래(眼科再來) '안과에 다시 올 것', 즉 경과를 보기 위해 재검진이 필요하다는 뜻.

을 쓰고 있던 의사는, 백묵을 가져와, 그 위에 용서 없이 무수한 맹점을 찾아내었었다.

그래도, 구보는, 약간 자신이 있는 듯싶은 걸음걸이로 전차 선로를 두 번 횡단하여 화신상회* 앞으로 간다. 그리고 저도 모를 사이에 그의 발은 백화점 안으로 들어서기조차 하였다.

젊은 내외가, 너덧 살 되어 보이는 아이를 데리고 그곳에 가 승강기를 기다리고 있었다. 이제 그들은 식당으로 가서 그들의 오찬을 즐길 것이다. 흘낏 구보를 본 그들 내외의 눈에는 자기네들의 행복을 자랑하고 싶어 하는 마음이 엿보였는지도 모른다. 구보는, 그들을 업신여겨 볼까 하다가, 문득 생각을 고쳐, 그들을 축복하여 주려 하였다. 사실 사오 년 이상을 같이 살아왔으면서도, 오히려 새로운 기쁨을 가져 이렇게 거리로 나온 젊은 부부는 구보에게 좀 다른 의미로서의 부러움을 느끼게 하였는지도 모른다. 그들은 분명히 가정을 가졌고, 그리고 그들은 그곳에서 당연히 그들의 행복을 찾을 게다.

승강기가 내려와 서고, 문이 열리고, 닫히고, 그리고 젊은 내외는 수남(壽男)이나 복동(福童)이와 더불어 구보의 시야를 벗어났다.

구보는 다시 밖으로 나오며, 자기는 어디 가서 행복을 찾을까 생각한다. 발 가는 대로, 그는 어느 틈엔가 안전지대에 가 서서, 자기의 두 손을 내려다보았다. 한 손의 단장과 또 한 손의 공책과──물론 구보는 거기에서 행복을 찾을 수는 없다.

안전지대 위에 사람들은 서서 전차를 기다린다. 그들에게, 행복은 알 수 없다. 그러나 그들은 분명히, 갈 곳만은 가지고 있었다.

전차가 왔다. 사람들은 내리고 또 탔다. 구보는 잠깐 머엉하니 그곳에 서 있었다. 그러나 자기와 더불어 그곳에 있던 온갖 사람들이 모두 저

* 화신상회 현재 서울 종로 타워의 위치에 1929년 세워진 최초의 백화점식 건물.

차에 오르는 것을 보았을 때, 그는 저 혼자 그곳에 남아 있는 것에 외로움과 애달픔을 맛본다. 구보는, 움직이는 전차에 뛰어올랐다.

전차 안에서

구보는, 우선, 제자리를 찾지 못한다. 하나 남았던 좌석은 그보다 바로 한 걸음 먼저 차에 오른 젊은 여인에게 점령당했다. 구보는 차장대(車掌臺)* 가까운 한구석에 가 서서, 자기는 대체, 이 동대문행 차를 어디까지 타고 가야 할 것인가를, 대체, 어느 곳에 행복은 자기를 기다리고 있을 것인가를 생각해 본다.

이제 이 차는 동대문을 돌아 경성운동장 앞으로 해서……. 구보는, 차장대, 운전대로 향한, 안으로 파란 융을 받쳐 댄 창을 본다. 전차과(電車課)에서는 그곳에 뉴스를 게시한다. 그러나 사람들은, 요사이 축구도 야구도 하지 않는 모양이었다.

장충단으로, 청량리로, 혹은 성북동으로……. 그러나 요사이 구보는 교외를 즐기지 않는다. 그곳에는, 하여튼 자연이 있었고, 한적(閑寂)*이 있었다. 그리고 고독조차 그곳에는, 준비되어 있었다. 요사이, 구보는 고독을 두려워한다.

일찍이 그는 고독을 사랑한 일이 있었다. 그러나 고독을 사랑한다는 것은 그의 심경의 바른 표현이 못 될 게다. 그는 결코 고독을 사랑하지 않았는지도 모른다. 아니 도리어 그는 그것을 그지없이 무서워하였는지도 모른다. 그러나 그는 고독과 힘을 겨루어 결코 그것을 이겨내지 못하였다. 그런 때 구보는 차라리 고독에게 몸을 떠맡기어 버리고, 그리고, 스스로 자기는 고독을 사랑하고 있는 것이라고 꾸며 왔었는지도 모

* 차장대(車掌臺) 전차에서 찻삯을 받거나 승객의 편의를 도모하는 차장이 있는 곳.
* 한적(閑寂) 한가하고 고요함.

를 일이다…….

　표, 찍읍쇼— 차장이 그의 앞으로 왔다. 구보는 단장을 왼팔에 걸고, 바지 주머니에 손을 넣었다. 그러나 그가 그 속에서 다섯 닢의 동전을 골라내었을 때, 차는 종묘(宗廟) 앞에 서고, 그리고 차장은 제자리로 돌아갔다.

　구보는 눈을 떨어뜨려, 손바닥 위의 다섯 닢 동전을 본다. 그것은 공교롭게도 모두가 뒤집혀 있었다. 대정(大正)12년. 11년. 11년. 8년. 12년. 대정 54년— 구보는 그 숫자에서 어떤 한 개의 의미를 찾아내려 들었다. 그러나 그것은 부질없는 일이었고, 그리고 또 설혹 그것이 무슨 의미를 가지고 있었다 하더라도, 그것은 적어도 '행복'은 아니었을 게다.

　차장이 다시 그의 옆으로 왔다. 어디를 가십니까. 구보는 전차가 향하여 가는 곳을 바라보며 문득 창경원에라도 갈까, 하고 생각한다. 그러나 그는 차장에겐 아무런 사인도 하지 않았다. 갈 곳을 갖지 않은 사람이, 한 번, 차에 몸을 의탁하였을 때, 그는 어디서든 섣불리 내릴 수 없다.

　차는 서고, 또 움직였다. 구보는 창밖을 내어다보며, 문득, 대학병원에라도 들를 것을 그랬나 하여 본다. 연구실에서, 벗은, 정신병을 공부하고 있었다. 그를 찾아가, 좀 다른 세상을 구경하는 것은, 행복은 아니어도, 어떻든 한 개의 일일 수 있다…….

　구보가 머리를 돌렸을 때, 그는 그곳에, 지금 마악 차에 오른 듯 싶은 한 여성을 보고, 그리고 신기하게 놀랐다. 집에 돌아가, 어머니에게 오늘 전차에서 '그 색시'를 만났죠 하면, 어머니는 응당 반색을 하고, 그리고, '그래서 그래서', 뒤를 캐어물을 게다. 그가 만일 오직 그뿐이라고라도 말한다면, 어머니는 실망하고, 그리고 그를 주변머리 없다고 책

• 대정(大正)12년 1923년을 가리킴.

(責)할지도 모른다. 그러나 누가 그 일을 알고, 그리고 아들을 졸(拙)[*]하다라고 말한다면, 어머니는 내 아들은 원체 얌전해서……. 그렇게 변호할 게다.

구보는 여자와 시선이 마주칠까 겁(怯)[*]하여, 얼토당토않은 곳을 보며, 저 여자는 내가 여기 있는 것을 보았을까, 하고 생각한다.

여자는

혹은, 그를 보았을지도 모른다. 전차 안에, 승객은 결코 많지 않았고, 그리고 자리가 몇 군데 비어 있음에도 불구하고, 구석에 가 서 있는 사람이란, 남의눈에 띄기 쉽다. 여자는 응당 자기를 보았을 게다. 그러나 여자는 능히 자기를 알아볼 수 있었을까. 그것은 의문이다. 작년 여름에 단 한 번 만났을 뿐으로, 이래 일 년간 길에서라도 얼굴을 대한 일이 없는 남자를 그렇게 쉽사리 여자는 알아내지 못할 게다. 그러나, 자기가 기억하고 있는 여자에게, 자기의 기억이 없으리라고 생각하는 것은, 누구에게 있어서든, 외롭고 또 쓸쓸한 일이다. 구보는, 여자와의 회견 당시의 자기의 그 대담한, 혹은 뻔뻔스런 태도와 화술이, 그에게 적지 않이 인상 주었으리라고 생각하고, 그리고 여자는 때때로 자기를 생각하여 주고 있었다고 믿고 싶었다.

그는 분명히 나를 보았고 그리고 나를 나라고 알았을 게다. 그러한 그는 지금 어떠한 느낌을 가지고 있을까, 그것이 구보는 알고 싶었다.

그는 결코 대담하지 못한 눈초리로, 비스듬히 두 칸통 떨어진 곳에 앉아 있는 여자의 옆얼굴을 곁눈질하였다. 그리고 다음 순간, 그와 눈이 마주칠 것을 겁하여 시선을 돌리며, 여자는 혹은 자기를 곁눈질한 남자

* 졸(拙)하다 재주나 재능이 없다.
* 겁(怯)하다 무서워하다.

의 꼴을, 곁눈으로 느꼈을지도 모르겠다고, 그렇게 생각하여 본다. 여자는 남자를 그 남자라 알고, 그리고 남자가 자기를 그 여자라 안 것을 알고 있을지도 모른다. 이러한 경우에, 나는 어떠한 태도를 취하여야 마땅할까 하고, 구보는 그러한 것에 머리를 썼다. 알은체를 하여야 옳을지도 몰랐다. 혹은 모른 체하는 게 정당한 인사일지도 몰랐다. 그 둘 중에 어느 편을 여자는 바라고 있을까. 그것을 알았으면, 하였다. 그러다가, 갑자기, 그러한 것에 마음을 태우고 있는 자기가 스스로 괴이하고 우스워, 나는 오직 요만 일로 이렇게 흥분할 수가 있었던가 하고 스스로를 의심하여 보았다. 그러면 나는 마음속 그윽이 그를 생각하고 있었던지도 모르겠다고 생각하여 보았다. 그러나 그가 여자와 한 번 본 뒤로, 이래 일 년간, 그를 일찍이 한 번도 꿈에 본 일이 없었던 것을 생각해 내었을 때, 자기는 역시 진정으로 그를 사랑하고 있는 것은 아닌지도 모르겠다고, 그러한 생각이 들었다. 만일 그렇다면 자기가 여자의 마음을 헤아려 보고, 그리고 이리저리 공상을 달리고 하는 것은, 이를테면, 감정의 모독이었고, 그리고 일종의 죄악이었다.

그러나 만일 여자가 자기를 진정으로 그리워하고 있다면—

구보가, 여자 편으로 눈을 주었을 때, 그러자, 여자는 자리에서 일어나 양산을 들고 차가 동대문 앞에 정차하기를 기다리어 내려갔다. 구보의 마음은 또 한 번 동요하며, 창 너머로 여자가 청량리행 전차를 기다리느라, 그곳 안전지대로 가 서는 것을 보았을 때, 그는 자기도 차에서 곧 내리고 싶은 충동을 느꼈다. 그러나, 여자가 청량리행 전차 속에서 자기를 또 한 번 발견하고, 그리고 자기가 일도 없건만, 오직 여자와의 사이에 어떠한 기회를 엿보기 위하여 그 차를 탄 것에 틀림없다는 것을 눈치챌 때, 여자는 그러한 자기를 얼마나 천박하게 생각할까. 그래, 구보가 망설이는 동안, 전차는 달리고, 그들의 사이는 멀어졌다. 마침

내 여자의 모양이 완전히 그의 시야에서 떠났을 때, 구보는 갑자기, 아차, 하고 뉘우친다.

행복은

그가 그렇게도 구하여 마지않던 행복은, 그 여자와 함께 영구히 가 버렸는지도 모른다. 여자는 자기에게 던져 줄 행복을 가슴에 품고서, 구보가 마음의 문을 열어 가까이 와 주기를 갈망하였는지도 모른다. 왜 자기는 여자에게 좀 더 대담하지 못하였나. 구보는, 여자가 가지고 있는 온갖 아름다운 점을 하나하나 세어 보며, 혹은 이 여자 말고 자기에게 행복을 약속하여 주는 이는 없지나 않을까, 하고 그렇게 생각하였다.

방향판을 '한강교'로 갈고 전차는 훈련원을 지났다. 구보는 자리에 앉아, 주머니에서 5전 백동화(白銅貨)를 골라 꺼내면서, 비록 한 번도 꿈에 본 일은 없었더라도, 역시 그가 자기에게는 유일한 여자가 아닐까 하고 생각하여 본다.

자기가, 그를, 그동안 대수롭지 않게 여겨 왔던 것같이 생각하는 것은, 구보가 제 감정을 속인 것에 지나지 않을지도 모른다. 그가 여자를 만나보고 돌아왔을 때, 그는 집에서 아들을 궁금히 기다리고 있던 어머니에게 '그 여자면' 정도의 뜻을 표하였었던 것에 틀림없었다. 그러나 구보는, 어머니가 색시 집으로 솔직하게 구혼할 것을 금하였다. 그것은 허영심만에서 나온 일은 아니다. 그는 여자가 자기 생각을 안 하고 있는 경우에 객쩍게시리 여자를 괴롭혀 주고 싶지 않았던 까닭이다. 구보는 여자의 의사와 감정을 존중하고 싶었다.

그러나, 물론, 여자에게서는 아무런 말도 하여 오지 않았다. 구보는, 여자가 은근히 자기에게서 무슨 말이 있기를 기다리고 있는 것이나 아닐까, 하고도 생각하여 보았다. 그러나 그런 것을 생각하는 것은 저 자신 우스운 일이다. 그러는 동안에, 날은 가고, 그리고 그것에 대한 흥미를 구보는 잃기 시작하였다. 혹시, 여자에게서라도 먼저 말이 있다면— 그러면 구보는 다시 이 문제에 흥미를 가질 수 있을 게다. 언젠가 여자의 집과 어떻게 인척 관계가 있는 노(老)마나님이 와서 색시 집에서도 이편의 동정만 살피고 있는 듯싶더란 말을 들었을 때, 구보는 쓰디쓰게 웃고 그리고 그것이 사실이라면, 그것은 희극이라느니보다는, 오히려 한 개의 비극이라고 생각하였다. 그러면서도 구보는 그 비극에서 자기네들을 구하기 위하여 팔을 걷고 나서려 들지 않았다.

전차가 약초정(若草町) 근처를 지나갈 때, 구보는, 그러나, 그 흥분에서 깨어나, 뜻 모를 웃음을 입가에 띠어 본다. 그의 앞에 어떤 젊은 여자가 앉아 있었다. 그 여자는 자기의 두 무릎 사이에다 양산을 놓고 있었다. 어느 잡지에선가, 구보는, 그것이 비(非)처녀성을 나타내는 것임을 배운 일이 있다. 딴은, 머리를 틀어 올렸을 뿐이나, 그만한 나이로는 저 여인은 마땅히 남편은 가졌어야 옳을 게다. 아까, 그는 양산을 어디다 놓고 있었을까 하고, 구보는, 객쩍은 생각을 하다가, 여성에게 대하여 그러한 관찰을 하는 자기는, 혹은 어떠한 여자를 아내로 삼든 반드시 불행하게 만들어 주지나 않을까, 하고 생각하였다. 그러나 여자는— 여자는 능히 자기를 행복하게 하여 줄 것인가. 구보는 자기가 알고 있는 온갖 여자를 차례로 생각하여 보고, 그리고 가만히 한숨지었다.

일찍이

구보는 벗의 누이에게 짝사랑을 느낀 일이 있었다. 어느 여름날 저녁, 그가 벗을 찾았을 때, 문간으로 그를 응대하러 나온 벗의 누이는, 혹은 정말, 나이 어린 구보가 동경의 마음을 갖기에 알맞도록 아름답고, 깨끗하였는지도 모른다. 열다섯 살짜리 문학 소년은 그를 사랑하고 싶다 생각하고, 뒷날 그와 결혼할 수 있다 하면, 응당 자기는 행복이리라 생각하고, 자주 벗을 찾아가 그와 만날 기회를 엿보고, 혹 만나면 저 혼자 얼굴을 붉히고, 그리고 돌아와 밤늦게 여러 편의 연애시를 초(草)˙하였다. 그가 자기보다 세 살이나 위라는 것을 생각할 때, 구보의 마음은 불안하였다. 자기가 한 여자의 앞에서 자기의 사랑을 고백하여도 결코 서투르지 않을 나이가 되었을 때, 여자는, 이미, 그 전에, 다른, 더 나이 먹은 이의 사랑을 용납해 버릴 게다.

그러나 구보가 그것에 대하여 아무런 대책도 강구할 수 있기 전에, 여자는, 참말, 나이 먹은 남자의 품으로 갔다. 열일곱 살 먹은 구보는, 자기의 마음이 퍽이나 괴롭고 슬픈 것같이 생각하려 들고, 그리고, 그러면서도, 그들의 행복을 특히 남자의 행복을 빌려 들었다. 그러한 감정은 그가 읽은 문학서류에 얼마든지 씌여 있었다. 결혼 비용 3천 원, 신혼여행은 동경으로 관수동(觀水洞)에 그들 부처(夫妻)˙를 위하여 개축된 집은 행복을 보장하는 듯싶었다.

이번 봄에 들어서서, 구보는 벗과 더불어 그들을 찾았다. 이미 두 아이의 어머니인 여인 앞에서, 구보는 얼굴을 붉히는 일 없이 평범한 이야기를 서로 할 수 있었다. 구보가 일곱 살 먹은 사내아이를 영리하다고 칭찬하였을 때, 젊은 어머니는, 그러나 그 애가 이 골목 안에서는 그 중 나이 어림을 말하고, 그리고 나이 먹은 아이들이란, 저희보다 적은 아이에게 대하여 얼마든지 교활할 수 있음을 한탄하였다. 언제든 딱지를 가지고 나가서는, 최후의 한 장까지 빼앗기고 들어오는 아들이 민망하여, 하루는 그 뒤에 연필로 하나하나 표를 하여 주고 그것을 또 다 잃고 돌아왔을 때, 그는 골목 안의 아이들을 모아, 그들이 가지고 있는 딱

• **초(草)하다** 글의 초안을 잡다. 메모하다.
• **부처(夫妻)** 부부.

지에서 원래의 내 아이 물건을 가려내어, 거의 모조리 회수할 수 있었다는 이야기를, 젊은 어머니는 일종의 자랑조차 가지고 구보에게 들려주었었다…….

구보는 가만히 한숨짓는다. 그가 그 여인을 아내로 삼을 수 없었던 것은, 결코 불행이 아니었다. 그러한 여인은, 혹은 한평생을 두고, 구보에게 행복이 무엇임을 알 기회를 주지 않았을지도 모른다.

조선은행 앞에서 구보는 전차를 내려, 장곡천정(長谷川町)˙으로 향한다. 생각에 피로한 그는 이제 마땅히 다방에 들러 한 잔의 홍차를 즐겨야 할 것이다.

몇 점이나 되었나. 구보는, 그러나, 시계를 갖지 않았다. 갖는다면, 그는 우아한 회중시계를 택할 게다. 팔뚝시계는—그것은 소녀 취미에나 맞을 게다. 구보는 그렇게도 팔뚝시계를 갈망하던 한 소녀를 생각하였다. 그는 동리에 전당(典當)˙ 나온 18금 팔뚝시계를 탐내고 있었다. 그것은 4원 80전에 구할 수 있었다. 그리고, 그는, 그 시계 말고, 치마하나를 해 입을 수 있을 때에, 자기는 행복의 절정에 이를 것같이 생각하고 있었다.

뱀베르크 실˙로 짠 보일˙ 치마. 3원 60전. 하여튼 8원 40전이 있으면, 그 소녀는 완전히 행복일 수 있었다. 그러나, 구보는, 그 결코 크지 못한 욕망이 이루어졌음을 듣지 못했다. 구보는, 자기는, 대체, 얼마를 가져야 행복일 수 있을까 생각해 본다.

˙ 장곡천정(長谷川町) 서울 중구 소공동의 일제 강점기 때 이름.
˙ 전당(典當) 물건 따위를 맡기고 돈을 빌리는 일.
˙ 뱀베르크 실 독일 뱀베르크사에서 만든 인조 견사. 촉감이 좋고 광택이 난다.
˙ 보일 성기게 짜서 비쳐 보이는 얇고 가벼운 직물.

다방의

오후 2시, 일을 가지지 못한 사람들이 그곳 등의자(藤椅子)에 앉아, 차를 마시고, 담배를 태우고, 이야기를 하고, 또 레코드를 들었다. 그들은 거의 다 젊은이들이었고, 그리고 그 젊은이들은 그 젊음에도 불구하고, 이미 자기네들은 인생에 피로한 것같이 느꼈다. 그들의 눈은 그 광선이 부족하고 또 불균등한 속에서 쉴 사이 없이 제각각의 우울과 고달픔을 하소연한다. 때로, 탄력 있는 발소리가 이 안을 찾아들고, 그리고 호화로운 웃음소리가 이 안에 들리는 일이 있었다. 그러나 그것들은 이곳에 어울리지 않았고, 그리고 무엇보다도 다방에 깃들인 무리들은 그런 것을 업신여겼다.

구보는 아이에게 한 잔의 가배차˙와 담배를 청하고 구석진 등탁자(藤卓子)로 갔다. 나는 대체로 얼마가 있으면— 그의 머리 위에 한 장의 포스터가 걸려 있었다. 어느 화가의 '도구유별전(渡歐留別展)'.˙ 구보는 자기에게 양행비(洋行費)˙가 있으면, 적어도 지금 자기는 거의 완전히 행복일 수 있으리라 생각한다. 동경에라도— 동경도 좋았다. 구보는 자기가 떠나온 뒤의 변한 동경이 보고 싶다 생각한다. 혹은 더 좀 가까운 데라도 좋았다. 지극히 가까운 데라도 좋았다. 50마일(哩) 이내의 여정에 지나지 않더라도, 구보는, 조그만 '슈케이스'를 들고 경성역에 섰을 때, 응당 자기는 행복을 느끼리라 믿는다. 그것은 금전과 시간이 주는 행복이다. 구보에게는 언제든 여정에 오르려면, 오를 수 있는 시간의 준비가 있었다…….

구보는 차를 마시며, 약간의 금전이 가져다줄 수 있는 온갖 행복을 손꼽아 보았다. 자기도, 혹은, 8원 40전을 가지면, 우선, 조그만 한 개의,

• 가배차 커피.
• 도구유별전(渡歐留別展) 유럽으로 유학 가면서 여는 고별 전시회.
• 양행비(洋行費) 서양으로 여행할 수 있을 만한 경비.

혹은, 몇 개의 행복을 가질 수 있을 게다. 구보는 그러한 저 자신을 비웃으려 들지 않았다. 오직 고만한 돈으로 한때 만족할 수 있는 그 마음은 애달프고 또 사랑스럽지 않은가.

구보는 담배에 불을 붙이며 자기가 원하는 최대의 욕망은 대체 무엇일까, 하였다. 이시카와 다쿠보쿠(石川啄木)*는 화롯가에 앉아 곰방대를 닦으며, 참말로 자기가 원하는 것이 무엇일까, 생각하였다. 그러나 그것은 있을 듯하면서도 없었다. 혹은, 그럴 게다. 그러나 구태여 말하여, 말할 수 없을 것도 없을 게다.

"원거마의경구 여붕우공 폐지이무감(願車馬衣輕裘 與朋友共 弊之而無憾)*"은 자로(子路)*의 뜻이요, "좌상객상만 준중주불공(座上客常滿 樽中酒不空)*"은 공융(孔融)*의 원하는 바였다. 구보는, 저도 역시, 좋은 벗들과 더불어 그 즐거움을 함께하였으면 한다.

갑자기 구보는 벗이 그리워진다. 이 자리에 앉아 한 잔의 차를 나누며, 또 같은 생각 속에 있고 싶다 생각한다…….

구둣발 소리가 바깥 포도(鋪道)*를 걸어와, 문 앞에 서고, 그리고 다음에 소리도 없이 문이 열렸다. 그러나 그는 구보의 벗이 아니었다. 뿐만 아니라, 두 사람의 시선이 마주쳤을 때, 두 사람은 거의 일시에 머리를 돌리고 그리고 구보는 그의 고요한 마음속에 음울을 갖는다.

• 이시카와 다쿠보쿠(石川啄木) 일본 메이지 시대의 시인.
• 원거마의경구 여붕우공 폐지이무감(願車馬衣輕裘 與朋友共 弊之而無憾) 수레와 말과 가벼운 가
   죽옷을 친구와 함께 쓰다가 해지더라도 유감이 없고자 한다.
• 자로(子路) 중국 춘추 시대의 유학자.
• 좌상객상만 준중주불공(座上客常滿 樽中酒不空) 자리에는 항상 손님이 그득하고 술독에는 술
   이 떨어지지 않는다.
• 공융(孔融) 중국 후한 말기의 학자.
• 포도(鋪道) 포장도로.

그 사내와

구보는, 일찍이, 인사를 한 일이 있었다. 그러나, 그것은 공교롭게 어두운 거리에서였다. 한 벗이 그를 소개하였다. 말씀은 많이 들었습니다, 하고 그는 말하였었다. 사실 그는 구보의 이름과 또 얼굴을 전부터 알고 있었던 것임에 틀림없었다. 그러나 구보는, 구보는 그를 몰랐다. 모른 채 어두운 곳에서 그대로 헤어져 버린 구보는, 뒤에 그를 만나도, 그를 그라고 알아내지 못하였다. 그 사내는 구보가 자기를 보고도 알은체 안 하는 것에 응당 모욕을 느꼈을 게다. 자기를 자기라 알고도 모르는 체하는 것이라 생각할 때, 그의 마음은 평온할 수 없었을 게다. 그러나 구보는, 구보는 몰랐고 모르면 태연할 수 있다. 자기를 볼 때마다 황당하게, 또 불쾌하게 시선을 돌리는 그 사내를, 구보는 오직 괴이하게만 여겨 왔다. 괴이하게만 여겨 오는 동안은 그래도 좋았다. 마침내 구보가 그를 그라고 알아낼 수 있었을 때, 그것은 그의 마음에 암영(暗影)˙을 주었다. 그 뒤부터 구보는 그 사내와 시선이 마주치면, 역시 당황하게 그리고 불안하게 고개를 돌리는 수밖에 없었다. 그것은 사람의 마음을 우울하게 하여 놓는다. 구보는 다방 안의 한 구획을 그의 시야 밖에 두려 노력하며, 사람과 사람 사이의 교섭의 번거로움을 새삼스러이 느끼지 않으면 안 된다.

구보는 백동화를 두 푼, 탁자 위에 놓고, 그리고 공책을 들고 그 안을 나왔다. 어디로— 그는 우선 부청(府廳)˙ 쪽으로 향하여 걸으며, 아무튼 벗의 얼굴이 보고 싶다, 생각하였다. 구보는 거리의 순서로 벗들을 마음속에 헤아려 보았다. 그러나 이 시각에 집에 있을 사람은 하나도 없을 듯싶었다. 어디로— 구보는 한길 위에 서서, 넓은 마당 건너 대한문(大

* **암영(暗影)** 어두운 그림자.
* **부청(府廳)** 일제 강점기에 부의 행정 사무를 처리하던 관청.

漢門)을 바라본다. 아동 유원지 유동(遊動)˙ 의자에라도 앉아서……. 그러나 그 빈약한, 너무나 빈약한 옛 궁전은, 역시 사람의 마음을 우울하게 하여 주는 것임에 틀림없었다.

구보가 다 탄 담배를 길 위에 버렸을 때, 그의 옆에 아이가 와 선다. 그는 구보가 놓아둔 채 잊어버리고 나온 단장을 들고 있었다. 고맙다. 구보는 그렇게도 방심한 저 자신을 쓰게 웃으며, 달음질하여 다방으로 돌아가는 아이의 뒷모양을 이윽히 바라보고 있다가 자기도 그 길을 되걸어 갔다.

다방 옆 골목 안. 그곳에서 젊은 화가는 골동점을 경영하고 있었다. 구보는 그 방면에 대한 지식을 갖지 않는다. 그러나, 하여튼 그것은 그의 취미에 맞았고, 그리고 기회 있으면 그 방면의 이야기를 듣고 싶다, 생각한다. 온갖 지식이 소설가에게는 필요하다.

그러나 벗은 점(店)에 있지 않았다.

"바로 지금 나가셨습니다."

그리고 기둥에 걸린 시계를 쳐다보며

"한 십 분, 됐을까요."

점원은 덧붙여 말하였다.

구보는 골목을 전찻길로 향하여 걸어 나오며, 그 십 분이란 시간이 얼마만 한 영향을 자기에게 줄 것인가, 생각한다. 한길 위에 사람들은 바쁘게 또 일 있게 오고 갔다. 구보는 포도 위에 서서, 문득, 자기도 창작을 위하여 어디, 예(例)˙ 하면 서소문정(西小門町) 방면이라도 답사할까 생각한다. '모데르놀로지오'˙를 게을리하기 이미 오래다.

- 유동(遊動) 자유로이 움직임.
- 예(例)하다 예를 들다.
- 모데르놀로지오(modernologio) 당대 삶의 풍속들 속에서 시대를 대변하는 삶의 방식을 보아 내는 학문. 고현학.

그러나 그러한 생각과 함께 구보는 격렬한 두통을 느끼며, 이제 한 걸음도 더 옮길 수 없을 것 같은 피로를 전신에 깨닫는다. 구보는 얼마 동안을 망연히 그곳, 한길 위에 서 있었다……

얼마 있다

구보는 다시 걷기로 한다. 여름 한낮의 뙤약볕이 맨머릿바람의 그에게 현기증을 주었다. 그는 그곳에 더 그렇게 서 있을 수 없다. 신경쇠약. 그러나 물론, 쇠약한 것은 그의 신경뿐이 아니다. 이 머리를 가져, 이 몸을 가져, 대체 얼마만 한 일을 나는 하겠단 말인가― 때마침 옆을 지나는 장년의, 그 정력가형 육체와 탄력 있는 걸음걸이에 구보는, 일종 위압조차 느끼며, 문득, 아홉 살 때에, 집안 어른의 눈을 기어*『춘향전』을 읽었던 것을 뉘우친다. 어머니를 따라 일갓집에 갔다 와서, 구보는 저도 얘기책이 보고 싶다 생각하였다. 그러나 집안에서는 그것을 금했다. 구보는 남몰래 안잠자기*에게 문의하였다. 안잠자기는 세책(貰冊)집*에는 어떤 책이든 있다는 것과 1전이면 능히 한 권을 세내 올 수 있음을 말하고, 그러나 꾸중 들우― 그리고 다음에, 재미있긴 『춘향전』이 제일이지, 그렇게 그는 혼잣말을 하였었다. 한 푼의 동전과 한 개의 주발 뚜껑, 그것들이, 17년 전의 그것들이, 뒤에 온, 그리고 또 올, 온갖 것의 근원이었을지도 모른다. 자기 전에 읽던 얘기책들, 밤을 새워 읽던 소설책들. 구보의 건강은 그의 소년 시대에 결정적으로 손상되었던 것임에 틀림없다……

변비(便祕), 요의빈삭(尿意頻數),* 피로, 권태, 두통, 두중(頭重), 두압(頭

• 눈을 기다 어떤 일을 숨기고 바른대로 말하지 않다.
• 안잠자기 남의 집에서 먹고 자며 그 집의 일을 도와주는 여자.
• 세책(貰冊)집 돈을 받고 책을 빌려 주는 책방.
• 요의빈삭 소변을 보고 싶은 생각이 자주 드는 병증.

壓), 모리타 마사타케(森田正馬) 박사의……. 그러한 것은 어떻든, 보잘것 없는, 아니, 그 살풍경하고 또 어수선한 태평통(太平通)의 거리는 구보의 마음을 어둡게 한다. 그는 저, 불결한 고물상들을 어떻게 이 거리에서 쫓 아낼 것인가를 생각하며, 문득, 반자의 무늬가 눈에 시끄럽다고, 양지(洋 紙)로 반자를 발라 버렸던 서해(曙海) 역시 신경쇠약이었음에 틀림없었 다고, 이름 모를 웃음을 입가에 띠어 보았다. 서해의 너털웃음. 그것도 생 각하여 보면, 역시, 공허한, 적막한 음향이었다.

구보는 고인에서 받은 『홍염(紅焰)』을 이제도록 한 페이지도 들춰 보 지 않았던 것을 생각해 내고, 그리고 딱한 표정을 지었다. 그가 읽지 않 은 것은 오직 서해의 작품뿐이 아니다. 독서를 게을리하기 이미 삼 년. 언젠가 구보는 지식의 고갈을 느끼고 악연(愕然)하였다.

갑자기 한 젊은이가 구보의 시야에 들어왔다. 그는 구보가 향하여 설 어가고 있는 곳에서 왔다. 구보는 그를 어디서 본 듯싶었다. 자기가 마 땅히 알아보아야만 할 사람인 듯싶었다. 마침내 두 사람의 거리가 한 칸 통으로 단축되었을 때, 문득 구보는 어린 시절을 회상하고, 그리고 그 곳에 옛 동무를 발견한다. 그리운 옛 시절. 그리운 옛 동무. 그들은 보 통학교를 나온 채 이제도록 한 번도 못 만났다. 그래도 구보는 그 동무 의 이름까지 기억 속에서 찾아낸다.

그러나 옛 동무는 너무나 영락(零落)하였다. 모시 두루마기에 흰 고 무신, 오직 새로운 맥고모자를 쓴 그의 행색은 너무나 초라하다. 구보

- **태평통(太平通)** 태평로의 일제 강점기 때 이름.
- **반자** 천장을 평평하게 만든 시설.
- **양지(洋紙)** 서양에서 들여온 종이.
- **서해(曙海)** 소설가 최학송(1901~1932)의 호.
- **악연(愕然)하다** 몹시 놀라 정신이 아찔하다.
- **영락(零落)하다** 세력이나 살림이 줄어들어 보잘것없이 되다.
- **맥고모자** 개화기에 젊은 남자들이 주로 쓰던 밀짚모자.

는 망설거린다. 그대로 모른 체하고 지날까. 옛 동무는 분명히 자기를 알아본 듯싶었다. 그리고 구보가 자기를 알아볼 것을 두려워하는 듯싶었다. 그러나, 그러나 마침내 두 사람이 서로 지나치는, 그 마지막 순간을 포착하여, 구보는 용가를 내었다.

"이거 얼마만이야, 유(劉)군."

그러나 벗은 순간에 약간 얼굴조차 붉히며,

"네, 참 오래간만입니다."

"그동안 서울에, 늘, 있었어?"

"네."

구보는 다음에 간신히,

"어째서 그렇게 뵈올 수 없었에요."

한마디를 하고, 그리고 서운한 감정을 맛보며, 그래도 또 무슨 말이든 하고 싶다 생각할 때, 그러나 벗은, 그만 실례합니다, 그렇게 말하고, 그리고 구보의 앞을 떠나, 저 갈 길을 가버린다.

구보는 잠깐 그곳에 섰다가 다시 고개 숙여 걸으며 울 것 같은 감정을 스스로 억제하지 못한다.

조그만

한 개의 기쁨을 찾아, 구보는 남대문을 안에서 밖으로 나가 보기로 한다. 그러나 그곳에는 불어 드는 바람도 없이 양옆에 웅숭그리고 앉아 있는 서너 명의 지게꾼들의 그 모양이 맥없다.

구보는 고독을 느끼고, 사람들 있는 곳으로, 약동하는 무리들이 있는 곳으로, 가고 싶다 생각한다. 그는 눈앞의 경성역을 본다. 그곳에는 마땅히 인생이 있을 게다. 이 낡은 서울의 호흡과 또 감정이 있을 게다. 도회의 소설가는 모름지기 이 도회의 항구와 친하여야 한다. 그러나 물론 그러한 직업의식은 어떻든 좋았다. 다만 구보는 고독을 삼등 대합실 군중 속에 피할 수 있으면 그만이다.

그러나 오히려 고독은 그곳에 있었다. 구보가 한옆에 끼어 앉을 수도 없게시리, 사람들은 그곳에 빽빽하게 모여 있어도, 그들의 누구에게서도 인간 본래의 온정을 찾을 수는 없었다. 그네들은 거의 옆의 사람에게 한마디 말을 건네는 일도 없이, 오직 자기네들 사무에 바빴고, 그리고 간혹 말을 건네도, 그것은 자기네가 타고 갈 열차의 시각이나 그러한 것에 지나지 않았다. 그네들의 동료가 아닌 사람에게 그네들은 변소에 다녀올 동안의 그네들 짐을 부탁하는 일조차 없었다. 남을 결코 믿지 않는 그네들의 눈은 보기에 딱하고 또 가엾었다.

구보는 한구석에 가 서서, 그의 앞에 앉아 있는 노파를 본다. 그는 뉘집에 드난*을 살다가 이제 늙고 또 쇠잔한 몸을 이끌어, 결코 넉넉하지 못한 어느 시골, 딸네 집이라도 찾아가는지 모른다. 이미 굳어 버린 그의 안면 근육은 어떠한 다행한 일에도 펴질 턱 없고 그리고 그의 몽롱한 두 눈은 비록 그의 딸의 그지없는 효양(孝養)*을 가지고도 감동시킬 수 없을지 모른다. 노파 옆에 앉은 중년의 시골 신사는 그의 시골서 조그만 백화점을 경영하고 있을 게다. 그의 점포에는 마땅히 주단포목*도 있고, 일용잡화도 있고, 또 흔히 쓰이는 약품도 갖추어 있을 게다. 그는 이제 그의 옆에 놓인 물품을 들고 자랑스러이 차에 오를 게다. 구보는 그 시골 신사가 노파와의 사이에 되도록 간격을 가지려고 노력하는 것을 발견하고, 그리고 그를 업신여겼다. 만약 그에게 옅은 지혜와 또 약간의 용기를 주면 그는 삼등 승차권을 주머니 속에 간수하고 일이등 대합실에 오만하게 자리 잡고 앉을 게다.

• 드난 임시로 남의 집 행랑에 붙어 지내며 그 집의 일을 도와줌.
• 효양(孝養) 어버이를 효성으로 봉양함.
• 주단포목 명주, 비단, 베, 무명 따위의 온갖 직물류를 통틀어 이르는 말.

문득 구보는 그의 얼굴에 부종(浮腫)을 발견하고 그의 앞을 떠났다. 신장염. 그뿐 아니라, 구보는 자기 자신의 만성 위확장을 새삼스러이 생각해 내지 않으면 안 되었다. 그러나 구보가 매점 옆에까지 갔었을 때, 그는 그곳에서도 역시 병자를 보지 않으면 안 되었다. 사십여 세의 노동자. 전경부(前頸部)˙의 광범한 팽륭(澎隆).˙ 돌출한 안구. 또 손의 경미한 진동. 분명한 바세도우 씨 병.˙ 그것은 누구에게든 결코 깨끗한 느낌을 주지는 못한다. 그의 좌우에는 좌석이 비어 있어도 사람들은 그곳에 앉으려 들지 않는다. 뿐만 아니라, 그에게서 두 칸통 떨어진 곳에 있던 아이 업은 젊은 아낙네가 그의 바스켓 속에서 꺼내다 잘못하여 시멘트 바닥에 떨어뜨린 한 개의 복숭아가 굴러 병자의 발 앞에까지 왔을 때, 여인은 그것을 쫓아와 집기를 단념하기조차 하였다.

구보는 이 조그만 사건에 문득, 흥미를 느끼고, 그리고 그의 '대학 노트'를 펴 들었다. 그러나 그가 문 옆에 기대어 섰는 캡 쓰고 린네르 쓰메리˙ 양복 입은 사내의, 그 온갖 사람에게 의혹을 갖는 두 눈을 발견하였을 때, 구보는 또다시 우울 속에 그곳을 떠나지 않으면 안 되었다.

개찰구 앞에

두 명의 사내가 서 있었다. 낡은 파나마˙에 모시 두루마기 노랑 구두를 신고, 그리고 손에 조그만 보따리 하나도 들지 않은 그들을, 구보는, 확신을 가져 무직자라고 단정한다. 그리고 이 시대의 무직자들은, 거의다 금광 브로커˙에 틀림없었다. 구보는 새삼스러이 대합실 안팎을 둘러

˙ 전경부(前頸部) 목의 앞부분 근육 있는 부위.
˙ 팽륭(澎隆) 부풀어 오르고 튀어나옴.
˙ 바세도우 씨 병 갑상선 호르몬이 지나치게 분비되어 생기는 질병. 갑상선 항진증.
˙ 린네르 쓰메리 마로 만든 스탠드칼라의 양복.
˙ 파나마 파나마모자풀의 잎을 잘게 쪼개어서 만든 여름 모자.
˙ 브로커 중개 상인.

본다. 그러한 인물들은, 이곳에도 저곳에도 눈에 띄었다.

황금광(黃金狂) 시대—

저도 모를 사이에 구보의 입술에선 무거운 한숨이 새어 나왔다. 황금을 찾아, 황금을 찾아. 그것도 역시 숨김없는 인생의, 분명히, 일면이다. 그것은 적어도, 한 손에 단장과 또 한 손에 공책을 들고, 목적 없이 거리로 나온 자기보다는 좀 더 진실한 인생이었을지도 모른다. 시내에 산재한 무수한 광무소(鑛務所). 인지대 100원. 열람비 5원. 수수료 10원. 지도대(地圖代) 18전…… 출원 등록된 광구, 조선 전토(全土)의 7할. 시시각각으로 사람들은 졸부가 되고, 또 몰락하여 갔다. 황금광 시대. 그들 중에는 평론가와 시인, 이러한 문인들조차 끼여 있었다. 구보는 일찍이 창작을 위하여 그의 벗의 광산에 가 보고 싶다 생각하였다. 사람들의 사행심, 황금의 매력, 그러한 것들을 구보는 보고, 느끼고, 하고 싶었다. 그러나, 고도의 금광열은, 오히려, 총독부 청사, 동측(東側) 최고층, 광무과(鑛務課) 열람실에서 볼 수 있었다……

문득, 한 사내가 둥글넓적한, 그리고 또 비속한 얼굴에 웃음을 띠고, 구보 앞에 그의 모양 없는 손을 내민다. 그도 벗이라면 벗이었다. 중학 시대의 열등생. 구보는 그래도 약간 웃음에 가까운 표정을 지어 보이고, 그리고, 단장 든 손을 그대로 내밀어 그의 손을 가장 엉성하게 잡았다. 이거 얼마만이야. 어디, 가나. 응, 자네는—

구보는 친하지 않은 사람에게 '자네' 소리를 들으면 언제든 불쾌하였다. '해라'는, 해라는 오히려 나았다. 그 사내는 주머니에서 금시계를 꺼내 보고, 다음에 구보의 얼굴을 쳐다보며, 저기 가서 차라도 안 먹으려나. 전당포 집의 둘째 아들. 구보는 그러한 사내와 자리를 같이하여 차를 마실 생각은 없었다. 그러나, 그러한 경우에 한 개의 구실을 지어, 그 호

• 광무소(鑛務所) 광업에 관한 모든 제출 서류를 광업령(鑛業令)에 의거하여 대신 써 주던 영업소.

의를 사절할 수 있도록 구보는 용감하지 못하다. 그 사내는 앞장을 섰다. 자아 그럼 저리로 가지. 그러나 그것은 구보에게만 한 말이 아니었다.

구보는 자기 뒤를 따라오는 한 여성을 보았다. 그는 한번 흘낏 보기에도, 한 사내의 애인 된 티가 있었다. 어느 틈엔가 이런 자도 연애를 하는 시대가 왔나. 새삼스러이 그 천한 얼굴이 쳐다보였으나 그러나 서정시인조차 황금광으로 나서는 때다.

의자에 가 가장 자신 있이 앉아, 그는 주문 들으러 온 소녀에게, 나는 가루삐스, 그리고 구보를 향하여, 자네두 그걸루 하지. 그러나 구보는 거의 황급하게 고개를 흔들고, 나는 홍차나 커피로 하지.

음료 칼피스를, 구보는, 좋아하지 않는다. 그것은 외설한 색채를 갖는다. 또, 그 맛은 결코 그의 미각에 맞지 않았다. 구보는 차를 마시며, 문득, 끽다점(喫茶店)에서 사람들이 취하는 음료를 가져, 그들의 성격, 교양, 취미를 어느 정도까지는 알 수 있을 것이 아닌가, 하고 생각하여 본다. 그리고 그것은 동시에, 그네들의 그때, 그때의 기분조차 표현하고 있을 게다.

구보는 맞은편에 앉은 사내의, 그 교양 없는 이야기에 건성 맞장구를 치며, 언제든 그러한 것을 연구하여 보리라 생각한다.

월미도로

놀러 가는 듯싶은 그들과 헤어져, 구보는 혼자 역 밖으로 나온다. 이러한 시각에 떠나는 그들은 적어도 오늘 하루를 그곳에서 묵을 게다. 구보는, 문득, 여자의 벌거숭이를 아무 거리낌 없이 애무할 그 남자의, 야

• 가루삐스 우유를 살균하여 냉각 발효시킨 후 당액과 칼슘을 넣은 음료. 칼피스(calpis)의 일본식 발음.
• 외설하다 사람의 성욕을 함부로 자극하여 난잡하다.
• 끽다점(喫茶店) 찻집.

비한 웃음으로 하여 좀 더 추악해진 얼굴을 눈앞에 그려보고, 그리고 마음이 편안하지 못했다.

여자는, 여자는 확실히 어여뻤다. 그는, 혹은, 구보가 이제까지 어여쁘다고 생각하여 온 온갖 여인들보다도 좀 더 어여뻤을지도 모른다. 그뿐 아니다. 남자가 같이 '가루삐스'를 먹자고 권하는 것도 물리치고, 한 접시의 아이스크림을 지망할 수 있도록 여자는 총명하였다.

문득, 구보는, 그러한 여자가 왜 그자를 사랑하려 드나, 또는 그자의 사랑을 용납하는 것인가 하고, 그런 것을 괴이하게 여겨 본다. 그것은, 그것은 역시 황금인 까닭일 게다. 여자들은 그렇게도 쉽사리 황금에서 행복을 찾는다. 구보는 그러한 여자를 가엾이, 또 안타깝게 생각하다가, 갑자기 그 사내의 재력을 탐내 본다. 사실, 같은 돈이라도 그 사내에게 있어서는 헛되이, 그리고 또 아깝게 소비되어 버릴 게다. 그는 날마다 기름진 음식이나 실컷 먹고, 살찐 계집이나 즐기고, 그리고 아무 앞에서나 그의 금시계를 꺼내 보고는 만족하여할 게다.

일순간, 구보는, 그 사내의 손으로 소비되어 버리는 돈이, 원래 자기의 것이나 되는 것같이 입맛을 다시어 보았으나, 그 즉시, 그러한 저 자신을 픽 웃고, 내가 언제부터 이렇게 돈에 걸신이 들렸누……. 단장 끝으로 구두코를 탁 치고, 그리고 좀 더 빠른 걸음걸이로 전차 선로를 횡단하여, 구보는 포도 위를 걸어갔다.

그러나 여자는, 여자는 확실히 어여뻤고, 그리고 또…… 구보는, 갑자기, 그 여자가 이미 오래전부터 그자에게 몸을 허락하여 온 것이나 아닐까, 생각하였다. 그것은 생각만 하여 볼 따름으로 그의 마음을 언짢게 하여 준다. 역시, 여자는 결코 총명하지 못했다. 또 생각하여 보면, 어딘지 모르게 저속한 맛이 있었다. 결코 기품 있는 인물은 아니다. 그저 좀 예쁠 뿐…….

그러나 그 여자가 그자에게 쉽사리 미소를 보여 주었다고 새삼스러이 여자의 값어치를 깎을 필요는 없었다. 남자는 여자의 육체를 즐기고, 여자는 남자의 황금을 소비하고, 그리고 두 사람은 충분히 행복할 수 있을 게다. 행복이란 지극히 주관적인 것이다…….

어느 틈엔가, 구보는 조선은행 앞에까지 와 있었다. 이제 이대로, 이대로 집으로 돌아갈 마음은 없었다. 그러면, 어디로— 구보가 또다시 고독과 피로를 느꼈을 때, 약칠해 신으시죠 구두에. 구보는 혐오의 눈을 가져 그 사내를, 남의 구두만 항상 살피며, 그곳에 무엇이든 결점을 잡아내고야 마는 그 사내를 흘겨보고, 그리고 걸음을 옮겼다. 일면식(一面識)도 없는 나의 구두를 비평할 권리가 그에게 있기라도 하단 말인가. 거리에서 그에게 온갖 종류의 불유쾌한 느낌을 주는 온갖 종류의 사물을 저주하고 싶다, 생각하며, 그러나, 문득, 구보는 이러한 때, 이렇게 제 몸을 혼자 두어 두는 것에 위험을 느낀다. 누구든 좋았다. 벗과, 벗과 같이 있어야만 한다. 벗과 같이 있을 때, 구보는 얼마쯤 명랑할 수 있었다. 혹은, 명랑을 가장할 수 있었다.

마침내, 그는 한 벗을 생각해 내고, 길가 양복점을 들어가 전화를 빌렸다. 다행하게도 벗은 아직 사(社)에 남아 있었다. 바로 지금 나가려던 차야, 하고 그는 말했다.

구보는 그에게 부디 다방으로 와 주기를 청하고, 그리고 잠깐 또 할 말을 생각하다가, 저편에서 전화를 끊어 버릴 것을 염려하여 당황하게 덧붙여 말했다.

"꼭 좀, 곧 좀, 오—"

다행하게도

다시 돌아간 다방 안에, 사람들은 많지 않았다. 또 문득 생각하고 둘러보다, 그 벗 아닌 벗도 그곳에 있지 않았다. 구보는 카운터 가까이 자리를 잡고 앉아, 마침 자기가 사랑하는 '스키퍼(Schipa)'의 「아이 아이 아이」를 들려주는 이 다방에 애정을 갖는다. 그것이 허락받을 수 있는 것이라면 그는 지금 앉아 있는 등의자를 안락의자로 바꾸어, 감미한 오수(午睡)•를 즐기고 싶다. 이제 그는 그의 앞에, 아까의 신기료장수•를 보더라도 고요한 마음을 가져 그를 용납하여 줄 수 있을 게다.

조그만 강아지가 저편 구석에 앉아, 토스트를 먹고 있는 사내의 그리 대단하지도 않은 구두코를 핥고 있었다. 그 사내는 발을 뒤로 무르며, 쉬— 쉬— 강아지를 쫓았다. 강아지는 연해 꼬리를 흔들며 잠깐 그 사내의 얼굴을 쳐다보다가, 돌아서서 다음 탁자 앞으로 갔다. 그곳에 앉아 있는 젊은 여자는, 그는 확실히 개를 무서워하는 듯싶었다. 다리를 잔뜩 웅크리고 얼굴빛조차 변하여 가지고, 그는 크게 뜬 눈으로 개의 동정만 살폈다. 개는 여전히 꼬리를 흔들며 그러나, 저를 귀애해주고 안 해주는 사람을 용하게 가릴 줄이나 아는 듯이, 그곳에 오래 머무르지 않고, 또 옆 탁자로 갔다. 그러나 구보가 앉아 있는 자리에서는 그곳이 잘 안 보였다. 어떠한 대우를 그 가엾은 강아지가 그곳에서 받았는지 그는 모른다. 그래도 어떻든 만족한 결과는 아니었던 게다. 강아지는 다시 그곳을 떠나, 이제는 사람들의 사랑을 구하기를 아주 단념이나 한 듯이 구보에게서 한 칸통쯤 떨어진 곳에 가 두 발을 쭉 뻗고 모로 쓰러져 버렸다.

강아지의 반쯤 감은 두 눈에는 고독이 숨어 있는 듯싶었다. 그리고 그와 함께, 모든 것에 대한 단념도 그곳에 있는 듯싶었다. 구보는 그 강아지를 가엾다, 생각한다. 저를 사랑하는 단 한 사람일지라도 다방 안에 있음을 알려주고 싶다, 생각한다. 그는, 문득, 자기가 이제까지 한 번도

• 오수(午睡) 낮잠.
• 신기료장수 헌 신을 꿰매어 고치는 일을 직업으로 하는 사람.

그의 머리를 쓰다듬어 준다거나, 또는 그가 핥는 대로 손을 맡기어 둔다거나, 그러한 그에 대한 사랑의 표현을 한 일이 없었던 것을 생각해 내고, 손을 내밀어 그를 불렀다. 사람들은 이런 경우에 휘파람을 분다. 그러나 원래 구보는 휘파람을 안 분다. 잠깐 궁리하다가, 마침내 그는 개에게만 들릴 정도로 "캄, 히어." 하고 말해 본다.

강아지는 영어를 해득하지 못하는지도 모른다. 머리를 들어 구보를 쳐다보고, 그리고 아무 흥미도 느낄 수 없는 듯이 다시 머리를 떨어뜨렸다. 구보는 의자 밖으로 몸을 내밀어, 조금 더 큰 소리로, 그러나 한껏 부드럽게, 또 한 번, "캄, 히어." 그리고 그것을 번역하였다. "이리 온." 그러나 강아지는 먼젓번 동작을 또 한 번 되풀이하였을 따름, 이번에는 입을 벌려 하품 비슷한 짓을 하고 아주 눈까지 감는다.

구보는 초조와, 또 일종 분노에 가까운 감정을 맛보며, 그래도 그것을 억제하고 이번에는 완전히 의자에서 떠나, 그의 머리를 쓰다듬어 주려 하였다. 그러나 그보다도 먼저 강아지는 진저리치게 놀라 몸을 일으켜 구보에게 향하여 적대적 자세를 취하고, 캥, 캐캥 하고 짖고, 그리고, 제풀에 질겁하여 카운터 뒤로 달음질쳐 들어갔다.

구보는 저도 모르게 얼굴을 붉히고, 강아지의 방정맞은 성정(性情)을 저주하며, 수건을 꺼내어, 땀도 안 난 이마를 두루 씻었다. 그리고, 그렇게까지 당부하였건만, 곧 와 주지 않는 벗에게조차 그는 가벼운 분노를 느끼지 않으면 안 된다.

마침내

벗이 왔다. 그렇게 늦게 온 벗을 구보는 책망할까 하고 생각하여 보았으나, 그보다 먼저 진정 반가워하는 빛이 그의 얼굴에 떠올랐다. 사실, 그는, 지금 벗을 가진 몸의 다행함을 느낀다.

그 벗은 시인이었음에도 불구하고, 극히 건장한 육체와 또 먹기 위하여 어느 신문사 사회부 기자라는 직업을 가지고 있었다. 그것이 때로 구보에게 애달픔을 주지 않은 것은 아니다. 그래도, 그래도 그와 대하여 있으면, 구보는 마음속에 밝음을 가질 수 있었다.

"나, 소오다스이[●]를 다우."

벗은 즐겨 음료 조달수(曹達水)[●]를 취하였다. 그것은 언제든 구보에게 가벼운 쓴웃음을 준다. 그러나 물론 그것은 적어도 불쾌한 감정은 아니다.

다방에 들어오면, 여학생이나 같이, 조달수를 즐기면서도, 그래도 벗은 조선 문학 건설에 가장 열의를 가지고 있었다. 그러한 그가 하루에 두 차례씩, 종로서와, 도청과, 또 체신국엘 들르지 않으면 안 되었던 것은 한 개의 비참한 현실이었을지도 모른다. 마땅히 시를 초(草)하여야만 할 그의 만년필을 가져, 그는 매일같이 살인강도와 방화 범인의 기사를 쓰지 않으면 안 되었다. 그래 이렇게 저 자신의 시간을 가지면 그는 억압당하였던, 그의 문학에 대한 열정을 쏟아 놓는다……

오늘은 주로 구보의 소설에 대하여서이었다. 그는, 즐겨 구보의 작품을 읽는 사람의 하나이다. 그리고, 또, 즐겨 구보의 작품을 비평하려 드는 독지가(篤志家)[●]였다. 그러나, 그의 그러한 후의(厚意)[●]에도 불구하고, 구보는 자기 작품에 대한 그의 의견에 그다지 신용을 두고 있지 않았다. 언젠가, 벗은 구보의 그리 대단하지 않은 작품을 오직 한 개 읽었을 따름으로, 구보를 완전히 알 수나 있었던 것같이 생각하고 있는 듯싶었다.

오늘은, 그러나, 구보는 그의 말에 귀를 기울이지 않으면 안 된다. 벗

● 소오다스이 소다수, 조달수.
● 조달수(曹達水) '조달'은 소다(soda)를 음역한 말.
● 독지가(篤志家) 남을 위한 자선 사업이나 사회사업에 물심양면으로 참여하여 지원하는 사람.
● 후의(厚意) 남에게 두터이 인정을 베푸는 마음.

은, 요사이 구보가 발표하고 있는 작품을 가리켜 작자가 그의 나이 분수보다 엄청나게 늙었음을 말했다. 그러나 그뿐이면 좋았다. 벗은 또, 작자가 정말 늙지는 않았고, 오직 늙음을 가장하였을 따름이라고 단정하였다. 혹은 그럴지도 모른다. 구보에게는 그러한 경향이 있었을지도 모른다. 그리고 다시 돌이켜 생각하면, 그것이 오직 가장(假裝)˙에 그치고, 그리고 작자가 정말 늙지 않았음은 오히려 구보가 기꺼하여 마땅할 일일 게다.

그러나 구보는 그의 작품 속에서 젊을 수가 없었을지도 모른다. 그가 만약 구태여 그러려 하면, 벗은, 이번에는, 작자가 무리로 젊음을 가장하였다고 말할 게다. 그리고 그것은 틀림없이 구보의 마음을 슬프게 하여 줄 게다……

어느 틈엔가, 구보는 그 화제에 권태를 깨닫고, 그리고 저도 모르게 '다섯 개의 능금˙' 문제를 풀려 들었다. 자기가 완전히 소유한 다섯 개의 능금을 대체 어떠한 순차로 먹어야만 마땅할 것인가. 그것에는 우선 세 가지의 방법이 있을 게다. 그중 맛있는 놈부터 차례로 먹어 가는 법. 그것은, 언제든, 그중에 맛있는 놈을 먹고 있다는 기쁨을 우리에게 줄 게다. 그러나 그것은 혹은 그 결과가 비참하지나 않을까. 이와 반대로, 그중 맛없는 놈부터 차례로 먹어 가는 법. 그것은 점입가경(漸入佳境), 그러한 뜻을 가지고 있으나, 뒤집어 생각하면, 사람은 그 방법으로는 항상 그중 맛없는 놈만 먹지 않으면 안 되는 셈이다. 또 계획 없이 아무거나 집어 먹는 법. 그것은……

구보는, 맞은편에 앉아, 그의 문학론에, 앙드레 지드˙의 말을 인용하고 있던 벗을, 갑자기, 이 유민(遊民)˙다운 문제를 가져 어이없게 만들

• 가장(假裝) 태도를 거짓으로 꾸밈.
• 능금 우리나라에서 자생하는 능금 사과.
• 앙드레 지드 프랑스의 소설가. 『좁은 문』, 『지상의 양식』등의 작품을 남겼다.

어 주었다. 벗은 대체, 그 다섯 개의 능금이 문학과 어떠한 교섭을 갖는가 의혹하며, 자기는 일찍이 그러한 문제를 생각하여 본 일이 없노라 말하고,

"그래, 그것이 어쨌단 말이야?"

"어쩌기는, 무에 어째."

그리고 구보는 오늘 처음으로 명랑한, 혹은 명랑을 가장한 웃음을 웃었다.

문득,

창밖 길가에, 어린애 울음소리가 들린다. 그것은 울음소리에는 틀림없었다. 그러나 어린애의 것보다는 오히려 짐승의 소리에 가까웠다. 구보는 『율리시스』를 논하고 있는 벗의 탁설(卓說)[•]에는 상관없이, 대체, 누가 또 최악의 자식을 낳았누, 하고 생각한다.

가엾은 벗이 있었다. 그는, 어렸을 때부터 그렇게 불행하였던 그는, 온갖 고생을 겪지 않으면 안 되었었고, 또 그렇게 경난(經難)한[•] 사람이었던 까닭에, 벗과의 사이에 있어서도 가장 관대한 품이 있었다. 그는 거의 구보의 친우였다. 그러나, 그에게는 남자로서의 가장 불행한 약점이 있었다. 그의 앞에서 구보가 말을 한다면 '다정다한(多情多恨)'[•], 이러한 문자를 사용할 게다. 그러나 그것은 한 개의 수식에 지나지 않았고, 그 벗의 통제를 잃은 성 본능은 누가 보기에도 진실로 딱한 것임에 틀림없었다. 구보는 왕왕이, 그 벗의 여성에 대한 심미안에 의혹을 갖기조차 하였다. 그러나 오히려 그러고 있는 동안은 좋았다. 마침내

• 유민(遊民) 직업이 없이 놀며 지내는 사람.
• 탁설(卓說) 뛰어난 논설이나 의견.
• 경난(經難)하다 어려운 일을 겪다.
• 다정다한(多情多恨) 애틋한 정도 많고 한스러운 일도 많음.

비극이 왔다. 그 벗은, 결코 아름답지도 총명하지도 않은 한 여성을 사랑하고, 여자는 또 남자를 오직 하나의 사내라 알았을 때, 비극은 비롯한다. 여자가 어느 날 저녁 남자와 마주앉아, 얼굴조차 붉히고, 그리고 자기가 이미 홑몸이 아님을 고백하였을 때, 남자는 어느 틈엔가 그 여자에게 대하여 거의 완전히 애정을 상실하고 있었다. 여자는 어리석게도 모성(母性) 됨의 기쁨을 맛보려 하였고, 그리고 남자의 사랑을 좀 더 확실히 포착할 수 있을 것같이 생각하였다. 그러나 남자는 오직 저 자신이 곤경에 빠졌음을 한(恨)하고,* 그리고 또 그 젊은 어미에게 대한 자기의 책임을 느끼지 않으면 안 되었던 까닭에, 좀 더 그 여자를 미워하였을지도 모른다.

여자는, 그러나, 남자의 변심을 깨닫지 못하였을지도 모른다. 또, 설혹, 그가 알 수 있었더라도, 역시, 그 수밖에 없었을지도 모른다. 여자는 돌도 안 된 아이를 안고, 남자를 찾아 서울로 올라왔다. 그러나 그곳에는 그들 모자를 위하여 아무러한 밝은 길이 없었다. 이미 반생을 고락을 같이하여 온 아내가 남자에게는 있었고, 또 그와 견주어 볼 때, 이 가정의 틈입자(闖入者)는 어떠한 점으로든 떨어졌다. 특히 아이와 아이를 비(比)하여 볼 때 그러하였다. 가엾은 사생자(私生子)는 나이 분수보다 엄청나게나 거대한 체구와, 또 치매적(癡呆的)* 안모(顔貌)*를 가지고 있었다.

그러나 그것만이라면, 오히려 좋았다. 한번 그 아이의 울음소리를 들을 수 있었을 때, 사람들은 가장 언짢고 또 야릇한 느낌을 갖지 않으면 안 되었다. 그것은 결코 사람의 아이 울음이 아니었다. 그것은 그들의, 특히, 남자의 죄악에 진노한 신(神)이, 그 아이의 비상한 성대를 빌려, 그들의, 특히, 남자의 죄악을 규탄하고, 또 영구히 저주하는 것인 것만

* 한(恨)하다 몹시 억울하여 원망스럽게 생각하다.
* 치매적(癡呆的) 바보 같은.
* 안모(顔貌) 얼굴의 생김새.

같았다…….

구보는 그저 『율리시스』를 논하고 있는 벗을 깨닫고, 불쑥, 그야 제임스 조이스[*]의 새로운 시험에는 경의를 표하여야 마땅할 게지. 그러나 그것이 새롭다는, 오직 그 점만 가지고 과중 평가를 할 까닭이야 없지. 그리고 벗이 그 말에 대하여, 항의를 하려 하였을 때, 구보는 의자에서 몸을 일으키어, 벗의 등을 치고, 자, 그만 나갑시다.

그들이 밖에 나왔을 때, 그곳에 황혼이 있었다. 구보는 이 시간에, 이 거리에, 맑고 깨끗함을 느끼며, 문득, 벗을 돌아보았다.

"이제 어디로 가?"

"집으루 가지."

벗은 서슴지 않고 대답하였다. 구보는 대체 누구와 이 황혼을 지내야 할 것인가 망연하여 한다.

전차를 타고

벗은 이내 집으로 돌아가고 말았다. 집이 아니다. 여사(旅舍)[*]였다. 주인집 식구 말고, 아무도 없을 여사로, 그는 그렇게 저녁 시간에 맞추어 가야만 할까. 만약 그것이 단지 저녁밥을 먹기 위하여서의 일이라면…….

"지금부터 집엘 가서 무얼 할 생각이오?"

그러나 그것은 물론 어리석은 물음이었다. '생활'을 가진 사람은 마땅히 제 집에서 저녁을 먹어야 할 게다. 벗은 구보와 비교할 때, 분명히 생활을 가지고 있었다.

하루의 대부분을 속무(俗務)[*]에 헤매지 않으면 안 되었던 그는 이제 저

---

* 제임스 조이스 아일랜드의 소설가. 『율리시스』, 『젊은 예술가의 초상』등의 작품을 남겼다.
* 여사(旅舍) 여관.

녁 후의 조용한 제 시간을 가져, 독서와 창작에서 기쁨을 찾을 게다. 구보는, 구보는 그러나 요사이 그 기쁨을 못 갖는다.

어느 틈엔가, 구보는 종로 네거리에 서서, 그곳의 황혼과, 또 황혼을 타서 거리로 나온 노는계집*의 무리들을 본다. 노는계집들은 오늘도 무지(無智)를 싸고 거리에 나왔다. 이제 곧 밤은 올 게요, 그리고 밤은 분명히 그들의 것이었다. 구보는 포도 위에 눈을 떨어뜨려, 그곳의 무수한 화려한 또는 화려하지 못한 다리를 보며, 그들의 걸음걸이를 가장 위태롭다 생각한다. 그들은, 모두가 숙녀화에 익숙하지 못한 것은 아니다. 그러나 그러함에도 불구하고, 그들은 모두들 가장 서투르고, 부자연한 걸음걸이를 갖는다. 그것은, 역시 '위태로운 것'이라고밖에 말할 수 없는 것임에 틀림없었다.

그들은, 그러나 물론 그런 것을 그들 자신 깨닫지 못한다. 그들의 세상살이의 걸음걸이가, 얼마나 불안정한 것인가를 깨닫지 못한다. 그들은 누구라도 하나 인생에 확실한 목표를 가지고 있지 않았으나, 무지는 거의 완전히 그 불안에서 그들의 눈을 가리어 준다.

그러나 포도를 울리는 것은 물론 그들의 가장 불안정한 구두 뒤축뿐이 아니었다. 생활을, 생활을 가진 온갖 사람들의 발끝은 이 거리 위에서 모두 자기네들 집으로 향하여 놓여 있었다. 집으로 집으로, 그들은 그들의 만찬과 가족의 얼굴과 또 하루 고역 뒤의 안위를 찾아 그렇게도 기꺼이 걸어가고 있다. 문득, 저도 모를 사이에 구보의 입술을 새어 나오는 다쿠보쿠의 단가(短歌)* —

누구나 모두 집 가지고 있다는 애달픔이여

• 속무(俗務) 여러 가지 세속적인 잡무.
• 노는계집 술과 함께 몸을 파는 일을 직업으로 하는 기생, 색주가 따위의 여자들을 통틀어 이르는 말.
• 단가(短歌) 일본의 전통적 시가를 대표하는 단시.

무덤에 들어가듯

돌아와서 자옵네

　그러나 구보는 그러한 것을 초저녁의 거리에서 느낄 필요는 없다. 아직 그는 집에 돌아가지 않아도 좋았다. 그리고 좁은 서울이었으나, 밤 늦게까지 헤맬 거리와, 들를 처소가 구보에게 있었다.

　그러나 대체 누구와 이 황혼을⋯⋯. 구보는 거의 자신을 가지고, 걷기 시작한다. 벗이 있다. 황혼을, 또 밤을 같이 지낼 벗이 구보에게 있다. 종로경찰서 앞을 지나 하얗고 납작한 조그만 다료(茶寮)˙ 엘 들른다.

　그러나 주인은 없었다. 구보가 다시 문으로 향하여 나오면서, 왜 자기는 그와 미리 맞추어 두지 않았던가, 뉘우칠 때, 아이가 생각난 듯이 말했다. 참, 곧 돌아오신다구요, 누구 오시거든 기다리시라구요, '누구'가, 혹은, 특정한 인물일지도 모른다. 벗은 혹은, 구보와 이제 행동을 같이할 수 없을지도 모른다. 그래도 사람은 언제든 희망을 가져야 하고, 달리 찾을 벗을 갖지 아니한 구보는, 하여튼 이제 자리에 앉아, 돌아올 벗을 기다려야 한다.

여자를

　동반한 청년이 축음기 놓여 있는 곳 가까이 앉아 있었다. 그는 노는 계집 아닌 여성과 그렇게 같이 앉아 차를 마실 수 있는 것에 득의(得意)˙ 와 또 행복을 느낄 수 있었는지도 모른다. 그의 육체는 건강하였고, 또 그의 복장은 화미(華美)˙ 하였고, 그리고 그의 여인은 그에게 그

˙ 다료(茶寮) 찻집.

˙ 득의(得意) 일이 뜻대로 이루어져 만족해하거나 뽐냄.

렇게도 용이하게 미소를 보여 주었던 까닭에, 구보는 그 청년에게 엷은 질투와 선망을 느끼지 않으면 안 되었다. 그뿐 아니다. 그 청년은, 한 개의 인단(仁丹)° 용기(容器)와, 로도 목약(目藥)°을 가지고 있는 것에조차 철없는 자랑을 느낄 수 있었던 듯싶었다. 구보는 저 자신, 포용력을 가지고 있는 듯싶게 가장하는 일 없이, 그의 명랑성에 참말 부러움을 느낀다.

그 사상에는 황혼의 애수와 또 고독이 혼화(混和)° 되어 있었는지도 모른다. 구보는 극히 음울할 제 표정을 깨닫고, 그리고 이 안에 거울이 없음을 다행하여한다. 일찍이, 어느 시인이 구보의 이 심정을 가리켜 독신자의 비애라 하였다. 그러나 그것은 언뜻 그러한 듯싶으면서도 옳지 않았다. 구보가 새로운 사랑을 찾으려 하지 않고, 때로 좋은 벗의 우정에 마음을 의탁하려 한 것은 제법 오랜 일이다……

어느 틈엔가, 그 여자와 축복받은 젊은이는 이 안에서 사라지고, 밤은 완전히 다료 안팎에 왔다. 이제 어디로 가나, 문득, 구보는 자기가 그동안 벗을 기다리면서도 벗을 잊고 있었던 사실에 생각이 미치고, 그리고 호젓한 웃음을 웃었다. 그것은 일찍이 사랑하는 여자와 마주 대하여 권태와 고독을 느끼었던 것보다도 좀 더 애처로운 일임에 틀림없었다.

구보의 눈이 갑자기 빛났다. 참 그는 그 뒤 어찌 되었을까. 비록 어떠한 종류의 것이든 추억을 갖는다는 것은 사람의 마음을 고요하게, 또 기쁘게 하여 준다.

동경의 가을이다. 간다(神田) 어느 철물전에서 한 개의 네일 클리퍼°를 구한 구보는 진보초(神保町), 그가 가끔 드나드는 끽다점(喫茶店)을 찾았

• 화미(華美) 화려함.
• 인단(仁丹) 은단.
• 로도 목약(目藥) 일본제 안약.
• 혼화(混和) 한데 섞이어 합쳐짐. 또는 한데 섞음.

다. 그러나 그것은 휴식을 위함도, 차를 먹기 위함도 아니었던 듯싶다. 오직 오늘 새로 구한 것으로 손톱을 깎기 위하여서만인지도 몰랐다. 그 중 구석진 테이블. 그 중 구석진 의자. 통속 작가들이 즐겨 취급하는 종류의 로맨스의 발단이 그곳에 있었다. 광선이 잘 안 들어 오는 그곳 마룻바닥에서 구보의 발길에 차인 것. 한 권 대학노트에는 윤리학 석 자와 '임(姙)'자가 든 성명이 기입되어 있었다.

그것은 일종의 죄악일 게다. 그러나 젊은이들에게 그만한 호기심은 허락되어도 좋다. 그래도 구보는 다른 좌석에서 잘 안 보이는 위치에 노트를 놓고, 그리고 손톱을 깎을 것도 잊고 있었다.

제1장 서론(緖論). 제1절 윤리학의 정의. 2. 규범 과학. 제2장 본론. 도덕 판단의 대상. C동기설과 결과설. 예 1. 빈가(貧家)의 자손이 효양(孝養)을 위해서 절도함. 2. 허영심을 만족시키기 위한 자선 사업. 제2학기. 3. 품성 형성의 요소. 1. 의지필연론…….

그리고 여백에, 연필로, 그러나 수치심은 사랑의 상상 작용에 조력(助力)을 준다. 이것은 사랑에 생명을 주는 것이다. 스탕달˙의 『연애론』의 일절, 그러고는 연락(連絡) 없이, 『서부 전선 이상 없다』.˙ 요시야 노부코(吉屋信子).˙ 아쿠타가와 류노스케(芥川龍之介).˙ 어제 어디 갔었니. 「라부 파레드」˙를 보았니……. 이런 것들이 쓰여 있었다.

다료의 주인이 돌아왔다. 아, 언제 왔고. 오래 기다렸소. 무슨 좋은 소식 있소. 구보는 대답 없이 자리에서 일어나, 노트와 단장을 집어 들고, 저녁 먹으러 나갑시다. 그리고 속으로 지난날의 조그만 로맨스를 좀 더

- 네일 클리퍼(nail clippers) 손톱깎이.
- 스탕달 프랑스의 소설가. 대표작으로 『적과 흑』이 있다.
- 『서부 전선 이상 없다』 1929년에 출간된 독일 작가 E. 레마르크의 반전소설.
- 요시야 노부코(吉屋信子) 일본의 소설가.
- 아쿠타가와 류노스케(芥川龍之介) 일본의 소설가.
- 라부 파레드 에른스트 루비치 감독의 뮤지컬 코미디 영화 「The Love Parade」(1929년).

이어 생각하려 한다.

다료(茶寮)에서

나와, 벗과, 대창옥(大昌屋)⋅으로 향하며, 구보는 문득 대학 노트 틈에 끼여 있었던 한 장의 엽서를 생각하여 본다. 물론 처음에 그는 망설거렸었다. 그러나 여자의 숙소까지를 알 수 있었으면서도 그 한 기회에서 몸을 피할 수는 없었다. 그는 우선 젊었고, 또 그것은 흥미 있는 일이었다. 소설가다운 온갖 망상을 즐기며, 이튿날 아침 구보는 이내 여자를 찾았다. 우시고메구(牛込區) 야라이초(矢來町).⋅ 주인집은 신초샤(新潮社)⋅ 근처에 있었다. 인품 좋은 주인 여편네가 나왔다 들어간 뒤, 현관에 나온 노트 주인은 분명히⋯⋯. 그들이 걸어가고 있는 쪽에서 미인이 왔다. 그들을 보고 빙그레 웃고, 그리고 지났다. 벗의 다료 옆, 카페 여급. 벗이 돌아보고 구보의 의견을 청하였다. 어때 예쁘지. 사실, 여자는, 이러한 종류의 계집으로서는 드물게 어여뻤다. 그러나 그는 이 여자보다 좀 더 아름다웠던 것임에 틀림없었다.

어서 옵쇼. 설렁탕 두 그릇만 주우. 구보가 노트를 내어놓고, 자기의 실례에 가까운 심방(尋訪)⋅에 대한 변해(辨解)를 하였을 때, 여자는, 순간에, 얼굴이 붉어졌었다. 모르는 남자에게 정중한 인사를 받은 까닭만이 아닐 게다. 어제 어디 갔었니. 요시야 노부코. 구보는 문득 그런 것들을 생각해 내고, 여자 모르게 빙그레 웃었다. 맞은편에 앉아 벗은 숟가락 든 손을 멈추고, 빠안히, 구보를 바라보았다. 그 눈은, 무슨 생각을 하고 있느냐, 물었는지도 모른다. 구보는 생각의 비밀을 감추기 위하여

⋅ 대창옥(大昌屋) 서울 종로에 있었던 이름난 설렁탕집.
⋅ 우시고메구(牛込區) 야라이초(矢來町) 일본 도쿄 신주쿠 지역.
⋅ 신초샤(新潮社) 일본의 출판사.
⋅ 심방(尋訪) 방문하여 찾아봄.

의미 없이 웃어 보였다. 좀 올라오세요. 여자는 그렇게 말하였었다. 말로는 태연하게, 그러면서도 그의 볼은 역시 처녀답게 붉어졌다. 구보는 그의 말을 좇으려다 말고, 불쑥, 같이 산책이라도 안 하시럽니까, 볼일 없으시면. 그날은 일요일이었고, 여자는 마악 어디 나가려던 차인지 나들이옷을 입고 있었다. 통속소설은 템포가 빨라야 한다. 그 전날, 윤리학 노트를 집어 들었을 때부터 이미 구보는 일개 통속소설의 작자이었고 동시에 주인공이었던 것임에 틀림없었다. 그는 여자가 기독교 신자인 경우에는 저 자신 목사의 졸음 오는 설교를 들어도 좋다고까지 생각하고 있었다. 여자는 또 한 번 얼굴을 붉히고, 그러나 구보가, 만약 볼일이 계시다면, 하고 말하였을 때, 당황하게, 아니에요, 그럼 잠깐 기다려주세요, 그리고 여자는 핸드백을 들고 나왔다. 분명히 자기를 믿고 있는 듯싶은 여자 태도에 구보는 자신을 갖고, 참, 이번 주일에 무사시노칸(武藏野館)°도 구경하셨습니까. 그리고 그와 함께 그러한 자기가 하릴없는 불량소년같이 생각되고, 또 만약 여자가 그렇게도 쉽사리 그의 유인에 빠진다면, 그것은 아무리 통속소설이라도 독자는 응당 작자를 신용하지 않을 게라고 속으로 싱겁게 웃었다. 그러나 설혹 그렇게도 쉽사리 여자가 그를 좇더라도 구보는 그것을 경박하다고 생각하고 싶지 않았다. 그것은 경박이란 문자는 맞지 않을 게다. 구보의 자부심으로서는 여자가 초면임에도 불구하고 자기를 족히 믿을 만한 남자로 볼 수 있도록 그렇게 총명하다고 생각하고 싶었다.

여자는 총명하였다. 그들이 무사시노칸 앞에서 자동차를 내렸을 때, 그러나 구보는 잠시 그곳에 우뚝 서 있을 수밖에 없었다. 그것은 뒤에서 내리는 여자를 기다리기 위하여서가 아니다. 그의 앞에 외국 부인이 빙그레 웃으며 서 있었던 까닭이다. 구보의 영어 교사는 남녀를 번갈아

• 무사시노칸(武藏野館) 1928년 일본 도쿄 신주쿠에 세워진 영화관.

보고, 새로이 의미심장한 웃음을 웃고 오늘 행복을 비오 그리고 제 길을 걸었다. 그것에는 혹은 삼십 독신녀의 젊은 남녀에게 대한 빈정거림이 있었는지도 모른다. 구보는 소년과 같이 이마와 콧잔등이에 무수한 땀방울을 깨달았다. 그래 구보는 바지 주머니에서 수건을 꺼내어 그것을 씻지 않으면 안 되었다. 여름 저녁에 먹은 한 그릇의 설렁탕은 그렇게도 더웠다.

이곳을

나와, 그러나, 그들은 한길 위에 우두커니 선다. 역시 좁은 서울이었다. 동경이면, 이러한 때 구보는 우선 긴자(銀座)로라도 갈 게다. 사실 그는 여자를 돌아보고, 긴자로 가서 차라도 안 잡수시렵니까, 그렇게 말하고 싶었다. 그러나, 순간에, 지금 마악 보았을 따름인 영화의 한 장면을 생각해 내고, 구보는 제가 취할 행동에 자신을 가질 수 없었을지도 모른다. 규중(閨中)˙ 처자를 꾀여 오페라 구경을 하고, 밤늦게 다시 자동차를 몰아 어느 별장으로 향하던 불량 청년. 언뜻 생각하면 그의 옆얼굴과 구보의 것과 사이에 일맥상통한 점이 있었던 듯싶었다. 구보는 쓰디쓰게 웃고, 그러나 그러한 것은 어떻든, 긴자가 아니라도 어디 이 근처에서라도 차나 먹고……. 참, 내 정신 좀 보아. 벗은 갑자기 소리치고 자기가 이 시각에 꼭 만나야 할 사람이 있음을 말하고, 그리고 이제 구보가 혼자서 외로울 것을 알고 있었으므로, 그는 미안한 표정을 지었다. 여자가 주저하며, 그만 집으로 돌아가야겠다고 구보를 곁눈질하였을 때에도, 역시 그러한 표정이었던 것임에 틀림없었다. 우리 열 점쯤해서 다방에서 만나기로 합시다. 열 점. 응, 늦어도 열 점 반, 그리고 벗은 전찻길을 횡단하여 갔다.

• 규중(閨中) 부녀자가 거처하는 곳.

전찻길을 횡단하여 저편 포도 위를 사람 틈에 사라져 버리는 벗의 뒷 모양을 바라보며, 어인 까닭도 없이, 이슬비 내리던 어느 날 저녁 히비 야(日比谷) 공원 앞에서의 여자를 구보는 애달프다, 생각한다.

아, 구보는 악연히 고개를 들어 뜻 없이 주위를 살피고 그리고 기계 적으로, 몇 걸음 앞으로 나갔다. 아아, 그예 생각해 내고 말았다. 영구 히 잊고 싶다, 생각한 그의 일을 왜 기억 속에서 더듬었더냐. 애달프고 또 쓰린 추억이란, 결코 사람 마음을 고요하게도 기쁘게도 하여 주는 것은 아니었다.

여자는 그가 구보와 알기 전에 이미 약혼하고 있었던 사내의 문제를 가져, 구보의 결단을 빌었다. 불행히 그 사내를 구보는 알고 있었다. 중 학 시대의 동창생. 서로 소식 모르고 지낸 지 오년이 넘었어도 그의 얼 굴은 구보의 머릿속에 분명하였다. 그 우둔하고 또 순직(純直)한˙ 얼굴. 더욱이 그 선량한 눈을 생각할 때 구보의 마음은 아팠다. 비 내리는 공 원 안을 그들은 생각에 잠겨, 생각에 울어, 날 저무는 줄도 모르고 헤 매 돌았다.

참지 못하고 구보는 걷기 시작한다. 사실 나는 비겁하였을지도 모른 다. 한 여자의 사랑을 완전히 차지하는 것에 행복을 느껴야만 옳았을 지도 모른다. 의리라는 것을 생각하고, 비난을 두려워하고 하는, 그러 한 모든 것이 도시(都是)˙ 남자의 사랑이, 정열이, 부족한 까닭이라, 여 자가 울며 탄(憚)하였을˙ 때, 그 말은 그 말은, 분명히 옳았다, 옳았다.

구보가 바래다주려도, 아니에요, 이대로 내버려 두셔요, 혼자 가겠어 요, 그리고 비에 젖어, 눈물에 젖어, 황혼의 거리를 전차도 타지 않고 한없이 걸어가던 그의 뒷모양. 그는 약혼한 사내에게로도 가지 않았다.

● 순직(純直)하다 마음이 순박하고 곧다.
● 도시(都是) 도무지.
● 탄(憚)하다 남의 말을 탓하여 나무라다.

그가 불행하다면 그것은 오로지 사내의 약한 기질에 근원할 게다. 구보는 때로, 그가 어느 다행한 곳에서 그의 행복을 차지하고 있는 것같이 생각하고 싶었어도, 그 사상은 너무나 공허하다.

어느 틈엔가 황토마루 네거리에까지 이르러, 구보는 그곳에 충동적으로 우뚝 서며, 괴로운 숨을 토하였다. 아아, 그가 보고 싶다. 그의 소식이 알고 싶다. 낮에 거리에 나와 일곱 시간, 그것은 오직 한 개의 진정이었을지 모른다. 아아, 그가 보고 싶다. 그의 소식을 알고 싶다…….

광화문통

그 멋없이 넓고 또 쓸쓸한 길을 아무렇게나 걸어가며, 문득, 자기는, 혹은, 위선자나 아니었었나 하고, 구보는 생각하여 본다. 그것은 역시 자기의 약한 기질에 근원할 게다. 아아, 온갖 악은 인성(人性)의 약함에서, 그리고 온갖 불행이…….

또다시 너무나 가엾은 여자의 뒷모양이 보였다. 레인코트 위에 빗물은 흘러내리고, 우산도 없이 모자 안 쓴 머리가 비에 젖어 애달프다. 기운 없이, 기운 있을 수 없이, 축 늘어진 두 어깨. 주머니에 두 팔을 꽂고, 고개 숙여 내어디디는 한 걸음, 또 한 걸음, 그에 두 팔을 꽂고, 고개 숙여 내어디디는 한 걸음, 또 한 걸음, 그 조그맣고 약한 발에 아무러한 자신도 없다. 뒤따라 그에게로 달려가야 옳았다. 달려들어 그의 조그만 어깨를 으스러지라 잡고, 이제까지 한 나의 말은 모두 거짓이었다고, 나는 결코 이 사랑을 단념할 수 없노라고, 이 사랑을 위하여는 모든 장애와 싸워 가자고, 그렇게 말하고, 그리고 이슬비 내리는 동경 거리에서 두 사람은 무한한 감격에 울었어야만 옳았다.

구보는 발 앞의 조약돌을 힘껏 찼다. 격렬한 감정을, 진정할 욕구를, 힘써 억제할 수 있었다는 데서 그는 값없는 자랑을 가지려 하였는지도 모른다. 이것이, 이 한 개 비극이 우리들 사랑의 당연한 귀결이라고 그렇게 생각하려 들었던 자기. 순간에 또 벗의 선량한 두 눈을 생각해 내고 그의 원만한 천성과 또 금력이 여자를 행복하게 하여 주리라 믿으려 들었던 자기. 그 왜곡된 감정이 구보의 진정한 마음의 부르짖음을 틀어막고야 말았다. 그것은 옳지 않았다. 구보는 대체 무슨 권리를 가져 여자의, 그리고 자기 자신의 감정을 농락하였나. 진정으로 여자를 사랑하였으면서도 자기는 결코 여자를 행복하게 하여 주지는 못할 게라고, 그 부전감(不全感)˙이 모든 사람을, 더욱이 가엾은 애인을 참말 불행하게 만들어 버린 것이 아니었던가. 그 길 위에 깔린 무수한 조약돌을, 힘껏, 차, 헤뜨리고, 구보는, 아아, 내가 그릇하였다. 그릇하였다.

철겨운˙ 봄노래를 부르며, 열 살이나 그밖에 안 된 아이가 지나갔다. 아이에게 근심은 없다. 잘 안 돌아가는 혀끝으로, 술주정꾼이 두 명, 어깨동무를 하고, 「수심가(愁心歌)」를 불렀다. 그들은 지금 만족이다. 구보는, 문득, 광명을 찾은 것 같은 착각을 느끼고, 어두운 거리 위에 걸음을 멈춘다. 이제 그와 다시 만날 때, 나는 이미 약하지 않다. 그러나 그를 어디 가 찾나, 어허, 공허하고, 또 암담한 사상이여. 이 넓고, 또 휑한 광화문 거리 위에서, 한 개의 사내 마음이 이렇게도 외롭고 또 가엾을 수 있었나.

각모(角帽) 쓴 학생과 젊은 여자가 어깨를 나란히 하여 구보 앞을 지나갔다. 그들의 걸음걸이에는 탄력이 있었고, 그들의 말소리는 은근하였다. 사랑하는 이들이여. 그대들 사랑에 언제든 다행한 빛이 있으라. 마치 자애 깊은 부로(父老)˙와 같이 구보는 너그럽고 사랑 가득한 마음을

˙ **부전감(不全感)** 완전하지 못하다는 생각이나 감정.
˙ **철겨운** 제철에 뒤져 맞지 않은.
˙ **부로(父老)** 한 동네에서 나이가 많은 남자 어른을 높여 이르는 말.

가져 진정으로 그들을 축복하여 준다.

이제

어디로 갈 것을 잊은 듯이, 그러할 필요가 없어진 듯이, 얼마 동안을, 구보는, 그곳에 가, 망연히 서 있었다. 가엾은 애인. 이 작품의 결말은 이대로 좋은 것일까. 이제, 뒷날, 그들은 다시 만나는 일도 없이, 옛 상처를 스스로 어루만질 뿐으로, 언제든 외롭고 또 애달파야만 할 것일까. 그러나, 그 즉시 아아, 생각을 말리라. 구보는 의식하여 머리를 흔들고, 그리고 좀 급한 걸음걸이로 온 길을 되걸어 갔다. 그래도, 마음에 아픔은 그저 있었고, 고개 숙여 걷는 길 위의, 발에 채는 조약돌이 회상의 무수한 파편이다. 머리를 들어 또 한 번 뒤흔들고, 구보는, 참말 생각을 말리라, 말리라…….

이제 그는 마땅히 다방으로 가, 그곳에서 벗과 다시 만나, 이 한밤의 시름을 덜 도리를 하여야 한다. 그러나 그가 채 전차 선로를 횡단하기 전에 그는 "눈깔, 아저씨―" 하고 불리고 그리고 그가 걸음을 멈추고 돌아보았을 때, 그의 단장과 노트 든 손은 아이들의 조그만 손에 붙잡혔다. 어디를 갔다 오니. 구보는 웃는 얼굴을 짓기에 바쁘다. 어느 벗의 조카아이들이다. 아이들은 구보가 안경을 썼대서 언제든 눈깔 아저씨라 불렀다. 야시* 갔다 오는 길이라우. 그런데 왜 요새 토옹 집이 안 오우, 눈깔 아저씨. 응, 좀 바빠서……. 그러나 그것은 거짓이었다. 구보는, 순간에, 자기가 거의 달포* 이상을 완전히 이 아이들을 잊고 있었던 사실을 기억에서 찾아내고 이 천진한 소년들에게 참말 미안하다 생각한다.

- 야시(夜市) 야시장.
- 달포 한 달이 조금 넘는 기간.

가엾은 아이들이다. 그들은 결코 아버지의 사랑을 몰랐다. 그들의 아버지는 다섯 해 전부터 어느 시골서 따로 살림을 차렸고, 그들은, 그래, 거의 완전히 어머니의 손으로써만 길리었다. 어머니에게, 허물은 없었다. 그러면, 아버지에게. 아버지도, 말하자면, 착한 이였다. 그러나 그에게는 역시 여자에게 대하여 방종성이 있었다. 극도의 생활난 속에서, 그래도, 어머니는 아이들을 학교에 보냈다. 열여섯짜리 큰딸과, 아래로 삼 형제. 끝의 아이는 내년에 학령(學齡)˙이었다. 삶의 어려움을 하소연하면서도 그 애마저 보통학교에 입학시킬 것을 어머니가 기쁨 가득히 말하였을 때, 구보의 머리는 저 모르게 숙여졌었다.

구보는 아이들을 사랑한다. 아이들의 사랑을 받기를 좋아한다. 때로, 그는 아이들에게 아첨하기조차 하였다. 만약 자기가 사랑하는 아이들이 자기를 따르지 않는다면— 그것은 생각만 하여볼 따름으로도 외롭고 또 애달팠다. 그러나 아이들은 그렇게도 단순하다. 그들은, 그들을 사랑하는 사람을 반드시 따랐다.

눈깔 아저씨, 우리 이사한 담에 언제 왔수. 바루 저 골목 안이야. 같이 가아, 응. 가 보고도 싶었다. 그러나 역시, 시간을 생각하고, 벗을 놓칠 것을 염려하고, 그는 이내 그것을 단념하는 수밖에 없었다. 어찌할까. 구보는, 저편에 수박 실은 구루마를 발견하였다. 너희들 배탈 안 났니. 아아니, 왜 그러우. 구보는 두 아이에게 수박을 한 개씩 사서 들려주고, 어머니 갖다 드리구 노나 줍쇼, 그래라. 그리고 덧붙이어 쌈 말구 똑같이들 노나야 한다. 생각난 듯이 큰아이가 보고하였다. 지난번에 필운이 아저씨가 바나나를 사 왔는데, 누나는 배탈이 나서 먹지를 못했죠, 그래 막 까시˙를 올렸드니만…… 구보는 그 말괄량이 소녀의, 거의 올가

˙ 학령(學齡) 초등학교에 들어가야 할 나이.
˙ 까시 놀림.

망이 된 얼굴을 눈앞에 그려보고 빙그레 웃었다. 마침 앞을 지나던 한 여자가 날카롭게 구보를 흘겨보았다. 그의 얼굴은 결코 어여쁘지 못했다. 뿐만 아니라 무에 그리 났는지, 그는 얼굴 전면에 대소(大小) 수십 편의 삐꾸를 붙이고 있었다. 응당 여자는 구보의 웃음에서 모욕을 느꼈을 게다. 구보는, 갑자기, 홍소(哄笑)하였다. 어쩌면 이제 구보는 명랑하여질 수 있을지도 모른다.

그래도

집으로 자꾸 가자는 아이들을 달래어 보내고, 구보는 다방으로 향한다. 이 거리는 언제든 밤에, 행인이 드물었고, 전차는 한길 한복판을 가장 게으르게 굴러갔다. 결코 환하지 못한 이 거리, 가로수 아래, 한두 명의 부녀들이 서고, 혹은 앉아 있었다. 그들은, 물론, 거리에 몸을 파는 종류의 여자들은 아니었을 게다. 그래도, 이, 밤 들면 언제든 쓸쓸하고, 또 어두운 거리 위에 그것은 몹시 음울하고도 또 고혹적인 존재였다. 그렇게도 갑자기, 부란(腐爛) 된 성욕을, 구보는 이 거리 위에서 느낀다.

문득, 제비와 같이 경쾌하게 전보 배달의 자전거가 지나간다. 그의 허리에 찬 조그만 가방 속에 어떠한 인생이 압축되어 있을 것인가. 불안과, 초조와, 기대와……. 그 조그만 종이 위의, 그 짧은 문면(文面)은 그렇게도 용이하게, 또 확실하게, 사람의 감정을 지배한다. 사람은 제게 온 전보를 받아 들 때 그 손이 가만히 떨림을 스스로 깨닫지 못한다. 구보는 갑자기 자기에게 온 한 장의 전보를 그 봉함(封緘)을 떼지 않은 채 손에 들

• 울가망 근심스럽거나 답답하여 기분이 나지 않음. 또는 그런 상태.
• 삐꾸 고약.
• 홍소(哄笑) 입을 크게 벌리고 웃거나 떠들썩하게 웃음.
• 부란되다 생활이 문란하다.
• 문면(文面) 문장이나 편지에 나타난 대강의 내용.
• 봉함(封緘) (편지를) 봉투에 넣고 봉함.

고 감동하고 싶은 충동을 느꼈다. 전보가 못 되면, 보통 우편물이라도 좋았다. 이제 한 장의 엽서에라도, 구보는 거의 감격을 가질 수 있을 게다.

흥, 하고 구보는 코웃음 쳐 보았다. 그 사상은 역시 성욕의, 어느 형태로서의, 한 발현에 틀림없었다. 그러나 물론 이 결코 부자연하지 않은 생리적 현상을 무턱대고 업신여길 의사는 구보에게 없었다. 사실 서울에 있지 않은 모든 벗을 구보는 잊은 지 오래였고 또 그 벗들도 이미 오랫동안 소식을 전하여 오지 않았다. 그들은, 모두, 지금, 무엇들을 하고 있을까. 한 해에 단 한 번 연하장을 보내 줄 따름의 벗에까지, 문득 구보는 그리움을 가지려 한다. 이제 수천 매의 엽서를 사서, 그 다방 구석진 탁자 위에서……. 어느 틈엔가 구보는 가장 열정을 가져, 벗들에게 편지를 쓰고 있는 저 자신을 보았다. 한 장, 또 한 장, 구보는 재떨이 위에 생담배가 타고 있는 것도 깨닫지 못하고, 그가 기억하고 있는 온갖 벗의 이름과 또 주소를 엽서 위에 흘려 썼다…… 구보는 거의 만족한 웃음조차 입가에 띠며, 이것은 한 개 단편소설의 결말로는 결코 비속하지 않다, 생각하였다. 어떠한 단편소설의— 물론, 구보는, 아직 그 내용을 생각하지 않았다.

그러나 그러한 것은 어떻든 벗들의 편지가 정말 보고 싶었다. 누가 내게 그 기쁨을 주지는 않는가. 문득 구보의 걸음이 느려지며, 그동안, 집에, 편지가 와 있지나 않을까, 그리고 그것은 가장 뜻하지 않았던 옛 벗으로부터의 열정이 넘치는 글이나 아닐까, 하고 제 맘대로 꾸며 생각하고 그리고 물론 그것이 얼마나 근거 없는 생각인 줄 알았어도, 구보는 그 애달픈 기쁨을 그렇게 가혹하게 깨뜨려 버리려 하지 않았다. 그러나 그것은 벗에게서 온 편지는 아닐지도 모른다. 혹은, 어느 신문사나, 잡지사……. 그러면 그 인쇄된 봉투에 어머니는 반드시 기대와 희망을 갖고, 그것이 아들에게 무슨 크나큰 행운이나 약속하고 있는 거나 같이 몇 번씩 놓았다, 들었다, 또는 전등불에 비추어 보았다……. 그리고 기다려도 안 들어오는 아들이 편지를 늦게 보아 그만 그 행운을 놓치고 말지나 않을까, 그러한 경우까지를 생각하고 어머니는 안타까워할 게다.[*] 그러나 가엾은 어머니가 그렇게까지 감동을 가진 그 서신이 급기야 뜯어보면, 신문 1회분의, 혹은 잡지 한 페이지분의, 잡문의 의뢰이기 쉽다.

구보는 쓰디쓰게 웃고 다방 안으로 들어선다. 사람은 그곳에 많았어도, 벗은 있지 않았다. 그는 이제 이곳에서 벗을 기다려야 한다.

다방을

찾는 사람들은, 어인 까닭인지 모두를 구석진 좌석을 좋아하였다. 구보는 하나 남아 있는 가운데 탁자에 가 앉는 수밖에 없었다. 그래도 그는 그곳에서 '엘만'의 「발스 센티멘탈」을 가장 마음 고요히 들을 수 있었다. 그러나 그 선율이 채 끝나기도 전에, 방약무인(傍若無人)한 소리가, 구포 씨 아니요— 구보는 다방 안의 모든 사람들의 시선을 온몸에 느끼며, 소리 나는 쪽을 돌아보았다. 중학을 이삼 년 일찍 마친 사내. 어느 생명 보험 회사의 외교원[*]이라는 말을 들었다. 평소에 결코 왕래가 없으면서도 이제 이렇게 알은체를 하려는 것은 오직 얼굴이 새빨개지도록 먹은 술 탓인지도 몰랐다. 구보는 무표정한 얼굴로 약간 끄떡하여 보이고 즉시 고개를 돌렸다. 그러나 그 사내가 또 한 번, 역시 큰 소리로, 이리 좀 안 오시료, 하고 말하였을 때, 구보는 게으르게나마 자리에서 일어나, 그의 탁자로 가는 수밖에 없었다. 이리 좀 앉으시요. 참, 최 군, 인사하지. 소설가 구포 씨.

이 사내는, 어인 까닭인지 구보를 반드시 '구포'라고 발음하였다. 그는 맥주병을 들어 보고, 아이 쪽을 향하여 더 가져오라고 소리치고, 다

• **외교원** 회사에서 교섭이나 권유, 선전, 판매를 위하여 고객을 방문하는 일이 주된 업무인 사원.

시 구보를 보고, 그래 요새두 많이 쓰시우. 무어 별로 쓰는 것 '없습니다.' 구보는 자기가 이러한 사내와 접촉을 가지게 된 것에 지극한 불쾌를 느끼며, 경어를 사용하는 것으로 그와 사이에 간격을 두기로 하였다. 그러나 이 딱한 사내는 도리어 그것에서 일종 득이감을 맛볼 수 있었는지도 모른다. 그뿐 아니라, 그는 한 잔 10전짜리 차들을 마시고 있는 사람들 틈에서 그렇게 몇 병씩 맥주를 먹을 수 있는 것에 우월감을 갖고, 그리고 지금 행복이었을지도 모른다. 그는 구보에게 술을 따라 권하고, 내 참 구포 씨 작품을 애독하지. 그리고 그러한 말을 하였음에도 불구하고 구보가 아무런 감동도 갖지 않는 듯싶은 것을 눈치채자, 사실, 내 또 만나는 사람마다 보구,

"구포 씨를 선전하지요."

그러한 말을 하고는 혼자 허허 웃었다. 구보는 의미 몽롱한 웃음을 웃으며, 문득, 이 용감하고 또 무지한 사내를 고급(高給)˙으로 채용하여 구보 독자 권유원을 시키면, 자기도 응당 몇십 명의, 독자를 획득할 수 있을지 모르겠다고 그런 난데없는 생각을 하여 보고, 그리고 혼자 속으로 웃었다. 참 구보 선생, 하고 최 군이라 불리운 사내도 말참견을 하여, 자기가 독견(獨鵑)의 『승방비곡(僧房悲曲)』과 윤백남(尹白南)의 『대도전(大盜傳)』을 걸작이라 여기고 있는 것에 구보의 동의를 구하였다. 그리고, 이 어느 화재보험 회사의 권유원인지도 알 수 없는 사내는, 가장 영리하게,

"구보 선생님의 작품은 따루 치구……."

그러한 말을 덧붙였다. 구보가 간신히 그것들이 좋은 작품이라 말하였을 때, 최군은 또 용기를 얻어, 참 조선서 원고료는 얼마나 됩니까. 구보는 이 사내가 원호료라 발음하지 않는 것에 경의를 표하였으나 물

• 고급(高給) 높은 봉급.

론 그는 이러한 종류의 사내에게 조선 작가의 생활 정도를 알려 주어야 할 아무런 의무도 갖지 않는다.

그래, 구보는 혹은 상대자가 모멸을 느낄지도 모를 것을 알면서도, 불쑥, 자기는 이제까지 고료라는 것을 받아 본 일이 없어, 그러한 것은 조금도 모른다 말하고, 마침 문을 들어서는 벗을 보자 그만 실례합니다. 그리고 그들이 무어라 말할 수 있기 전에 제자리로 돌아와 노트와 단장을 집어 들고, 마악 자리에 앉으려는 벗에게,

"나갑시다. 다른 데로 갑시다."

밖에, 여름 밤, 가벼운 바람이 상쾌하다.

조선호텔

앞을 지나, 밤늦은 거리를 두 사람은 말없이 걸었다. 대낮에도 이 거리는 행인이 많지 않다. 참 요사이 무슨 좋은 일 있소. 맞은편의 경성우편국 3층 건물을 바라보며 구보는 생각난 듯이 물었다. 좋은 일이라니— 돌아보는 벗의 눈에 피로가 있었다. 다시 걸어 황금정(黃金町)으로 향하며, 이를테면, 조그만 기쁨, 보잘것없는 기쁨, 그러한 것을 가졌소. 뜻하지 않은 벗에게서 뜻하지 않은 엽서라도 한 장 받았다는 종류의…….

"갖구 말구."

벗은 서슴지 않고 대답하였다. 노형˙ 같이 변변치 못한 사람은 죽을 때까지 받아 보지 못할 편지를, 그리고 벗은 허허 웃었다. 그러나 그것은 공허한 음향이었다. 내용 증명의 서류 우편(書留郵便). 이 시대에는 조그만 한 개의 다료를 경영하기도 수월치 않았다. 석 달 밀린 집세. 총총하던 별이 자취를 감추고 하늘이 흐렸다. 벗은 갑자기 휘파람을 분다.

˙ 노형(老兄) 남자 어른이 자기보다 여남은 살 더 먹은 비슷한 지위의 남자를 높여 이르는 이인칭 대명사.

가난한 소설가와, 가난한 시인과……. 어느 틈엔가 구보는 그렇게도 구차한 내 나라를 생각하고 마음이 어두웠다.

"혹시 노형은 새로운 애인을 갖고 싶다 생각 않소."

벗이 휘파람을 마치고 장난꾼같이 구보를 돌아보았다. 구보는 호젓하게 웃는다. 애인도 좋았다. 애인 아닌 여자도 좋았다. 구보가 지금 원함은 한 개의 계집에 지나지 않는지도 몰랐다. 또는 역시 어질고 총명한 아내라야 하였을지도 모른다. 그러다가 구보는, 문득, 아내도 계집도 말고, 십칠팔 세의 소녀를, 만약 그럴 수 있다면, 딸을 삼고 싶다고 그러한 엄청난 생각을 하여 보았다. 그 소녀는 마땅히 아리땁고, 명랑하고, 그리고 또 총명하여야 한다. 구보는 자애 깊은 아버지의 사랑을 가져 소녀를 데리고 여행을 할 수 있을 게다.

갑자기 구보는 실소하였다. 나는 이미 그토록 늙었나. 그래도 그 욕망은 쉽사리 버려지지 않았다. 구보는 벗에게 알리고 싶은 것을 참고, 혼자 마음속에 그 생각을 즐겼다. 세 개의 욕망. 그 어느 한 개만으로도 구보는 이제 용이히 행복될지 몰랐다. 혹은 세 개 욕망의, 그 셋이 모두 이루어지더라도 결코 구보는 마음의 안위를 이룰 수 없을지도 몰랐다.

역시 그것은 '고독'이 빚어내는 사상이었다.

나의 원하는 바를 월륜(月輪)도 모르네.

문득 하루오(佐藤春夫)의 일행시를 구보는 입 밖에 내어 외어 본다. 하늘은 금방 빗방울이 떨어질 것같이 어둡다. 월륜은커녕, 혹은 구보 자신 알지 못하고 있을지도 모른다. 어느 틈엔가 종로에까지 다시 돌아와, 구보는 갑자기 손에 든 단장과 대학 노트의 무게를 느끼며 벗을 돌아보

• 월륜 둥근 달.
• 사토 하루오 일본의 시인, 소설가.

았다. 능히 오늘 밤 술을 사 줄 수 있소. 벗은 생각하여 보는 일 없이 고개를 끄덕이었다. 구보는 다시 다리에 기운을 얻어, 종각 뒤 그들이 가끔 드나드는 술집을 찾았을 때, 그러나 그곳에는 늘 보던 여급이 없었다. 낯선 여자에게 물어, 그가 지금 가 있는 낙원정(樂園町)의 어느 카페 이름을 배우자, 구보는 역시 피로한 듯싶은 벗의 팔을 이끌어 그리로 가자, 고집하였다. 그 여급을 구보는 이름도 몰랐다. 이를테면 벗이 흥미를 가지고 있는 계집이었다. 마치 경박한 불량소년과 같이, 계집의 뒤를 쫓는 것에서 값없는 기쁨이나마 구보는 맛보려는 심사인지도 모른다.

처음에

벗은, 그러나, 구보의 말을 좇지 않았다. 혹은, 벗은 그 여급에게 흥미를 느끼지 않고 있었던 것인지도 모른다. 그러나 만약 그가 그 여자에게 무어 느낀 게 있었다 하면 그것은 분명히 흥미 이상의 것이었을 게다. 그들이 마침내, 낙원정으로 그 계집 있는 카페를 찾았을 때, 구보는, 그러나, 벗의 감정이 그 둘 중의 어느 것도 아니었다는 것을 알았다. 혹은, 어느 것이든 좋았었는지도 몰랐다. 하여튼, 벗도 이미 늙었다. 그는 나이로 청춘이었으면서도, 기력과, 또 정열이 결핍되어 있었다. 까닭에 그가 항상 그렇게도 구하여 마지않는 것은, 온갖 의미로서의 자극이었는지도 모른다.

여급이 세 명, 그리고 다음에 두 명, 그들의 탁자로 왔다. 그렇게 많은 '미녀'를 그 자리에 모이게 한 것은, 물론 그들의 풍채도 재력도 아니다. 그들은 오직 이곳의 신선한 객이었고, 그리고 노는계집들은 그렇게도 많은 사내들과 알은체하기를 좋아하였다. 벗은 차례로 그들의 이름을 물었다. 그들의 이름에는 어인 까닭인지 모두 '꼬'가 붙어 있었다. 그것은 결코 고상한 취미가 아니었고, 그리고 때로 구보의 마음을 애달프게 한다.

"왜, 호구조사 오셨어요?"

새로이 여급이 그들의 탁자로 와서 말하였다. 문제의 여급이다. 그들이 그 계집에게 알은체하는 것을 보고, 그들의 옆에 앉았던 두 명의 계집이 자리를 양도하여 엉거주춤 일어섰다. 여자는, 아니 그대루 앉아 있에요, 사양하면서도 벗의 옆에 가 앉았다. 이 여자는 다른 다섯 여자들보다 좀 더 예쁠 것은 없었다. 그래도 어딘지 모르게 기품이 있어 보이기는 하였다. 벗이 그와 둘이서만 몇 마디 말을 주고받고 하였을 때, 세 명의 여급은 다른 곳으로 가버리고 말았다. 동료와 친근히 하고 있는 듯 싶은 객에게, 계집들은 결코 흥미를 느끼지 않는다.

"어서 약주 드세요."

이 탁자를 맡은 계집이, 특히 벗에게 권하였다. 사실 맥주를 세 병째 가져오도록 벗이 마신 술은 모두 한 고뿌˙나 그밖에 안 되었던 것임에 틀림없었다. 그러나 벗은 오직 그 고뿌를 들어 보고 또 입에 대는 척하고, 그리고 다시 탁자에 놓았다. 이 벗은 음주불감증이 있었다. 그러나 물론 계집들은 그런 병명을 알지 못한다. 구보에게 그것이 일종의 정신병임을 듣고, 그들은 철없이 눈을 둥그렇게 떴다. 그리고 다음에 또 철없이 그들은 웃었다. 한 사내가 있어 그는 평소에는 술을 즐기지 않으면서도 때때로 남주(濫酒)˙를 하여, 언젠가는 일본주를 두 되 이상이나 먹고, 그리고 거의 혼도˙를 하였다고 한 계집은 이야기를 하고, 그리고 그것도 역시 정신병이냐고 구보에게 물었다. 그것은 기주증(嗜酒症), 갈주증(渴酒症) 또는 황주증(荒酒症)이었다. 얼마 전엔가 구보가 흥미를 가져 읽은 『현대의학대사전』 제23권은 그렇게도 유익한 서적임에 틀림없었다.

갑자기 구보는 온갖 사람들을 모두 정신병자라 관찰하고 싶은 강렬한

• 고뿌 컵.

• 남주 술을 많이 마심.

• 혼도(昏倒) 정신이 어지러워 쓰러짐.

충동을 느꼈다. 실로 다수의 정신병 환자가 그 안에 있었다. 의상분일증(意想奔逸症), 언어도착증(言語倒錯症), 과대망상증(誇大妄想症), 추외언어증(醜猥言語症), 여자음란증(女子淫亂症), 지리멸렬증(支離滅裂症), 질투망상증(嫉妬妄想症), 남자음란증(男子淫亂症), 병적기행증(病的寄行症), 병적허언기편증(病的虛言欺騙症), 병적부덕증(病的不德症), 병적낭비증(病的浪費症)……

그러다가, 문득 구보는 그러한 것에 흥미를 느끼려는 자기가, 오직 그런 것에 흥미를 갖는다는 것만으로도 이미 한 개의 환자에 틀림없다, 깨닫고, 그리고, 유쾌하게 웃었다.

그러면

무어, 세상 사람이 다 미친 사람이게— 구보 옆에 조그마니 앉아, 말 없이 구보의 이야기만 듣고 있던 여급이 당연한 질문을 하였다. 문득 구보는 그에게로 향하여 비스듬히 고쳐 앉으며, 실례지만 하고 그러한 말을 사용하고, 그의 나이를 물었다. 여자는 잠깐 망설거리다가,

"갓 스물이에요."

여성들의 나이란 수수께끼다. 그래도 이 계집을 갓 스물이라 볼 수는 없었다. 스물다섯이나 여섯. 적어도 스물넷은 됐을 게다. 갑자기 구보는 일종의 잔인성을 가져, 그 역시 정신병자임에 틀림없음을 일러주었다. 당의즉답증(當意卽答症).* 벗도 흥미를 가져, 그에게 그 병에 대하여 자세한 것을 물었다. 구보는 그의 대학 노트를 탁자 위에 펴 놓고, 그 병의 환자와 의원 사이의 문답을 읽었다. 코는 몇 개요. 두 갠지 몇 갠지 모르겠습니다. 귀는 몇 개요. 한 갭니다. 셋하구 둘하구 합하면 일곱입

* **당의즉답증** 질문에 대해 옳은 대답을 알고 있으면서도 모르는 체하거나 입에서 나오는 대로 대답을 하는 증세.

니다. 당신 몇 살이오. 스물하납니다. (기실 38세) 매씨˙는 여든한 살입니다. 구보는 공책을 덮으며, 벗과 더불어 유쾌하게 웃었다. 계집들도 따라 웃었다. 그러나 벗의 옆에 앉은 여급 말고는 이 조그만 이야기를 참말 즐길 줄 몰랐던 것임에 틀림없었다. 특히 구보 옆의 환자는, 그것이 자기의 죄 없는 허위에 대한 가벼운 야유인 것을 깨달을 턱 없이 호호대고 웃었다. 그는 웃을 때마다, 말할 때마다, 언제든 수건 든 손으로 자연을 가장하여 그의 입을 가린다. 사실 그는 특히 입이 모양 없게 생겼던 것임에 틀림없었다. 구보는 그 마음에 동정과 연민을 느꼈다. 그러나 그것은 물론, 애정과 구별되지 않으면 안 된다. 연민과 동정은 극히 애정에 유사하면서도 그것은 결코 애정일 수 없다. 그러나 증오는— 증오는 실로 왕왕이 진정한 애정에서 폭발한다…… 일찍이 그의 어느 작품에서 사용하려다 말았던 이 일 절은 구보의 얕은 경험에서 추출된 것에 지나지 않았어도, 그것은 혹은 진리이었을지도 모른다. 그런 객쩍은 생각을 구보가 하고 있었을 때, 문득, 또 한 명의 계집이 생각난 듯이 물었다. 그럼 이 세상에서 정신병자 아닌 사람은 선생님 한 분이겠군요. 구보는 웃고, 왜 나두…… 나는, 내 병은,

"다변증(多辯症)이라는 거라우."

"무어요. 다변증……."

"응, 다변증. 쓸데없이 잔소리 많은 것두 다아 정신병이라우."

다른 두 계집도 입안말로 '다변증' 하고 중얼거려 보았다. 구보는 속주머니에서 만년필을 꺼내서 공책 위에다 초한다. 작가에게 있어서 관찰은 무엇에든지 필요하였고, 창작의 준비는 비록 카페 안에서라도 하여야 한다. 여급은 온갖 종류의 객을 대함으로써, 온갖 지식을 얻으려 노력하였다— 잠깐 펜을 멈추고, 구보는 건너편 탁자를 바라보다가, 또 가

˙ 매씨(妹氏) 손위 누이.

만히 만족한 웃음을 웃고, 펜 잡은 손을 놀린다. 벗이 상반신을 일으키어, 또 무슨 궁상맞은 짓을 하는 거야— 그리고 구보가 쓰는 대로 그것을 소리 내어 읽었다. 여자는 남자와 마주 대하여 앉았을 때, 그 다리를 탁자 밖으로 내어놓고 있었다. 남자의 낡은 구두가 탁자 밑에서 그의 조그만 모양 있는 숙녀화를 밟을 것을 염려하여서가 아닐 게다. 그,는 오늘, 그가 그렇게도 사고 싶었던 살빛 나는 비단 양말을 신을 수 있었다. 그리고 그것이 그렇게도 자랑스러웠던 것임에 틀림없었다.

흥, 하고 벗은 코로 웃고 그리고 소설가와 벗할 것이 아님을 깨달았노라 말하고, 그러나 부대 별의별 것을 다 쓰더라도 나의 음주불감증은 얘기 말우— 그리고 그들은 유쾌하게 웃었다.

구보와 벗과

그들의 대화의 대부분을, 물론 계집들은 알아듣지 못하였다. 그러면서도 그들은 능히 모든 것을 이해할 수 있었던 듯이 가장하였다. 그러나, 그것은 결코 죄가 아니었고, 또 사람은 그들의 무지를 비웃어서는 안 된다. 구보는 펜을 잡았다. 무지는 노는계집들에게 있어서, 혹은, 없어서는 안 될 물건이나 아닐까. 그들이 총명할 때, 그들에게는 괴로움과 아픔과 쓰라림과…… 그 온갖 것이 더하고, 불행은 갑자기 나타나 그들의 마음을 사로잡고 말 게다. 순간, 순간에 그들이 맛볼 수 있는 기쁨을, 다행함을, 비록 그것이 얼마나 값없는 물건이더라도, 그들은 무지라야 비로소 가질 수 있다……. 마치 그것이 무슨 진리나 되는 듯이, 구보는 노트에 초하고, 그리고 계집이 권하는 술을 사양 안 했다.

어느 틈엔가 밖에 비가 내리고 있었다. 가만한 비다. 은근한 비다. 그렇게 밤늦어, 그렇게 은근히 비 내리면, 구보는 때로 애달픔을 갖는다. 계집들도 역시 애달픔을 가졌다. 그들은 우산의 준비가 없이 그들의 단

벌옷과, 양말과 구두가 비에 젖을 것을 염려하였다.

유키짱— 보이지 않는 구석에서 취성(醉聲)˙이 들려왔다. 구보는 창밖 어둠을 바라보며, 문득 한 아낙네를 눈앞에 그려 보았다. 그것은 '유키'— 눈이 그에게 준 생각이었는지도 모른다. 광교(廣橋) 모퉁이 카페 앞에서, 마침 지나는 그를 작은 소리로 불렀던 아낙네는 분명히 소복(素服)을 하고 있었다.

"말씀 좀 여쭤 보겠습니다."

여인은 거의 들릴락 말락 한 목소리로 말하고, 걸음을 멈추는 구보를 곁눈에 느꼈을 때, 그는 곧 외면하고, 겨우 손을 내밀어 카페를 가리키고 그리고,

"이 집에서 모집한다는 것이 무엇이에요."

카페 창 옆에 붙어 있는 종이에 "女給大募集. 여급대모집." 두 줄로 나누어 씌여 있었다. 구보는 새삼스러이 그를 살펴보고, 마음에 아픔을 느꼈다. 빈한(貧寒)˙은 하였을지도 모른다. 그러나 그는 저 자신 일거리를 찾아 거리에 나오지 않아도 좋았을 게다. 그러나 불행은 뜻하지 않고 찾아와, 그는 아직 새로운 슬픔을 가슴에 품은 채 거리에 나오지 않으면 안 되었던 것일 게다. 그에게는 거의 장성한 아들이 있을지도 모른다. 혹은 그것이 아들이 아니라 딸이었던 까닭에 가엾은 이 여인은 저 자신 입에 풀칠하기를 꾀하지 않으면 안 되었을 게다. 그의 처녀 시대에 그는 응당 귀하게 아낌을 받으며 길리었을지도 모른다. 그의 핏기 없는 얼굴에는 기품과, 또 거의 위엄조차 있었다. 구보가 말을, 삼가, 여급이라는 것을 주석(註釋)˙할 때, 그러나 그 분명이 마흔이 넘었을 아낙네는 그의 말을 끝까지 듣지 않고, 혐오와 절망을 얼굴에 나타내고, 구보에게 목

• **취성** 술 취해서 떠드는 소리.
• **빈한** 살림이 가난하여 집안이 쓸쓸함.
• **주석하다** 낱말이나 문장의 뜻을 쉽게 풀이하다.

례한 다음, 초연히 그 앞을 떠났다……

구보는 고개를 돌려, 그의 시야에 든 온갖 여급을 보며, 대체 그 아낙네와 이 여자들과 누가 좀 더 불행할까, 누가 좀 더 삶의 괴로움을 맛보고 있는 걸까, 생각하여 보고 한숨지었다. 그러나 그 좌석에서 그러한 생각을 하는 것은 옳지 않았을지도 모른다. 구보는 새로이 담배를 피워 물었다. 그러나 탁자 위의 성냥갑은 두 갑이 모두 비어 있었다.

조그만 계집아이가 카운터로 달려가 성냥을 가져왔다. 그 여급은 거의 계집아이였다. 그가 열여섯이나 열일곱, 그렇게 말하더라도, 구보는 결코 의심하지 않았을 게다. 그 맑은 두 눈은, 그의 두 뺨의 웃음 우물은 아직 오탁(汚濁)°에 물들지 않았다. 구보가 그 소녀에게 애달픔과 사랑과, 그것들을 한꺼번에 느낄 수 있었던 것은 결코 취한 탓만이 아니었을지도 모른다. 너 내일, 낮에, 나하구 어디 놀러 갈련. 구보는 불쑥 그러한 말조차 하며 만약 이 귀여운 소녀가 동의한다면, 어디 야외로 반일(半日)°을 산책에 보내도 좋다고 생각한다. 그러나 소녀는 그 말에 가만히 미소하였을 뿐이다. 역시 그 웃음 우물이 귀여웠다.

구보는, 문득, 수첩과 만년필을 그에게 주고, 가(可)면 ○를, 부(否)면 ×를, 그리고 ○인 경우에는 내일 정오에 화신상회 옥상으로 오라고, 네가 무어라고 표를 질러 놓든 내일 아침까지는 그것을 펴보지 않을 테니 안심하고 쓰라고, 그런 말을 하고, 그 새로 생각해 낸 조그만 유희에 구보는 명랑하게 또 유쾌하게 웃었다.

오전 두 시의

종로 네거리—가는 비 내리고 있어도, 사람들은 그곳에 끊임없다. 그들은 그렇게도 밤을 사랑하여 마지않았는지도 모른다. 그들은 그렇게

° 오탁 더럽고 흐림.
° 반일 한나절.

도 용이하게 이 밤에 즐거움을 구하여 얻을 수 있었는지도 모른다. 그리고 그들은 일순, 자기가 가장 행복된 것같이 느낄 수 있었는지도 모른다. 그러나 그들의 얼굴에, 그들의 걸음걸이에, 역시 피로가 있었다. 그들은 결코 위안받지 못한 슬픔을, 고달픔을 그대로 지닌 채, 그들이 잠시 잊었던 혹은 잊으려 노력하였던 그들의 집으로 그들의 방으로 돌아가지 않으면 안 된다.

이렇게 밤늦게 어머니는 또 잠자지 않고 아들을 기다릴 게다. 우산을 가지고 나가지 않은 아들에게 어머니는 또 한 가지의 근심을 가질 게다. 구보는 어머니의 조그만, 외로운, 슬픈 얼굴을 생각하였다. 그리고 저 자신 외로움과 슬픔을 맛보지 않으면 안 된다. 구보는 거의 외로운 어머니를 잊고 있었던 것임에 틀림없었다. 그러나 어머니는 그 아들을 응당, 온 하루, 생각하고 염려하고, 또 걱정하였을 게다. 오오, 한없이 크고 또 슬픈 어머니의 사랑이여. 어버이에게서 남편에게로, 그리고 또 자식에게로 옮겨가는 여인의 사랑—그러나 그 사랑은 자식에게로 옮겨 간 까닭에 그렇게도 힘 있고 또 거룩한 것이 아니었을까.

구보는, 벗이, 그럼 또 내일 만납시다. 그렇게 말하였어도, 거의 그것을 알아듣지 못하였다. 이제 나는 생활을 가지리라. 생활을 가지리라. 내게는 한 개의 생활을, 어머니에게는 편안한 잠을. 평안히 가 주무시요. 벗이 또 한 번 말했다. 구보는 비로소 그를 돌아보고, 말없이 고개를 끄덕하였다. 내일 밤에 또 만납시다. 그러나, 구보는 잠깐 주저하고, 내일, 내일부터, 나, 집에 있겠소, 창작하겠소—

"좋은 소설을 쓰시오."

벗은 진정으로 말하고, 그리고 두 사람은 헤어졌다. 참말 좋은 소설을 쓰리라. 번(番)드는 순사가 모멸을 가져 그를 훑어보았어도 그는 거

• 번 차례로 숙직이나 당직을 하는 일.

의 그것에서 불쾌를 느끼는 일도 없이, 오직 그 생각에 조그만 한 개의 행복을 갖는다.

"구보—"

문득, 벗이 다시 그를 찾았다. 참, 그 수첩에다 무슨 표를 질렀나 좀 보우. 구보는, 안주머니에서 꺼낸 수첩 속에서, 크고 또 정확한 ×표를 찾아내었다. 쓰디쓰게 웃고, 벗에게 향하여, 아마 내일 정오에 화신상회 옥상으로 갈 필요는 없을까 보오. 그러나 구보는 적어도 실망을 갖지 않았다. 설혹 그것이 ○표라 하였더라도 구보는 결코 기쁨을 느낄 수는 없었을 게다. 구보는 지금 저 자신의 행복보다도 어머니의 행복을 생각하고 싶었을지도 모른다. 그 생각에 그렇게 바빴을지도 모른다. 구보는 좀 더 빠른 걸음걸이로 은근히 비 내리는 거리를 집으로 향한다.

어쩌면, 어머니가 이제 혼인 얘기를 꺼내더라도, 구보는 쉽게 어머니의 욕망을 물리치지는 않을지도 모른다.

가만가만, 생각의 움 틔우기

1 소설의 주인공 구보는 어떤 사람입니까? 소설에 나타나 있는 구보의
정보를 찾아보세요.

2 구보의 어머니는 왜 아들에 대해 걱정하고 있나요?

3 구보는 언제나 '한 권의 노트'를 가지고 다닙니다. 그 이유는 무엇인
가요?

톡톡! 생각의 가지 뻗기

1 집을 나온 구보는 광교에서 출발하여 경성 도시를 배회하고 있습니다. 소설 속에서 구보가 하루 동안 이동한 경로를 파악해 보세요.

2 이 소설은 소설가 박태원의 실제 호를 딴 '구보' 씨를 주인공으로 하고 있습니다. 이러한 설정이 가져오는 효과에 대해 생각해 보세요.

1 다른 소설들과 달리 이 작품은 극적인 사건이나 인물 간의 갈등이 드
러나 있지 않습니다. 근대적 경성을 산책하는 구보의 상념을 '의식
의 흐름'에 따라 서술하고 있을 뿐입니다. 당시의 시대적 배경과 연
관 지어 생각할 때, 이러한 서사 기법이 갖는 의미가 무엇인지 생각
해 보세요.

행운유수

이문구(충청남도 보령, 1941년 4월 21일~2003년 2월 25일)

엄격한 유교 교육을 받으며 비교적 풍요로운 환경에서 자랐지만, 6·25전쟁 이후 집안이
풍비박산 나면서 힘든 어린 시절을 보냈습니다. 역경 속에서 서라벌예대에 입학하였고
1966년 『현대문학』 추천으로 문단에 등단하게 됩니다. 우리말 특유의 가락을 잘 살려낸
유장한 문장으로 작가 자신이 경험한 농촌과 농민의 문제를 작품화하였습니다. 소설의
주제와 문체까지도 농민의 어투에 근접한 사실적인 작품세계를 구현하며, 농민소설의 새
로운 장을 개척한 작가로 평가받고 있습니다. 주요 작품으로 「관촌수필」, 「해벽」, 「산 너
머 남촌」 등이 있습니다.

✒ 작품소개

　「행운유수」를 포함한 『관촌수필』은 에세이 양식의 소설입니다. 이렇게 수필을 쓰듯이 자신의 체험을 사실적으로 드러내는 형식을 통해, 작가는 이야기 속에서 고향을 원형적으로 되살려내고 있습니다. 바로 거기에 이 소설의 매력이 있는 것이지요. 구수한 입담까지 곁들인 「행운유수」는 우리의 근대적 공간을 선취하면서 건강한 삶의 모습, 옹점이가 주체 의식을 지니게 되는 과정을 그립니다.

　일제 강점기의 식민지와 광복 직후의 전쟁 등을 겪으면서, 우리의 윗세대들은 경제적으로나 정신적으로나 매우 척박한 삶을 살아왔습니다. 신분제도에 순응하고, 혈연·지연·학연에 얽매여야 했습니다. 김동인 「감자」의 '복녀'나 계용묵 「백치 아다다」의 주인공들이 그 전형이지요. 그러나 그런 환경에서도 근대성을 받아들이고 스스로 합리적 주체로서 행동하는 사람들이 있었습니다. 이 소설에 등장하는 옹점이의 경우도 마찬가지입니다. 행운유수(行雲流水)란 '떠가는 구름과 흐르는 물'이라는 뜻으로, '일의 처리가 자연스럽고 거침없다',

'마음씨가 시원하고 씩씩하다'는 의미를 내포하는데, 바로 이 작품의 주인공 옹점이를 가리키는 표현입니다. 그녀는 관습을 뚫고 나와 여성적 주체가 형성되는 모습을 보여주지요. 비록 출신은 천하지만 스스로 글을 해득해 내어 국한문을 가리지 않고 읽을 만큼 영특하며, 판단력도 뛰어납니다. 심야 가택 수색을 하던 경찰에게 현명하게 대처하기도 하고, 한국인을 무시하는 미군들의 부당한 요구를 거부할 줄도 아는 당당함이 있습니다. 그런 그녀가 불행한 결혼에서 벗어나 자기 세계를 만들어 가려고 애쓰는 모습은 감동적으로 다가옵니다.

물론 옹점이가 민중을 완벽하게 대변할 수 있는 인물은 아닙니다. 그녀는 민중의 태도를 제대로 갖추지 못했고, 불행한 운명을 극복해 내지도 못했기 때문입니다. 그럼에도 자기 불행에 주저앉지 않고, 끝까지 자신의 삶을 유지하려는 강한 의지가 민중의 강인한 생명력을 잘 드러내고 있는 모습이라고 할 수 있을 것입니다.

19

행운유수

이문구

벌판에서 얼음 지치던 바람이 신작로로 몰려 말달리기 시작하면서부터 눈자위가 맵고 두 볼이 남의 살이 되도록, 그 모진 추위는 한결 더한 것 같았다.

저만치로 보이던 읍내 주택들의 불빛마저 성에가 돋은 사금파리의 반사처럼 차디차게 느껴질 정도로 혹한이었다. 변성기 이후, 보온 내복을 모르고 따로 장만한 양말 한 켤레 없이 삼동을 나온 만큼은 추위를 안 타던 터였지만, 아래윗니가 마치고 턱이 굳으면서 머릿속까지 시린 것 같았다.

그런 경황이었음에도 불현듯 옹점(甕點)이를 생각했던 것은, 물론 갈래갈래로 여러 가닥이 난 감회가 뒤섞인 데다, 서른이 넘은 나이가 무색하게 너무 감상(感傷)에 젖어 있었기 때문일 것이며, 가슴에 서려 멍울졌던 회포와 더불어 그리움이 움튼 추억이었을지도 몰랐다. 그녀는 나보다 10년이 위였지만, 노상 동갑내기처럼 구순하게 놀아주었으며, 내가 아망을 떨거나 핀잔 듣고 토라져 우울해하며 자기 신세를 볶을 적에도 언제나 한결같이 감싸주었고, 즐거움과 스산함을 함께 나눠 갖는 든든한 보호자 역할도 겸하고 있었다.

어디가 션찮거나 무슨 일로 부르터서 밥 먹기를 거부하면 덩달아 숟갈을 들지 않았고, 앓아 누워 약 먹기 싫다고 몸부림치며 울어대면 약종발을 든 채 그 큰 눈이 눈물에 젖으며 함께 아파하기를 마지않던 그녀였다. 그녀는 돌성받이요 근본이 없었지만 성은 이가였다. 이복 동복 합해 2남 2녀 가운데 맏딸이었으며 큰오라비 이름은 일문(一文), 남동생은 두문(斗文)이었다. 지금 따져보아 여섯 살 어름의 기억 같은데, 내가 그녀 아버지라는 사람을 본 것은 꼭 한 번뿐이었다. 늦깎이 땡추중마냥 삭발은 했으되 좀 길쯤한 머리였고, 베등거리에 지까다비를 꿰고 있었다. 끌 망치 송곳 따위, 자루에 손때가 흐르는 연장들을 구럭에 담아 멘 채, 그해 여름 어느 날 그가 불쑥 안마당으로 들어섰던 것이다. 안마당에 들어올 수 있는 사내면 어머니는 예외 없이 해라로 대했듯 그를 보자,

"일문이 오느냐?"

하면서 앉음새를 고쳐 앉던 것이다.

"아씨, 안녕허섰에유. 나리만님 기력두 여전허시구, 서방님이랑 사랑으른들두 뵐고 읎으신가유?"

그는 그런 장황한 인사를 하며 벗어든 찌든 벙거지를 뜰팡에 던지고 엉거주춤하니 서 있었다.

"뵐고가 무고(無故)지…… 어서 그늘루 앉게. 여태두 게 가서 독[石]일 헌다나?"

"예. 모집(징용) 가서 밴 것이 그 노릇인디 워칙허겄슈. 고연시리븐다 허구 지집 색긔만 고상시키는개뷰."

"집 벗어나면 고상이니 어서 솔가해다가 뫼 살으얄 텐디…… 갱겡

이[江景邑]가 예서 워디간…… 타고나살이버텀 한내[大川]루 들어오는 게 안 낫은감."

"쥑야 암시러면 워떻간디유. 서방님이 고상되시겄구면유. 가나오나 증챌서 순사만 보면 서방님이 걱정되더면유."

걸핏하면 예비 검속되던 아버지의 신변이 염려되더라는 말이었다.

"그런디 이년은 워디 심부럼시키셨담유? 삼시 시끄니 굶는 자리만 아니면 싸게 여워삐려야 일 추겄는디……"

"근디(그네) 뛰러 나간다데. 요새 학질허느라구 메츨 누어 있었거든. 그년 승질에 오금탱이 그니거려 배기겄남."

"말만헌 년이 근디가 다 뭣이래유. 그냥 두면 못쓰겄네유. 혼 좀 내시지유."

그가 이년이라고 일컬은 것은 옹점이었다. 그는 정분을 두었던 이매에게 옹점이를 잉태시켜놓고 징용에 나갔다가 해방과 더불어 귀국했다던 거였다.

"엄니, 그이가 뭐 허는 사람이랴?"

나는 그가 그네 뛰러 나간 옹점이를 보러 영당 옆 느티나무로 찾아나가자 어머니한테 물었고,

"옹젬이 애븨. 큰머스매허구 갱겡이 가서 돌쪼시[石手] 헌다더라."

어머니는 그 이상의 자세한 것은 들려주지 않았다. 그뒤로 얼마동안 나는 옹점이와 다투어 비위 상한 일만 있으면 으레,

"뷔나면 늬 아배 이름을 애들헌티 갈쳐줄텨…… 일문이라구. 같은 문짜 이름이지만 늬 아배는 내 밑이며. 문짜가 밑에 들었으니께……"하고 놀려주었지만 그녀는 내 말에는 시척도 않고 신들신들 웃기만 했다. 일문이가 배다른 오라비였고, 어머니는 옹점이 아버지를 앞에 두고 부르려면 언제나 그의 큰아들 이름으로 대신했던 것을 훨씬 뒤에나 알게

된 거였다. 어머니가 옹점이 아버지를 돌쪼시 또는 일문이라고 하던 것을 귀에 담아두었던 나는, 일문이란 곧 한 돈이라는 뜻이었으므로 나중에는 옹점이를 곯리려면,

"너는 지집애니께 반돈이…… 한돈이 두돈이 반돈이, 싯을 다 합쳐두 늬네는 스 돈 반밖에 안 됭께 순 싸구려 것이여…… 너 같은 싸구려는 후제 그지헌티 시집가두 하나두 밑질 거 읎어."

"증말루? 그려. 니 말대루 그지헌티 시집갈께. 좋겄다. 나 시집가면 맨날 놀러온다메? 그려, 와. 읃어온 밥허구 건건이허구 쫍박에다 담어 줄 텡께. 안 먹었담 봐, 그냥 두나."

"……"

"저리 가 따루 놀어. 나는 그지 각씨 될 텐디 왜 곁이 서 있네? 저리 가 혼자 놀어."

"……"

그 무렵 옹점이 어머니 이매(二梅)는 한내읍 새텡이부락에서 두문이와 언년이를 데리고 기척 없이 살고 있었다. 들어앉아 돌쪼시가 벌어서 보내는 돈으로 얌전히 밥이나 끓여 먹고 살아가던 것이다. 그녀는 무싯날이면 여간해서 우리집을 방문하지 않았다. 어머니는 그녀가 올 적마다, "저 술고래 온다."
했는데, 그 소리가 듣기 싫어 걸음도 드물어졌으리라고 여겼지만, 와서 시시덕거리며 수다떨 적마다 드러나던 금이빨 탓일 것이라고 옹점이는 덧붙여 설명했었다. 그녀는 툭하면 입을 바작만하게 벌려가며 요란하게 웃었는데, 그럴 때마다 으레 칙칙한 은이빨과 싯누런 금이빨이 흉하게 드러나던 것이다. 어머니는 그녀의 그런 이빨들을 몹시 보기 싫어했다. 멀쩡한 이빨을 멋내느라고 부러 뽑아냈기 때문이었다. 그러나 언년이는 무시로 드나들었고 여분 있는 음식이며 남는 옷가지들을 꾸려다가

입곤 했다. 그즈음은 나도 천자문을 배우던 때여서 읍내로 심부름 가는 길이면 제법 남의 집 문패며 간판들을 읽을 줄 알았으므로, 돌쪼시네 가족의 이름에도 무관심해하지 않았으니, 할아버지에게 언년이 이름을 지어주도록 건의한 것도 그 까닭이었다.

"할아버지, 왜 옹젬이네 식구는 이름을 죄다 돈으루 쳐서 지었대유? 옹젬이마냥 언년이두 진짜 이름을 지여줘유."

할아버지는 귀담아듣고 싶지 않은 기색이더니,

"페엥―으레 그런 게니라. 여겨보려무나. 한냥 두냥 한푼이 두푼이 허느니보담 일문이 이문이가 듣기에 썩 낫지 않겠느냐."

"허지만 저 언년이는 동네에 쌨는 이름인디유. 강원도 성서방네 작은 지집애두 언년이, 짐격군(金格軍)네 지집애두 언년이……"

"짐곁군 손녀두?"

"그럼유."

목넘이 쇠찜골에 그런 집이 있었고, 할아버지는 으레 '창의군(倡義軍) 집'이라 올려 불렀는데, 비록 상사람 집안이긴 하지만 '보잘 게 있는 집'이매 함부로 대하면 안 되리라고 일러왔었다. 민종식 선생 밑에 들어가 홍주성을 무찔렀던, 한말 의병의 후예란 점에서 그렇게 여겼던가 보았다.

"옹젬이 밑잇것은 애가 죄용허구, 노는 게 싹이 뵈던구나……"

할아버지는 그 자리에서 언년이에게 복점(福點)이라는 이름을 지어주었다. 즉흥적인 작명이었으나 보리밥 같던 언년이 생김새에 걸맞게 어울리는 이름 같았다. 복점이는 차분한 성질이었고 굼뜨되 능청스럽기도 하여 동복 자매 같지 않게 옹점이와는 퍽 대조적인 아이였다.

"후제 시집가면 저 덜렁쇠보담 즉은 것이 더 낫으리라."

그녀 자매를 놓고 어머니도 그렇게 보고 있었다.

"큰것버덤 밑잇것이 낫어. 얼굴두 달싹허구 승질두 고분허구."

마을 아낙네들도 같은 의견이었다. 그렇지 않다고 우긴 것은 나 혼자뿐이었다. 물론 정실이 지배한 판단이었지만 나는 언제나 옹점이 역성을 들었던 것이다.

이제 이십오륙 년 전의 아득한 옛일을 되새겨보는 것이지만, 옹점이는 남들이 대중으로 여겼듯이 덜렁거리며 걱실걱실하고 사납기만 하던 처녀는 아니었다. 그것은 우리집의 생활 규모와 풍습에 젖어가며 자란 탓임이 두말할 나위 없는 일이지만, 그러나 애초의 천성 또한 속이지 못할 것이라면, 타고나기도 걸맞게 타고나서 우리집과의 관계는 거의 숙명적인 것으로 보아야 옳을 것 같았다.

학교를 다닌 적도 없고 누가 가르쳐주어 배운 글자도 없었지만 웬만한 글은 국한문을 가리지 않고 해득해낼 만큼 영악한 데가 있던 것만 보아도 어림하기에 어렵지 않았다.

여섯 살 나던 해 봄부터 여름내 나는 신장염을 앓고 있었다. 나는 의사의 처방에 따른 복약과 더불어 부기를 누르고 이뇨를 돕는 허술한 음식으로 끼니를 메우고 있었다. 자극성 없는 푸성귀와 보리죽, 각종 여름 과일만으로 주식을 삼았던 것이다. 그녀는 그해, 내가 기름기 구경은 고사하고 곱삶이* 꽁보리밥과 보릿가루죽만 반찬 없이 먹는 것을 몹시 걸려하며 안쓰러워했는데, 쌀밥이 목에 넘어가지 않는다면서 밥을 못 먹어하기가 일쑤였다. 어른들 몰래 쌀밥을 먹여보려고 나를 부엌으로 불러내어 어르고 타이르기도 한두 번이 아니었고, 특히 절시식(節時食)이나 별식이 있을 때는 내가 측은해 보인다고 눈물마저 글썽거리기도 했다. 참다못한 그녀가 흰밥 숟갈을 몰래 떠먹이려 하면 부뚜막에 앉혀 있던 나는 예외 없이,

• **곱삶이** 두 번 삶아 짓는 밥.

"이애 좀 보래유, 나헌티 쌀밥 준대유."

하고 외쳐 고자질을 했고, 그러면 그녀는 그 고지식함을 더욱 기특하게 여겨 애초 안타까움에 젖었던 눈길을 감출 바 몰라하곤 했다. 그러고도 내가 은연중에 하루 반 공기 이상 쌀밥을 먹지 않고 못 배긴 것은 순전 그녀의 꾐에 빠져들었기 때문이었다. 그녀는 흔히 "야, 시방버텀 숨바꼭질허자." 하고 말했고 내 동의도 얻기 전에 그럴 채비부터 차렸던 것이다. 그것은 지금 생각에도 정말 별쭝맞은 숨바꼭질이었다. 그녀는 숟갈 두 개를 준비하여 숟갈에 밥을 뜨고 반찬을 얹은 다음, 하나는 나를 주어 숟갈은 든 채 숨도록 하고, 그녀는 그녀대로 밥이 얹힌 숟갈을 들고 나를 찾아나서는 거였다. 술래는 둘이 번갈아가며 하되 술래에 잡히면 즉석에서 들고 다닌 숟갈을 서로 바꿔 먹도록 되어 있었다. 그래서 나는 무심결에 밥숟갈을 바꿔 먹은 거였고, 그때마다 그녀는 나를 업어줄 듯이 사뭇 귀여워하고 흐뭇해했다.

그렇듯 여리고 가냘픈 마음결의 그녀였지만, 그러나 경우에 따라서는 그 누구보다도 억세고 굳은 의지를 보이는, 정말 그녀다운 면목 그대로를 드러내기도 했다. 아직도 눈에 선연하지만 그 무렵의 어느 날 밤에 있었던 일이다. 막 더운갈이를 마친 날이었으니 한여름이었던 듯하다. 그날도 사랑에는 남의 눈을 피해 누가 여럿 다녀갔다는 거였다. 그 여름에 우리들이 말하는 누구란 길게 설명할 것도 없이 아버지에게 포섭된 조직원 및 어디선가 무시로 오던 연락원들을 뜻한다. 그들은 지하조직 총책이었던 아버지를 자기네 친부모보다도 더 짙은 피를 나눈 것으로 믿었고, 그 믿는 보람과 자부심으로써 아버지에 대한 백명백종(百命百從), 그리고 목숨도 돌보지 않는 사람들이라고 나는 듣고 있었다. 따라서 사랑에는 밤낮없이 그런 사람으로 붐볐고, 그네들은 자정녘이건 어슴새벽이건 때를 가리지 않고 무상 출입하는 것을 오히려 예의로 알고 있는 것 같았다. 우리집을 출입하는 그네들의 행색도 여러 가지였다. 나뭇짐이나 소금가마를 진 사람도 있었고, 엿목판을 지고 왔거나 땜장이 행색으로 온 사람도 있었다. 옹점이도 우리집안 돌아가는 사정을 눈치로 알고 있는 것 같았다. 사랑에 든 사내들만 누구라고 불린 것이 아니라 안으로 찾아와서 상대를 아버지로 하던 낯선 여자들도 거의가 사랑 손님과 같은 부류였던 것이다. 새우젓장수나 황아장수로 분장했던 그네들은 거개가 아이를 업은 아낙네들이었지만, 개중에는 어리고 앳된 처녀도 드물지 않게 있었으니, 옹점이는 어쩌면 그런 처녀들이 남기고 간 냄새로써 알고 있었던 것인지도 몰랐다. 그런 처녀들은 으레 옹점이와 잠자리를 같이했으며, '어디서 오면' 옹점이의 이종동생, 또는 외사촌 언니하고 일가 푸네기*로 위장하도록 교육을 받았던 것이다. '어디서 오면'이란, 심야에 가택 수색을 하기 위해 불시에 덮치는 것을 뜻한다.

"아씨, 하루라도 좋응께 속것만 입구 자봤으면 원이 읎겄슈. 오뉴월 삼복에두 입은 채루 틀틀 감구 자장께 첫째루 땀떼기 땜이 못살것슈."

어머니한테 그녀가 그렇게 하소연하던 소리를 나는 여러 번 들었다. 오밤중이고 새벽이고 가리지 않고 느닷없이 담 넘어 들어와서 함부로 뒤져대기 때문에, 온집안 여자들은 아무리 무더운 복중*이라도 겉옷을 벗고 잘 수가 없었던 것이다.

그날 밤도 옹점이는 곤히 잠들어 있었다. 먼 논에서 더운갈이한 철호에게 점심을 해다주고 와서 해거름*까지 무려 네 차례나 더운밥을 지어 냈으니 오죽했을 것인가. 언제나 업어가도 모르게 죽어 자던 그녀가 개 짖는 소리에 놀라 잠을 깨고 일어앉아보니 방에는 이미 불이 켜져 있고, 낯선 순경이 벽장 속을 뒤적거리더라고 했다.

- 푸네기 가까운 제살붙이를 낮잡아 이르는 말.
- 복중 초복(初伏)에서 말복(末伏)까지의 사이.
- 해거름 해가 서쪽으로 넘어가는 일. 또는 그런 때.

"접때 워디서 갈려온 순사라더라."

가택 수색을 마친 순경이 돌아가자 어리둥절하고 서 있던 나더러 아무렇지도 않다는 음성으로 말하던 것도 그랬지만, 막상 내 앞에서 그녀가 당하던 꼴만 상기해도 정말 보통내기는 아니었다.

"저것두 닮어서 여간 아니던디. 너 워느새 벌써 그렇게 까졌네?"

철호도 자다 나온 머슴방 문지방에 걸터앉아 옹점이더러 그런 감탄을 하고 있었다.

"너는 뭣이여? 누구여? 바른 대루 대여."

하는 사내 말소리에,

"이 댁 부뚜막지기유. 왜유?"

히던 앙칼진 목소리에 나는 잠결에도 또 그 일임을 깨닫고 눈을 떴다. 깨어보니 머리맡에는 벽장 속을 뒤져낸 엿단지, 가조기 채반, 감초봉지, 한적(漢籍) 따위, 할아버지 살림이 수북이 쌓여 있고,

"난세니라. 원제나 이 꼴을 안 보고 살어본단 말이냐, 페엥—"

할아버지는 침통한 음성으로 중얼거리며 뒤집혀진 벽장 살림들을 챙기고 있었다.

"이년이 누구를 째려봐. 잔말 말구 나와."

우악스런 목소리를 거듭 듣고 내가 사랑에서 나오니, 옹점이는 시커면 순경 손에 적삼섶을 죄어잡힌 채 안마당으로 끌려나오고 있었다.

"이 댁 부엌떼기란 말여유."

그녀는 독이 시퍼렇게 오른 눈으로 순경을 찢어보며 화통 삶아 먹은 소리를 지르고 있었다. 그러나 그 낯선 순경이 무가내면서 옹점이의 몸 수색을 시작했다.

"이년이 뭣을 닮어서 이리 뻗세여. 돌어스라면 돌어섯."

순경이 눈을 부라리며 억박지르자 그녀는 마지못해 고개를 돌렸다.

순경은 치렁치렁 땋아늘인 머리채 끝의, 깨끼저고리 남끝동 같은 댕기를 풀었다. 식모로 가장한 연락원으로 알았는지, 순경은 자기 호주머니에서 빗을 꺼내더니 머리끄덩이를 잡아채 가며 동짓달 서캐 훑듯 짯짯이 빗겨 보는 거였다. 그러나 그녀 머릿속에서 순경이 바랐던 암호문이나 지령문 쪽지가 나올 리는 만무한 노릇이었다.

"증말루 이 집 애여?"

"또 물어유?"

다소 무안을 느꼈는지 순경은 거칠어진 음성으로 되물었다. 그녀도 독 오른 눈을 감그려뜨리면서 대꾸했다.

"그짓말허면 워디 가는 중 알지? 신세 조지지 말구 순순히 대답혀."

"자던 사람 대이구 말 시키면 하품 나와유."

"그야 고단헐 테지. 손님 밥을 일곱 번이나 지었으니께."

누가 오면 으레 밥을 새로 지어 대접해온 터이므로 식객이 몇이었던가를 알려는 유도 심문이었으나 그만한 눈치가 없을 옹점이는 아니었다.

"넘으 집 안살림을 워치기 그리 잘 아슈. 그 개갈 안 나는 소리 웬만큼 허슈."

"야, 굴뚝에서 일곱 번 연기 난 것을 본 사람이 있어."

"워떤 옘병허다 용 못 쓰구 뎌질 것이 그류? 밥 짓구 국 끓이구 찌개 허면 하루 시끼니께 연기가 아홉 번 나지 워째서 해필 일곱 번이여. 끈나풀을 삼어두 워째서 그런 들 익은 것으루 삼었으까. 그런 눈깔을 빼서 개 줄 늠 같으니."

"………"

"워떤 용천(나병)허다 올러감사헐 것이 그런 그짓말을 헙듀? 찢어서 젓 담글 늠. 그런 것은 안 잡어가유?"

순경은 그녀의 걸쭉한 구습에 질려 부쩌지 못하다 말고, 사랑 재떨이에 웬 담배 꽁초가 그리 수북하냐고 다시 휘어서 물었다.

"이 동네 마실꾼들은 담배두 못 핀대유?"

"이 동네 마실꾼들은 누구냔 말여."

"바깥 마실꾼을 안이서 워치기 알유. 내외허는 댁인디."

"동네 마실꾼인디 모란 공작 부용 같은 궐련을 피여?"

"허가 읎이 잎담배 말어 피면 잽혀간다메유."

"너 몇 살 먹었네?"

"멥쌀두 먹구 찹쌀두 먹구, 열두 가지 곡석 다 먹었슈."

하고 나서 그녀는 치맛자락 밑으로 어슬렁대던 검둥이 뱃구레에 냅다 발길질을 하며,

"이런 육시럴늠으 가이색깃 지랄허구 자빠졌네. 주둥패기 됐다가 뭣하구 이 지랄허여. 너 니열버텀 잘 굶었다. 생전 밥 구경을 시키나 봐라."

하고 거듭 발길질을 하여 금방 어떻게 되는 비명소리가 들리도록 했다. 내가 듣기에도 담 넘어 들어오는 순경을 물어뜯지 않았다는 핀잔이었다. 그 무렵에도 개는 밥 주는 사람을 닮는다던 말이 들리고 있었다. 그것은 특히 옹점이의 성질머리를 탓하고 싶으면 으레 빗대어 하던 대복 어메 말이었다. 대복 어메 말은 틀림없었다. 그녀는 개가 독해지라고 어려서부터 부러 맵고 짜게 먹였고, 심심하면 빗자루나 부지깽이로 개를 닦달하여 모질고 사납게 키웠다. 그러므로 그녀 손에 자란 개는 걸핏하면 동네 사람도 물어뜯고, 허구한 날 남의 집 닭을 물어 죽이는 한다 하는 맹수가 되던 것이다.

옹점이가 그처럼 혼이 나고 있어도 누구 하나 나서서 감싸준 사람은 없었다. 그럴 겨를이 없어서였다. 사복형사 둘이 각기 다른 방을 뒤지고 있었으므로 지켜 서서 입회하지 않으면 안 되었기 때문이었다. 입회를 하지 않을 경우, 순경 자신들이 가지고 온 물건을 꺼내어 들고 마

치 우리집에서 감추어둔 것을 적발해낸 것처럼, 그것의 출처를 추궁할 뿐더러 그 물건을 빌미하여 연행해가려 들기 때문이었다. 그들은 그들이 미리 준비해온 문서나 소총 실탄 따위를 슬쩍 꺼내들고는 그것이 증거라 하며 없는 혐의를 뒤집어씌우려 들던 것이 상투적인 수법이었다.

한바탕 북새˙를 치르고 난 뒤,

"쟤는 주뎅이두 흠허더라. 야중 워떤 것이 저런 것을 데리다 살는지 걱정이 태산이랑께."

잠 달아난 철호가 모깃불을 놓으며 빈정거리자,

"야, 너처럼 묻는 말에 이빨 앓는 시늉 허다가 볼텡이에 혹 붙이느니 버덤 낫겄다……"

그녀는 하품을 늘어지게 하면서 의젓하게 말했다.

"그애(순경), 저 딱바라진 엉뎅이나 벳겨 보지 않구."

"시늉허네, 작것."

그녀는 그만큼 입이 걸고 성질도 사나웠지만 늘 시원시원하고 엉뚱한 데가 있었으며 의뭉스럽기˙도 따를 자가 없었다. 육덕 좋은 허우대나 하고 곱게 쪽집은 눈썹과 사철 발그레하게 피어 있던 얼굴이며, 그녀는 안팎 모가비˙ 총각들에게 선망의 대상이었다. 남다른 눈썰미로 한번 보면 못 내는 시늉이 없었고, 손속 또한 유별났으니 애써 가르친 바가 없어도 음식 맛깔과 바느질 솜씨는 어머니도 나무랄 수 없음을 진작에 선언한 정도였다.

동냥을 주면 종구라기˙가 넘치고 개밥을 주어도 구유가 좁게 손이 컸다.

● 북새 많은 사람이 야단스럽게 부산을 떨며 법석이는 일.
● 의뭉스럽다 겉으로는 어리석은 것처럼 보이면서 속으로는 엉큼하다.
● 모가비 막벌이꾼이나 광대 따위와 같은 패거리의 우두머리.
● 종구라기 조그마한 바가지.

"저것이 저리 손이 크니 시집가면 대번 시에미 눈 밖에 나리……"

어머니의 걱정처럼 그녀는 오종종하거나 소갈머리 오죽잖은 짓을 가장 싫어했고, 남의 억울한 일에는 팔뚝을 걷어붙이고 나서서 뒵들어 싸워주며, 부지런하려 들기로도 남보다 뒤처짐이 없었던 것이다. 대소간에 대사가 있을 때마다 그녀가 징발됐던 것도 남의 집 뒷수쇄에 뛰어난 능력을 보였음이니, 온갖 일의 들무새요 안머슴이었던 것이다.

"말꼬랑지 파리가 천리 가더라구 옹젬이가 그렇당께."

부락 사람들은 그녀의 억척과 솜씨를 그렇게 비유하였고, 그녀는 그녀대로 그런 말 듣게 된 자신을 대견스레 여기는 것 같았다.

그녀가 열여섯이라는 어린 나이였음에도, 안팎 동네의 머슴이나 품일꾼, 그리고 어리전이나 드팀전*을 보아 제 몫은 하던 장돌뱅이 총각들의 눈독을 한몸에 받고 있었음은 당연한 일이었다. 그러나 그 총각들은 장차 그녀를 아내로 맞고 싶어서 그러던 것은 분명 아닌 것 같았다. 그 시절만 해도 혼사에 있어서만은 으레 근본의 어떠함이 결정적인 역할을 하고 있던 것이다. 양반 찌꺼기들은 말할 것도 없고 향품배(鄕品輩) 끄트머리만 되어도 집안이 이렇고 저러함을 가장 큰 구실로 삼고 있었던 것이다. 그런 경우 교전비(轎前婢)*와 난봉난 행랑것 사이에서 태어났던 그녀의 신분은 누구라도 고개를 저을 커다란 허물이었다. 아무리 소견이 들어 됨됨이가 쓸 만하고 살림에 규모가 있더라도 그녀의 내력을 번연하게 외던 근동 사람이라면 거들떠보려고도 않을 판이었다. 그러므로 아는 총각들이 그녀를 좋아한 것은 그녀의 빼어난 노래 솜씨, 그렇다, 그 노래에 반한 거였다.

"페앵—저것이 소리 한 가지는 말쉬바위[曲馬團] 굿패들보담 빠지지

* 드팀전 예전에, 온갖 피륙을 팔던 가게.
* 교전비(轎前婢) 예전에, 혼례 때에 신부가 데리고 가던 계집종.

않으리라."

할아버지가 나무라다 말 정도로 그녀는 무슨 노래든지 푸짐하게 불러 대었고 목청도 다시없이 좋았다. 그녀가 떠벌리기를 가장 즐겨하던 노래는 내가 기억하기에 「황하다방」이었다. 아궁이 앞에 가랑이를 쩍 벌리고 앉은 채 한창 신명이 나면, 삭정이 잉걸불˙에 통치마에서 눈내가 나는 줄도 모르고 부지깽이가 몇 동강이 나도록 부뚜막을 두들겨 장단치며 가락을 뽑아댔던 것이다.

목단꽃 붉게 피는 사라무텐 찻집에
칼피스 향기 속에 조는 꾸—냥……
내뿜는 담배 연기 밤은 깊어가는데
가슴에 스며든다 새빨간 귀거리

한가락 뽑고 나면 으레 하던 말이 있었다.
"아씨, 올 갈에 바심허면 오와싯쓰표 유성기˙ 한 대만 사유. 라지요버덤 쬐끔만 더 주면 산대유."
안방에 대고 목통껏 소리를 지르는 거였다. 그러면 어머니는 또,
"시끄럽게 유성기가 다 뭐냐. 니 창가 듣는 것만두 지긋덥구 진절머리 난다 애."
하고 일축했고 그녀는 다시,
"장터 가가에 가면 유성기 소리판두 고루고루 쌨던디…… 심연옥 소리, 장세정 소리, 박단마, 금사향, 이난영, 신카나리아 소리……"
"알기는 똑 귀뚜리 풍월허듯기……"

• 잉걸불 다 타지 아니한 장작불.
• 유성기(留聲機) 음파를 기록한 음반을 회전시켜 음성을 재생하는 축음기.

"고려성, 이부풍, 천하토 작사가 젤루 맘에 들던디…… 강남춘, 진방남, 이애리수 소리두 여간 안 좋아유."
하고 바람든 소리를 한바탕 늘어놓고 나서 다시 노래를 불러제낀다.

    호동왕자 말채쭉은 충성 충—짜요
    모란공주 주사위는 사랑 앳—짤세
    충성이냐 사랑이냐 쌍갈랫 질을
    이리 갈까 저리 갈까 별두 흐리네

"작것아, 뭐 탄내 난다. 지발 불 좀 보거라."
어머니가 야단을 쳐야만 놀라며 아궁이 불을 아무리고 엉덩이가 무겁게 일어나는 버릇이었으니, 그녀는 이미 그 무렵부터 자기가 가사를 바꾸어 부르는 재치도 있었던 것으로 안다. 그 중에는 내가 아직 안 잊은 것도 있다.

    죽 끓는 부엌짝 아궁지 앞에
    동냥허는 비렝이야 해가 졌느냐
    쉬지 말구 놀지를 말구 달빛에 밥을 벌어
    꿈에 어리는 건건이 읃어서 움막 찾아가거라

운다고 옛사랑이 오리오마는 눈물로 달래보는 구슬픈 이 밤…… 요즘도 술집 술상머리나 라디오에서 니나노가 흘러나오면 잃어버린 지 오래인 동심이 불현듯 되살아나곤 한다. 잊혀진 노래—그것도 유행가를 들어야만 비로소 철없은 어린 시절이 되새겨진다. 옹점이한테 그런 노래들을 배워가며 뛰놀던 기억이 가장 그립기 때문이리라. 물론 그녀는 내게 그런 유행가만 가르쳐준 것은 아니었다. 유행가가 아니었던 노래들은 대부분이 들어보기 어렵게 됐거나 아예 잊어버렸을 따름이다. 내가 옹점이 등에 업혀 보통학교 학예회 구경을 가고 그녀와 함께 배워와서 오랫동안 함께 부르며 놀았던 노래들, "아침 해 고을시고 삼천리강산……"이나, "어둡고 괴로워라 밤도 깊더니……"로 시작되고, "아아 자유의 자유의 종이 울린다." 운운하던 노래만 해도 이젠 거의 잊어버린 노래가 아니던가. 그녀는 비단 유행가뿐만 아니라 보통학교에서 가르치던 노래도 학동들보다 먼저 배웠고 더 잘 불렀던 것으로 기억한다. 그녀는 머슴애들마냥 어디서나 떠벌리기를 잘했고, 줄넘기나 공기놀이보다도 고누·연날리기·자치기·쥐불놀이·목대치기를 더 잘했으며, 치기 가운데서도 엿치기만은 그녀에 견줄 사람이 없었다.

　그 무렵 관촌부락으로 이틀이 멀게 하루걸이로 가위 소리를 내며 다닌 엿장수 한 사람이 있었다. 서른 살이나 됐을까 한 애꾸였는데, 어설픈 언동으로 보아 총각임에 틀림없다고들 했다. 옹점이는 언제나 저만치 어딘가에서 가위 소리만 나도 지금 어느 엿장수가 동네 어디쯤에 오고 있다는 것을 단박에 알아맞추었으며, 그리하여 그 만만한 애꾸눈의 엿장수 가위 소리만 나면 만사를 작파하고 뛰어나갔고, 곧 이어서 엿치기로 들어붙는 거였다. 정말이지 목판에 가득 담긴 그 숱한 엿가락 가운데에서 그녀가 골라잡아 제 귓가에다 대고 손톱으로 살살 긁어 복— 복— 소리가 나는 놈으로 뚝 분지르며, 쉿— 하고 불어본 놈치고 구멍이 크지 않은 놈은 거의 없다시피 했으니, 결국은 그 엿장수를 상대로 열을 올려 엿치기에 몰두하던 것도 당연한 일이었다. 그녀는 엿장수와 엿목판을 가운데에 두고 엿치기에 들어붙으면, 부엌의 잿물 빨래 삶는 솥에서 눈는 냄새가 나도 모를 지경이었다. 그럼에도 어머니가 짐짓 모른 체하고 나무라지 않았던 것은, 그녀가 노상 이기게 마련이었고, 백랍전

한푼 없이 대들고도 치마폭에 엿가래를 한 보따리씩 싸들고 들어오는 꼴을 보는 것이 재미있어서였음이 분명했다. 그때마다,

"눈깔 하나가 모자라니께 저런 것두 지집애라구 홀랑 빠졌겄지."

철호가 엿장수와 그녀의 수작이 마뜩잖고[*] 심통이 나서 이기죽거리면,[*]

"저 작것 또 육갑헌다. 저런 것두 사내꼭지라구 새암헌다닝께." 하며 옹점이도 지지 않으려고 맞섰다.

"애꾸가 니 맘 보느라구 대이구 저주니께 엿을 따지, 무슨 개장에 초친 맛으루 니까짓 것헌티 지구 있겄다."

철호는 대문 밖으로 횡 돌아나가며 중얼거렸다.

철호 말에도 일리가 없지 않은 것 같기도 했다. 옹점이가 행주치마 속이 엿가래를 쏟아놓고 보면 그 중에는 부러지지 않은 성한 엿도 대여섯 가락씩 들어 있었던 것이다. 그것은 새치기한 것이라면서 훔쳐 넣는 시늉까지 천연스럽게 되풀이했다. 엿장수가 저쪽 눈이 애꾸라서 이쪽 손으로 연방 집어넣어도 모른다던 것이다. 그러나 그것도 한두 번이지 눈 감아주지 않는 바에는 들키지 않을 이치가 없는 거였다. 어쨌든 우리들로서는 알 바 아닌 일이었다. 그녀도 나 못지않게 군것질이라면 밤잠도 마다하던 터였으니, 그런 어리숙한 엿장수가 제물에 걸려들었다는 것은 바라지 않던 부조요 횡재로만 여겨질밖에 없었다. 할아버지가 쓰는 사랑 벽장 속에도 항상 엿단지가 들어 있기는 했지만 여간해서는 얻어먹기 어렵던 것. 그런 단것들은 옹점이 아니면 챙겨주는 사람이 없기도 해서, 우리들의 군것질이 그칠 새 없은 것도 순전 옹점이의 수완이 비범한 덕택이었다. 그 중에서도 못내 잊혀지지 않던 것은, 내가 캐러멜을 처음 먹어본 기억이다. 어쩌면 그 이전에 이미 먹어본 것임에도 기억을 못

• 마뜩잖다 마음에 들 만하지 아니하다.
• 이기죽거리다 자꾸 밉살스럽게 지껄이며 짓궂게 빈정거리다.

해서 그것이 처음으로 알고 있는 것인지도 모르긴 하나, 좌우간 나는 여태껏 옹점이가 사다준 것을 먹어본 것이 최초의 것이니라 여기고 있다.

해방 이태* 뒤였나, 여하간 가물어 메밀싹이 안 난다던 삼복* 중에 내가 학질로 입맛도 잃고 가쁜 숨만 그렁거리며 마루 끝에 누워 있던 날이었다. 서른이 넘고부터는 걸핏하면 감기에 걸리듯 그 무렵은 웬 학질을 그토록 자주 앓았는지 모른다. 한 축만 앓고 나도 며칠씩이나 먹지를 못했었다. 그날도 돌봐주는 이 없이 혼자 뒹굴며 호되게 앓았고, 해가 설핏해지면서 정신이 좀 난다 싶을 때였다. 옹점이가 장바구니를 들고 들어오는 것이 보였다. 그녀는 바구니를 부엌에 두고 나오더니 내 이마를 가만히 짚어보며,

"얼라, 이 머리 연태 끓어쌌네…… 이봐라, 내가 너 줄라구 이런 거 사 왔지. 뭔 중 알겄네?"

그녀는 손에 들고 있던 것을 살짝 펴보이며 말했다. 나는 그 순간 소름이 끼쳐 얼른 돌아누워버렸다. 속여서 약을 먹이려는 그녀 속셈이 너무 뻔해서였다. 제가 무슨 돈으로 먹을것을 사와, 하도 약을 안 먹으려드니 꾀를 써서 먹이려는 것이지. 나로서는 그 외에 달리 생각해볼 수가 없던 것이다.

"딴 애들 읎을 때 빨리 먹어라. 태모시 판 돈 여투어* 산 거여."

그녀는 히뜩히뜩 웃어가며 가진 것을 내주었다. 조일표 성냥갑만 한 것이 천상 목이 타게 쓰디쓴 금계랍(金鷄蠟)* 갑이었다.

"겡그랍이 아니랑께. 내가 너헌티 쓴 약을 줄 성싶네? 봐 미루꾸지, 바둑끔처럼 쫄깃쫄깃허니 오꼬시나 셈빼이보담 맛있는 미루꾸여."

* 이태 두 해.
* 삼복 초복, 중복, 말복을 통틀어 이르는 말. 여름철의 몹시 더운 기간.
* 여투다 돈이나 물건을 아껴 쓰고 나머지를 모아 두다.
* 금계랍(金鷄蠟) 일본 오카야마에서 만들어 시판한 말라리아(학질) 약.

"싫다는디두 대이구 이려."

내가 신경질을 부리자 그녀는 갑을 뜯어 알맹이를 내보였다. 약은 아닌 것 같기도 했다. 주황색깔이 도는 것이 똑 세숫비누 같았다. 그녀가 조금만 맛보라면서 칼로 반듯하게 저며주어 마지못해 입에 대어보고서야 나는 역시 내게는 옹점이밖에 없다는 생각을 거듭 다짐하게 되었다. 아직도 보드랍고 쫀득대는 맛으로 남아 있는 그것이 곧 캐러멜이었음은 나중에서야 안 일이었다. 그녀는 그 뒤로 엿치기해서 딴 엿 말고도 캐러멜이나 콩과자 같은 싸구려 과자를 내게 사주어 입이 굴품하지 않도록 신경을 썼다. 그것이 부정한 방법에 의한 것인 줄 번연히 알면서도 끝내 모른척했음은 물론이다. 그녀는 밥할 때마다 조그만 마른 단지에 한 줌씩 여투어 모아둔 움쌀이나 보리쌀을 어머니 몰래 빼돌렸던 것이다.

관촌부락에서 등성이를 끼고 돌면 요까티라는 작은 부락이 있었다. 원래 이웃하고 농사짓는 초가집 대여섯 가구뿐으로 일 년 내내 대사 한 번 치르지 않아 사는 것 같지 않던 동네였으나, 해방 이듬해부터는 금융조합 창고 같은 연립주택이 몇 채 들어서고 한 채에 여남은 가구씩, 북해도에서 왔다는 전재민*들을 들여 정착시키자, 밤낮 조용할 날이 없게 시끄러운 마을로 변하면서 전재민촌이라는 새 이름이 붙은 곳이었다. 읍내의 지게꾼, 신기료장수, 리어카꾼과, 주제꼴이 남루한 낯선 사람은 모두 전재민촌에서 사는 사람들이라고 해도 무방할 지경이었다. 그 전재민촌이란 이름은 차츰 도둑놈 소굴이라는 뜻의 대명사로 불리어져 갔다. 관촌 사람들은 집 안에서 무엇이 없어진다거나, 논밭에 심은 것이 축난 듯싶으면 으레 전재민촌 사람들의 소행으로 여겨 버릇했고, 서툰 임고리장수*가 들어서도 전재민촌 사람으로 판단, 물건을 갈아주기*보다 집어가는 것이

• 전재민 전쟁으로 재난을 입은 사람.
• 임고리장수 고리에 물건을 넣어서 머리에 이고 팔러 다니는 사람.
• 갈아주기 상인의 물건을 이익을 붙여 주고 사다.

없는가를 살피려는 도사림으로 냉대해 보내기 일쑤였다.

그런 중에도 옹점이는 조금 달랐다. 그네들이 살아온 이야기, 살아가는 이야기를 들어보면 불쌍하기 그지없다던 거였다. 굶다 못해 이불솜을 빼다 팔아 겨울에도 홑이불을 덮는다든가, 변변한 옷가지는 죄 팔아 먹어 주제꼴이 그처럼 비렁뱅이 꼴이라는 거였다. 그렇다면서 전재민만 오면 어머니를 졸라 무엇이든 한 가지는 갈아주도록 꾀하던 것이다. 그녀는 특히 그녀만 보면,

"옥상, 오꼬시 사 먹소."

하며 들어붙던 절름발이 늙은이를 가장 측은하게 여기고 있었다. 일본에서 건너오다 처자를 놓쳐 홀로된 늙은이라는 거였다.

"그 옥상만 보면 지 애비가 모집 나갔다 나오면서 고상했다던 생각이 나서 딱해 못 견디겄슈."

옹점이가 어머니한테 하던 말이다.

과자를 먹어 어디서 난 것이냐고 물으면 옹점이는 서슴지 않고,

"쭉젱이 보리 한 종발 주구 옥상헌티 샀지."

했다. 옥상에게 곡식을 빼돌려가면서까지 그녀가 내게 군것질을 시킨 이유는, 옥상이라고 부르던 그 불우한 늙은이를 돕는 마음이었지만, 그러나 그보다 더 갸륵한 뜻이 없지 않았음을 나는 알고 있었다.

근래에 들어와 크게 유행을 본 말 가운데서 내가 가장 깨닫기 수월찮던 말이 주체 의식이니 주체성 운운하던 단어들이었다. 어떡하는 것이 주체 의식이 있는 일이고 무엇이 주체성을 지키는 것인지 얼른 이해하기 어려운 말이었다. 세상이 어지러운 난세일수록 유언비어가 난무함이 예사이고, 말을 않으면 병신 대접 받기 십상인 줄 모르지 않으나, 주체 의식이나 주체성이란 말을 외래어보다도 막연하게, 개나 걸이나 지껄여대지 않으면 행세를 못 하는 줄 알던 많은 사람을 보아온 터여서,

그 천한 말을 옹점이는 일찍이 내게 행동으로써 보여준 셈이라고 장담하게 되지 않았나 싶기도 하다. 한 번 더 다짐해 두지만, 그 무렵 옹점이의 태도를 주체 의식, 또는 주체성이 있는 것으로 보아 무방하다면, 나는 그녀만 한 정신 자세를 가진 인간을, 내가 이 사회에 나와 벌어먹게 된 뒤로는 몇 사람 외에 구경하지 못했다고 단언할 수 있으리라 믿는다. 물론 그녀가 '민족적 주체 의식에 의해' 집안 물건을 빼돌리거나 엿장수를 속여 가며 내게 주전부리를 시켰다고 말해 봤자 이해한다고 할 사람은 없을 터이지만.

그렇더라도 최근에 이르러, 해묵은 낱말들이 유행하는 현실을 비위거슬려해온 터이므로 그런 억지라도 우겨보고 싶은 오기가 아니 날 수 없다.

그 대목의 전말을 나는 '어느 날이었다'라는 상투적인 말로 서두를 삼지 않으면 안 되리라. 그것은 살아오면서 겪음한 바가 적지 않았듯, 길흉화복이건 일상의 범속한 일이었건, 삶의 과정은 무슨 조짐이나 예측이 없이 우연으로 시작되기 예사이고, 종말 역시 그렇게 맺던 것에 바탕하여 하는 말이다.

어느 날이었다. 소나기 한 줄금 없이 찌던 그 7월. 앞서 말한 학질로 눕기 대엿새 전일 터이다.

"오포(午砲)* 불기 전에 짐칫거리버텀 절여야 혈 텐디……"

옹점이가 솎음 열무 소쿠리를 자배기에 포개어 이고 나서자 누군가가 먼저 "우리두 갯놀이허러 가자." 해서 우리들이 그녀 뒤를 따라가다가 처음 발견한 일이었다. 아, 그때의 우리들에겐 그 얼마나 당혹스럽고 두려운 충격이었던가. 우리들이란 나와 함께 천자문을 배우러 와서 오전 공부를 마치고 쉬던 진현이와 준배, 그리고 옹점이 하여 넷뿐이었

• **오포(午砲)** 한말과 일제 강점기에 정오를 알리던 신호. 오정포(午正砲)의 준말.

지만, 그것은 실로 아연하지 않을 수 없는 사건이었다. 우리들은 어쭈어쭈 춤을 추는 옹점이의 자주 댕기를 따라 신작로에 이르고, 미루나무 그늘에 들어서서 잠시 땀을 들이고 있었던 것이다. 철로를 넘어서면 제방이 바로였다. 그 제방 위로 넘실대는 바닷물에는 밤하늘보다도 더 많은 별들이 반짝거리고 있었다. 놀이라기보다 너울이라고 해야 좋을 만큼, 바다는 잠포록한 수평선으로부터 얌전하게 들먹거리면서 아름답고 눈부신 빛깔로 춤을 추고 있었다.

"보름사리라 물두 오달지게 들었는디."

옹점이는 느낀 바를 중얼거리고 있었지만 우리들에게는 심통을 쒜지르는 부아 덩어리였다. 우리들은 들어찬 밀물[滿潮]을 반겨 본 적이 별로 없었다. 그 즐거운 개펄놀이가 불가능하기 때문이었다. 물이 들면 개펄에서 뒹굴며 개랑물에 미역감고 게나 뿔고둥 따위를 못 잡게 되었다. 아니 그렇듯 빠지면 그만이게 한 길이 넘는 깊이로 만조만 되지 않았더라도 우리들의 낙심이 그토록 크지는 않았을 터였다. 노는 소금가마를 띄워 타고 노 젓는 사공놀이를 하기도 여간 흐뭇한 일이 아니었으니까. 그러나 그날 옹점이가 열무를 씻는 동안 우리들이 놀 수 있는 놀잇감이라고는 둑에 매여 있던 남의 염소뿐이었다. 염소 고리 풀어 끌어내다가 물에 던질 듯이 하여 놀래어주는 심술이나 부리고 되돌아올밖에 없이 되었던 것이다. 염소를 놀래어주는 장난도 재미없는 장난은 아니었지만. 물이 제방 둑을 넘나들게 만조가 되면 옹점이나 마을 아낙네들은 매양* 갯가로 김칫거리를 씻으러 나왔다. 갯물에 씻는 동안 갯물이 간국이 되어 저절로 절여지므로 소금이 절약되기 때문이었다. 그런 때 갯가에 나간 우리들은 일쑤 둑에서 풀을 뜯던 염소 놀래주기 장난을 즐기려 하였다. 염소는 무엇보다도 물을 가장 두려워했으니, 그것은 염

* 매양 매번, 번번이, 항상.

소가 물 먹는 것을 못 본 데다, 마을 어느 집이 염소를 잡는다는 소문에 나가 보면, 으레 장정 두서넛이 염소를 갯둑으로 끌고 가서 멀쩡한 놈을 갯물에 던졌다 꺼냈는데, 그때마다 이미 숨져 있던 것을 미루어보아도 능히 알 만한 일이었다. 우리들은 제방 이쪽의, 물이 안 보이는 중간 턱에 말뚝이 박힌 염소 고리를 풀어 둑 너머로 끌어낸다. 염소는 넘실거리는 물자락과 부서지는 물보라를 만난 순간 이미 넋이 달아난 눈을 한다. 염소 고집이라는 말이 있듯, 염소는 한번 마다하기로 작정한 것이면 황소만치나 힘이 세어진다. 우리들도 있는 기운을 다해서 앞으로 끌고 뒤에서 밀어댄다. 어린애 장난도 개구리에게는 생사 문제듯이, 우리들의 심심풀이도 염소에게는 사활을 가름하는 일이었다. 염소는 언제나 결사적으로 버디며 뿔로 받으려 했고, 우리 셋은 번번이 염소 한 마리를 당해내지 못했다. 우리가 마지막 힘을 다하여 달려들어야 겨우 염소 뒷다리만 조금 적셔주고 말 뿐이었다. 그날도 나는 역시 그럴 참으로,

"그만 가자. 그만 쉬구 얼릉 근너가서 염소허구 3대 1루 한바탕 더 해보자."

하며 어서 철로를 건너가자고 재촉했다.

"금방 오는 소리가 났는디 자발읎이 그러네."

옹점이가 나무라듯이 말했다. 나도 별수없이 진현이나 준배마냥 입을 다물고 있었다. 더워서 그늘에 든 것이 아니라 기차가 지나가기를 기다리고 있었던 것이다. 곧 완행열차가 지나갈 시각이었다. 서울 살며 기차 소리만 들리면 얼른 창 너머로 눈을 보내 버릇하는 이는 나 혼자만이 아닐지도 모른다. 나는 십수 년 동안을 한결같이 그래왔다. 어떤 별난 소리가 들려도 못 들은 척할 수 있지만 수색이나 서강 쪽으로 기차 가는 소리만 들리면 참을 수가 없었다. 어쩐 셈인지 뉘우쳐 보기도 여러 번이었건만 번번이 해명되지 않았다. 어려서부터 몸에 밴 습관인지, 아니

면 늘 철로가 보이는 신촌에서만 사는 탓인지 알 수 없는 일이었다. 하여간 그날도 우리들은 기차가 지나가기만 기다리고 있었다. 그것은 어려서부터 철로가에서 자라온 습관 때문이었다. 그리고 우리들은 늘 철로와 더불어 뛰놀고 있었다. 우리들은 내남없이 엽전이나 못, 철사 토막, 대장간에서 훔친 쇠붙이 따위만 있으면 항상 철둑으로 뛰어나왔고, 기차 시간에 맞추어 그것들을 철로 위에다 올려놓았던 것이다. 기차가 지나가고 난 뒤에 보면 그것들은 뜨겁게 달구어진 채 얇히고 넓혀져 전혀 엉뚱한 모양으로 변해 있었다. 그것으로 우리들은 무엇이나 두들겨 만들며 놀았었다.

기차가 지나간 뒤에 보면 아예 없어져서 찾지 못하는 것도 많았다. 그래서 우리들은 철로 위에 침을 뱉고 침방울 위에 그것들을 올려놓았었다. 그렇게 해야만 기차 바퀴에 묻어가지 않으리라고 누군가가 일러주었던 것이다. 그렇게 해서 없앤 엽전과 백통전은 또 얼마나 많았는가. 그때는 기차에 눌린 엽전으로 만든 제기라야 발에 잘 맞았던 것이다.

나잇살이나 먹은 옹점이도 지나가는 기차 쳐다보는 것을 취미로 하고 있었다. 논밭에서 하던 일도 멈추고 연장 자루를 쥔 채 허리 세워 지나가는 열차에 넋이 빠지는 아낙네들은 지금도 기차 여행에서 흔히 보지만, 옹점이는 그 중에서도 유별났던 것으로 기억한다.

"인저 온다!"

철로 위에 올려놓은 쇠붙이도 없으면서 진현인가 준배든가, 둘 중의 하나가 반색을 하며 말했다. 이윽고 시커멓고 우람한 화통이 서낭당 모퉁이로 돌아오며 언제나처럼 긴 허리를 뒤로 잡아빼기 시작하자, 우리들은 곧 손을 흔들어 줄 채비를 하고 있었다.

"어 어?"

"얼라 ―얼라 ―"

화통이 지나가자 우리들은 저마다 놀란 입을 다물지 못하고 있었다.

그렇다. 그것은 우리가 늘 보던 기차가 아니었다. 울긋불긋 희끗뉘끗한 사람들로 미어지던 보통 기차가 아니었다. 국방색, 그리고 카키색 군복을 입은 군인들이 가득 차 있었지만, 창문마다 내다보고 있던 군인들은 우리 국방군이 아니었다. 모두 뇌리끼해 보이는 미군들이었다. 그러나 우리들의 놀라움은 그래서 그랬던 것도 아니었다. 그 미군들은 우리에게 뭔가를 던져주며 히엿히엿하게 웃고 연방 고갯짓을 했는데, 그네들이 내던지던 것은 버린 것이 아니라 우리들더러 가져가라고 하는 시늉이었으며, 던져준 물건마다 먹는 것이어서도 아니었다. 그것들은 모두 한두 번씩 베어 먹은 것들이었는데, 그래서 그랬다기보다도 여러 가지로 놀라운 것들을 한눈으로 한꺼번에 보았기 때문이었다. 난리가 났나? 미군들이 읍내로 쳐들어오는 것인가? 곧 싸움이 벌어질 건가? 나는 가슴이 두근거리고 다리가 후들거려 어쩔 바를 몰라하고 있었다.

"고, 록구, 시찌……"

옹점이는 열차 차량 수를 세어보고 있었다.

"야, 옹젬아."

나는 옹점이 손목을 부여잡으며 떨리는 소리로 말했다.

"……"

옹점이는 내 말에 대답할 겨를이 없었다. 어디서 어떻게 알고 모여들었는지, 마을 조무래기들이 쏟아져 나와 미군들이 던져준 것들을 한아름씩 주워댔던 것이다.

"어이구 저런…… 저런 그지떼……"

한참만에야 옹점이는 그런 욕지거리를 내뱉었다. 아니, 아이들만 꾀어든 것도 아니었다. 어른 아이 할 것 없이 모여들어 북새를 피우고 있었다. 두서너 사람이 엉겨붙어 서로 밀고 당기는 실랑이가 벌어진 곳

도 있었다. 먼저 줍기 위해서, 주운 사람이 임자라 우기느라고, 그렇지
만 먼저 발견한 사람이 주인이라고, 또는 반반씩 나누어 갖자고, 조금
만 주면 맛이나 알고 말겠다고, 무엇인지 보게 만져만 보마고…… 남볼
썽은 아예 아랑곳없이 온갖 악다구니를 다 떨며 싸우고 있었던 것이다.

아이들은 주워 온 것들을 아귀가 미어지게 허발대신하며 먹어대고 있
었다. 모두가 하나같이 한두 번씩은 입이 갔던 것들이었다. 뿐만 아니
라 녀석들은 어느새 빈 병 빈 깡통 등속도 한아름씩 모아놓고 있었다.

"너는 뭣뭣 줏었데?"

옹점이가 물었다.

"빠다, 빵, 끔, 미루꾸……"

창인이는 들고 있던 빵조각을 우겨넣고 쩔룩거리며 대꾸했다.

"개살구를 줏어먹었나 너는 왜 쇠똥 밟은 상판이냐?"

"풰풰…… 되게 쓴디 뭔지 모르겠어. 풰풰……"

장식이는 세모난 구멍이 두 개 뚫린 깡통을 입에 기울이더니 연방 침
만 뱉었다. 지금 생각하면 녀석은 한 모금쯤 남기고 던져준 맥주를 맛
본 것이 분명했다. 그러나 내가 가장 놀랐던 것은 그 다음에 목격한 일
이었다.

"저런…… 저러니……"

놀란 것은 옹점이도 마찬가지였다. 그녀는 다시 그 사나운 입을 열었다.

"어매…… 그런 빌어를 먹다 급살맞어 뎌질 것들 봐……."

내가 보기에도 그럴 수는 없는 일이었다. 창인이는 이내 먹던 빵조각
을 내팽개쳤지만, 손에는 누런 가랫덩이가 그대로 남아 있었던 것이다.
빵에다 가래침을 뱉어 던져주다니.

"생각만 해두 끔찍스럽다. 너는 절대루 저러면 못쓴다. 맛 못 보던 게
라구 저런 것 줏어먹으면 큰일날 중 알어."

그날 옹점이는 나에게 몇 번이나 신신당부를 했는지 모른다.

"그것들이 조선 사람은 죄다 그지라구 여북이나 숭보면서 비웃었겠네. 개헌티두 그렇게는 안 던져주겠더라. 너는 누가 주더라두 받어먹지 말으야여."

그녀가 거듭거듭 되풀이 타이른 것은, 내가 아이들의 먹는 입을 쳐다보며 침을 삼켰기 때문이었다고 뒷날 들었다.

"대관절 조선 사람이 뭘루 뵜글래 처먹던 것을 던져줬으까나……"

그녀는 몹시 분개하고 있었다.

"너두 그런 거 주워 먹으면 서방님께 당장 일러바칠 텡게."

나는 그녀에게 굳게 약속했다. 그녀 말이 모두 옳게 여겨지기도 했지만, 그보다는 할아버지한테 배운 바에 충실하고 있었기 때문이었다. 할아버지로부터 배운 것이면 무조건 순종하고 지키던 터였으니 낯선 것이라 하여 함부로 얻어먹을 수는 없었던 것이다. 따라서 나는 그 후로도 아이들 틈에 섞여 놀되, 하루에 기차가 몇 번씩 지나가며 무엇을 떨어뜨리고 가든 거들떠보지도 않았던 것이다. 그것은 그 무렵의 내가 생각하기에도 여간 대견스러운 일이 아니었다.

이튿날부터 마을 사람들은 차 시간을 기다려 철로 양켠 둑에 줄을 서고 있었다. 미군들은 언제나처럼 먹던 것만을 던져주었고, 사람들은 서로 싸우며 주워먹었다. 나는 밭마당가에 나앉아 그러는 꼴들을 구경했다. 매일같이 일과처럼 지켜 앉아 있었다. 미군들은 젊은 부인네나 처녀한테는 먹다 버리지 않고 새것으로 던져 주었다. 사이다병에 대가리가 터진 어른도 있었고, 깡통에 맞아 눈이 빠질 뻔한 노인도 있었다. 이틀 사흘 나흘, 철로가에 사람들이 없어진 것은 닷새나 지난 뒤였던가. 빵이나 버터, 초콜릿이며 비스킷에다 침을 발라서 던진다더라는 소문이 모를 사람 없도록 파다해진 뒤였으니까. 그와 함께 들려온 소문은 군두리에 해수욕장이 선다는 것이었다. 조개껍데기 가루가 10리도 넘게 백사장을 이룬 물때 좋은 터를 영영 아주 그네들 손에 잃게 됐다년 거였다. 군두리는 미군들 천지가 되어 그네들을 상대로 닭 채소 과일 계란장사를 해서 한밑천 뭉쳐둔 사람도 있다고 하였다. 정부가 군두리 모래장벌을 미군에게 아주 떼어 팔아먹었다는 소문도 있었다. 별장은 또 얼마나 들어찼는지 가서 직접 본 사람이 아니고는 자세히 알 수 없다던 이야기도 있었다. 미군들은 한국인을 얼마나 무시하는지 우물물도 더럽다고 안 마신다는 말까지 들렸다. 따라서 그네들을 상대로 장사를 하려고 덤빈 사람치고 망하지 않은 사람이 없다고도 했다. 한밑천 장만했다는 말도 말짱 헛소문이라던 것이다. 왜냐하면 한국인이 파는 물건은 더럽다는 이유로 거들떠보지도 않기 때문이라고 했다. 계란 외에는 받지 않는다는 것이었다. 과일 채소 생선 닭 따위, 그들을 상대로 돈 좀 만져볼까 생각했던 사람은 한결같이 버렁이 빠졌으리라는 공론이었다.

우리집에 그런 말들을 귀동냥해들인 것은 말할 필요도 없이 장에 다녀오는 옹점이었다.

"흰됭이건 껌됭이건 순 숭악헌 상것들이던디유. 허연 노인네 앞에서 맞담배질을 예사 허구유, 끔을 쩍쩍 씹어쌌구 그려유."

그녀는 그때마다 흥분된 표정이었다. 그녀는 쉬지 않고 연달아 말했다.

"월매나 드런 것들인지 가이(개)허구 밥을 하냥 처먹구유 잠두 하냥 잔대유."

"오줌두 질바닥에서 함부루 내뻗지르구 누더래유. 조선 사람 뒷간은 드립다구유."

"말두 못 헐 작것들인개뷰. 여자만 보면 곁에 서방이 있거나 말거나 손구락을 이렇게 까불까불허메 시비시비 오케이 헌다는규."

"아씨는 그것들을 한번두 안 보셨으니게 모르시지만유, 암만 봐두 즘

생 같유. 그런디 그런 것들찌리두 뇌랑대가리는 뇌랑대가리찌리, 낌됭이는 낌   이들찌리 따루 놀더라는디유."

"졑이 가봉께유, 누린내가 워찌 독허게 쏘는지 똑 비 맞은 가이 냄새 같데유. 워떤 것은 염생이 내장 삶는 내 나는 것두 있구유."

그녀는 그외에도 별의별 잡된 소문까지 묻혀들였고, 밖에서는 사랑마을꾼들이 또한 그녀에게 뒤질세라 귀동냥을 해들였다. 아무데서나 바지를 열고 히쭉거린다거나, 성기를 주물러주고 돈 받은 녀석도 있다는 등……

그 무렵의 소문으로 기억되는 것 중에는 '고빠또'라는 별명을 얻었던, 고연수라는 사내 이야기도 있다. 뜬소문이라는 말이 있는 가운데에 사실 같기도 하던 이야기였다. 서낭당 모퉁이를 저쪽으로 돌아가 있는 쇠미부락에 살던 고연수는, 이미 나이가 마흔을 넘고 자식도 여럿 거느린 장년이었으나 본디가 아둔하고 얼뜬 사내였다. 그는 귀틀집만한 초가 한 채에, 하늘받이 마른갈이 서너 배미와 천둥지기 남의 땅 두어 떼기 고지지어 가난에 찌든 살림을 하고 있었다. 그해 그 여름, 그도 다른 사람들과 한가지로 어느 집 논을 매고 있었다. 새참이 되어 일꾼들은 모두 논에서 나왔다. 언제나 마찬가지로 결두리는 들판 가운데를 가로질러 달아난 철로둑 위에서 먹었다. 먹을것을 먹고 나면 대개 레일을 베개 삼아 드러눕게 마련이었다. 하루 세 번 왕복하는 기차 시간이 뻔해 마음 놓고 눈을 붙이는 이도 흔히 볼 수 있었다. 뒤늦게 숟가락을 놓던 고연수도 남들처럼 레일을 베고 누워 있었다. 그리고 얼마 안 돼서였다. 누군가가 소변을 보려고 일어서다가 얼핏 보니, 고연수가 침목 틈에서 무엇인가를 주워들더니 슬며시 입으로 가져가는 거였다. 미군들이 버린 과자 부스러기려니 했다. 그러나 고연수는 이내 오만상이 우그러지더니 입 안을 뱉기 시작하며 연해 손등으로 혀끝을 싹싹 훑어 바짓가랑이에

문질러대는 거였다. 무슨 큰일날 것이라도 맛본 꼴이었다.

 "게 뭣인디 그류?"

 소변보러 가려던 사람이 보다못해 물었다. 고연수는 엉겁결에 흠칫 놀라더니 애써 태연을 가장하며,

 "앙껏두 아녀."

 했다. 물은 사람도 어지간한 사람이었다. 그는 고연수가 버린 것을 부러 집어보았다. 마른 오물 덩어리가 분명했다.

 "어라, 이건 미국늠 거시기 아뉴?"

 "그렁개벼."

 "그런디 이것을 왜유?"

 고연수가 대답했다.

 "누가 그러는디 **식양늠덜**은 순전 괴기, 과자, 과실, 우유 같은 맛난 것만 먹어서 변두 똑 과자 같다더라구 허글래, 게 증말인가 허구서……".

 그 시절만 해도 마을 사람들이 알고 있던 서양개라면 '세빠또' 한 가지였다. 마을에서 고연수가 '고빠또'라는 이름으로 일컬어지기 비롯한 것은 그런 일이 있고 이틀도 못 가서였다.

 지난여름, 바캉스니 피서니 하고 모두 살판 만난 듯이 설칠 때, 내게도 나흘 동안의 여름휴가가 차례왔다. 비록 하루이틀이라도 난장판 같은 서울을 벗어날 수 있었으면 하는 것은 누구나 바라는 일이요 나도 그 예외가 아니었다. 피서 행각이라면 나도 유리한 조건을 가지고 있었다. 남들이 벼르고 별러야 가볼 수 있을 대천해수욕장만 해도, 나로서는 가는 여비만 있으면 얼마간이라도 묵어올 수 있는 곳이었다. 아직도 대천에는 여러 친구들이, 그것도 어엿한 군내 유지가 되어 제각기 한자리씩 지키고 있는 것이다. 지난 여름 휴가에도 나는 대천으로 내려가 오래간만에 고향 풍물과 어울려, 해묵어 체증이 된 향수를 말끔히 씻었어

야 옳았다. 그럼에도 나는 그곳을 외면하였다. 내게는 만감이 사무치는 곳이기 때문이었다.

지난 여름에도 나는 옹점이를 생각하지 않을 수 없었다. 엿장수하고 엿치기를 해서 이긴 엿으로, 움쌀을 모아 몰래 바꾼 과자 부스러기로 나를 달래면서, 미군들이 먹다 버린 것은 외면한다는 다짐을 받으려 들던 그녀가 떠올랐다.

외국인에 의하여 외국인들의 취미대로 개발된 해수욕장에서, 외국인들이 이루어놓은 풍속과, 그들이 즐기던 분위기를 본받아 갖은 행색으로 설치는 인파 속에 섞여, 그들과 다름없이 지내기에는 어딘지 모르게 싫었던 것이다.

오늘도 걷는다마는 정처 없는 이 발길…… 걷다가도 어디서 그녀 입으로 배웠던 여린 가락이 발부리에 밟히면 요즘도 나는 문득 발걸음이 무거워진다.

지나온 자죽마다 눈물 고였다…… 옹점이는 그 노래를 그만큼 뽑을 수 없이 잘 불렀다.

내가 그녀 입으로 그 노래를 들으며 눈물짓고 돌아섰던 것도 벌써 그렇게 되는가. 그렇다. 어언 스무 해가 다되어 간다. 국민학교 5, 6학년 적이었다. 그것도 그녀가 소식 끊고 3, 4년이나 지나 처음 만난 자리에서였다.

그녀는 시집가서 난리를 치르고 9·28 수복이 된 다음, 그러니까 우리집이 완전히 쑥밭이 된 뒤에도 자주 찾아왔었다.

그녀가 다래실 김 무엇이라나 하는 신랑과 함께 우리집으로 근친(覲親)을 왔던 것은 초례를 치른 나흘 만이었다. 닭 두 마리와 술 한 병, 그

* 근친(覲親) 시집간 딸이 친정에 가서 부모를 뵘.

리고 떡을 한 고리 해서 이고 왔던 것이다.

"아씨, 자양 왔습니다."

머슴살이를 7년이나 했다던 김 무엇이라는 그 신랑은 제 스스로 재행(再行)이란 말을 썼다.

"왜 갈 때는 나 옰을 때 몰래 갔니?"

내가 곱게 단장하고 얌전떨던 옹점이한테 달려들어 그녀 어깨에 손찌검까지 하며 떼를 썼던 일도 안 잊히는 기억이다. 우리집에서 그녀에게 해준 혼수는 이불 두 채와 농 하나, 그리고 치마저고리도 여러 해 입을 것을 감으로 떠주었다고 들었다. 저희 어버이가 장만했던 혼수는 버선과 적삼 두 장, 덤으로 요강이 끼고 놋대야가 곁들여졌다지만, 그 시절의 혼수치고는 논섬지기나 착실하게 짓는 어느 지체 있는 집안의 혼수에 견줘 손색이 없었으므로, 부락에서는 그녀를 부러워하지 않은 이가 드물었다.

그녀가 우리집을 떠난 것은 혼인 이틀 전, 참게 잡는 복산이를 쫓아다니며 메뚜기를 두 꿰미나 잡아 들고 돌아오니 그녀는 이미 떠나고 없던 것이다. 나 모르게 달아난 그녀가 얼마나 미웠던가. 집 안에서는 그런 내색을 할 수 없어 멀찌감치 떨어진 어느 논두렁에 쭈그리고 앉아 논고랑물에 마구 눈물을 흘렸었다.

눈물 한 번 닦고 세수 한 번 하고, 다시 눈물짓고 한 번 더 세수하고……

말갛게 흐르던 논고랑물, 도랑에 빠져 흘러가던 어린 메뚜기 새끼……

논고랑물에 세수를 해본 것도 참으로 오래된 것 같다.

그녀도 아주 가면서 눈물을 흘렸다고 했다. 이불 두 채와 큼직한 버들고리를 포개어 지게로 져다준 철호 뒤를 따라가며, 동구 밖을 벗어날 때까지 훌쩍거렸다는 것이다. 시집에서는 어느 집 규수 어느 집 며느리보다 못잖게 잘살리라고 어머니는 말했고, 동네 사람들도 입을 모아 한

결같은 말로써 어머니를 위로했다. 어려서부터 쥐어박혀가며 배운 제반 범절이며, 빼어난 음식 솜씨와 바느질 솜씨, 어른 공경 아이 수발, 그 얻은 눈이며 들은 귀라면 어디에 내놔도 흠잡힐 리가 없다는 거였다.

"나는 하루아침에 손발을 잃고 나니 아무 정신 읎네. 그것이 읎어지니께 똑 반병신 된 것 같어. 앞으루 워치기 살어갈지 큰 걱정이구먼."

어머니는 마치 넋 나간 사람모양 안절부절못하고 있었다.

어머니는 그녀가 가기 전에 몇 날 며칠을 두고 다짐을 받아냈었다.

"아무리 상사람들이라구 해두 그게 그런 게 아니다……"

그 집안 풍습이 우습더라도 그 집안 풍습은 반드시 지켜야 한다는 거였다.

"시미 시애비가 죄 일짜무식이더라두 눈 밖에 날 일은 덮어주지 않을리라."

어머니가 누누이 타이른 것은, 그녀가 못 미더워서라기보다 그녀를 길러낸 우리집안이 흉 될까 싶어 경계한 셈이었으리라. 그녀의 행실 여하에 따라 우리집안도 구설에 오르내릴 터이던 것이다.

"부디 덜렁대지 좀 말구, 워디 가서 충그리구˙ 무슨 일에 해찰 부리지˙ 말구, 다다 입 다물구, 그릇 좀 구만 깨치구, 그러구 지발 그 개갈 안 나는 창가 좀 구만 불러라."

중매장이는 그녀 아버지와 함께 강경읍에 가서 돌쪼시 했던 중씰한 나이의 다래실 사람이라고 했다. 신랑 될 사람이나 시부모 될 사람은 우리집 내력을 잘 알고 있었고, 강릉댁에서 자란 몸이면 어련할까보냐고 선도 볼 필요 없다면서 크게 좋아했다고 들었다. 당사자끼리는 다래실 어귀 황포국민학교 운동회날 운동장에서 첫선이 이루어졌던 것이며, 그

• **충그리다** 머물러서 웅크리고 있거나 머뭇거린다는 의미의 방언.
• **해찰 부리다** "게으름 피우다"라는 뜻의 전라도 사투리.

네들은 한 번 본 것으로 피차간에 이의가 없었더라고 했다. 내다본 바와 다르지 않게 그녀는 소문 없이 곧잘 살아가고 있었다. 장날이면 장에 왔다던 길이라며 들렀고 그때마다 어머니는,

"워디 제금나서 따루 사는 재미가 워떻던가 얘기 좀 허다 가거라."

하며 붙잡았는데, 원래가 밑이 질겼던 그녀라 한번 앉으면 해 넘어가는 줄을 모르곤 했었다. 6·25 난리 중에도 그녀는 자주 들러 홀로된 어머니를 위로하며, 어지러워진 집안 꼴을 제 일처럼 보살펴주고 갔다. 언제 보아도 변함이 없던 그 옹점이 그대로였던 것이다.

워낙이 그런 여자였기에, 그녀에게 풍파가 몰아쳐왔다는 기별을 처음 접했을 때, 우리집에서는 아무도 곧이들으려 하지 않았다. 그러나 실지로는 들린 소문보다도 훨씬 어려운 고비였던가보았다.

그녀는 그런 소문이 있고부터 우리집에도 아예 발길을 끊었던 것인데, 그것은 어머니를 뵐 낯이 없다는 것이 핑계였다. 소문은 남편이 군대에 나가고부터였다. 그 시절에 군대에 나간다는 것은 누구를 쳐들 것 없이 전쟁터의 밥으로 요리되어가는 것과 다를 바 없다고 인식하던 때였다.

가면 소식이 없기가 정상적인 사태로 판단되던 시절―그러한 전쟁의 불행이 옹점이라고 해서 예외일 수는 없었다. 그녀도 남편에게서 전혀 소식이 없다는 거였다. 처음에는 글을 몰라서 소식이 먼가 했으나 그것도 한두 달이었고, 날이 가면 갈수록 그녀에게는 절망만이 쌓여갔던 것이다.

"아씨, 워쩌면 쓴대유. 저리 되면 질래 죄용허게 살기가 심든 벱인디."

옹점이 어머니는 이따금 어머니를 찾아와 부질없는 하소연을 하고 있었다. 옹점이는 본가로 들어가 시집 식구들과 살게 됐다는 거였고, 그녀가 제금˙나서 살던 집은 군대 가서 부상을 당해 온 시누 남편에게로

• 제금 '딴살림(본래 살던 집에서 떨어져 나와 따로 사는 살림)'의 경상남도 방언.

넘어갔다는 거였다. 집을 잃고 세간은 합솔되어 네 것 내 것이 없어졌으며, 시집살이도 유례없이 심하다며 그녀는 가슴을 태웠다. 그뿐만도 아니라고 그녀는 말했다. 난데없는 모함까지 예사로 하니 이제는 시집 식구가 아니라 원수라고 했다.

'서방 잡어먹은 지집'이라는 누명을 씌우는 시누이, 동서만 그러는 것이 아니라 시사촌 따위 일가 떨거지들마저 그녀를 못 먹어 안달이라는 거였다.

"나 원, 기가 맥혀서…… 엔간헌 것들이 그러기나 헌다면 새끼 나서 넘 준 에미 탓이라구나 허지…… 그 사람 같잖은 것들이 꼴두 별꼴이지 원…… 우습지도 않어서 당최……."

옹점이 어머니는 주먹으로 자기 가슴을 쳐가며 원통해했다. 그녀는 허구한 날 딸 걱정으로 눈물을 질금거리고 애꿎게 샛별담배만 죽여대곤 했다. 시부모를 비롯한 푸네기들의 집중적인 공격을 죽으면 죽었지 견디지 못하겠다고 옹점이는 울부짖는다던 거였다.

"아씨, 그 짐가 것들이 사람인 중 알유? 아무리 읾이살었기루 그게 무슨 지랄이래유."

하고 언젠가는 옹점이가 직접 와서 시집 흉을 보고 가기도 했다. 시집 식구들 눈에는 어느 것 한 가지도 흉이 아닌 것이 없던가보았다. 그녀의 시집 식구들은 그녀가 음식에 솜씨를 내고 바느질에 맵시를 낸 것이 트집이었고, 손이 큰 것도 큰 허물이 되었다. 시집살이를 하면서도 이왕에 큰손은 조심이 되지 않았던 것이다. 오종종하고 야젓잖은* 짓을 싫어했으니 시부모와 그 떨거지들 보기에는 헤프고 규모 없는 짓으로밖에 여겨지지 않았을 거였다.

시부모나 시집 푸네기들은 말했다. 슝늉 맛을 내자고 밥을 눌릴 수

* 야젓잖다 말이나 행동 따위가 좀스러워 점잖지 못하고 가벼운 데가 있다.

있느냐, 배춧빛이 붉도록 고춧가루를 퍼넣을 수 있느냐, 김치에 파 한 뿌리면 족하지 비싼 마늘까지 섞어넣는 것은 어디서 배워온 못된 짓이냐, 아직 덜 검은 옷을 비싼 비누 처발라가며 자주 빨아 입는다…… 옹점이 어머니가 와서 전한 말은 이루 다 기억해낼 수도 없다. 배운 바를 되살려 제법 하느라고 한 것이 시집 쪽에서는 거꾸로 낭비와 사치로 보인 거였다. 살림 못 할 여자, 집안 망칠 여자, 그녀는 그렇게 못된 여자로 만들어졌던 것이다.

한편 그녀는 그녀대로 저항을 했으니, 그것이 파국을 부른 결정적인 계기가 됐다고 한다. 그 괄괄한 성질을 이기지 못한 거였다.

그녀는 그렇게 주장했다고 한다. 옷은 비누 아끼지 않고 자주 빨아 입어야 위생에 좋고 남 보기에도 무던하다, 푸성귀일수록 영양가를 살려야 하니 아무것도 아닌 나물 따위에는 참기름을 듬뿍 쳐서 요리해야 먹을 만하다, 김치는 젓갈을 써야 제맛이 나며 소금에 띄워 담는 김치, 양념 없이 버무리는 김장은 지짐거리고 군둥내 나서 먹을 수 없다.—그러나 시집 식구들이 그녀에게 집중적으로 가한 구박 뒤에는 무엇보다도 그네들 나름의 절실한 것이 있었던 것 같다. 그것은 자식 없는 며느리, 언젠가는 다른 사내 해가서 팔자 고칠 젊은 며느리, 그것은 곧 남의 자식이었다. 어차피 남의 자식인데 구태여 없는 양식 축내가면서 먹여줄 필요가 있겠는가, 이왕 떠날 것이면 하루라도 일찍 없어져달라, 쌀 한 줌 보리쌀 한됫박이 금싸라기 같던 판이었으므로 아마도 시집 식구들은 그런 생각을 밑바닥에 깔고 있었던 것 같았다. 뿐만 아니라 그녀는 오기와 배차기로 장날이면 일부러 장에 나와 젓갈치 꽁댕이나 꽁치릇을 사들고 들어가고 더러는 고깃칼도 들여다 먹었다.

읍내의 장사치들은 대개가 토박이들이었으므로 십중팔구는 그녀가 우리집에 있을 때부터 얼굴이 익은 터였으니 모든 것을 외상으로 달아

놓는다면 못 할 일이 없을 거였다. 그러나 식구들은 색다른 반찬이 상에 오르면 거들떠보지도 않았고, 시래기국과 우거지찌개만을 원수대고 먹었으며, 그럴수록 옹점이는 보라는 듯이 자기 혼자서 그것들을 쓸어 먹어치웠다. 결과는 뻔했다. 옹점이가 견디다 못해 친정으로 되돌아온 거였다.

그 여름에 어머니는 타계하였다. 마지막 어른을 잃은 집안이라 꼴이 말이 아니었으므로 옹점이 일도 자연 우리들의 관심사에서 벗어나기 시작했다. 그러다가 얼마 후였다. 한 다리 두 다리 거쳐 들린 소식에 의하면 옹점이의 남편 김 무엇은 언제 어디서 전사했는지도 모른 채 유골만 돌아왔다는 거였다. 이윽고 옹점이 소식도 잇따라 들어왔다. 어처구니없게도 니무니 충격적인 것이었다.

그녀가 약장수 패거리를 따라다니며 노래를 부르더라는 거였다. 한 다하는 가수더라고도 했다. 혼잣몸 추스를 만큼 장사할 밑천이 잡힐 때까지는 그 길로 계속 내뻗겠다고 흰 목 젖혀가며 장담하더라는 거였다.

광천장에서 봤다는 이, 홍성장에서 만났다는 이, 청양장에서 그러더라는 이, 들리는 소문은 요란했지만 우리는 아무도 믿으려 하지 않았다. 그때는 이미 그녀 어머니와 복점이 두문이마저 남 보기 창피하다고 돌쪼시를 찾아 강경읍으로 떠난 뒤여서 나로서는 확인해볼 도리가 없었다. 어머니마저 타계했으니 그녀를 잡아다놓고 마음을 걷잡아줄 사람도 없는 형편이었지만.

그러나 모두가 사실이었다. 내가 직접 그녀를 두 눈으로 보게 됐던 것이다. 그것도 대천장에서였다.

장날, 하학 * 하는 길이었다. 뒤에서 부른 이가 있어 돌아다보니 한잔 걸친 창인이 아버지였다. 그는 말했다. 옹점이가 지금 약장수 패거리 틈

* 하학 학교에서 그날의 수업을 마침.

에 끼어 노래를 부르고 있으니 가서 구경하고 가라는 거였다. 나는 우선 반가운 마음부터 앞서 이런저런 경우를 따져볼 겨를도 없이 그쪽으로 치달려갔다.

볼일 다 본 장꾼들이 겹겹으로 둘러선 싸전마당 한켠으로 내가 급히 다가갔을 즈음에는 약 선전의 순서였다. 장구를 멘 중년 사내와 기타를 든 젊은 사내, 그리고 상판이 해반주그레하게* 생긴 젊은 여자 둘, 나란히 늘어선 그들 일행 가운데에서 얼핏 옹점이는 보이지 않았다. 저 여자들을 잘못 보고서 내게 한 말이었을까. 꼭 그랬을 것 같기만 하고 또 그러리라고 믿고 싶었다. 승섭이 어머니가 하던 말대로 '까미 풀어 빠마를 하고 맘보바지에 히루를 신은' 옹점이는 찾아볼 수가 없던 것이다. 밤색 가죽 점퍼에 검은 안경을 쓴 사내는 연방 장구채를 뚱땅거리면서 지저분한 언사를 낮짝 없이 지껄여대고 있었다.

나는 혹시나 하는 마음으로 그 사내의 약 선전이 어서 끝나기만 기다리며 장내를 톺아보는* 데에 게을리하지 않았다. 그 사내가 무슨 약병을 든 채,

"베르구 벨러 모처름 한번 척 올러타면 방뎅이가 무지근허구 뻐근헌 것이 생각이 싹 가셔버린단 말여. 게 슬그머니 내려오면서 츕츕헌 부랄 밑에 손을 쓱 늫보면 송장 상헌 냄새가 확 쏘는디, 이 약으로 말헐 것 같으면……"

하며 약병 마개를 닫을 즈음이었다. 이발사같이 매초롬한 젊은 사내가 대신 들어서며 잔가락으로 기타를 켜기 시작하는데, 바로 그때 나는 처음으로 그녀를 본 거였다. 틀림없는 옹점이었다. 내가 아뜩해진 눈앞을 겨우 챙겼을 때는 그녀의 노래가 내 가슴을 뒤흔들기 시작한 다음

• 해반주그레하게 겉모양이 해말쑥하고 반듯하게.
• 톺아보다 샅샅이 살피다.

이었다.

　오늘도 걷는다마는 정처 없는 이 발길
　지나온 자죽마다 눈물 고였다……

　나는 눈앞이 캄캄하고 다리가 후들거려 심신을 가눌 수가 없었다. 아니 그 이상 그 자리에 서서 버틸 기운도, 건너다볼 눈도 잃어버리고 말았던 것이다. 아, 그 순간의 충격을 이제 와서 무슨 글자로 골라 다시금 되살려 말할 수 있을 것인가. 나는 나도 모른 사이 무슨 그릇된 짓을 저지르다 들킨 녀석처럼 밟히는 것이 없는 두 다리로 장터를 뛰쳐나와 오금껏 뛰고 있었지만, ㄱ녀의 고운 목소리와 훌륭한 가락은 달아나는 내 뒤통수에 매달려서 줄곧 뒤쫓아오고 있었다.

　선창가 고동소리 옛님이 그리워도
　나그네 흐를 길은 한이 없어라—

(『월간중앙』, 1973년 3월)

가만가만, 생각의 움 틔우기

1 옹점이의 출생과 계급에 관해 언급된 내용을 찾아보고, 그로 인해 옹
점이가 처하게 되는 현실이 무엇인지 말해 보세요.

2 사람들은 '주인보다 손이 크고', '주체적으로 판단해 남을 돕고', '자신
의 처지를 딛고 건강하게 살아가는' 옹점이가 불행해지지 않을까 걱
정합니다. 그 이유는 무엇일까요?

3 '주체성' 있는 의식과 판단, 행위란 무엇일까요? '옹점이'를 통해 알
수 있는 '주체성'에 대해 서술해 보세요.

톡톡! 생각의 가지 뻗기

1 옹점이가 미군에게 보이는 반감과 전재민촌 사람들에게 보이는 연민
은 매우 주체적인 태도라고 할 수 있습니다. 오늘날 미국에 맹종하
고 가난한 사람들을 외면하는 이들에게 옹점이는 어떤 메시지를 던
지고 있나요?

2 옹점이와 같은 인물이 불행을 극복하는 방법은 무엇인가요? 또 그녀
를 '민중의 건강성'을 상징하는 인물로 볼 수 있는 까닭은 무엇인가
요?

1 이 소설을 읽고 '건강한 민중의 주체성'에 대해 생각해 보세요.

Tip+

- 시대적 상황, 관습이나 사회 질서 속에서 개인은 자신의 삶을 얼마나 자유롭게 선택하고 행동할 수 있나요?

- 김동인 「감자」의 '복녀'가 억압적 세태/풍속 속에서 자신를 잃고 짐승이 되어 간다면, 「행운유수」의 옹점이는 스스로의 삶을 주체적으로 이끌어 가는 모습을 보여줍니다. 그 의미는 무엇인가요?

- 옹점이가 '건강한 민중성'을 지녔다고 말할 수 있는 이유는 무엇인가요? 현재 우리 주변에서 찾아볼 수 있는 이러한 인물은 누가 있을까요?

- 옹점이는 바르고 굳건하게 살아가지만 '완전한 주체'로 거듭나지는 못합니다. 그 이유는 무엇인가요?

광인일기

루쉰(魯迅, 중국 저장성 사오싱, 1881년 9월 25일~1936년 10월 19일)

본명은 저우수런(周樹人). 중국 근대문학의 아버지로 불립니다. 그는 비교적 유복한 지주 집안에서 태어났으나, 할아버지가 부정부패로 하옥(下獄)되고, 아버지가 병사(病死)하면서 집안 형편이 어려워졌습니다. 이 때문에 고생스러운 어린 시절을 보냈습니다. 그러나 교육을 통해 일찍이 서구의 근대사상에 눈을 떠 중국 옛 봉건사회의 병폐를 폭로하였습니다. 해외 문학과 사상의 소개에도 힘써 베이징대학 등지에서 중국 문학을 강의하면서 많은 청년 작가들을 길러냈습니다. 처녀작 「광인일기」는 중국 내의 문화혁명을 더욱 촉진시키는 구실을 했으며, 세계적인 명작이 된 「아큐정전」이 그의 대표작입니다.

✒ 작품소개

1918년 발표된 「광인일기」는 중국 '백화문학'의 아버지로 불리는 루쉰의 처녀작으로서, 한 광인의 수기 형식을 빌려 근대 중국의 봉건적 가족제도와 이를 뒷받침하는 유교사상에 대한 통렬한 비판과 풍자를 담고 있습니다.

주인공은 혹시나 다른 사람에게 잡아먹히지나 않을까 하는 식인(食人) 피해망상증에 빠져 있는 인물입니다. 그는 예로부터 인의도덕(仁義道德)의 명목 아래 사람이 먹혔으며, 누이동생 또한 형에게 잡아먹혔다는 참으로 기괴한 생각에 빠져 살고 있습니다. 자신도 언제 잡아먹힐지 모른다는 생각에 늘 불안에 떨면서도, 자신 또한 알지도 못한 채 이미 사람을 먹은 것은 아닌가 하며 절망하기도 합니다. 그는 이 악몽 같은 식인의 세계로부터 벗어나기 위해서 어린이를 구해야 한다고 외칩니다. 아직까지 한 번도 사람을 먹은 적이 없는 어린이 외에는 구원이 있을 수 없다고 믿기 때문이지요.

이 기이한 이야기는 인간 해방의 주장을 통해 중국의 근대화와 문화혁명의 가속화에 커다란 역할을 한 작품입니다.

또한 중국의 '백화문'이라는 구어체 문장을 작품 속에 도입하여 전근대적 문어체 문학(문언문)에서 탈피하는 창조성을 보여주기도 했습니다. 이 이야기가 이렇게 깊은 문학사적 의의를 지니는 이유를 생각해보면서 함께 작품을 감상해 봅시다.

20

광인일기

루쉰

여기서 이름을 밝힐 수는 없지만, 모(某)군 형제는 중학교 시절 꽤나 사이좋았던 내 친구들이었다. 그러나 오랜 세월 떨어져 살다 보니, 최근에 와서는 소식마저 끊기고 말았다.

그런데 며칠 전이었다. 우연한 기회에 그들 형제 중 한 명이 중병을 앓고 있다는 소식을 듣게 되었다. 때마침 고향으로 내려가는 길이었기 때문에 나는 곧장 발길을 돌려 그들이 살고 있는 집을 찾아가 보기로 했다. 결국 한 사람밖에 만나 볼 수 없었는데 병을 앓았던 쪽은 동생이라고 했다. 고생 끝에 먼 길을 찾아왔지만 동생 쪽은 벌써 병이 다 나아, 현재 지방에서 직장을 구하는 중이라고 했다. 그는 호탕하게 웃으며 나에게 두 권의 일기장을 내밀었다. 그러고는 동생이 병을 앓던 당시 증세를 알 수 있을 것이라며 옛 친구인 만큼 읽어 봐도 무방할 것 같다고 했다.

나는 일기장을 집에 가지고 와서 쭉 훑어보았는데 동생은 일종의 '피해망상증' 비슷한 증세를 겪고 있었다. 내용이 매우 난삽한데다 황당무계했고 날짜도 적혀 있지 않았다. 또 먹 색깔이나 글씨체도 고르지 않은 점으로 미루어보면 단숨에 써내려간 것이 아님을 알 수 있었다. 그럼에도 이 일기에는 문맥이 제법 갖춰진 부분이 있었다. 그 중 몇 편을 추려 소개함으로써 의학도들의 연구 자료로 제공하고자 한다. 내용 가운데는 오자가 있었지만 한 자도 고치지 않았다. 인명은——등장하는 사람은 모두 같은 마을 사람들이고 세상에 널리 알려진 사람들이 아니므로 실명을 써도 별 문제가 되진 않겠지만——모두 가명을 쓰겠다. 하지만 제목은 그가 완쾌한 후에 붙인 것이라 굳이 고치지 않았다.

민국 7년(1918년) 4월 2일 씀•

1

오늘 밤은 달이 유난히 광채가 나서 눈이 부시다. 달을 보지 못한 지 벌써 삼십여 년. 이제야 다시 달을 보게 되니 기분이 너무 좋다. 지난 삼십여 년 동안 내가 얼마나 넋을 잃고 있었는지 비로소 알겠다. 하지만 이제는 바짝 정신을 차려야겠다. 그런데 짜오(趙) 씨네 저 개가 왜 나를 노려볼까?

내가 두려워하는 데에는 그럴 만한 이유가 있다.

2

오늘 밤에는 달빛이 전혀 없다. 나는 그것이 심상치 않다는 것을 안다. 아침에 조심스레 집을 나서는데 짜오궤이(趙貴) 영감의 눈초리가 이

• 이 작품 「광인일기」는 1918년 5월 『신청년』 제4권 제5호에 처음 발표됐다. 중국문학 사상 최초로 봉건 도덕——식인(食人)의 예교——을 날카롭게 비판한 작품으로, 저자는 작품의 유래에 대해 자서에서 밝힌 적이 있다. 그 뒤 『중국신문학대계 소설2집서』에서도 이 작품의 주제와 의의에 대해 논한 적이 있다.

상했다. 어찌 보면 나를 두려워하는 것도 같고, 나를 해치려고 벼르고 있는 것 같았으니 말이다. 일고여덟 명은 행여 내가 볼까 봐 머리를 맞대고 나에 대해 뭔가 수군거리고 있었다. 심지어 그 가운데 가장 험상궂게 생긴 사람은 나를 보더니 입을 쫙 벌린 채 웃는 것이었다. 나는 머리끝에서 발끝까지 소름이 끼쳤다. 저네들이 이제 모든 음모를 다 꾸몄구나 하는 생각이 들었다.

그러나 나는 두려워하지 않고 태연하게 가던 길을 걸어갔다. 앞에는 아이들이 무리지어 있었는데 그들 역시 나에 대해 수군거리고 있었다. 녀석들의 눈초리 역시 짜오궤이 영감과 같았고, 얼굴빛 역시 거무칙칙했다. '도대체 내게 무슨 원한이 있어 애들까지 저러는 걸까.'

나는 참다못해 버럭 호통을 쳤다.

"이놈들, 말해 봐라!"

그러자 그들은 냅다 도망쳐 버렸다.

나는 곰곰이 생각해 보았다. 도대체 내가 무엇 때문에 짜오궤이 영감하고 원수를 졌단 말인가? 길 가는 사람들과는 또 무슨 원한이 있다고 모두들 저러는 것일까? 이십 년 전쯤에 꾸죠우(古久) 선생의 케케묵은 장부를 걷어찬 적이 있는데, 그때 꾸죠우 선생이 크게 불쾌해했던 것은 사실이다. 짜오궤이 영감은 그와 아는 사이는 아니지만 소문을 듣고 내가 한 짓에 분노를 터뜨리고 있는 것이 틀림없다. 그래서 길거리의 사람들과 작당해서 나를 원수처럼 여기고 있는지도 모를 일이다.

그렇다면 아이들은 어찌된 셈인가? 당시 저들은 아직 태어나지도 않았을 텐데 오늘처럼 이상한 눈초리로 나를 쳐다보는 이유는 뭘까? 이거야말로 두렵고, 놀랍고, 가슴 아픈 일이다. 옳지, 알겠다. 이 모든 것은 그들의 부모들이 시킨 것이다!

3

밤에는 좀처럼 잠을 이룰 수가 없다. 만사는 연구를 해야만 명백해지는 법이다.

놈들—그들 중에는 현령에 의해 목에 칼을 쓴 자도 있고 지주에게 따귀를 얻어맞은 자도 있으며, 아전 놈들에게 부인을 빼앗긴 자도 있고, 부모가 고리대금업자의 등쌀에 죽은 자들도 있다.[*] 그러나 당시 그들의 표정은 어제만큼 두려워하거나 흉포하지 않았다. 그 중에서 정말로 놀라운 것은 어제 길거리에서 본 그 여인이다. 그녀는 자기 아들을 두들겨 패면서 이렇게 말하는 것이었다.

"빌어먹을 놈! 내가 네놈을 몇 번이고 물어뜯어야 분이 풀릴게야!"

그러면서도 시선은 나를 향하고 있었다. 나는 당황해서 어쩔 줄을 몰랐다. 그러자 그 거무칙칙한 얼굴에 흉측한 이빨을 드러낸 몇 사내들이 희죽 웃어대는 것이었다. 그때 천라오우(陳老五)가 급히 다가오더니 나를 움켜잡은 채 집으로 끌고 돌아왔다.

그러나 가족들은 나를 모르는 체했다. 그들의 눈빛도 다른 사람들과 조금도 다르지 않았다. 서재로 들어서자 그들은 밖에서 자물쇠를 채워 버렸다. 마치 닭이나 오리를 잡아 가두는 것처럼 말이다. 이번 사건은 생각할수록 이유를 알 수 없다.

이삼 일 전에 랑쯔천(狼子村)의 소작인이 흉년이 들었다면서 큰형님에게 불평을 늘어놓은 적이 있었다. 그들 마을에 아주 못된 놈이 하나 있었는데 마을 사람들에게 뭇매를 맞고 죽었다는 것이다. 그런데 마을 사람 중 몇몇이 그자의 심장과 간을 꺼내 기름에 볶아 먹었다고 했다. 그렇게 하면 담력이 커진다는 속설 때문이었다. 내가 몇 마디 참견을 하자 소작인과 큰형님은 나를 몇 번이나 노려보았다. 나는 오늘에야 비로

[*] 수년 전에 걸친 중국의 봉건 정치를 의미한다.

소 당시 그들의 눈빛이 바깥 놈들과 완전히 같다는 사실을 알게 되었다.

생각만 해도 머리끝부터 발끝까지 온몸이 오싹해진다.

사람을 잡아먹는 놈들이니 나를 못 잡아먹을 리 없겠지.

'몇 번이고 물어뜯고야 말겠다.'던 여인이나 서슬 퍼런 얼굴에 흉측한 이빨을 드러내놓고 웃던 자들, 그리고 엊그제 소작인이 했던 말 등은 어떤 일을 암시하는 신호임에 틀림없다. 그들의 말 속에는 독기가 가득하고 웃음 속에는 음흉한 칼을 숨기고 있고 이빨은 무시무시하고 날카롭게 박혀 있다. 나는 그것들이 바로 사람을 잡아먹는 도구라는 것을 알아챘다.

나는 내가 악인이라고 생각하지 않는다. 하지만 옛날에 꾸(古)씨네 장부를 걷어찬 다음부터는 이 또한 장담할 수 없게 되고 말았다. 그들에게 무슨 꿍꿍이속이 있는 것 같았으나 나로서는 도통 짐작할 수가 없다. 심지어 그들은 화가 나서 안면을 바꿀 때면 으레 남을 보고 악인이라고 쏘아붙이는 판이다. 나는 아직도 큰형님이 논설문 쓰는 방법을 가르쳐주던 때를 잊지 못한다. 아무리 좋은 사람일지라도 나쁜 점을 몇 줄만 지적하여 쓰면, 그는 동그라미를 몇 개나 쳐주었다. 반대로 나쁜 사람을 옹호하듯 쓰면 "이거 매우 독창적인데. 보통사람과는 전혀 다른……." 하면서 칭찬해 주곤 했다. 이런 사람이었으니 내가 그들의 심중을 어떻게 짐작할 수 있겠는가. 하물며 그들이 사람을 잡아먹을 때라면 더 말할 것도 없지 않은가.

만사는 연구를 해 봐야만 명백해지는 법이다. 옛날부터 사람이 사람을 잡아먹었다는 이야기는 종종 들었지만 그것을 분명하게 알지는 못했다. 나는 역사책을 뒤적여 보았다. 역사책에는 연대도 기록돼 있지 않고 페이지마다 '인의도덕(仁義道德)'이란 몇 자만 삐뚤삐뚤하게 씌어 있었다. 나는 도통 잠을 이룰 수가 없어 밤새도록 자세히 살펴보았다. 그랬더니 겨우 글자와 글자 사이에서 또 다른 글자가 보이기 시작했다. 온통 '식인(食人)'이라는 두 글자가 빼곡히 채워져 있었다.

이렇듯 역사책에도 '식인'이란 글자가 수도 없이 많이 적혀 있고, 소작인의 말도 그런 말들로 가득했으며, 사람들은 히죽 웃으면서 이상한 눈빛으로 나를 노려보고 있다.

나도 사람이다. 그런데 그들은 나를 잡아먹으려 한다!

4

아침에 나는 한참을 조용히 앉아 있었다. 그때 천라오우가 식사를 가지고 왔다. 반찬 한 접시와 찐 생선 한 접시였다. 그런데 생선 눈이 희멀겋고 딱딱한데다 입을 떡 벌리고 있는 꼴이 영락없이 사람 잡아먹는 그놈들과 흡사했다. 젓가락으로 조금 집어먹고 나니 미끈거리는 맛이 생선인지 사람 고기인지 분간할 수 없었다. 나는 그만 뱃속에 든 것을 토해 버리고 말았다.

"라오우, 큰형님한테 좀 전해줘. 갑갑해서 뜰이나 좀 거닐고 싶다고."
그러나 그는 대답도 없이 나가버렸다. 그러고는 다시 돌아와서 문을 열어 주었다.

나는 꼼짝도 하지 않았다. 그들이 나를 어떻게 하는지 두고 보리라 생각했다. 그들은 틀림없이 나를 그대로 내버려두지는 않을 것이다. 과연 큰형님이 어떤 노인네를 데리고 천천히 걸어오고 있지 않은가? 그의 눈에는 사악한 빛이 가득했다. 내가 두려워할까 봐 머리를 푹 숙인 채 시선은 땅을 향하고 있었다. 그러면서도 그는 안경 너머로 나를 흘금흘금 엿보았다.

"오늘은 상태가 좋은 것 같구나."
큰형님이 말했다.

"네."

"오늘은 허(何) 선생님을 모시고 왔다. 진찰 좀 할까 해서."

"좋아요."

사실 이 영감이 사람 잡는 백정 노릇을 하리라는 것쯤은 진작부터 알고 있었다. 진맥을 본다는 핑계로 살이 쪘는지 또는 말랐는지를 살필 것이고 그 공로로 내 살점 몇 조각쯤 받아먹겠지. 그러나 나는 조금도 두렵지 않다. 내 비록 사람을 잡아먹지는 않았지만 담력은 그들보다 세니까. 나는 두 주먹을 꽉 쥐고 앞으로 내밀면서 그가 어떻게 할 것인지를 지켜보았다. 영감쟁이는 자리에 앉더니 눈을 지그시 감았다. 한참 맥을 짚더니 한동안 우두커니 있다가 귀신같은 눈을 뜨면서 말했다.

"쓸데없는 생각 하지 말고 며칠만 잘 휴식하면 곧 나을 것입니다."

쓸데없는 생각 하지 말고 며칠 동안 잘 쉬라고? 그럼 살이 통통해질 것이고 그렇게 되면 먹을 게 더 많아질 테지. 그게 나에게 무슨 도움이 된단 말인가? 어떻게 해서 나을 것이란 말인가?

그들 패거리는 사람을 잡아먹고 싶어 하면서도 우물쭈물하며 흉악한 꼴을 감추려 한다. 그러고는 더 이상 마수를 뻗지는 않고 있는데 참으로 무서워 죽을 지경이다.

나는 더 참을 수가 없어서 큰 소리로 웃음을 터뜨렸다. 그랬더니 기분이 훨씬 좋아졌다. 물론 이 웃음 속에는 의용과 정기가 숨어 있음을 나는 안다. 영감쟁이와 큰형님의 안색이 확 바뀌었다. 나의 의용과 정기에 압도되었기 때문이다.

하지만 내가 용감한 만큼 그들은 나를 더욱 잡아먹고 싶어 했다. 영감이 문을 나서더니 곧바로 큰형님에게 작은 소리로 이렇게 속삭이는 게 아닌가.

"싹 먹어치웁시다."

큰형님은 고개를 끄덕였다. 아니, 큰형님도 그런 사람이었던가! 이것은 엄청난 발견이며 의외이기도 하지만, 사실 이미 예상했던 바였다. 그놈들과 한패가 되어 나를 잡아먹으려고 한 자가 바로 나의 형이었던 것이다.

사람을 잡아먹는 자가 내 형이다!

나는 사람을 잡아먹는 자의 동생이다!

내가 잡아먹히더라도 나는 여전히 사람을 잡아먹는 자의 형제가 아닌가.

5

요 며칠 동안 나는 한걸음 물러나서 생각해 보았다. 만일 그 늙은 영감이 백정의 탈을 쓴 망나니가 아닌 진짜 의사라 할지라도 그는 분명 사람을 잡아먹는 자임에 틀림없다. 그들의 조사(祖師)라 할 수 있는 리스쩐(李時珍)이 저술한 『본초(本草)』*인가 뭔가 하는 책을 보면, 인육도 먹을 수 있다고 분명히 기록돼 있기 때문이다. 그러니 저 영감이 사람을 먹지 않는다고 보장할 수 있겠는가?

우리 집의 큰형님 역시 빠져 나갈 수 없는 확실한 증거가 있다. 옛날 나에게 글을 가르칠 때 자기 입으로 "자식은 서로 바꾸어 먹을 수 있다."고 말했다. 그리고 또 한 번은 어떤 악인에 관해 논하면서 그놈은 죽어 마땅할 뿐만 아니라 "고기는 뜯어먹고 가죽은 깔고 자야 한다."고 말한 적도 있었다.* 그 무렵 나는 아직 어렸기 때문에 그 말을 듣고 심장이 온종일 두근거렸다. 며칠 전에 랑쯔천의 소작인이 와서 사람의 간을 꺼내 먹는 이야기를 할 때도 형은 눈썹 하나 까딱하지 않고 연방

• 『본초(本草)』 『본초강목』을 말함. 약초의 성질과 약효를 기록한 경전으로 총 52권.
• 자식을 바꾸어 먹고, 고기는 뜯어 먹고, 가죽은 벗겨 깐다. 『좌전(左傳)』에 나오는 내용. 예공 8년과 양광 21년에 각각 나오는데 여기서는 비참했던 중국의 시상을 비유한 것이다.

고개를 끄덕이지 않았던가. 이것만 보더라도 그의 본성이 옛날과 다름 없이 흉악함을 알 수 있다. '자식을 바꿔 먹을' 판이니 이제 못 바꿀 것과 못 먹을 사람이 없게 되고 말았다. 옛날 큰형님이 도리를 논할 때면 나는 그저 대수롭지 않게 한 귀로 듣고 한 귀로 흘려버리곤 했는데, 지금 와서 생각하니 그는 입가에 사람의 기름을 번지르르하게 바르고 있었던 것이다. 그뿐 아니라 온통 사람 잡아먹는 생각으로 가득 차 있었던 것이다!

6

칠흑같이 캄캄하다. 낮인지 밤인지조차 모르겠다. 짜오 씨네 개가 또다시 짖기 시작했다. 사자같이 흉폭하고, 토끼같이 비겁하며, 여우처럼 교활한…….

7

놈들의 수법을 알게 되었다. 그들은 자기들 돈으로 직접 죽이려고 하지는 않는다. 뒤탈이 두려워 감히 그렇게 할 수도 없다. 그래서 놈들은 서로 연락을 취해 사방에 그물을 쳐놓고 내가 자살하게끔 유도한다. 최근에 길거리에서 보았던 사람들의 눈빛과 며칠 전 큰형님이 취한 행동을 보면 거의 확신할 수 있다. 그들이 가장 바라는 것은 내가 허리띠를 풀어 대들보에 스스로 목을 매는 것이다. 그렇게 되면 살인죄를 쓰지 않고도 소원을 성취할 것이니 기뻐 날뛰며 천지가 진동하듯 웃어젖힐 것이다. 겁에 질려 괴로워하다가 죽어 버린다 해도 살이 빠져 고기 양이 조금 줄어들 뿐, 이것 역시 그런대로 잘된 거라며 만족스러워할 것이다.

그들은 죽은 고기만 먹을 뿐이다! 어떤 책에서 본 적이 있다. 눈빛이

나 몸이 지독히도 못생긴 '하이에나'라는 맹수가 있는데, 이들 역시 언제나 죽은 고기만 먹는다고 한다. 제아무리 거대한 뼈다귀도 잘근잘근 바수어 먹는다는 것이다. 생각만 해도 끔찍하다. '하이에나'는 이리의 족속이고, 이리는 개의 먼 조상이다. 며칠 전 짜오 씨네 개가 나를 뚫어져라 쳐다보았는데, 그놈도 한통속으로 일치감치 내통하고 있었음을 알 수 있다. 영감쟁이가 눈을 내리깔고 아래만 쳐다본다고 내가 속아 넘어갈 줄 알았는가!

그래도 제일 딱한 사람은 큰형님이다. 그 역시 사람이건만 어쩌자고 그놈들과 한패가 되어 나를 잡아먹으려는 걸까. 조금도 두렵지 않은 것인가? 이미 길들여져서 나쁜 짓이라고 인식도 하지 못하는 것인가? 아니면 양심이 마비되어 버린 것인가?

나는 사람을 잡아먹는 자를 저주함에 있어 큰형님부터 저주한다. 그래서 그자들을 반성하게 하는 것 또한 큰형님부터 해야 할 것이다.

사실 이 같은 세상의 이치는 그들도 지금은 당연히 알고 있어야 하는 건데…….

8

갑자기 웬 사람이 찾아왔다. 나이는 고작 스무 살 전후로 보였고, 얼굴은 그리 분명하지 않았다. 그는 얼굴에 미소를 띤 채 고개 숙여 내게 인사했다. 아마 그 미소도 진짜라고는 할 수 없을 것이다. 나는 그에게 물었다.

"사람을 먹는 짓이 타당한가?"

그는 여전히 미소 띤 얼굴로 말했다.

"흉년도 아닌데 어떻게 사람을 잡아먹을 수 있겠습니까."

순간 나는 곧 깨달았다. 이 자도 한 패거리로서 사람을 잡아먹는다는 것을 말이다. 그래서 용기백배해서 다그쳐 물었다.

"타당하단 말이냐?"

"어찌 그런 걸 묻습니까. 나으리도 정말…… 농담도 잘하시는군요……. 오늘 날씨가 참 좋네요."

날씨도 좋고 달도 밝다. 하지만 나는 묻고 싶었다.

"타당하냐?"

그자는 그렇지 않다고 생각했는지 그저 모호하게 대답했다.

"아닙니다……."

"아니라면 왜 그자들은 사람을 잡아먹는 거지?"

"그런 일은 없었는데요."

"그런 일이 없었다고? 랑쯔천에서는 지금도 사람을 잡아먹고 있고, 책에도 그렇게 씌어 있단 말이다. 온통 선혈이 낭자하게 말이야!"

순간 그의 안색이 확 바뀌어 새파랗게 질리더니 눈을 동그랗게 뜨고 말했다.

"그럴 수도 있겠지요. 옛날부터 그래 왔으니까요……."

"옛날부터 그래 왔으니 타당하단 겐가?"

"전 나으리와 그런 일에 대해 시비하고 싶지 않습니다. 그런 얘기는 하지 마셔야 합니다. 그런 나으리의 말씀도 잘못된 것입니다!"

나는 벌떡 일어났다. 눈을 떠 보니 그의 모습은 보이지 않았다. 온몸이 땀으로 흠뻑 젖어 있었다. 녀석은 내 큰형님보다 나이가 훨씬 아래인데도 벌써 한패가 되어 있었다.

그의 부모가 가르쳐 준 것임에 틀림없었다. 그뿐 아니라 제 자식에게도 가르쳐 주었을지 모른다. 그런 연유로 어린아이들까지 표독스러운 눈으로 나를 쳐다보는 것이 아닐까.

9

그들은 사람을 잡아먹으려 하면서도, 자신이 다른 사람에게 잡혀 머히는 것은 두려워한다. 늘 극심한 의심의 눈초리로 상대방 눈치만 살핀다.

만약 그런 마음을 버린다면, 일할 때도 마음 놓고 할 수 있고, 길을 걷는다든지, 식사를 한다든지, 또 잠을 자는 것도 얼마나 편하게 할 수 있겠는가?

이는 곧 문지방이나 관문과도 같아, 단 한 발짝만 내딛어도 모든 것이 해결된다. 그러나 그들은 부자, 형제, 부부, 친구, 스승과 제자, 원수와 적, 그리고 모르는 남남까지 서로 견제한다. 그러면서 죽어도 그 문턱을 넘으려 하지 않는다.

10

아침 일찍 큰형님을 만나러 갔다. 그는 문밖에서 하늘을 쳐다보고 있었다. 나는 그의 등 뒤로 가서 난간에 기댄 채 유난히 부드럽고 온화한 목소리로 말을 건넸다.

"큰형님, 드릴 말씀이 있는데요."

"말해 봐라, 무슨 말인지."

큰형님은 얼른 나를 향해 돌아서면서 고개를 끄덕였다.

"대단한 것도 아닌데 말이 잘 나오질 않는군요. 형님, 아마 옛날에 야만인들은 거의가 사람 고기를 조금은 먹었을 거예요. 그게 나중에는 생각이 서로 달라져서 어떤 자들은 사람을 잡아먹지 않게 되었을 겁니다. 계속 그렇게 노력한 덕분에 사람으로 변했고, 더 나아가 진정한 사람으로 살아가게 된 것이겠지요. 그러나 어떤 자들은 변함없이 계속 잡아먹었을 거예요. 마치 벌레처럼 말이지요. 그래서 어떤 자는 물고기, 새,

원숭이로 변했다가 마침내 인간이 되었을 것입니다. 또 어떤 자는 착하게 살려는 노력도 하지 않았기에 지금도 여전히 벌레로 남았을 테고요. 사람을 잡아먹는 자는 그렇지 않은 사람에 비해 얼마나 부끄러울까요? 아마 벌레가 원숭이 앞에서 느끼는 것보다 훨씬 더 부끄러울 겁니다.

역아(易牙)•가 자기 아들을 삶아 걸주(桀紂)에게 먹였다는 이야기가 있는데 그건 까마득한 옛날 일입니다. 그런데 반고(盤古)가 천지를 개벽한 이후 역아의 아들에 이르기까지 계속 사람을 잡아먹었고, 연이어 쉬시린•에 이르기까지 그렇게 했고, 다시 쉬시린에서부터 랑쯔천에서 붙잡힌 남자까지 또 그렇게 잡아먹게 된 것입니다. 이건 누구나 익히 알고 있는 사실이 아니겠습니까. 작년에 성 안에서 죄수가 처형됐을 때 폐병 환자가 흠연히 나타나 만두를 그 죄수의 피에 찍어 먹었답니다.

그들은 저를 잡아먹으려고 하지요. 큰형님 혼자라면 그런 생각을 하지 않았을 거라고 믿어요. 왜 형님은 그놈들과 한패가 되려는 것입니까? 사람을 잡아먹는 인간이 무슨 짓인들 못 하겠습니까? 놈들은 우선 저를 잡아먹고 그러고는 형님마저 잡아먹을 게 분명해요. 길은 오직 하나, 생각의 방향을 바꾸는 것입니다. 지금 당장 개선될 수 있습니다. 그렇게 되면 모두가 평화롭게 살 수 있을 거예요. 비록 아주 옛날부터 그런 짓을 해왔다 치더라도 우리는 오늘부터라도 각별히 착해져야 할 필요가 있어요. 그래서는 안 된다고 말씀하세요, 큰형님! 저는 큰형님께서 그렇게 말씀하실 수 있다고 믿습니다. 며칠 전, 소작인이 와서 소작료를 탕감해 달라고 했을 때도 형님께서는 안 된다고 하셨잖습니까.”

처음에 큰형님은 냉소만 짓고 있었다. 그러나 시간이 지날수록 눈빛이 험악해졌고, 내가 그들의 속마음을 들추어내자 얼굴이 온통 새파랗

• **역아(易牙)** 춘추시대의 요리사.
• **쉬시린(徐錫麟)** 시시런을 말함. 청말의 혁명가로 1907년 안휘, 순무, 인밍을 찔러 죽이고 그 자리에서 체포되어 얼마 후 처형되었다. 그의 심장과 간을 인밍의 부하가 먹었다고 한다.

게 질려 버렸다. 대문 밖에는 예의 그놈들이 몰려와 있었다. 짜오궤이 영감과 그의 개도 함께 있었다. 그들은 두리번거리면서 집 안으로 들어왔다. 어떤 자는 복면을 한 듯 얼굴을 알아볼 수 없었고, 어떤 자는 거무칙칙한 얼굴에다 흉측한 이빨을 드러낸 채 히죽 웃고 있었다. 어디선가 본 적이 있는 인간들이었다. 나는 그들이 한 패거리로서 모두 사람을 잡아먹는 놈들임을 알 수 있었다. 그러나 그들의 심보가 서로 다르다는 사실도 이미 알고 있었다. 즉, 사람을 잡아먹는 것에 대해 옛날부터 그래 왔으니 당연한 것이라고 생각하는 놈도 있을 것이고, 그래서는 안 되는 줄 알면서도 잡아먹고 있는 두 부류가 있을 것이다. 모두들 내 말을 듣고 화가 머리끝까지 치밀면서도 속마음을 들킬까 봐 입을 히죽거리며 냉소만 짓고 있었다. 바로 그때 큰형님이 갑자기 험한 표정을 지으면서 큰 소리로 고함을 질렀다.

"모두 나가시오! 미친놈이 뭐가 그리 보기 좋단 말이오!"

순간 나는 그들의 교묘한 수법을 또 하나 알아차렸다. 그들은 개과천선은커녕 벌써 온갖 음모를 다 꾸며 놓았으며, 내게 미친놈이라는 허울까지 씌우려 한다는 사실을 말이다. 그렇게 되면 나를 잡아먹는다 해도 누구에게도 비난받지 않을 것이다. 여럿이서 악인 한 사람을 잡아먹었다는 사실을 소작인도 말하지 않았던가. 이게 바로 그들의 상투적인 수법인 것이다.

천라오우가 화를 버럭 내면서 들어왔다. 그러나 누가 내 입을 막을 수 있으리오. 나는 그자들을 향해 계속해서 말했다.

"여러분, 마음을 고쳐먹으시오. 진정으로 바꾸란 말이오. 이제 세상은 사람 고기를 먹는 자를 용납하지 않을 것이오. 그런 자들이 살아가는 것조차 용인하지 않을 거라는 걸 명심하시오. 여러분이 끝내 고치려 들지 않는다면 당신들은 서로에게 전부 잡아먹히고 말 거요. 자식을 아무리 많이 낳는다 해도 그들은 진정한 사람에 의해 모조리 멸종되고 말 것이오. 마치 사냥꾼이 이리들을 모조리 죽여 없애버리듯, 벌레처럼 말이오."

그자들은 모두 천라오우에게 밖으로 쫓겨났다. 큰형님도 어디론가 가버리고 없었다. 그러자 천라오우는 나를 달래면서 방으로 들어가자고 했다. 방 안은 침침했다. 대들보와 서까래가 머리 위에서 흔들거렸다. 한참을 그렇게 흔들대더니 와르르 내 몸으로 쏟아져 내렸다.

엄청난 중압감에 꼼짝달싹도 할 수 없었다. 나를 죽이려는 것이다. 그러나 나는 중압감이 거짓이라는 사실을 알고 있었기에 발버둥을 쳐 빠져나왔다. 온몸이 땀으로 흠뻑 젖어 있었다. 하지만 나는 계속 말했다. "개과천선하시오. 진심으로요. 앞으로의 세상은 사람을 잡아먹는 자를 용서하지 않는다는 사실을 명심하시오……."

11

태양도 뜨지 않고 문도 열리지 않는다. 매일 두 끼 밥만 들어왔다. 젓가락을 들다 말고 문득 큰형님 모습이 생각났다. 누이동생이 죽은 것도 모두 큰형님이 원인임을 알았다. 당시 누이의 나이는 겨우 다섯 살이었다. 귀엽고도 가련한 모습이 지금도 눈에 선하다. 어머니는 하루 종일 눈물을 그치지 않았지만 큰형님은 울지 말라고 했다. 자신이 누이동생을 잡아먹었는데, 어머니께서 우시는 모습이 마음 아팠는지도 모르겠다. 만일 지금도 양심에 가책을 느끼고 있다면…….

누이동생은 큰형님에게 잡아먹혔다. 이 사실을 어머니가 알고 계시는지 나로서는 알 수 없다. 어머니도 알고 계셨으리라 생각한다. 그러나 아무 말씀도 하지 않으셨는데, 아마도 당연한 일이라고 생각했기 때문일 것이다.

내 나이 네댓 살 무렵이라고 기억된다. 마루 앞에서 시원한 바람을 쐬고 있을 때였다. 그때 큰형님이 이런 말을 했다. 부모가 편찮으실 때 자기 살점을 베어 푹 삶아 드시게 하는 것이 효자라고. 그때 어머니는 안 된다는 말씀을 하지 않으셨다. 한 점을 먹을 수 있다면 통째로 먹을 수도 있다는 말이 아닌가? 하지만 그때 어머니께서 우시던 모습을 생각하면 지금도 가슴이 미어진다. 정말 기이한 노릇이 아닐 수 없다.

12

어찌된 일인지 생각조차 할 수 없다. 4천 년 동안 줄곧 사람을 잡아먹은 바로 그곳에서 나 역시 오랜 세월 동안 살고 있다는 사실을 오늘에서야 비로소 깨달았다. 큰형님이 집안일을 도맡아하시면서 공교롭게도 누이동생이 죽었다. 형님이 나 몰래 누이동생의 살점을 밥이나 반찬에 섞어서 나에게 먹였는지도 모를 일이다. 나도 모르는 사이에 누이동생의 살점을 먹지 않았다고 단정할 수 있을까? 이제는 내가 먹힐 차례가 되고 말았다…….

4천 년간이나 사람을 잡아먹은 경력을 가진 나다. 처음에는 몰랐지만 이제는 확실히 알게 되었다. 진정한 사람을 만나기가 이다지도 어려운가!

13

아직도 사람 고기를 못 먹어 본 어린이가 존재할까?

아이들만은 구해야 할 텐데…….

1918년 4월

가만가만, 생각의 움 틔우기

1 이 소설에서는 "아들을 바꾸어 먹는다"는 말로, 당시 중국인들의 관념과 풍습을 풍자적으로 표현하고 있습니다. 풍자와 마찬가지로 알레고리(풍유)나 아이러니 또한 언어적 표현 뒤에 비판의 칼날을 숨기고 있는 문학적 표현의 형식입니다. 각각의 표현 형식의 차이에 대해 설명해 보세요.

2 피해망상증인 주인공이 "사람을 잡아먹는다"고 생각하게 된 20세기 초 당시(특히 1911년 신해혁명 이후) 중국 사회의 전통과 변화에 대해 조사하여 정리해 보세요.

3 '인의도덕'은 유교의 핵심적 가치입니다. 그런데 인용문은 이 핵심적인 가치가 '식인'과 관련되어 있음을 암시하고 있습니다. 그 이유를 작품 속에서 찾아 구체적으로 정리해 보세요.

> "나는 역사책을 뒤적여 보았다. 역사책에는 연대도 기록돼 있지 않고 페이지마다 '인의도덕(仁義道德)'이란 몇 자만 삐뚤삐뚤하게 씌어 있었다. 나는 도통 잠을 이룰 수가 없어 밤새도록 자세히 살펴보았다. 그랬더니 겨우 글자와 글자 사이에서 또 다른 글자가 보이기 시작했다. 온통 '식인(食人)'이라는 두 글자가 빼곡히 채워져 있었다."

톡톡! 생각의 가지 뻗기

1 「광인일기」는 중국어의 구어체를 표기한 '백화문'으로 쓴 작품입니다. 구어체 문학이 문어체(문언문) 문학과 어떤 차이가 있는지 문학적 관점에서 생각해 보세요.

2 프랑스 해체주의 철학자 데리다는 서양의 '음성중심주의'에 맞서 '글쓰기'의 중요성에 대해 옹호한 바 있습니다. 입말과 글말의 언어적 차이에 대해 생각해 보세요.

파릇파릇! 생각의 숲 가꾸기

1 문학은 언어를 매개로 하여 인간의 사상과 감정을 표현합니다. 언어를 매개로 하지 않는 영역의 예술, 즉 회화나 조각, 음악, 무용 등과 문학은 어떤 차이가 있을까요?

> Tip+
>
> ■ 일반적으로 예술은 감각적 이미지를 매개로 성립됩니다. 그렇다면 언어를 매개로 하는 문학은 어떤 방식으로 감각적 이미지와 관계를 맺고 있나요?
> ■ 감각적 이미지와 상상력은 어떤 관계가 있을까요?
> ■ 문학의 언어는 일상적인 의사소통적 언어와 어떻게 다른지 생각해 보세요.

예술은 우리의 감각을 통한 직관과 상상력을 매개로 하여 성립된다. 직관의 능력으로서 감각은 대상 세계에 대한 인간 정신의 최초의 접점이라고 할 수 있다. 감각을 통한 직관이 없다면 인간의 상상력이나 지성은 전혀 작동될 수 없기 때문이다.

그래서 독일 관념론 철학자 헤겔에 따르면, '예술'은 개념을 매개로 성립되는 '학문'이나 표상을 매개로 성립되는 '종교'와는 구분될 수 있다.

일반적으로 예술은 이러한 감각이 산출한 직접적(직관적) 이미지 image와 상상력 imagination을 매개로 하여 인간의 사상과 감정을 표현할 수 있다. 회화나 조각, 건축과 같은 조형예술은 시각적 이미지를, 음악은 청각적 이미지를, 무용은 운동감과 같은 신체적 이미지를 통해 표현되는 것이다.

그러나 언어를 매개로 이루어지는 문학은 여타의 예술과는 확연한 차이가 있다. 왜냐하면 언어는 우리의 어떠한 직접적 감각에도 연관되어 있지 않기 때문이다. 즉, 언어적 이미지는 시각이나 청각, 촉각이나 운동감이 관여하는 이미지들과는 달리 어떠한 물질적 요소도 가지고 있지 않다는 것이다. 언어는 순전히 정신적 요소로만 구성되어 있다. 그 점에서 예술로서의 문학은 약점을 갖는 동시에 또한 최고의 예술이 될 수도 있다. 왜냐하면 언어를 매개로 성립되는 문학은 어떠한 직접적 감각에도 관여하지 않기 때문에 오히려 더 많은 상상력을 요구한다. 이미지들을 가공하고 조직하는 능력으로서의 상상력이야말로 예술을 산출하는 근원적인 힘이라고 할 수 있다. 이러한 상상력은 오히려 단일한 시각적, 청각적, 촉각적 이미지들에 구속되지 않고 그것들을 자유롭게 이용할 수 있다는 점에서 다른 영역과 차이가 있다.

학생부종합전형을 위한

고교생 ^필 독
소 설 선 ❷

초판 1쇄 인쇄 | 2017년 10월 20일
초판 1쇄 발행 | 2017년 10월 30일

지 은 이 | 이상 오상원 조성기 외
엮 은 이 | 김인호 김지혜 김진수 변지연
펴 낸 이 | 김정동   **편집주간 |** 김완수
책임편집 | 김예슬   **홍   보 |** 김상현
마 케 팅 | 유재영·최문섭·김은경   **디 자 인 |** 최진영
펴 낸 곳 | 서교출판사

등록번호 | 제 10-1534호
등록일 | 1991년 9월 12일
주소 | 서울시 마포구 성지길 25-20 덕준빌딩 2F
전화번호 | 3142-1471(대)
팩시밀리 | 6499-1471
이메일 | seokyodong1@naver.com
홈페이지 | http://blog.naver.com/sk1book
ISBN | 979-11-85889-53-5 44800

• 이 도서의 국립중앙도서관 출판예정도서목록(CIP)은 서지정보유통지원시스템 홈페이지(http://seoji.nl.go.kr)와
국가자료공동목록시스템(http://www.nl.go.kr/kolisnet)에서 이용하실 수 있습니다. (CIP제어번호: CIP2015027764)
• 이 책에 사용된 서체 중 일부는 문화체육관광부에서 제공하였습니다.

국·영·수·과학 등 주요 교과를 포함한 공부법, 교육법 등 학생부종합전형에 관련된 원고를 기다리고 있습니다.
seokyobooks@naver.com으로 간단한 개요와 취지를 보내 주세요.